Über die Autorin

Denise Jacobs, geboren 1982, entdeckte mit der Geburt ihres ersten Kindes das Schreiben als Leidenschaft für sich. Im Jahr 2016 veröffentlichte sie das Sachbuch „Baby im Bauch, Chaos im Kopf".

Mit dem Buch „Mindestens nur das Beste" erscheint ihr erster Roman. Sie lebt mit ihrer Familie im Kreis Kelheim.

DENISE JACOBS

Mindestens
nur das Beste

Roman

2. Auflage 2021

Bibliografische Information der Deutschen Nationalbibliothek:
Die Deutsche Nationalbibliothek verzeichnet diese Publikation in
der Deutschen Nationalbibliografie; detaillierte bibliografische Daten
sind im Internet über www.dnb.de abrufbar.

Lektorat: Monika Esterer, Erding, www.wortklauberei.de
Herstellung und Verlag: BoD – Books on Demand, Norderstedt
Bildnachweise: © Can Stock Photo Inc./misslina
              © Can Stock Photo Inc./Prazis
              © Can Stock Photo Inc./photocreo

ISBN: 978-3-7526-0291-3

Für all jene,
die mich zu diesem Buch inspiriert haben.

Donnerstag, 18. Juli

„Wissen Sie schon, was es wird?", fragte die Hebamme in einer Wehenpause und strich sich mit dem knorrigen Handrücken über die Stirn.

„Ja", sagte Paul. „Nein", sagte Anna zeitgleich.

Anna bemerkte aus den Augenwinkeln, dass Paul sie kurz ansah.

„Er hat eine Ahnung", erklärte Anna der Hebamme, „aber wir haben es uns nicht sagen lassen. Wir wollten uns überraschen lassen."

„Ich weiß es!", verbesserte Paul. „Es wird ein Junge, da bin ich mir hundertprozentig sicher. Ich habe das im Gefühl." Er lächelte Anna an, so warmherzig, dass ihr Herz überschäumte vor Liebe. Vor Intensität. Vor Hormonen.

„Was glauben Sie?", fragte die Hebamme. Ihr Blick ruhte auf Anna.

Ein Mädchen.

Oder vielleicht doch ein Junge? Paul ist sich so sicher.

„Ich weiß es nicht."

Anna spürte die Wehe kommen. Sie schloss die Augen. Sie sah die Wehe. Die Welle, die auf sie zu rollte. Sie baute sich auf. Sie wurde größer. Und stärker. Anna stöhnte. Dann schrie sie.

„Pressen!", feuerte die Hebamme Anna an. „Sie haben es gleich geschafft. Pressen!"

„Du schaffst es", flüsterte Paul und drückte ihre Hand fest.

Anna krallte ihre Finger in seine Hand. Ihre Fingernägel schmerzten. Ihre Hand brannte vor Hitze.

Sie presste. Mit voller Kraft, gewaltig und groß. Unbekannte Bärenkraft.

Sie spürte den Kopf des Babys. Sie schrie. Ein Urschrei.

Sie spürte, wie der Kopf die letzte Hürde überwand. Dieser Schmerz! Diese Befreiung.

Der Körper des Babys floss ohne Mühe nach.

Anna richtete sich auf und sah ihr Baby.

Ein Mädchen.

Wie schön es war!

Anna blickte zu Paul. Er starrte auf das Baby. Sein Mund blieb offen stehen.

„Wollen Sie die Nabelschnur durchschneiden?", fragte die Hebamme an Paul gewandt.

Paul nickte und griff zur Schere. Mit einem Schnitt war sie durchtrennt.

Abgenabelt. Auf der Welt.

Die Hebamme legte Anna das Baby auf die Brust. „Herzlichen Glückwunsch zu Ihrer Tochter!", sagte sie mit warmherziger Stimme. Sie bedeckte beide mit einem Laken, zog es bis hoch über die Schultern des Babys, ließ ihre Hand einen Moment darauf liegen.

Das letzte Mal, dass jemand mich bemuttert.

Dann trat die Hebamme einen Schritt beiseite.

„Herzlich willkommen, meine Liebe", flüsterte Anna ihrem Mädchen zu, schlüpfte mit den Händen unter die Decke und streichelte über den kleinen Rücken. Diese Haut war so zart, so unendlich zart.

„Wie soll sie heißen?", fragte eine andere Hebamme in die Stille hinein.

Paul räusperte sich. „Falkenstein."

„Und der Vorname?"

Paul und Anna blickten sich ratlos an.

„Auf einen Mädchennamen haben wir uns noch nicht geeinigt", erklärte Paul.

Du hattest dich in den letzten Monaten geweigert, über Mädchennamen zu diskutieren, weil du dir sicher warst, dass es ein Junge wird.

Die Hebamme nickte verständnisvoll. Sie schrieb den Nach-namen auf das Namensbändchen und wickelte es um das Hand-gelenk des Babys.

Nach der Nachgeburt verließen die Hebammen das Zimmer, damit die junge Familie sich ausruhen konnte.

„Unser Baby ist ein Mädchen." Paul schüttelte verwundert den Kopf.

„Bist du enttäuscht?"

„Nein." Paul schüttelte immer noch den Kopf. Fassungslosigkeit stand ihm ins Gesicht geschrieben. Dann wandelte sie sich zu einem Lächeln. „Schau sie dir an! Sie ist ein Wunder."

Paul streichelte dem Mädchen sanft über den Kopf. Seine Hände wirkten riesig. Der Kopf hingegen sah winzig und zerbrechlich aus.

Anna spürte den kleinen warmen Körper auf ihrem. Der haarbeflaumte Kopf des Mädchens lag auf ihrer Brust, genau an der Stelle, an der es ihrem Herzschlag lauschen konnte. Winzige Füße traten sanft in ihren Bauch. Ihr Händchen krallte sich für einen Moment in Annas Haut und ließ wieder los. Anna umfasste die Hand, die so winzig war, dass ihre sie vollkommen umschlingen konnte, und schob ihren Daumen in die Faust.

So mini! Ihre Finger können meinen Daumen kaum umgreifen.

Anna streichelte dem Mädchen mit der anderen Hand über den Rücken. Nie hatte sie etwas Zarteres gespürt als diese Babyhaut. Nie. Wie Seide, Katzenbabyfell und eine kaschmirummantelte Wärmflasche in einem.

Nur tausendmal besser.

Ihr Mädchen hob den Kopf und blickte sie mit großen blauen Augen an. Sein Blick sah aus, als kannte es alle Geheimnisse dieser Welt, völlig in sich ruhend und erfüllt von tiefem Frieden.

Anna lächelte ihr Mädchen an. Ihre Tochter. Sie legte ihren Kopf wieder zurück auf Annas Brust und fiepte leise vor sich hin. Die Sonne schimmerte auf ihren blonden Härchen, die so kurz waren, dass Anna sie kaum als Haare wahrnahm. Anna schmiegte ihre Wange an den Flaum und atmete den Geruch ihres Babys ein. Dieser Duft! Es roch unglaublich, nach Frische, nach Leben, nach

Neuanfang, und zugleich nach etwas Zartem, nach etwas Beschützenswertem, belebend und zerbrechlich zugleich.

Nichts und niemand wird uns je auseinanderbringen. Wir sind eins.

Manchmal, wenn Anna etwas wirklich Bedeutendes erlebte, wollte sie das damit verbundene Gefühl für immer festhalten. Sie fühlte, was echt und richtig war, egal, ob es sich um eine Kleinigkeit handelte oder um die bedeutsameren Dinge im Leben. Sie wusste im tiefsten Inneren ihres Herzens, welchen Weg sie gehen musste. Auch wenn alle anderen ihr davon abrieten oder vom Gegenteil vorschwärmten. Ihre Intuition leitete sie unmissverständlich in die richtige Richtung.

Genau dieses tiefe Empfinden und zeitgleiche Wissen, was richtig ist und was nicht, überkam Anna in diesem Moment, als ihr Baby das erste Mal auf ihr lag. Es war eines der bedeutendsten Ereignisse ihres bisherigen Lebens, und sie war bereit, alles dafür zu geben, um dem Gefühl bedingungslos zu folgen. Sie wollte nicht alles so machen, wie man es macht. Sondern so, wie es sich für sie richtig anfühlte.

Während Anna weiter über die samtene Haut ihrer Tochter strich, ließ sie ihren Blick für einen Moment durch das Zimmer schweifen. Diese ganzen Geräte mit den vielen Schläuchen, Leitungen und Anzeigen fielen ihr erst jetzt auf.

Jemand klopfte an die Tür. Ein grauhaariger Arzt in strahlend weißem Kittel betrat das Zimmer. Mit heiserer Stimme erkundigte er sich nach Annas Befinden, wobei sein Blick ausschließlich auf das Baby gerichtet war, so als ob er Anna gar nicht richtig zuhörte.

Während er sprach, roch Anna die Zigarette, die er in der letzten Pause geraucht hatte. Er schlug die Decke ein wenig zurück, um ihre Tochter zu begutachten. Anna konnte es sich nicht erklären, aber als er ihr Baby berührte, lief ihr ein kalter Schauer über den Rücken. Fast so, als ob er ihr das Kind wegnehmen würde, wenn sie nicht schnell genug war. Sie verspürte plötzlich den dringenden Wunsch, nach Hause zu fahren. Weg aus dem Krankenhaus, bloß schnell weg.

Als die Ärzte nach einer abschließenden Untersuchung grünes Licht gaben, fuhren die drei wenige Stunden nach der Geburt mit dem Auto nach Hause: Anna und Paul und der kostbarste Herzschlag auf der ganzen weiten Welt, gut verpackt in einer Babyschale. Anna saß daneben auf der Rückbank, die winzige Hand fest umschlungen, den innigen Kontakt suchend. Sie konnte die Augen kaum von ihrem Mädchen wenden. Nur gelegentlich blickte sie aus dem Fenster und wunderte sich, dass sich nicht alle Menschen auf den Straßen in München nach ihrem Auto umdrehten. Die Energie und Magie, die von ihrem Baby ausging, müssten kilometerweit zu spüren sein. Hier war sie, ihre Tochter, der Nabel der Welt, der größte Magnet der Erde, und keiner außer ihr, und vielleicht Paul, schien die Besonderheit zu bemerken.

Als sie zu Hause ankamen, stand das Gitterbettchen neben ihrem Bett, aufgebaut und frisch bezogen. Sie hatte vor der Geburt vorgehabt, ihr Baby dort hinein zu legen, wenn sie mit ihm nach Hause kam.
Jetzt war es soweit.
Sie konnte es nicht.
Die Julisonne schien warm ins Schlafzimmer hinein, das große Bett war lichtumhüllt und es lag eine besondere Energie in der Luft. Sie konnte sie riechen.
Anna legte ihr Baby behutsam in die Mitte ihres großen Bettes und kuschelte sich daneben. Paul legte sich auf die andere Seite, sodass sie ihr Baby von beiden Seiten umarmten.

Annas Nase berührte den warmen Kopf ihrer Tochter, die Sonnenstrahlen erhitzten ihren Rücken. Sie war noch aufgeregt von dem Tag und durchflutet von einem wohlig warmen Prickeln, sodass sie meinte, sie könnte niemals einschlafen. Doch der leise Atem ihres Babys wirkte beruhigend auf sie, obwohl das Geräusch so ungewohnt und neu war.

Paul streckte seine Hand zu Anna herüber und verschränkte seine Finger mit ihren. Er löste seinen Blick von ihrer Tochter und blickte Anna mit einer Intensität in die Augen, als wollte er den Moment für immer in seinem Gedächtnis festhalten.

Der erste Tag

Freitag, 19. Juli – Tag 1

Die erste Nacht und der erste Tag vergingen wie in Zeitlupe. Anna fühlte sich wie in einer Blase, abgeschottet von der ganzen weiten Welt. Ihre Handys hatten sie ausgeschalten und das Festnetztelefon ausgestellt. Nur die Hebamme kam zur Nachsorgeuntersuchung, sonst war alles still. Eine Wolke aus Ruhe und Harmonie erfüllte ihre kleine Wohnung.

Anna verbrachte die ganze Zeit im Bett, zusammen mit ihrer Tochter. Paul brachte Anna selig lächelnd Frühstück und setzte sich neben sie. Sein Blick war voller Liebe, als er zwischen den beiden hin und her blickte.

Nach dem Frühstück kuschelte er sich zu Anna unter die Decke. Er rückte näher an sie heran, nahm ihre Hand und küsste sanft ihre Finger.

Anna genoss seine Lippen auf ihrer Haut, ebenso wie die zarte Haut ihres Babys an ihrem Bauch. Sie registrierte jede Bewegung ihrer Tochter. Sie konnte den Blick kaum von ihr wenden. Die Stimmung zwischen ihnen war magisch, aufgeladen, energetisch. Ein Prickeln durchzog Annas Körper, wenn sie ihre Kleine nur anschaute. Einfach nur anschaute. Sie wollte nichts anderes tun. Als bräuchte sie nichts auf der Welt außer Paul und ihr Baby.

Nichts zu Essen, nichts zu Trinken, absolut nichts. So als lebte sie ausschließlich davon, Paul neben sich zu wissen und ihre Tochter anzusehen. Und zu berühren. Wie zart sie war. Wie schön. Wie besonders. Wie einzigartig.

Ehrfurcht überkam sie, genauso, wie sie einen überkommt, wenn man in einer selten geworden Lichtlosigkeit den ungetrübten Blick auf die Milchstraße erhascht. Man könnte stundenlang daliegen und es würde einem nie langweilig, während man das millionenfache Blinken der Sterne am Himmel beobachtete – oder das eigene Baby.

Erster Besuch

Samstag, 20. Juli – Tag 2

Am zweiten Morgen stellte Paul sein Handy wieder an. Prompt klingelte es. Paul kam zu Anna ins Schlafzimmer und sprach ins Telefon: „Ja, ich geb sie dir." Auf ihren fragenden Blick hin flüsterte er: „Deine Mutter ist am Telefon. Sie sagt, dass dein Handy aus ist. Deswegen hat sie bei mir angerufen."

Anna nahm das Handy ans Ohr.

„Hallo, Anna, herzlichen Glückwunsch! Wie geht es dir?"

„Danke, Mama, mir geht es gut. Wir sind nach der Geburt gleich ..."

„Wie heißt sie eigentlich?", unterbrach Doris. Ihre Stimme klang gereizt und Anna fragte sich, ob es etwas mit ihr zu tun hatte.

„Wir haben leider noch keinen Namen."

„Was? Das Kind ist zwei Tage alt!" Die Empörung in ihrer Stimme war deutlich zu hören.

„Wir konnten uns noch nicht einigen."

„Wann wollt ihr das machen? Das ist doch nicht normal!"

„In Dänemark ist das normal", sagte Anna. „Da lassen sich einige Eltern Monate lang Zeit mit der Namensfindung. Sie wollen ihr Baby und seinen Charakter erst einmal kennenlernen, um beurteilen zu können, welcher Name passt. In der Zwischenzeit nennen sie ihr Kind 'mein kleiner Junge' oder 'mein kleines Mädchen'. Oder sie nutzen verschiedene Namen, die zur Auswahl stehen, um zu prüfen, welcher davon am besten passt. Aber wir wollen es schneller schaffen. Irgendwann in den nächsten Tagen."

Hoffentlich.

Anna wechselte das Thema: „Wollt ihr uns heute besuchen kommen?"

„Ich dachte schon, du fragst nie!"

Anna stockte einen Moment, beschloss aber dann, auf den schnippischen Tonfall ihrer Mutter nicht einzugehen. „Wann wollt ihr kommen?"

„Wie es euch am besten passt. Wir können jederzeit los."

Anna sah Doris vor ihrem inneren Auge in Jacke und Turnschuhen mit dem Telefon in der Hand im Flur sitzen.

Vermutlich haben sie gestern den ganzen Tag darauf gewartet, dass wir sie einladen, dämmerte es Anna. Vielleicht hätten wir sie wenigstens anrufen und Bescheid sagen sollen, dass es uns gut geht, aber wir noch Ruhe brauchen. Oder noch besser: Sie hätte ihre Eltern vor der Geburt vorwarnen müssen, dass sie sie möglicherweise nicht gleich am ersten Tag zu ihnen einladen würde. Den ersten Tag zu Hause wollten sie so ungestört wie möglich verbringen, ohne Telefon, ohne Besuch.

Nur wir drei.

„Heute Nachmittag würde passen, aber was ist eigentlich los mit dir?"

„Nichts, wieso?"

„Mama, du bist sauer. Ich höre das an deiner Stimme."

Doris zögerte einen Moment, dann platze sie damit heraus. „Wieso durften wir euch gestern nicht im Krankenhaus besuchen?"

Sie ist sauer und ich bin schuld.

„Wir waren nicht mehr im Krankenhaus, wir sind vorgestern gleich nach der Geburt nach Hause gefahren", erklärte Anna.

„Was? Ihr seid doch verrückt!"

„Das ist nicht verrückt!", schnaubte Anna. „Es ging uns allen gut, es gab keinen Grund, länger als nötig im Krankenhaus zu bleiben. Also wollt ihr uns heute besuchen kommen? Ihr seid die Allererstien, die unser Baby sehen dürfen."

„Äh, klar. Wann passt es euch?"

„Um vier? Zum Kaffeetrinken?"

„Sechzehn Uhr. Zum Babybegrüßen."

Um Punkt 16:00 Uhr klingelte es an der Haustür. Paul öffnete.

„Herzlichen Glückwunsch nochmal!", hörte Anna ihre Eltern im Gleichklang trällern. Ihren Stimmen war hörbar fröhlich, was sie erleichtert aufatmen ließ.

„Hallo, Doris, hallo, Martin! Danke, danke! Kommt herein!", vernahm Anna Pauls Worte.

„Wo ist sie denn?" Anna war überrascht, diese Frage ihres Vaters zu hören. Früher hieß die Einstiegsfrage immer: „Wie geht's?" Doch vor zwei Tagen war eine neue Zeit angebrochen.

Anna hörte Schritte näherkommen. Sie lag im Bett. Neben ihr schlief das Baby. Als Anna den Kopf hob, starrte sie in eine Kameralinse. Ungeduscht, ungeschminkt, im Schlafanzug.

Der erste Eindruck von mir als Mama für die Ewigkeit festgehalten. Na prima!

Martin hielt eine Videokamera auf Anna gerichtet, dann schwenkte er zu dem Baby. Doris schlich hinter Martin auf Zehenspitzen ins Zimmer.

„Habt ihr die Kamera extra für eure Enkelin gekauft?", fragte Anna.

„Auch für unseren Urlaub in Afrika", behauptete Martin.

Anna durchschaute ihn sofort. Für eine zweieinhalbwöchige Reise allein hätte er sich nie eine neue Kamera gekauft. Bei teuren Investitionen dachte er langfristig – eine Enkelin war da gerade langfristig genug.

Annas Eltern gingen auf die Seite des Bettes, auf der das Baby lag. Doris stellte sich neben Martin. Sie beugten sich zu ihrer Enkelin herunter.

„Ach, ist die winzig", flüsterte Doris.

„Och ja!", stimmte Martin ihr flüsternd zu.

„Ist die süß!", flüsterte Doris. „Schau, die kleinen Händchen!"

„Och ja!", flüsterte Martin. „Und Haare hat sie auch schon!"

„So hellblond!", flüsterte Doris.

„Ihr müsst nicht flüstern, ihr könnt normal reden", bemerkte Anna. Ihre Stimme klang ungewollt laut in die Flüsteratmosphäre hinein.

Martin runzelte die Stirn und blickte Anna ungläubig an. „Wir wollen sie nicht wecken", flüsterte er, schaltete die Kamera aus und legte sie behutsam auf den Nachttisch neben dem Bett.

„Sie wird davon nicht wach", bekräftigte Paul lächelnd. Er warf Anna einen liebevollen Blick zu.

Doris setzte sich auf den Rand des Bettes, ohne den Blick von ihrer Enkelin abzuwenden. Zum ersten Mal fielen Anna ein paar vereinzelte graue Haare in Doris' braunem Lockenkopf auf. Dass es erst mit zweiundfünfzig soweit sein würde, hätte Anna nicht gedacht. Auch die Falten an Hals und Stirn von Doris schienen Anna nun deutlicher hervorzutreten als vor einer Woche, als sie sie zuletzt gesehen hatte. Anna musste schmunzeln – mit ihrer neuen Brille auf der Nase sah Doris wie eine richtige Oma aus.

Obwohl er genauso alt war wie Doris, wirkte Martin jugendlich wie eh und je. Seine kurzen blonden Haare, seine hohe schlanke Figur und das Lausbubengesicht mit den immerwährenden lachenden blauen Augen wirkten unverändert.

Nie würde Anna vergessen, wie er sie einst zur Besichtigung einer Studenten-WG begleitet hatte und der Vermieter sie fragte, ob sie beide zusammen hier einziehen wollten. „Das ist mein Vater!", hatte sie daraufhin entrüstet geantwortet. Sie hatte sich damals entschieden, in ein Studentenwohnheim zu ziehen, auf keinen Fall in diese WG. Eine wunderbare Studienzeit hatte begonnen, in der sie Paul kennengelernt hatte. Ihren Paul. Den Mann, der damals das Zimmer neben ihr bewohnt hatte und heute neben ihr saß und mit ihr zusammen auf ihr gemeinsames kleines Wunder blickte.

Das Baby reckte sich genüsslich und öffnete blinzelnd die Augen.
„Oh, sie wacht auf", flüsterte Martin. „Hallo, Kleine! Herzlich willkommen! Ich bin dein Opi!" Martin lächelte.
„Willst du sie halten?", fragte Paul.
„Äh, ja, gern", sagte Martin.
„Wartet!", rief Doris, nahm die Kamera und schaltete sie an. „Okay, kann losgehen."
Paul nahm das Baby hoch und legte es Martin in den Arm.
Martin zog die Schultern krampfhaft nach oben. „Ist das lang her! Ich weiß nicht, wie ich sie halten soll."
„Das passt so", sagte Paul und lächelte.
Martin blickte seine Enkelin an.
Sie gähnte.
„Schau, sie gähnt! Och, ist das toll!" Martin grinste bis über beide Ohren. „Ach Mensch, bin ich stolz! Ich bin so ein stolzer Opi, das könnt ihr euch nicht vorstellen."
Doris filmte alles. Danach tauschten sie die Rollen: Martin filmte und Doris durfte das Baby halten.
Doris wiegte ihre Enkelin in ihrem Arm, gab ihr einen Kuss auf die Stirn und sagte: „Gott beschütze dich auf all deinen Wegen."
Wie oft hatte Anna diese Worte von ihr gehört. Zu jedem wichtigen Ereignis: An ihrem ersten Schultag hatte sie dies gesagt, als sie zum ersten Mal allein bei ihren Großeltern übernachtet hatte, vor jedem Schulausflug, jedes Mal, wenn sie in ein Feriencamp gefahren war, und am Tag ihres Auszugs von zu Hause. Anna hatte die Geste meistens gern angenommen, wenngleich sie eher den Atheismus ihres Vaters übernommen

hatte. Martin, der Biologe und Naturwissenschaftler, hatte mit Glauben wenig am Hut. Umso erstaunlicher, dass ihre Eltern es schon über dreißig Jahre miteinander aushielten, fand Anna – zehn Monate länger, als Anna alt war.

Das Baby machte seinen Mund auf und nahm die Decke in den Mund, in die Anna es eingewickelt hatte.

„Ich glaube, dass sie langsam Hunger bekommt", sagte Anna.

Doris ging ums Bett zu Anna hinüber und legte ihr das Baby in den Arm.

Anna atmete auf. Sie hatte ihr Baby vermisst. Seltsam, dieses Gefühl, als ob ihr jemand das Kind wegnahm. Tatsächlich. Dieses Fehlen. Dieses Sehnen. Dieses Ziehen. Als ob ein Gummiband zwischen ihnen gespannt und viel zu weit gedehnt worden wäre.

Pauls Handy klingelte. „Meine Mum ruft an", sagte er, entschuldigte sich und zog sich ins Wohnzimmer zurück.

„Wie geht es dir?", fragte Doris, den Blick weiterhin auf ihre Enkelin gerichtet.

„Meinst du sie oder mich?", fragte Anna.

„Dich." Doris wandte sich Anna zu. „Wie war die Geburt?"

„Überraschenderweise gut."

„Gut?", fragte Martin.

„Ich hatte viel Kraft. Ich habe mich unheimlich stark gefühlt trotz der Schmerzen."

„Wie lang hat die Geburt gedauert?", fragte Doris.

„Zehn Stunden von der ersten Wehe an bis sie da war. Ich bin solang daheim geblieben wie möglich. Wir waren nur zwei Stunden im Krankenhaus, bis unser Baby da war."

„Das ist schnell fürs erste Kind", bemerkte Doris und nickte anerkennend. Sie blickte auf das Baby und ließ ihren Blick darauf ruhen, als sie mit leiser Stimme sagte: „Ihr habt das schon richtig gemacht, dass ihr gleich nach der Geburt heimgefahren seid. Bloß schnell weg aus dem Krankenhaus."

Sie blinzelte, blickte nach unten auf ihre Hände und drehte an ihrem Ehering. „Du weißt, wie lang ich damals auf dich warten musste."

Annas Augen füllten sich mit Tränen, als sie daran dachte. Ein dicker Kloß setzte sich in ihrem Hals fest und für einen Moment war sie unfähig zu sprechen.

Anna hatte bei ihrer eigenen Geburt ungefähr so viel gewogen wie ihr Baby, sogar hundert Gramm mehr. Damals, in der ehemaligen DDR, war Anna als untergewichtig eingestuft worden. Noch bevor ihre Mutter sie zu Gesicht bekommen hatte, hatten die Ärzte sie weggebracht, einfach weg, hatten sie in einen Brutkasten verfrachtet und sie in das Überwachungszimmer zu den anderen Brutkästen gestellt. Ihre Mutter hatte sie das allererste Mal durch zwei Scheiben gesehen – die des Zimmers mit den Brutkästen und die des Brutkastens selbst. Erst nach zwei Wochen, nach zwei Wochen des Sehnens und Trauerns und vor der Scheibe Stehens, hatte ihre Mutter sie das erste Mal in den Arm nehmen dürfen. An dem Tag, als sie aus dem Krankenhaus entlassen worden war.

Anna hatte die Geschichte oft gehört, doch dieses Mal lief es ihr kalt den Rücken runter, als sie daran dachte.

Ein diffuser Gedanke streifte sie, die Frage, ob es vielleicht nicht nur der Instinkt war, der sie so symbiotisch an ihrem Baby kleben ließ. Vielleicht vermochte sie es auch aus diesem Grund kaum aus dem Arm zu geben, um dieses Ereignis noch einmal besser zu durchleben, richtiger. Um ihre eigene Wunde zu heilen, die unbewusste, noch nachwirkende Wunde der unerfüllten Erwartung eines Neugeborenen, das Fehlen der warmen, Halt gebenden Arme. Die beängstigende Angespanntheit nach den ersten Atemzügen, weil niemand da war, der sie nahm. Die unerträgliche Ewigkeit des Nichts, das drängende, stumme, zerrissene Sehnen nach etwas, was lebt und hält und trägt und spricht und atmet und liebt.

Paul kam grinsend ins Schlafzimmer zurück und riss sie aus ihren Gedanken.

„Was gibt es Neues?", fragte Anna und schluckte den Kloß in ihrem Hals herunter.

Paul setzte sich neben Anna auf das Bett. „Meine Eltern haben sich die Fotos angeschaut, die ich ihnen geschickt habe, und sie fänden Adele einen passenden Namen."

Anna zog ungläubig eine Augenbraue nach oben. „Erwarten sie, dass wir den Namen nehmen?"

Paul zuckte mit den Schultern. „Du weißt ja, wie ich zu meinem Namen gekommen bin."

„Wie denn?", fragte Doris. „Die Geschichte kenne ich noch nicht."

„Meine Eltern wollten mich Julius nennen, aber als meine Oma mich das erste Mal gesehen hat, sagte sie: 'Das ist doch ein Paul!'. Seither heiße ich Julius Paul, aber zum Glück nennen mich alle nur Paul."

„Nehmt bloß keinen Doppelnamen!", warf Doris ein. „Die finde ich schrecklich."

„Ich finde Adele schön", sagte Paul.

Anna warf Paul einen strafenden Blick zu.

Paul hob abwehrend die Hände. „Ich meine ja nur. Wir müssen den Namen nicht nehmen."

„Der Name ist schön", sagte Anna, „aber es gibt viele schöne Namen. Wir sind die Eltern und ich möchte, dass wir einen Namen aussuchen."

„Wir werden schon einen schönen Namen finden", besänftigte Paul Anna und legte zärtlich seinen Arm um sie.

„Ich fände es wichtig, dass ihr die Bedeutung des Namens prüft und welche Namensträger es gibt", sagte Doris.

„Wieso das?", fragte Paul.

„Wenn ein Name zum Beispiel negativ in der Bibel besetzt ist, wäre das ein schlechtes Omen für das Kind."

„Ach Mama!", sagte Anna, „Du immer mit deiner Bibel!"

„Ich meine es nur gut."

Anna rollte mit den Augen.

„Gab es eine Anna in der Bibel?", fragte Paul neugierig.

„Anna war die Mutter von Maria", erklärte Doris.

„Ach so?", fragte Paul. „Anna, du hast mir nie erzählt, dass du nach der Oma von Jesus benannt wurdest." Ein spitzbübisches Funkeln huschte über seine Augen, das Anna so gut kannte.

Anna stupste Paul in die Seite.

„Es gab auch eine englische Naturwissenschaftlerin und bekannte Botanikerin, die Anna hieß", warf Martin ein. „Anna Atkins war das."

„Der Name Anna bedeutet 'die Begnadete, die Anmutige'", erklärte Anna, reckte ihre Nase in die Höhe und strich sich betont eine Haarsträhne hinters Ohr.

„Das passt so gut zu dir", sagte Paul mit warmherziger Stimme und zwinkerte ihr mit beiden Augen zu, sodass Anna ganz warm ums Herz wurde.

„Wann kommen deine Eltern zu Besuch?", fragte Martin an Paul gewandt.

„Sie wollen nächstes Wochenende vorbeikommen, wenn sie in den Urlaub nach Italien fahren. Aschaffenburg ist ja nicht gleich um die Ecke. Dieses Wochenende wäre ihnen zu kurzfristig gewesen."

„Ach, wir haben das Geschenk vergessen!", rief Doris und fuhr erschrocken auf. Sie ging in den Flur und kam mit einem kleinen Päckchen in der Hand zurück. „Hier, für euch!" Sie streckte es Anna entgegen.

Anna öffnete behutsam das Geschenkpapier und zog ein braunes Kleid mit vergilbten weißen Blüten heraus sowie ein gelbes Strickjäckchen. Das Kleidchen war aus grobem Cord und fühlte sich hart und spröde an, wohingegen die Strickjacke so weich war, wie es nur etwas Selbstgehäkeltes sein konnte.

Anna sah den erwartungsvollen Blick ihrer Mutter. Sie merkte, dass sie ihr die größte Freude machen würde, wenn sie sich überschwänglich freuen würde, aber Anna war verwirrt. Sie blickte ihre Mutter fragend an.

„Das waren deine ersten Kleider damals." Doris blickte auf das Kleid und ein Lächeln huschte über ihr Gesicht. „Gefallen sie dir?", fragte sie unsicher.

„Ja, schon", antwortete Anna zögernd und wiegte den Kopf hin und her. Im Lügen war sie schon immer schlecht gewesen.

„Es gefällt dir nicht." Doris' Tonfall war resigniert.

„Die Jacke fühlt sich angenehm weich an", sagte Anna im Versuch, die Situation zu retten.

„Doris, ich habe dir gesagt, dass es ihr nicht gefallen wird", mischte Martin sich ein.

„Na ja, gekauft hätte ich mir das nicht", gestand Anna, „aber es ist unglaublich, dass ihr das solang aufbewahrt habt. Die Sachen müssen euch viel bedeuten."

„Na klar", bekräftigte Martin. „Du warst unser erstes Kind. Miriam kam erst viel später auf die Welt. Für lange Zeit warst du unser Ein und Alles."

„Als Miri kam nicht mehr?", fragte Anna verwirrt, weil sie sich nach der Geburt ihrer Schwester nicht weniger von ihren Eltern geliebt gefühlt hatte.

„Doch!" Martin lachte kurz auf. „Dann kam unser zweites Ein und Alles auf die Welt."

Annas Augen füllten sich mit Tränen. Ein dicker Kloß steckte in ihrem Hals. Schon wieder.

Anna schluckte schwer. Was war nur los mir ihr?

Hormondurchflutet, zartbesaitet, übersensibel.

So kannte sie sich nicht.

Auf einmal fand Anna das Kleid, dieses hässliche Ding, das wunderbarste Geschenk auf der ganzen weiten Welt.

Auch wenn sie es ihrem Baby niemals anziehen würde.

Donnerstag, 25. Juli – Tag 7

Die erste Woche verging wie im Flug. Anna wusste nicht, wo die Zeit geblieben war – sie wurde voll und ganz von ihrem Baby ausgefüllt.

Paul brachte ihr lächelnd einen Kaffee ans Bett. Seit der Geburt schien er fast nur noch zu lächeln. Er stellte die Tasse auf den Nachttisch, gab Anna einen zärtlichen Kuss und widmete sich dann in der Küche der Zubereitung des Frühstücks. Anna konnte ihn vom Bett aus sehen.

Ihr Blick schwenkte zur Tasse. „Der erste Liter Kaffee am Morgen ist der Beste", stand darauf. Sie lächelte. Paul hatte ihr diese Tasse vor Jahren geschenkt. Früher hatte sie den Kaffee literweise runtergekippt. In der Schwangerschaft änderte sich das. Seither konnte sie eine Tasse Kaffee ausgiebig genießen. Sie durfte in der Stillzeit zwei bis drei Tassen am Tag trinken. Am besten gleich nach der Stillmahlzeit des Babys. Sie hatte sich informiert.

Sie umfasste die Tasse, spürte die Hitze in ihrer Hand, sog den aromatischen Duft ein, genoss den Moment des zur Ruhe Kommens, nippte genüsslich an der Tasse und spürte dann, wie die Wärme ihren Hals hinunterrann. Wie Anna Kaffee liebte! Alles war besser mit Kaffee.

Anna blickte auf das Namensbuch, das auf ihrem Nachttisch lag. *Kommt Kaffee, kommt Rat!*

Sie leerte die Tasse, griff sich das Namensbuch und blätterte darin herum, wie die vergangenen Tage. Wenn sie einen schönen Namen las, sprach sie ihn laut aus und blickte auf ihr Baby.

„Lorena", „Mathilda", „Rosalie".

Passte der Name zu ihrem Baby, schrieb sie ihn auf einen Zettel.

Paul hatte seine Liste vier Tage zuvor fertiggestellt und drängte seither auf eine Entscheidung, während Annas Eltern am Telefon schon fast resigniert geklungen hatten, weil sie bei jeder

Nachfrage aufs Neue dieselbe Antwort bekamen: „Wir wissen es noch nicht."

Aber an diesem Tag wusste Anna, welche Namen sie sich vorstellen konnte.

„Paul, ich bin fertig mit meiner Liste!", rief sie.

Paul unterbrach das Obstschnibbeln, kam eilig mit seiner Liste in der Hand wedelnd zu ihr und setzte sich auf die Bettkante.

Anna schnappte sich Pauls Liste und las sie sich durch. „Giada? Meinst du das ernst?"

„Ja, der Name gefällt mir."

Anna schüttelte den Kopf. Sie überflog die Liste weiter.

Ihr Blick erhellte sich. „Fiona! Der Name gefällt mir. Den habe ich auch auf meiner Liste!" Sie tippte mit dem Finger auf ihren Zettel.

„Was bedeutet er nochmal?", fragte Paul und legte seinen Arm um Annas Rücken.

„Hell, blond. Das würde zu unserer Tochter passen."

„Das gefällt mir gut. Ja, gern!" Paul nickte und ein Strahlen erhellte sein Gesicht. „Wollen wir einen zweiten Vornamen?", fragte er.

„Von mir aus gern. Ich habe nur einen Vornamen und ich habe mir immer einen zweiten gewünscht. Wenn man zwei Vornamen hat, kann man sich aussuchen, wie man genannt werden will."

„Hm ..." Paul wiegte den Kopf hin und her. „Was sagst du zu unserer Familientradition?"

„Der, dass ihr den ersten Vornamen der eigenen Mutter als zweiten Vornamen des Kindes verwendet?"

Paul nickte.

„Fiona Gloria-Viktoria?" Anna verzog ihr Gesicht. „Wenn wir deine Mutter ehren, sollten wir meine Mutter auch ehren. Dann müssen wir die Namen beider Großmütter verwenden."

„Fiona Gloria-Viktoria Doris Falkenstein?", fragte Paul und rümpfte die Nase.

„So richtig passt es nicht zusammen, aber dann würden wir wenigstens niemanden vor den Kopf stoßen."

„Anna", Paul sah sie eindringlich an, „wenn du versuchst, es allen recht zu machen, dann vergisst du jemanden."

„Wen habe ich vergessen?", fragte Anna verwirrt.

Paul lächelte liebevoll und stupste ihr mit dem Finger auf die Nase. „Dich", flüsterte er.

Anna seufzte. „Ich meine ja nur."

Paul schüttelte den Kopf. „Kommt nicht in Frage!", sagte er mit warmherziger Stimme, wobei sein Blick fest entschlossen wirkte.

Seine Bestimmtheit beeindruckte Anna. Das Richtige zu tun und dazu zu stehen, schien für ihn leichter zu sein als für sie.

„Wie wäre es mit Valentina?" Anna zeigte auf Pauls Liste. „Der Name ist schön und bedeutet Kraft, Stärke. Dann haben wir nicht nur das Aussehen im Namen, sondern geben unserer Tochter auch einen guten Wunsch mit."

„Klingt fantastisch!" Paul lächelte Anna an.

„Also ... ist es entschieden?", fragte Anna.

Paul nickte.

Ein Kribbeln durchströmte sie, als sie ihn anblickte, weil sie spürte, dass etwas Bedeutendes bevorstand.

Doch dann schaltete sich ihr Verstand ein. „Lass uns aber bitte noch einmal darüber schlafen, damit wir sicher sind", bat sie ihn.

Paul legte seine Hand an ihre Wange. Anna spürte die Wärme seiner Handinnenfläche.

„Einverstanden", flüsterte er und strich ihr mit dem Zeigefinger eine Haarsträhne aus dem Gesicht.

Er blickte sie liebevoll an, mit diesen grünen, tiefgründigen Augen, in denen Anna immer noch versank wie am ersten Tag.

Paul kam mit seinem Gesicht näher an ihres heran, bis Anna seinen warmen Atem auf ihrer Wange spürte.

Er strich mit seiner Nase über ihre Wange, so sanft, dass er kaum ihre Haut berührte, nur die feinen Härchen streifte, nur die Luft über der Haut bewegte. Seine Nasenspitze suchte kreisend ihren Weg zu Annas Ohr, ganz langsam und ruhig, zu der Stelle, von der aus sich eine Gänsehaut über ihren ganzen Körper ausbreitete. Anna hörte Paul atmen, wie er die Luft mit dem leicht geöffneten Mund einsog und wieder freigab.

Dieses Sehnen nach seiner Berührung, dieses Wollen.

Die zarte Berührung seiner Nase wanderte zu ihren Schläfen, unendlich langsam, dann zu der Stirn, unendlich behutsam. Seine Lippen näherten sich ihrer Stirn, berührte sie, ohne sie zu küssen. Diese weichen, warmen Lippen streiften über ihre kühle Stirn von der einen Seite zur anderen, dann über die Augenbrauen. Ein Kribbeln in ihrer rechten Seite, kurz oberhalb der Hüfte, ließ Anna für einen Moment zusammenzucken. An der Stirn war sie so empfindlich.

Paul atmete lächelnd aus. Er kannte diese Stelle und die ungewöhnliche Nervenverbindung zwischen Stirn und Seite, die es nur bei Anna zu geben schien. Sein Atem kitzelte ihren Haaransatz. Ein Zittern breitete sich in ihrem Körper aus, ein Beben, ein Verlangen nach Nähe, ein Sehnen nach Berührung, nach seiner Wärme.

Anna schloss die Augen, um den Moment intensiver genießen zu können. Sie grub ihre Nase in seine Halsgrube und atmete seinen Duft ein, diesen einzigartigen Duft, ein Gemisch aus Parfum und dem wohligen Geruch seiner Haut – dem Geruch von Heimat, von Angekommensein.

Paul atmete tief durch. Dann legte er seine Arme um Anna, seine Arme umfingen ihren ganzen Körper, schienen sie zu umschließen, festzuhalten, sie gaben ihr Halt. Ihre Hand lag auf seinem Herzen. Paul drückte sie an seinen Oberkörper, fest und lang, so unendlich lang, dass sie das Pochen seines Herzens spürte. Wie es gleichmäßig schlug, für sie schlug, für Fiona schlug.

„Für immer und ewig", flüsterte Paul.

„Für ewig und immer", flüsterte Anna.

Freitag, 26. Juli – Tag 8

Annas Eltern hatten für heute noch einmal ihren Besuch angekündigt. Nachdem Paul und Anna eine Nacht drüber geschlafen hatten, waren sie sich sicher, dass sie es bei dem Namen Fiona Valentina Falkenstein für ihre Tochter belassen wollten. Ihre Entscheidung stand fest.

„Wisst ihr endlich, wie sie heißt?", fragte Doris bei ihrem Besuch in monotoner Stimme.

Doris hatte jedes Mal, wenn sie am Telefon miteinander gesprochen hatten, dieselbe Frage gestellt, aber der Tonfall hatte sich im Laufe der vergangenen Woche geändert: von erwartungsvoll über verärgert hin zu resigniert.

„Ja", sagte Anna voller Stolz und lächelte. Sie hielt ihre Tochter im Arm.

„Ja?" Doris' Augen weiteten sich vor Überraschung und Freude. „Wie heißt sie?"

„Darf ich vorstellen? Fiona Valentina", verkündete Anna feierlich und hielt Fiona ein kleines Stück höher.

„Ein Doppelname!" Doris verzog die Mundwinkel nach unten.

„Das ist kein Doppelname, sondern das sind zwei Vornamen", berichtigte Anna.

„Ach so." Doris' Gesicht entspannte sich. „Wie nochmal?"

„Fiona Valentina."

„Aha." Doris zückte ihr Smartphone und tippte darauf herum.

Martin ergriff das Wort: „Mir gefällt Valentina gut. Valentina Vladimirovna Tereshkova war eine russische Kosmonautin, die erste Frau im Weltraum."

„Fiona Valentina", murmelte Doris gedankenversunken vor sich hin.

„Was machst du?", wollte Anna von Doris wissen.

„Ich suche die Bedeutung der Namen", sagte Doris mit Blick auf ihr Handy.

„Wir haben das schon recherchiert", erklärte Anna. „Fiona bedeutet rein, weiß, hell. Das passt zu ihren blonden Haaren. Valentina bedeutet Kraft und Stärke."

„Du meine Güte!", rief Doris plötzlich und starrte mit weit aufgerissenen Augen auf das Display.

„Was ist?", fragte Anna.

Doris hielt Martin wortlos das Smartphone hin.

„Fiona war die Frau von Shrek", beantwortete Martin die Frage und runzelte die Stirn.

Doris rief: „Fiona ist ein Oger!" Sie hielt sich erschrocken die Hand vor den Mund.

„Mama!" Anna funkelte Doris wütend an.

Doris blickte Anna mit zusammengezogenen Augenbrauen an und hob warnend den Zeigefinger in die Höhe: „Ich habe dich gemahnt, zu prüfen, welche Namensträger es gibt."

„Der Film ist alt. Da denkt heute keiner mehr dran", sprang Paul helfend ein.

„Das steht aber hier an erster Stelle bei den Namensträgern!", sagte Doris und deutete auf ihr Handy.

Anna rieb sich die Schläfen. Sie hatten ihre Tochter nach einem Oger benannt. Nein, so war es nicht! Ein Oger und ihre Tochter hatten zufällig denselben Namen. Ja, so war es! War die Frau von Shrek nicht eine Prinzessin? Eine Oger-Prinzessin, aber immerhin eine Prinzessin.

Ob ihr Baby ein Leben lang verspottet werden würde, weil es eine animierte Filmfigur mit demselben Namen gab? Ein flaues Gefühl breitete sich in ihrem Magen aus. Sie rieb sich den Bauch und versuchte, tief durchzuatmen.

„Uns hat der Name gefallen und die Bedeutung ist auch passend", versuchte Anna sich zu rechtfertigen. Sie streichelte sanft über Fionas Kopf. Tränen stiegen ihr in die Augen. Schon wieder! Sie wandte den Kopf ab und versuchte, die Tränen wegzublinzeln. Diese Hormone machten sie fertig.

Es waren doch die Hormone, oder?

„Der Name ist perfekt so, wie er ist", sagte Paul. „Schaut sie euch an! Der Name passt gut zu ihr." Die Wärme in seiner Stimme ließ Anna aufhorchen.

Anna sah das Strahlen in Pauls Augen, als er auf Fiona in ihrem Arm blickte. Anna atmete einmal tief durch und fand ihr Lächeln wieder.

Ob Paul sich bewusst war, wie sehr sie ihn dafür liebte?

„Wir werden uns daran gewöhnen", warf Doris ein. „Immerhin hat sie jetzt einen Namen. Ich bin gespannt, wie Pauls Eltern den Namen finden."

Anna schluckte. Pauls Eltern. Die hätte sie fast vergessen. Ihr Magen zog sich zusammen bei dem Gedanken daran, es Gloria zu erzählen.

Morgen.

„Wenn es nach meiner Familie gegangen wäre, dann hätte Fiona noch Gloria-Viktoria als zusätzlichen Vornamen", sagte Paul.

„Wieso?", fragte Martin erstaunt nach.

„Das ist eine Familientradition bei uns, um beide Elternteile zu ehren. Mein Dad gibt seinen Nachnamen weiter und meiner Mum gebührt normalerweise die Ehre, indem wir ihren ersten Vornamen als zweiten Vornamen an unsere Tochter weitergeben. So hieß meine Uroma Frieda Charlotta und meine Oma Irmgard Frieda und meine Mum Gloria-Viktoria Irmgard. Das geht seit sechs Generationen so."

Doris biss sich auf die Unterlippe. Anna konnte die Sorge in ihrem Gesicht ablesen.

„Aber wir haben uns dagegen entschieden", betonte Anna, um sie zu beruhigen.

„Habt ihr euch das gut überlegt? Wollt ihr wirklich die Tradition brechen?", fragte Doris.

„Was?", zischte Anna. Mit dieser Reaktion hatte sie nicht gerechnet.

Kann ich es dir nie recht machen?

„Ich bin auch nicht für mehrere Vornamen, aber ihr werdet Gloria damit vor den Kopf stoßen", erklärte Doris.

„Damit wird sie leben müssen." Anna knirschte mit den Zähnen. In Gedanken stellte sie sich schon das Treffen mit den Schwiegereltern vor.

„Was ist dir wichtiger: Dass ihr euch beim Namen durchsetzt oder dass du dauerhaft eine gute Beziehung zu deinen Schwiegereltern hast?", fragte Doris.

„Wenn die Beziehung nur dann gut ist, wenn wir machen, was sie für richtig halten, dann läuft meiner Ansicht nach etwas verkehrt."

„Versteh mich bitte nicht falsch!", sagte Doris und hob abwehrend die Hände in die Höhe. „Ich hoffe sehr für euch, dass sie es verstehen werden."

Anna verstand.

Bete lieber für uns, dass sie es verstehen.

Eine schwere Entscheidung

Samstag, 27. Juli – Tag 9

Pauls Eltern Gloria und Karl-Heinz hatten ihren Besuch angekündigt. Sie kamen von zu Hause, aus Aschaffenburg, und waren auf der Durchreise nach Italien, um drei Wochen Sommerurlaub an der Adria zu verbringen. Normalerweise verbrachten sie jeden Sommer auf Sylt, aber wegen der Geburt des ersten Enkelkindes hatten sie dieses Mal die Reise in den Süden angetreten.

Als Pauls Eltern ankamen, war es bereits Abend. Die letzten Sonnenstrahlen des Tages schienen gerade warm und gemütlich ins Schlafzimmer. Winzige Staubkörner tanzten in der Luft.

Ausgerechnet jetzt ging es Anna nicht gut. Ihre Brustwarzen hatten sich entzündet und sie war müde von der letzten Nacht.

Und müde vom Tag.

Hundemüde.

Fiona war mehrere Stunden wach gewesen und wollte immer wieder trinken. Anna wartete darauf, dass Fiona einschlief. Fionas Kopf sank zur Seite, ihre Lider senkten sich.

Es müsste gleich soweit sein, dachte sich Anna, als es plötzlich klingelte.

Anna seufzte und hoffte insgeheim, dass Paul seine Eltern wieder wegschicken würde, denn sie wollte am liebsten gleich mit Fiona zusammen einschlafen.

Paul führte seine Eltern ins Schlafzimmer, in dem Anna mit Fiona im Bett lag.

Gloria steckte den Kopf durch den Türspalt. Ihre knallroten Haare leuchteten in der Sonne wie ein Feuerball. „Hallöchen!", rief sie laut.

Anna zuckte angesichts der Lautstärke zusammen. Schlagartig gingen Fionas Augen wieder auf.

Gloria tänzelte ins Zimmer. Noch bevor ihre Schwiegermutter bei Anna angekommen war, drang ihr Parfum in Annas Nase – Lavendel. Gloria trug ein wallendes Sommerkleid mit großen knallbunten Blüten. Dazu eine weit ausladende türkise Stoffblume im Haar. Ihren grauen Haaransatz hatte sie wieder rot nachfärben lassen, damit niemand auf die Idee käme, ihr das fortgeschrittene Oma-Alter zu unterstellen. Mit ihrem roten Lippenstift, den roten Fingernägeln und einem großen Strahlen auf dem Gesicht sah sie unverschämt jung aus, fand Anna. Und frisch.

Was man von Anna nicht behaupten konnte. Sie schämte sich für ihren grauen Schlafanzug, den sie seit Tagen ununterbrochen trug. Hinter Gloria polterte Karl-Heinz ins Zimmer. Er schwankte hinter Gloria her mit einem Stapel rosa verpackter Geschenke in den Händen. Sie versperrten ihm die Sicht, sodass er an der Seite vorbeilinsen musste, um nicht Gefahr zu laufen, gegen eine Wand zu stoßen. Sein Haupt zierte ein weißer Haarrand am Hinterkopf, der mit jedem Besuch kleiner zu werden erschien.

„Mein Gott, wir standen lang im Stau", entschuldigte Gloria ihre Verspätung und hielt ihre Hand aufs Herz. „Zwei Stunden lang ging nichts. Aber jetzt sind wir endlich da. Herzlichen Glückwunsch noch einmal persönlich zu eurer kleinen Prinzessin!", trällerte sie und hauchte Anna zur Begrüßung jeweils ein Küsschen links und rechts auf die Wange. „Das ist sie also, die Kleine!", sagte sie mit Blick auf ihre Enkelin und beugte sich über sie. „Hallo, Herzchen, ich bin Gloria-Viktoria, aber du kannst Gloria zu mir sagen."

„Nicht Oma?", fragte Paul überrascht, nahm seinem Vater die Geschenke ab und stellte sie auf den Nachttisch.

„Gloria wäre mir lieber", bemerkte Gloria und strich sich über die Haare. „Oma klingt alt. So fühle ich mich gar nicht."

„Das kommt noch", meinte Paul augenzwinkernd.

„Ach was! Sechsundsechzig ist kein Alter!", meinte Karl-Heinz mit seiner rauchigen Stimme.

Karl-Heinz erblickte nun auch Fiona. Er lächelte und sagte: „Zu mir kannst du ruhig Opa sagen. Wenn du irgendwann einmal reden kannst, meine ich."

„Kann ich sie halten?", fragte Gloria und setzte sich auf den Rand des Bettes.

Nein.

Anna wollte sie nicht aus ihrem Arm geben. Keine Sekunde wollte sie mehr ohne ihre Tochter verbringen, aber sie fürchtete, dass Gloria das nicht verstehen würde. Sie zweifelte, dass irgendjemand das verstehen konnte, was sie empfand: Als ob Fiona und sie zusammen in Beton gegossen wären: felsenfest, unumstößlich, untrennbar miteinander verschmolzen.

„Gib sie mir!" Gloria streckte ihre Arme aus und winkte ungeduldig mit den Händen.

Anna legte Fiona in Glorias Arme.

„Ach, ist die goldig!", schwärmte Gloria und blickte entzückt auf Fiona. „Dich muss man einfach gern haben!" Gloria drückte ihrer

Enkelin einen dicken Kuss auf die Stirn, sodass sich ihr roter Lippenstift auf der Haut abzeichnete.

„Wie lang ist es her, dass ich ein Baby im Arm hatte?", fragte Gloria verträumt. „Ach, es ist so lang her!"

„Vor zwei Wochen. Die Kleine von unseren Nachbarn", warf Karl-Heinz ein.

„Das war nur kurz, das zählt nicht", protestierte Gloria, „und die Kleine war schon älter, fünf Monate oder so. Aber die kleine Prinzessin hier, die ist, ach ... Ist sie nicht süß? Die kleine Nase, die blauen Augen! Bezaubernd!"

Ja, das stimmt. Kann ich sie jetzt bitte wieder haben?

Gloria hielt einen Augenblick inne und schien den Moment zu genießen.

Okay, aber nur noch kurz.

„Die Augen hat sie von mir, findet ihr nicht?", fragte Gloria und legte den Kopf schief.

Jetzt will ich sie aber wieder haben!

Karl-Heinz blickte auf Fiona: „Sie ist reizend, sehr reizend." Er klopfte Paul anerkennend auf die Schulter: „Das hast du prima gemacht, Junge!", und ergänzte mit Blick auf Anna: „Du natürlich auch."

„Wollt ihr die Geschenke auspacken?", fragte Gloria. „Ach, was frage ich. Natürlich wollt ihr das. Steh nicht so herum, Karl-Heinz! Hopphopp! Reiche Anna die Geschenke!"

Karl-Heinz übergab Anna die Geschenke, eins nach dem anderen. Anna packte ein Geschenk nach dem anderen aus: eine dreistöckige Windeltorte mit allerlei Cremes und Badeölen für Babys, ein Babymützchen mit aufgestickter Prinzessinnenkrone, einen Schnuller mit Goldumrandung, eine Babydecke mit der Aufschrift „Prinzessin Falkenstein" und ein Paar silberne, paillettenbesetzte Lauflernschühchen.

Typisch Gloria! Wenn sie die Wahl hat zwischen bequem und schick, wählt sie: schick.

„Hier ist noch eins." Karl-Heinz überreichte Anna das letzte Geschenk.

„Nun kommt das Beste!", kündigte Gloria an, als Anna das Päckchen aufmachte.

Anna öffnete sorgsam das Geschenkpapier und zog ein voluminöses Tüllkleidchen in Rosa heraus, übersät mit Strasssteinen und Glitzer in Größe vierundsiebzig.

Anna starrte auf das Kleid.

„Wie findest du es?", fragte Gloria erwartungsvoll.

„Es ist ..." Anna rang nach Worten.

Unpraktisch. Überladen. Ein Albtraum.

„Ein Traum, nicht wahr?", warf Gloria ein und klatschte vor Aufregung in die Hände.

Zu viel Glitzer. Zu viel Glanz. Zu viel Gloria.

„Sei ehrlich! Gefällt es dir?", fragte Gloria hastig.

Anna blickte in Glorias erwartungsfreudige Augen und stockte einen Moment. Dann gab sie sich einen Ruck und sagte: „Also, wenn ich ehrlich sein soll ..."

„Ich will auf der Stelle tot umfallen, wenn es dir nicht gefällt!", platze Gloria heraus. „Das ist der Traum eines jeden Mädchens! Ich weiß, dass ihr darauf achtet, nur Kleidung aus Baumwolle und Wolle zu verwenden, aber bei dem Kleidchen konnte ich nicht widerstehen, auch wenn es aus Kunstfaser besteht. Es ist einfach zu schön! Das würde gut zu Italien passen. Da sind alle Mädchen immer derart süß gekleidet. Ach, ich bin gespannt auf unseren Urlaub. Wir haben uns viel vorgenommen. Wir wollen unter anderem einen Ausflug nach Venedig machen! Ich war bestimmt vierzig Jahre nicht dort. Du meine Güte, es wird höchste Zeit, dass wir wieder Gondel fahren durch die engen Kanäle. Wir machen auf jeden Fall Fotos, dann können wir sie euch zeigen."

Anna verstummte. Es war typisch für Gloria, sie nicht ausreden zu lassen und im selben Atemzug das Thema wechseln. Immer dann, wenn es drohte, unangenehm zu werden.

34

Anna öffnete den Mund, um etwas zu sagen. Dann biss sie sich auf die Lippen.

Fiona wird dieses Kleid niemals tragen.

Allein schon das Material verstieß gegen Annas Prinzipien. Zudem sonderte es einen stark chemischen Geruch ab. Zu viele Schadstoffe, zu viel Allergierisiko, zu wenig Natur, zu wenig gesund. Das hatte sie ihren Schwiegereltern schon vor Fionas Geburt erklärt.

Annas merkte, wie ihre Nasenflügel bebten. Weil Gloria sie nicht ernst nahm. Gloria war nicht wichtig, was Anna wollte. Sie folgte ihren eigenen Regeln. Der Schein stand immer vor dem Sein. Typisch Schauspielerin, dachte Anna.

Gloria war ihr Leben lang Theaterschauspielerin gewesen. Sie hatte auf den großen Bühnen in Deutschland gespielt. Berlin, Hamburg, München, Köln. Das hatte seine Spuren hinterlassen. Sie kannte sich aus mit dem schönen Schein. Und dem Schauspiel.

Andererseits: Durfte Gloria als Oma ihrer Enkelin nicht schenken, was sie wollte?

Wie sollte das in Zukunft weitergehen, wenn Anna jetzt nichts dagegen sagte? Würde Gloria immer wieder Geld für Dinge verschwenden, die Fiona niemals benutzte? Kleidung aus Kunstfasern, die Fiona nicht anziehen durfte, oder Spielsachen mit Weichmachern, mit denen Fiona nicht spielen durfte, oder Süßigkeiten mit krankmachenden Zusatzstoffen, die sie nicht essen durfte? Anna würde all das wegwerfen. Sie könnte es nicht einmal guten Gewissens weiterschenken. War das nicht zu schade ums Geld? Ging es hier um die Sache?

Es geht niemals um die Sache. Immer um Menschen. Und ihre Befindlichkeiten.

Es ging um Fiona. Um Anna. Um Gloria.

Anna spürte, dass Gloria es als Zurückweisung empfinden würde, wenn Anna das Geschenk ablehnte. Als Türe zuknallen.

Gloria würde sie nicht wieder öffnen – so gut kannte Anna sie.

Sie beide würden vielleicht noch miteinander sprechen, aber immer durch diese verschlossene Tür. Solang, bis Anna die Tür wieder öffnete. Anna müsste auf Gloria zukommen, nicht umgekehrt. Sie müsste viel Kraft und Ausdauer beweisen, um die Tür zu öffnen, denn Gloria und ihr verletzter Stolz würden sich dagegenstemmen. Anna würde beweisen müssen, dass sie es ernst meinte. Bis Gloria das Gefühl bekäme, dass Anna ihre Taten aufrichtig bereute, dass sie ein Einsehen hatte, dass sie es künftig besser machen würde – so wie Gloria wollte.

Immer ging es nach ihrem Willen! Anna fragte sich, ob der frühe Tod von Glorias Mutter etwas damit zu tun hatte. Gloria war zwölf, als ihre Mutter starb. Ihr Stiefvater war Alkoholiker und hatte sich nicht um sie gekümmert. So war sie schließlich ins Kinderheim gekommen. Anna fragte sich, ob Gloria dort gelernt hatte, sich durchzukämpfen. Und ob sie dabei das Schauspielern entdeckt hatte, als Notwendigkeit, zum Überleben.

Dieses Schauspiel! Anna pustete ihren Pony nach oben.

„Vielen Dank für die vielen Geschenke!", erklärte Anna bemüht freundlich.

„Ich freue mich, dass sie euch gefallen!", flötete Gloria und bemerkte mit Blick auf ihre Enkelin in ihrem Arm: „Mein Herzchen, jetzt bist du erst einmal gut ausgestattet."

„Das Herzchen hat jetzt einen Namen", bemerkte Paul feierlich.

„Welchen?", wollte Gloria wissen.

Paul deutete mit der Hand auf Anna und überließ ihr das Wort.

Gloria und Karl-Heinz blickten Anna erwartungsvoll an.

Anna rutschte etwas tiefer. Sie hatte erwartet, dass Paul diesen Teil übernahm, den Teil der unbequemen Wahrheit. Es waren schließlich seine Eltern! Wo war nur ihre Sicherheit vom Vortag geblieben?

„Fiona Valentina", verkündete sie schließlich leise.

„Hat der Name Adele euch nicht gefallen?", fragte Gloria überrascht.

„Doch, sehr sogar", warf Anna hastig ein, „aber Fiona hat uns noch besser gefallen und der Name Valentina hat eine schöne Bedeutung. Es heißt Kraft, Stärke."

Gloria legte den Kopf zur Seite und nickte anerkennend.

Anna blickte besorgt zu ihr und Karl-Heinz, doch weder er noch Gloria schienen sich an der Namenswahl zu stören. Sie konnte keinerlei Groll in ihren Gesichtern erkennen, weil Paul und sie die Familientradition nicht fortsetzten. Sie dachten auch nicht an Shrek, zum Glück!

Karl-Heinz setzte sich neben Gloria und beugte sich zu Fiona herüber.

Gloria blickte liebevoll auf die Enkelin in ihren Armen, streichelte sanft mit den Fingerspitzen über ihre Wange. „Fiona Valentina Gloria-Viktoria Falkenstein." Gloria blickte zu Anna auf und lächelte. „Ein sehr, sehr schöner Name! Ganz ausgezeichnet!"

Anna presste die Lippen aufeinander und sah Paul flehend an.

Paul sagte ruhig: „Nein, nur Fiona Valentina Falkenstein."

Glorias Lächeln erstarrte.

Karl-Heinz' Lippen formten sich zu einem lautlosen „Oh".

Schweigen.

Gloria blickte Paul an. Dann blickte sie Anna an. Ihr Blick blieb auf ihr haften. Ein Blick, der so vieles auf einmal offenbarte. Entsetzen. Fassungslosigkeit. Überraschung. Unverständnis. Eine Mischung aus allem.

Anna wagte kaum zu atmen. Sie wand sich unter Glorias Blick.

Gloria schluckte geräuschvoll.

„Was für ein Tag!", sagte sie schließlich und prustete geräuschvoll Luft aus. „Zuerst standen wir zwei Stunden im Stau, ganze einhundertzwanzig Minuten lang! Dann habe ich auf diesem schäbigen Rastplatz minderwertige Pizza serviert bekommen und jetzt wollt ihr meine Enkelin nicht nach mir benennen!" Sie blickte zur Zimmerdecke und streckte theatralisch ihre Hände nach oben.

Karl-Heinz runzelte die Stirn und warf zuerst Paul, dann Anna einen vorwurfsvollen Blick zu.

„Ich muss Hände waschen", sagte Gloria, stand abrupt auf, als wäre ihr das gerade eingefallen, übergab Karl-Heinz das Baby und verschwand aus dem Schlafzimmer in Richtung Bad.

Anna blickte zu Paul. Sie sah die Besorgnis in seinem Blick.

„Hätte die Hebamme nicht schon kommen wollen?", fragte Paul an Anna gewandt.

„Frau Müller! Ja, sie wollte eigentlich am späten Nachmittag kommen. Jetzt ist es Abend. Komisch."

Anna war froh über den Themenwechsel. Sie spürte den Blick von Karl-Heinz auf sich ruhen. Er sagte kein Wort und doch hätte sie schwören können, dass sie es unter seiner Oberfläche brodeln hörte. Sie spürte die dicke Luft.

„Ich rufe sie mal an." Anna nahm ihr Handy vom Nachttisch. Sie versuchte, die Hebamme anzurufen, doch diese ging nicht ans Telefon.

Karl-Heinz wandte sich Fiona zu. Er ignorierte Paul und Anna geflissentlich. Er brabbelte mit Fiona. Er näherte sich ihr mir dem Gesicht, begleitet von einem gemurmelten „Bababababa", bis ihre Nasenspitzen sich fast berührten, dann zuckte er ruckartig zurück und formte den Mund zu einem gehauchten „Oh". Fiona blickte ihn aufmerksam mit ihren großen Augen an. Dann wiederholte er das Spiel.

Anna musterte Karl-Heinz mit einem Seitenblick. So kindisch kannte sie ihn nicht, doch ein Baby kitzelte aus ihm eine andere Seite heraus, die ihr bisher verborgen geblieben war.

Gloria kam aus dem Bad zurück. Ihr Gesicht verzog keine Miene.

„Euer Wasserhahn tropft", sagte sie.

„Ach wirklich?", murmelte Paul.

Anna sah Gloria prüfend an. Gloria wirkte, als sei nichts passiert. Nur eine winzige Veränderung in Glorias Stimme, ein Hauch von Strenge, verriet Anna, dass sie innerlich schäumte.

„Anna sieht müde aus", fuhr Gloria fort. „Lassen wir sie in Ruhe, damit sie sich ausruhen kann. Wir wollten eh bald ins Hotel. Wir kommen morgen wieder und haben den ganzen Tag Zeit, bevor wir weiterfahren."

„Schön, dass ihr da wart", sagte Anna betont freundlich.

Gloria vermied es, Anna anzusehen. „Ich brauche jetzt einen Schnaps", sagte sie an Paul gewandt.

„Ich kann dir auch einen Prosecco anbieten", sagte Paul.

„Nein, das reicht nicht", erwiderte Gloria. Sie blickte kurz zu Fiona und sagte: „Fiona Valentina, Herzchen, deine alte Großmutter braucht jetzt erst einmal einen Schnaps. Wir sehen uns morgen." Sie winkte ihr zu, ging ins Wohnzimmer und Anna hörte, wie sie sich dort geräuschvoll aufs Sofa plumpsen ließ.

Karl-Heinz legte Fiona zurück in Annas Arme, wünschte ihr steif eine gute Nacht und begab sich zu Gloria. Paul ging in die Küche, um ein Schnapsglas zu holen, und folgte seinen Eltern ins Wohnzimmer, wo Anna das Klackern der Minibar hören konnte.

Anna vergrub ihre Nase in Fionas Haarflaum und atmete tief durch. Sie stutzte. Roch Fiona nach Lavendel? Anna schnupperte noch einmal an Fionas Kopf. Eindeutig! Glorias Parfum. Auch an ihren Händen. Fiona roch überall nach Lavendel. Anna rümpfte ihre Nase und verzog die Mundwinkel nach unten. Fiona roch nicht mehr wie ihr Baby, sondern wie ihre Schwiegermutter! Obwohl Anna den Lavendelduft an sich angenehm fand, war er auf der Haut ihres Babys abschreckend. Dazu noch der rote Lippenstift auf Fionas Stirn!

Was zu viel ist, ist zu viel!

Anna schlich ins Badezimmer, um Fiona zu waschen. Mit Wasser ging der Geruch nicht ab. Anna musste Fionas Kopf mit Seife waschen, um den Fremdgeruch loszuwerden. Danach roch Fiona nach Seife und damit auch nicht mehr wie ihr Baby, aber immerhin auch nicht mehr wie Annas Schwiegermutter. Anna beschloss, es gut sein zu lassen. Sie rubbelte Fionas Kopf und

Hände vorsichtig mit einem Handtuch trocken und stellte fest, dass der Wasserhahn tatsächlich tropfte. Den musste Paul bald reparieren! Anna selbst hatte in handwerklichen Angelegenheiten zwei linke Hände.

Auf dem Weg zurück zum Schlafzimmer hörte sie aufgeregte Stimmen im Wohnzimmer. Anna blieb unschlüssig im Flur stehen und lauschte den Stimmen hinter der Tür.

„Was habt ihr gegen mich? Warum habt ihr sie nicht Gloria-Viktoria genannt?", platzte es aus Gloria heraus. Ihre Stimme war anklagend.

„Ach Purzelchen", seufzte Karl-Heinz mitleidig. So nannte er sie, wenn sie sich über etwas aufregte. Wenn sie so wütend war, stand er meist stumm daneben und ließ den Sturm über sich ergehen oder war stiller Beobachter, wenn der Sturm über andere hereinbrach.

Armer Paul.

„Das hat nichts mit dir zu tun, Mum", versuchte Paul sie zu besänftigen. „Wir wollten die beiden Vornamen, die uns gefallen haben. Wenn wir deine zwei Namen dazu genommen hätten, wäre der Name zu lang gewesen."

„Zu lang?" Glorias Stimme klang schrill, wechselte aber gleich darauf in einen Jammerton: „Ihr hättet sie wenigstens Gloria nennen können. Es nennen mich eh alle nur Gloria, weil ihnen der ganze Name zu lang ist. Dann würde meine Enkelin 'Fiona Valentina Gloria' heißen. Das klingt göttlich! Oder nicht? Dann würde ich in ihr weiterleben, wenn ich nicht mehr bin. Aber das wollt ihr anscheinend nicht ... Bin ich so schrecklich?"

„Das hat nichts mit dir zu tun!", wiederholte Paul.

„Wie könnt ihr mir das antun? Wie könnt ihr all den Frauen in meiner Familie das antun? Meine Mutter würde sich im Grab umdrehen, wenn sie das erfahren würde!"

Anna dämmerte es langsam. Für Gloria war ihre Mutter Irmgard alles gewesen. Gloria war 1954 in die erste Nachkriegsgeneration geboren worden. Als uneheliches Kind, was sich damals nicht ziemte. Ihre Mutter Irmgard hatte nie jemandem verraten, wer der Vater war, und so hatte er nie eine Rolle in Glorias Leben gespielt. Auch ihr späterer Stiefvater konnte die Lücke nicht füllen. Irmgard hatte ihn geheiratet, als Gloria fünf Jahre alt war. Das wusste Anna von Paul. Gloria selbst hatte nie über ihn gesprochen. Wenn Gloria von jemandem sprach, dann von ihrer Mutter und ihrer Oma.

Irmgard war Schneiderin gewesen und hatte sich um den Lebensunterhalt für sich und ihre Tochter gekümmert. Irmgards Mutter half ihr, so gut sie konnte, mit Kochen, der Wäsche, dem Kind. Nur die Frauen hatten in ihrer Familie eine tragende Rolle gespielt. Und Gloria wollte sich in die Riege der bedeutsamen Frauen einreihen.

„War das Annas Idee?", fragte Gloria weiter. Ihr Tonfall war nun ins Wütende umgeschlagen.

Annas Kinnlade klappte nach unten.

„Nein, war es nicht", sagte Paul bestimmt.

„Ich habe ihr vor der Hochzeit gesagt, dass sie nicht nur dich, sondern eine Familie heiratet! Familie verpflichtet!"

Anna zog ihre Augenbrauen zusammen. „Oh ja!", flüsterte sie vor sich hin. „Und was für eine Familie ich geheiratet habe!"

Richtig bewusst war ihr das zum ersten Mal an dem Tag geworden, an dem sie geheiratet hatten. Eine einfache bayerische Hochzeit hatten sie geplant, da Bayern für sie beide Heimat bedeutete. Paul war in München geboren und aufgewachsen. Seine Eltern waren erst nach Aschaffenburg gezogen, als er studierte.

Anna war zwar keine gebürtige Bayerin, betrachtete Bayern aber als ihre Heimat, da sie fast ihr gesamtes Leben dort verbracht hatte. Ihre Eltern waren bald nach der Wiedervereinigung von Weimar nach München gezogen, als Anna gerade einmal zwei Jahre alt gewesen war.

Paul wollte in fescher Lederhose und Anna im schicken Dirndl heiraten. Dass Gloria und Karl-Heinz nicht in Tracht erscheinen würden, weil sie sich gern festlicher kleiden wollten, hatten sie angekündigt. Ob eine Abendgarderobe auch erlaubt wäre, hatte Gloria Anna damals gefragt. Naiv, wie Anna war, hatte sie dem zugestimmt.

Nie im Leben hätte sie sich träumen lassen, wie die beiden dann erschienen: Karl-Heinz im schwarzen Smoking, mit goldener Fliege und goldenem Einstecktuch, Zylinder und Stock. Je drei goldene Streifen an den Seiten hatten seine Hosenbeine geschmückt. Dazu goldene Schuhe. Gloria im hautengen goldfarben Kleid, bodenlang, halbtransparent am Bauch und an den Beinen ab der Mitte des Oberschenkels. Das Kleid hatte ein tiefer V-Ausschnitt am Rücken bis kurz oberhalb des Pos geziert. Dazu hatte Gloria schwarze Samthandschuhe bis zum Ellenbogen und farblich dazu passende Stöckelschuhe getragen, deren Klackern man im ganzen Standesamt gehört hatte. Die Haare hatte sie damals frisch gefärbt in Barbieblond. Eine Hochsteck-frisur, mit goldenen Federn verziert, hatten auf ihrem Haupt gethront. Sie hatte nach Rosen gerochen, nein wie ein ganzer Rosengarten. Das ganze Standesamt war erfüllt von ihrem Parfum, sodass Anna schwindelig wurde und sie darum bat, das Fenster zu öffnen, was alle dahingehend interpretierten, dass ihr vor lauter Aufregung heiß geworden war.

„Mum!", mahnte Paul, „Anna und ich haben den Namen zusammen festgelegt."

„Wart ihr schon beim Standesamt?", fragte Gloria listig.

„Nein, wir haben den Namen gestern erst definitiv entschieden und am Wochenende hat das Standesamt nicht offen."

„Dann könnt ihr euch das noch einmal überlegen."

Anna presste die Lippen aufeinander.

Gloria! Sie war vereinnahmend, dominant, fordernd! Wie eine Krake, die ihre langen Fangarme ausbreitete, um nach Beute zu schnappen. Sie will Fiona einsaugen, meine Fiona, und sie will sich meinen Paul einverleiben und ihn fortschleppen, dachte Anna, nur mich, mich würde sie in hohem Bogen wieder ausspucken!

Anna schüttelte sich bei dem Gedanken.

Eigentlich bräuchte sie als Mutter ein dickes Fell, doch gerade jetzt fühlte sie sich dünnhäutiger und verwundbarer denn je.

Sie öffnete behutsam die Tür zum Schlafzimmer, um ungehört hineinzuschleichen, und legte sich mit Fiona ins Bett.

Anna mummelte sich ein und zog die Decke ein Stück weit über ihren Kopf, wobei sie darauf achte, die neben ihr liegende Fiona nicht mit der Decke zu bedecken.

Fiona drehte sich zu Anna und sie gab ihr die Brust, die Fiona gierig annahm.

Au, diese Schmerzen beim Saugen! Das war nicht normal. Anna biss die Zähne zusammen. Sie musste dringend ihre Hebamme erreichen. Sie schloss die Augen und versuchte, an etwas Schönes zu denken.

Es gelang ihr nicht. Sie spürte nur den Schmerz, bis Fiona von ihr abließ und sich auf den Rücken drehte, ihre Ärmchen links und rechts von sich gestreckt.

Fionas Atem war unregelmäßig, mal schnell und tief, mal langsam, mal stockend. Sie schniefte. Anna legte ihre Hand auf Fionas Bauch. Sie hatte sich noch nicht an Fionas Atemgeräusche gewöhnt, wenngleich sie ihr so nah war, wie kein anderer Mensch es je gewesen war. Nicht einmal Paul.

Die Verschmelzung, als sei man eins, dieses Ziehen, wenn Fiona körperlich entfernt von ihr war, schon nach einer Sekunde, das kannte Anna nicht.

Was für ein Spiel der Natur! Was für ein Überlebensinstinkt der Menschheit brach da durch!

Fiona braucht meine Nähe und ich brauche ihre Nähe, sonst haben wir das Gefühl zu sterben.

Als Anna aufwachte, war es dunkel und Fiona atmete geräusch-voll vor sich hin. Paul schlich gerade ins Bett. Sonst war es ruhig in der Wohnung. Seine Eltern waren anscheinend bereits ins Hotel gegangen.

„Paul?", fragte Anna dösig.

„Du bist ja wach", bemerkte er und wechselte zu Annas Seite des Bettes. Er hob Annas Decke und legte sich hinter Anna, dicht an dicht, streckte seinen Arm über sie zu Fiona und streichelte Fionas Kopf.

„Willst du Fiona doch nach Gloria benennen?", fragte Anna. „Ich meine als dritten Vornamen, weil es ihr so viel bedeutet."

Paul hielt inne. Er stützte sich auf den Ellenbogen. „Willst du unsere Tochter nach ihr benennen?", fragte er, wobei er das 'du' besonders betonte.

Anna drehte sich auf den Rücken, sodass sie ihn ansehen konnte. Sie konnte seine groben Umrisse erkennen dank des Nachtlichts, das sie seit der Geburt immer eingeschaltet hatten. „Wenn es nur nach mir ginge, dann nein", gab Anna zu.

„Wenn es nach mir ginge, dann auch nicht."

„Aber vielleicht ist es falsch, dass wir nur an uns denken. Wir haben Gloria tief verletzt. Sie hat es persönlich genommen."

„Anna ..."

„Nein, lass mich ausreden! Vielleicht hatte meine Mutter recht: Jetzt ist es nur ein kurzer Moment, wo wir den Namen vergeben, aber vielleicht verscherzen wir es uns damit mit deiner Mutter für immer. Ich meine, es tut uns nicht weh, ihr den Gefallen zu tun, oder?"

Oder?

Schon, als sie den Vorschlag aussprach, zog sich in ihr alles zusammen.

Wie sie sich hasste in diesem Moment, für ihre Feigheit und ihr Streben, es allen recht zu machen, und wie sie sich wünschte, dass er widersprach!

Paul überlegte einen Moment, dann fragte er mit sanfter Stimme:
„Was sagt dein Gefühl?"
„Eine gute Frage", flüsterte Anna.
Paul führte Annas Hand auf ihre linke Brust und legte seine Hand
darauf. So lagen sie eine ganze Weile, während Anna ihren
Gedanken nachging.
Sie spürte in sich hinein.
Genau darum ging es beim Muttersein, dass sie das tat, was sie für
richtig hielt. Und das war das, was sich richtig anfühlte. Auch
wenn andere Menschen ihre Beweggründe nicht verstanden, auch
wenn andere es anders machten, auch wenn sie Anderes erwarte-
ten oder Gegenteiliges für richtig hielten.
Also, Anna, was sagt dir dein Gefühl, he?
Sie lauschte. Sie hörte – nichts.
Na toll! Komm schon, Anna! Streng dich ein bisschen mehr an!
Die Mauern, die Hürden, die innerlichen Barrieren, sie waren so
hoch. Sie traute sich kaum, darüber zu springen.
Doch, da! Da war eine Stimme. In einem entlegenen Teil ihres
Inneren. So leise wie ein Wimpernschlag. Kaum lauter als ein
Gedanke. Aber sie hörte ihn, den Hauch ihrer inneren Stimme.
Eine Gänsehaut breitete sich über ihren Rücken aus.
„Wir haben uns richtig entschieden", flüsterte Anna.

Unerwarteter Besuch

Sonntag, 28. Juli – Tag 10

Am nächsten Morgen klingelte es ungewöhnlich früh an der
Wohnungstür. Anna war wach, weil Fiona seit drei Uhr nicht
mehr richtig geschlafen hatte. Außerdem konnte sie ihre schmerzenden Brustwarzen kaum ertragen, sodass sie sowieso nicht
mehr hätte schlafen können. Anna öffnete im Schlafanzug die
Tür, Fiona hatte sie im Arm.
„Überraschung!", schrie es ihr freudig entgegen. Vor Anna stand
ihre jüngere Schwester mit einem Reiserucksack neben sich.

„Miri!", kreischte Anna vor Freude. „Schwesterchen, was machst du hier? Ich dachte, du bist in Kenia!"

Miriam hatte sich nach dem Abitur für ein Freiwilliges Soziales Jahr nach Kenia begeben, um dort in einer Schule unterrichten zu helfen. Vor sechs Wochen war sie weggeflogen und in einen Ort ohne Internet und Handyempfang gereist. Seither hatte Anna nur einmal eine kurze Nachricht von ihr bekommen, dass es ihr gut ging. Anna hatte erwartet, sie erst zu Weihnachten das nächste Mal zu sehen.

„Ich habe mir ein paar Tage Urlaub genommen. Ich muss doch meine Nichte willkommen heißen!" Sie strahlte. „Hallo, Fiona, ich bin deine Tante Miriam, aber du darfst ruhig Miri zu mir sagen!", sagte sie und schüttelte Fionas Hand mit zwei Fingern. Miriams blonder Lockenkopf wackelte fröhlich hin und her, als Fiona sie anblickte. „Hammer! Sie ist mega hübsch!"

Danach umarmten die Schwestern sich innig.

Miriam passte auf Fiona auf, sodass Anna duschen konnte. Sie schlüpfte in ein frisches T-Shirt und eine Jogginghose und kämmte ihre frisch gewaschenen Haare.

Als Pauls Eltern klingelten, hatten sich Anna und Miriam gerade fröhlich gackernd an den Frühstückstisch ins Wohnzimmer gesetzt. Miriam saß neben Anna. Sie hielt Fiona auf dem Arm und brabbelte Babysprache mit ihr.

Anna hörte, wie Paul seinen Eltern die Tür aufgemacht und sich dann in die Küche begeben hatte, um das Frühstück vorzubereiten.

Gloria trug heute ein figurbetontes schwarzes Kleid und hatte knallroten Lippenstift aufgelegt. Sie begrüßte Anna mit einem unterkühlten „Guten Morgen" und reichte ihr mit demonstrativ gestrecktem Arm die Hand. Sie setzte sich Anna gegenüber an den Tisch, lehnte sich zurück und verschränkte ihre Arme, sodass ihre goldenen Armreifen gegeneinander klirrten. Sie trug eine goldumrandete Sonnenbrille mit dunklen Gläsern auf der Nase, passend zu ihrer goldenen Perlenkette.

Die Sonnenbrille behielt Gloria auf, sodass Anna nicht erkennen konnte, worauf ihr Blick gerichtet war. Glorias feuerroter Mund jedenfalls verzog keine Miene.

Karl-Heinz setzte sich neben Gloria, gegenüber von Miriam. Er wandte sich an Miriam. „Ich bin überrascht, dich zu sehen. Ich dachte, du wärst in Indien."

Miriam rümpfte die Nase. „In Kenia", verbesserte sie, „aber ich wollte meine Nichte kennenlernen."

„Woher wusstest du eigentlich, dass Fiona schon da ist?", fragte Anna nach und war erleichtert, das Gesprächsthema auf Miriam lenken zu können. „Und woher kanntest du ihren Namen?"

„Der Buschfunk in Kenia funktioniert blendend!", sagte Miriam und zwinkerte Anna zu.

„Aha, unsere lieben Eltern sind der Buschfunk", schlussfolgerte Anna, wobei sie rätselte, wie sie ihr die Nachricht übersenden konnten. Sie trank einen Schluck Kaffee und warf beiläufig einen Blick auf Gloria. Deren Gesichtsausdruck war unbeteiligt und starr. Sie spielte mit ihrer Halskette.

„Wie gefällt es dir bis jetzt?", fragte Anna ihre Schwester weiter.

„Urcool! Meine Gastfamilie hat mich lieb aufgenommen. Die Leute sind so nett."

„Das ist ja schön, das freut mich für dich! Wie lebt denn deine Gastfamilie?", fragte Anna weiter.

„Alle wohnen in drei Häusern. In einem Haus ist der Kiosk von meiner Gastmutter und das Schlafzimmer von meinen Eltern mit ihren vier Kindern. Im zweiten Haus wohnt quasi mein Onkel mit seiner Frau. Die haben drei Kinder. Im dritten Haus wohne ich mit den Großnichten von meiner Mutter. Die ganze Familie hilft zusammen bei der täglichen Arbeit. Tradition wird bei ihnen echt großgeschrieben. Kenia scheint mir allgemein ein mega traditionsbewusstes Land."

„In Kenia ist so einiges anders", brachte Gloria zwischen zusammengebissenen Zähnen hervor.

„Warst du schon in Kenia?", fragte Miriam neugierig an Gloria gewandt.

„Nein, aber ich kann mir vorstellen, dass die Familie und die Tradition dort noch etwas wert sind", antwortete Gloria, wobei sie das Wort 'dort' besonders betonte. Sie schob ihre Sonnenbrille nach oben ins Haar und blickte Anna direkt in die Augen. Ihr Blick war vorwurfsvoll.

„Nicht jede Tradition ist sinnvoll", warf Anna ein.

„Jede Tradition hat ihren Wert", behauptete Gloria.

„Jede? Also die Beschneidung von Mädchen in Afrika finde ich nicht sinnvoll", entgegnete Anna.

„Das ist echt übel! Da hat Fiona Glück, in Deutschland zu leben", pflichtete Miriam bei.

„Beschneidung ist keine Tradition. Sie gründet auf Aberglauben und Fehlinformation", protestierte Gloria.

„Nicht in den Augen der Massai. Für sie ist es eine Tradition. Musste die weiße Massai nicht die Tradition brechen und mit ihrer Tochter aus Kenia fliehen, um sie vor der Beschneidung zu beschützen?", fragte Anna in die Runde.

Gloria funkelte Anna böse an. „Die weiße Massai hat dem Vater das eigene Kind entführt! Willst du sagen, dass das in Ordnung ist, dass man eine Familie auseinanderreißt, nur um eine Familientradition zu umgehen?" Glorias Stimme klang trotzig.

„Die weiße Massai ist in die Schweiz zurück, weil sie die Eifersucht von ihrem Macker nicht mehr ausgehalten hat. Als Frau ist man in Kenia null wert", warf Miriam ein. „Die Beschneidung der Kleinen war aber auch ein Grund für sie."

„Sollte man sein Kind verstümmeln lassen, nur um eine Tradition einzuhalten?", fragte Anna mit Blick auf Gloria.

„Verstümmeln?", schnaubte Gloria. „Es ist also eine Verstümmelung, wenn Fiona meinen Namen trägt?"

Miriam blickte irritiert zu Gloria. Anna war nicht dazu gekommen, ihr von dem Streit zu berichten.

„Was? Nein!", stammelte Anna. „Ich rede von Beschneidung! Das ist Körperverletzung und das darf man nicht zulassen."

„Darum geht es nicht!" Gloria wischte Annas Aussage mit einer Handbewegung weg, sodass ihre Armreifen klirrten, und fügte in eisigem Tonfall hinzu: „Ich wusste es: Du würdest Paul eher Fiona wegnehmen, als dich an eine Familientradition zu halten."

Annas Atem stockte.

Sie konnte die eisige Kälte, die von Gloria ausging, kaum ertragen. Sie verspürte den Drang, ihr ihren Kaffee direkt ins Gesicht zu schütten. Anna ballte ihre Hände zu Fäusten.

Worum ging es hier eigentlich? Es ging Gloria nicht um Beschneidung. Es ging ihr ums Prinzip. Es ging ihr um den Namen. Das Einzige, was Gloria besänftigen würde, wäre, Fiona nach ihr zu benennen. Doch je mehr Gloria es einforderte, umso weniger wollte Anna, dass Gloria derart dominant einen Platz in Fionas Leben einnahm.

Großeltern sind wichtig für ihre Enkel, sehr wichtig sogar, fand Anna, aber sie fürchtete plötzlich, aus einem abergläubischen Gedanken heraus, dass Fiona und Gloria sich dadurch vermischten, dass Fionas Charakter dadurch mehr von Gloria hätte, als ihr lieb wäre. Anna wollte, dass Fiona ihren Namen selbst mit Leben ausfüllte.

„Gloria, es tut mir leid, dass wir Fiona nicht deinen Namen geben. Wir haben uns darüber lang Gedanken gemacht und hielten das für die beste Entscheidung", sagte Anna in bemüht ruhigem Tonfall und fuhr fort: „Wir haben an die ganze Familie gedacht. Wenn wir deinen Namen verwenden würden, wäre meine Mutter vielleicht verletzt, wenn wir ihren nicht verwenden. Alle Namen zusammen wären aber zu viele für unser Baby, außerdem passen sie nicht so gut zusammen. Bei Behördendokumenten müsste Fiona alle Vornamen angeben. Sie käme mit

Schreiben nicht hinterher. Wir müssen dabei auch an unser Kind denken."

Gloria runzelte die Stirn. Ihr Blick zeigte deutlich Missbilligung. „So oft muss man in seinem Leben keine Behördendokumente ausfüllen." Sie schüttelte den Kopf. „Tut mir leid, aber das kann ich nicht nachvollziehen." Sie hob ihre Nase und blickte starr in die Ferne.

Anna war sprachlos. Ihre Argumente kamen nicht an.

Sie hielt einen Moment inne.

Vielleicht dachte sie zu viel, vielleicht sollte sie mehr fühlen. Und zuhören.

„Was glaubst du, warum wir uns dagegen entschieden haben?", fragte Anna in der Hoffnung zu verstehen, was Gloria derart bewegte und emotional werden ließ.

„Das ist mir unergründlich. Aber wenn ihr mich nicht in Fionas Leben haben wollt, müsst ihr es bloß sagen!" Glorias Unterlippe zitterte. „Was habe ich falsch gemacht?", fragte sie an Karl-Heinz gewandt. In ihrer Stimme klang eine Mischung aus Wut und Hilflosigkeit.

„Ach Purzelchen ...", sagte Karl-Heinz mit seiner rauchigen Stimme und tätschelte ihren Oberarm.

Paul betrat das Zimmer mit Brotkorb und Kaffeekanne in den Händen, stellte beides auf den Tisch und setzte sich ans Tischende dazu.

„Gloria, du glaubst, dass wir dich aus unserem Leben ausschließen wollen, weil wir Fiona nicht deinen Namen geben?", fragte Anna nach.

Paul sah überrascht zwischen den beiden hin und her.

Gloria zuckte die Schultern und blickte zu Boden. „Was denn sonst?", fragte sie heiser. Ihr lief eine Träne über die Wange, die sie zornig mit dem Handrücken wegwischte.

„Das ist völlig abwegig", entgegnete Anna überrascht. „Du hast das missverstanden."

Miriam lachte kurz auf: „Wenn sie dich aus ihrem Leben ausschließen wollten, würden sie ihren Namen und ihre Identität ändern und auswandern", sagte sie trocken und schob sich mit einer Hand ein Stück Breze in den Mund, während sie mit der anderen Fiona hielt.

Paul hustete einmal kaum merklich auf. Anna hatte es wahrgenommen. Sie sah, wie er ein Lachen unterdrückte.

Gloria hingegen starrte Miriam mit einem Ausdruck des Entsetzens an.

Anna dachte angestrengt nach. Ihr musste dringend etwas einfallen, wenn sie Gloria nicht weiter verärgern wollte.

„Was ist daran komisch?", fragte Karl-Heinz, nun auch in verärgertem Tonfall. Er stellte sich schützend hinter seine Frau, wie immer, bemerkte Anna anerkennend.

Hastig erklärte Anna: „Natürlich wollen wir dich in Fionas Leben, genau wie in unserem!"

Gloria schniefte in ein Taschentuch hinein: „Ach, von wegen!", klagte Gloria wehmütig und verschränkte ihre Arme.

Paul wurde wieder ernst und legte seiner Mutter den Arm um die Schulter. Er überragte sie im Sitzen um einen halben Kopf.

„Mum, wir haben dich ganz doll lieb, aber wir müssen auch an die anderen Großeltern denken. Auch die dürfen wir nicht verärgern. So leid es mir tut, aber wir können unsere Tochter nicht nach dir benennen."

Gloria zog ihre verschränkten Arme krampfhaft an sich heran.

Anna war nervös. Ihr drohte das Gespräch zu entgleiten. Was konnte sie sagen, um ihre Schwiegermutter zu beruhigen?

Gloria blickte sie wütend an. Ihr Blick wie eine wilde Katze, jeder Muskel ihres Körpers angespannt, bereit zum Angriff.

Das ist es!

„Wenn wir uns jemals ein Haustier zulegen, dann nennen wir es Gloria", sagte Anna.

Paul blickte Anna fragend an.

„Ein Tier?", fragte Gloria verstört und verzog ihren Mund. „Welches Tier wollt ihr nach mir benennen?"

Eine Krake. Eine Krake. Eine Krake.

„Eine Katze", sagte Anna.

Paul starrte sie an, mit einer hochgezogenen Augenbraue. Sein Mund zuckte amüsiert.

„Ich wollte schon immer eine Katze haben", erklärte Anna hastig. „Katzen sind so sanfte, edle Tiere und Gloria wäre der schönste und passendste Name für eine Katze, den ich mir vorstellen kann."

Gut, ein bisschen zu dick aufgetragen ...

„Wirklich?" Gloria blickte Anna an. Ihr Blick der eines Hundes, voller Hoffnung und Zutrauen.

„Versprochen!" Anna hob zwei Finger zum Schwur.

Glorias Augen bekamen ein Leuchten, ihr Gesicht begann zu strahlen, sie richtete sich auf und straffte ihre Schultern.

„Der Name wäre für ein edles Tier, wie eine Katze, durchaus angemessen. Ich werde dich bei Gelegenheit daran erinnern", bemerkte Gloria. „Es freut mich jedenfalls, dass ihr Pauls ehemaliges Kinderbett verwendet." Sie deutete in Richtung Schlafzimmer.

Anna schwieg. Das Gitterbett stand aufgebaut und frisch bezogen neben ihrem Bett. Fiona hatte bisher kein einziges Mal darin gelegen, sondern immer neben Anna beziehungsweise zwischen Anna und Paul im großen Bett. Zum Stillen war das deutlich praktischer, fand Anna. Außerdem genoss sie das Kuscheln.

„Ach so, das ist dein Gitterbett von früher?", fragte Miriam an Paul gewandt. „Ich dachte schon, ihr hättet euch das Ding gekauft."

„Gibt es etwas dagegen einzuwenden?", fragte Gloria pikiert.

„Nee, nix, null!", sagte Miriam etwas zu betont.

„Mag noch jemand Kaffee?", fragte Anna laut in die Runde und begann, reihum auszuschenken. Ihre Tasse füllte sie zuletzt.

Dann vergrub Anna ihre Nase in der Kaffeetasse und nahm einen Schluck. Reden ist Silber, Kaffee ist Gold!

Miriam fuhr fort: „Das Baby hat darin sicher eine schöne Aussicht. Es ist süß mit dem rosa Bettbezug und den Gitterstäben. Ein richtig geiler Baby-Knast."

Anna verschluckte sich, hustete heftig, verschüttete etwas Kaffee auf dem Tisch.

Paul klopfte ihr auf den Rücken, bis ihr Husten nachließ.

„Jetzt braucht Anna frischen Kaffee", bemerkte Karl-Heinz trocken.

„Ich mache kurz welchen", sagte Paul und verschwand mit einem Grinsen auf den Lippen in der Küche.

„Das kann ich doch machen!", rief Anna ihm hinterher, doch er war schon weg.

Warum fällt mir so etwas nicht früher ein?

Anna wischte den verschütteten Kaffee mit einer Serviette auf.

„Die Aussicht ist für ein Baby zweitrangig. Das Gitter dient dem Schutz des Babys, damit es nicht herausfällt", erklärte Gloria sachlich.

„Logo! Das Gitter hat im Knast dieselbe Funktion", sagte Miriam.

„Dass die Gefangenen nicht herausfallen?", fragte Karl-Heinz und lachte kurz auf.

Miriam grinste und nickte.

„Diese Kommentare sind wenig sachdienlich", sagte Gloria streng und wandte sich Anna zu: „Wie lang gedenkt ihr die Kleine in eurem Zimmer nächtigen zu lassen?"

„Solang ich stille", antwortete Anna und hoffte, das Thema damit zu beenden.

„Ich habe Paul damals nach zwei Monaten abgestillt. Dann haben wir ihn in seinem Zimmer untergebracht und er hat durchgeschlafen. Das kann ich dir nur empfehlen."

„Danke", sagte Anna und versuchte, es neutral klingen zu lassen. „Ich denke, dass ich Fiona länger stillen werde."

„Das musst du selber wissen." Glorias Stimme klang hart. „Aber je früher ihr sie ausquartiert, desto früher wird sie selbstständig. Zwei Monate halte ich für das absolute Maximum. Dann braucht Fiona ihr eigenes Zimmer. Sonst werdet ihr Probleme bekommen. Lass dir das gesagt sein! Ich habe mit vielen Müttern gesprochen und das ist der einzige Weg, der funktioniert. Da muss man früh und konsequent durchgreifen."

Anna zog den Kopf ein, als ob ein Orkan über sie hinwegfegen würde.

„Ich will ja nur das Beste für Fiona", fügte Gloria in sanfterem Ton hinzu. „Mindestens."

Anna nickte stumm.

Sie würde Fiona nicht so schnell abstillen – und ausquartieren erst recht nicht.

Sie ist eben erst zu uns gekommen, ich kann sie so schnell nicht wieder abgeben, auch wenn es nur in das Zimmer nebenan ist.

Anna blieb in Fionas Nähe, wann immer es ging, stets in Blick- oder Hörweite, oder besser: in Fühlweite, in Körperkontakt, um zu erkennen, wann Fiona aufwachte und ob sie etwas brauchte. Jede Faser ihres Körpers zog es zu Fiona hin.

„Habt ihr mittlerweile einen Kinderwagen bestellt?", fragte Gloria weiter in Annas Richtung.

„Nein", antworte Anna kurz.

„Ihr werdet einen brauchen."

„Ich weiß."

„Denk an die Lieferfristen! Dreizehn Wochen! Ihr seid schon viel zu spät dran."

Anna spürte, dass ihr Atem flach und kurz war. Sie atmete einmal tief durch, dann sagte sie: „Wir werden auch einen besorgen. Erst einmal haben wir das Tragetuch. Das hilft uns die Zeit zu überbrücken, bis wir uns einen ausgesucht haben."

„Tragen wird hier in Deutschland immer mehr zum Trend", warf Miriam ein.

„Die Kleine wird euch bald zu schwer werden", sagte Gloria voraus und warnte: „Lasst euch nicht zu viel Zeit!" Sie setzte ihre Sonnenbrille vom Kopf ab und kaute auf dem Bügel herum, während sie Anna musterte.

Anna seufzte. „Wir haben vor der Geburt dutzende Kinderwagen Probe gefahren, aber die haben nichts getaugt. Die waren entweder zu teuer oder zu sperrig, konnten nicht einmal geradeaus fahren oder waren zu groß für den Kofferraum. Wir wissen nicht, welchen wir wollen. Wir müssen noch in einen anderen Laden gehen ... Aber momentan ist Fiona leicht, da ist es kein Problem, sie zu tragen."

„In Kenia auf dem Land tragen die Mütter ihre Kinder, selbst wenn sie schon größer sind", warf Miriam ein. „Auch ältere Kinder tragen Babys. Beim ersten Mal, als ich das gesehen habe, dachte ich 'Boa, krass!', aber nach ein paar Tagen gewöhnt man sich dran. Es sieht echt mega toll aus, wenn eine Fünfjährige ein Baby trägt!"

„Sie haben dort keine Wahl", entgegnete Gloria abschätzig. „Die würden sich sicher einen Kinderwagen wünschen – und asphaltierte Straßen." Gloria klappte ihre Sonnenbrille zusammen und legte sie vor sich auf den Tisch.

„Du musst es ja wissen", sagte Miriam und legte den Kopf schief.

Glorias Augen wurden schmal. „Durch Karl-Heinz' Arbeit als Lehrer in der Schule hatten wir ständig Kontakt zu Müttern – und glaube mir, keine einzige ist ohne Kinderwagen ausgekommen", sagte Gloria bestimmt und hob ihren Zeigefinger zur Belehrung. Sie ergänzte mit Blick in Annas Richtung: „Ihr werdet sehen, dass ihr um einen Kinderwagen nicht herumkommt."

Nach dem Frühstück, das sie lang nach der Mittagszeit beendet hatten, beschlossen Paul, Gloria, Karl-Heinz und Miriam einen Spaziergang mit Fiona zusammen zu unternehmen. Paul wickelte Fiona behutsam ins Tragetuch. Anna blieb zu Hause, um Schlaf nachzuholen. Die ersten sechs Wochen nach der Geburt sollte Anna sich so viel wie möglich ausruhen, um einer Überforderung vorzubeugen, das hatte sie gelesen. Eine Woche im Bett, eine Woche auf dem Bett, eine Woche um das Bett herum, so lautete die Faustregel.

„Wenn ihr einen Kinderwagen hättet, hätte ich euch helfen können, aber so kann ich Fiona gar nicht schieben", hörte Anna vom Schlafzimmer aus Gloria sich beschweren. Dann sank sie in einen tiefen Schlaf.

Anna wurde wach, als sie Stimmen im Flur hörte. Ihre Glieder lagen so schwer auf der Matratze, als ob sie mit ihr verschmolzen wären. Selbst ihre Zunge lag so schwer im Mund, dass sie das Gefühl hatte, nicht sprechen zu können. Sie war im Tiefschlaf gewesen. Sie musste ihre Arme und Beine recken und strecken, um das taube, schwere Gefühl abzuschütteln. Dem Stand der Sonne nach zu urteilen, war es später Nachmittag. Ein Blick auf die Uhr verriet ihr, dass sie drei Stunden geschlafen hatte. Sie fühlte sich wie benebelt.

Paul betrat das Schlafzimmer. Fiona schlief im Tragetuch.

Gloria und Karl-Heinz waren bereits ins Hotel gegangen. Sie wollten den frischgebackenen Eltern nicht weiter zur Last fallen. Außerdem hatte das Hotel einen tollen Biergarten, den sie unbedingt ausprobieren wollten.

Anna bat Paul, noch einmal bei der Hebamme anzurufen und sie wegen ihrer entzündeten Brustwarzen um Rat zu bitten.

Leider hatte er keinen Erfolg. Die Hebamme ging nicht ans Telefon.

Miriam kochte ihnen ein Abendessen. Anna stand auf, setzte sich zu Miriam in die Küche und goss sich ein Glas Wasser ein. Sie war überrascht, wie gut Miri kochen konnte und welche Sicherheit sie besaß, wenn sie Fiona hielt. Durch die Zeit in Kenia war sie selbstständiger geworden.

„Woher kannst du so gut mit Babys umgehen?", fragte Anna und trank das Glas in einem Zug leer. „Du trägst Fiona, als ob du das täglich machst. Ich bin immer noch unsicher, wenn ich Fiona von einer Haltung in die andere wechseln will."

„Meine Mutter in der Gastfamilie hat ein fünf Monate altes Baby und drei ältere Kinder. Da habe ich brutal viel gelernt."

„Wie ist es in der Gegend, in der du bist? Taita heißt sie, oder?"

„Taita ist in den Bergen, ungefähr zwölf Stunden Autofahrt von Nairobi. Es ist total hoch gelegen und es regnet oft. Die Landschaft ist unglaublich grün – ganz anders, als man es in Kenia erwartet. Die Familien dort leben von der Landwirtschaft. Meine Gastfamilie hat ein irre großes Grundstück. Sie bauen Obst und Gemüse selber an."

„Dann geht nach deiner Arbeit an der Schule die Arbeit in der Familie weiter", schlussfolgerte Anna und war beeindruckt, was ihre kleine Schwester dort alles leistete.

„Es gibt massig zu tun: Futter für die Kühe sammeln oder mich um die Kinder kümmern. Das mache ich am liebsten."

„Die Familie hat Kühe?"

„Zwei Stück und einen Hund, eine Katze und viele Hühner."

Anna staunte nicht schlecht.

„Apropos Haustier", warf Paul ein, als er gerade an der Küchentür vorbeiging. „Du willst dir eine Katze zulegen, habe ich vorhin vernommen?"

„Hast du eine bessere Idee? Was hätte ich sonst sagen sollen?", fragte Anna. „Aber wenn es dich beruhigt: Nein, ich will jetzt keine Katze. Das würde mich überfordern. Vielleicht in zehn Jahren, wenn Fiona älter ist. Ich wollte als Kind eine Katze haben."

„Warum eine Katze? Warum nicht Hühner?", bohrte Miriam nach. „Die legen wenigstens Eier."

„Katzen sind viel kuschliger", sagte Anna.

„Dann täte es auch ein Hamster, oder?", fragte Miriam.

„Nein, zu klein", wehrte Anna ab.

„Warum nicht eine Ratte?", neckte Miriam weiter.

„Weil wir eine Ratte nicht 'Gloria' nennen können", zischte Anna. Miriams Mundwinkel zuckten amüsiert.

Anna fand die Vorstellung zugegebenermaßen reizvoll. Doch sie schwieg, denn sie bemerkte Paul, der mit hochgezogenen Augenbrauen zwischen den beiden Frauen hin- und herblickte.

„Ach Miri, es ist so schön, dass du da bist! Ich werde dich vermissen, wenn du wieder nach Kenia fliegst", sagte Anna und seufzte.

„Ich werd euch auch höllisch vermissen! Und vor allem meine zuckersüße Nichte hier." Sie zwickte Fiona zärtlich in die Wange, die selig bei Paul im Tragetuch schlief.

Unerträgliche Schmerzen

Montag, 29. Juli – Tag 11

Pauls Eltern waren weiter in den Urlaub nach Italien gereist. Drei Wochen später wollten sie auf der Rückreise vorbeikommen und ein paar Tage bleiben.

Annas Eltern hatten Miriam abgeholt. Miri würde noch zwei Tage bei ihnen bleiben, bevor sie zurückflog.

Fiona lag in Annas Armen. Sie drehte ihr Gesicht zu Annas Körper, öffnete den Mund und schien die Brust zu suchen.

Anna erkannte, dass ihre Tochter Hunger hatte. Sie hatte von Anfang an, seit der Geburt, versucht, auf diese frühen Hungerzeichen zu reagieren, damit ihr Baby gar nicht erst schreien musste. Babys schrien nämlich erst dann, wenn alle anderen Kommunikationsversuche gescheitert waren, das hatte Anna gelesen.

Dennoch versuchte sie, das Stillen diesmal hinauszuzögern, weil ihre Brustwarzen stark schmerzten. Sie trug Fiona umher, sprach mit ihr und übergab sie Paul, damit sie von ihm abgelenkt wurde. Eine Zeit lang klappte es. Dann wurde Fiona wieder unruhiger.

Anna nahm sie an sich und wiegte sie hin und her, versuchte die Haltung zu ändern oder ihr etwas vorzusingen. Doch irgendwann ließ es sich nicht mehr vermeiden. Fiona fing bitterlich an zu schreien. Ein leises, heiseres Schreien, das herzzerreißende Schreien eines Neugeborenen. Anna musste sie jetzt anlegen und stillen, auch wenn es ihr wehtat. Sie konnte die Schreie nicht ertragen.

Anna setzte sich im Schlafzimmer aufs Bett und legte Fiona an ihre Brust, die sofort gierig daran saugte, wobei Anna Tränen in die Augen schossen vor Schmerzen.

„Die Geburt habe ich problemlos überstanden und jetzt heule ich wegen wunder Brustwarzen", schimpfte Anna vor sich hin. Sie biss die Zähne zusammen, bis ihr Kiefer vor Anstrengung schmerzte, und weinte stille Tränen. So konnte es nicht weitergehen.

In dem Moment hörte sie ihr Handy klingeln.

Sie wischte die Tränen kurzerhand weg.

Paul kam ins Zimmer mit dem Handy in der Hand und überreichte es ihr. „Deine Hebamme ruft an", sagte er mit Blick auf das Display.

„Hallo, Frau Müller!", begrüßte Anna ihre Hebamme erleichtert, „Sie rufen genau im richtigen Moment an!"

„Entschuldigung, hier ist Hans Müller", meldete sich eine Männerstimme, „ich bin der Mann von Christel Müller. Spreche ich mit Anna Falkenstein?"

„Äh, ja ...", stammelte Anna irritiert.

„Meine Frau hatte gestern einen schweren Fahrradunfall", sagte er.

„Oh nein!"

Paul blickte Anna fragend an.

„Sie hat sich dabei mehrere Knochen gebrochen", fuhr Herr Müller fort. „Sie ist derzeit im Krankenhaus. Sie wird mehrere Operationen brauchen und fällt für unbekannte Zeit aus. Es tut mir leid, aber Sie müssen sich eine andere Hebamme suchen. Ich kann Ihnen gern zwei andere Hebammen nennen, die im Umkreis tätig sind."

„Das ist nett von Ihnen, aber machen Sie sich um mich keine Gedanken. Ich werde schon eine andere Hebamme finden. Gute Besserung für Ihre Frau!"

Anna legte das Handy auf den Nachttisch zurück.

„Was ist los?", fragte Paul. Sorgenfalten zeichneten sich auf seiner Stirn ab.

„Frau Müller hatte einen Unfall. Sie hat sich mehrere Knochen gebrochen."

„Oh, die Arme!"

„Du sagst es!" Anna blickte nach unten zu Fiona. „Angesichts ihrer Lage sind meine wunden Brustwarzen wahrscheinlich ein Zipperlein", murmelte sie und verzog dabei das Gesicht vor Schmerz.

Fiona ließ die Brust los – endlich!

Ihr Mund war rot gefärbt.

„Paul!", kreischte Anna. „Fiona blutet! Im Mund!"

Paul stürzte zu ihr.

„Ist sie verletzt?", fragte er.

„Ich weiß nicht."

Paul öffnete vorsichtig Fionas Mund mit seinen Fingern. Er konnte nichts finden. Danach suchte Anna gründlich mit ihren Fingern. Nichts! Sie blickte auf ihre Brustwarze. Ein Tropfen Blut rann die Brust abwärts.

Anna erschauderte. „Das Blut kommt von mir."

Anna suchte im Internet nach anderen Hebammen. Sie rief drei von ihnen an und schien immer einen ungünstigen Moment zu erwischen. Die Hebammen waren entweder auf dem Sprung zur nächsten frischgebackenen Mutter oder gerade dort angekommen und daher kurz angebunden. Leider waren alle überlastet. Keine konnte sie betreuen. Sie gaben ihr eilig die Telefonnummer einer weiteren Hebamme, die, wie sie sagten, vielleicht freie Kapazitäten hätte, was sich jedes Mal als Irrtum herausstellte. Anna kamen die Tränen. Sie bat Paul, die weitere Suche zu übernehmen.

Nach unzähligen weiteren Telefonaten kam er zu Anna. Noch bevor er etwas sagte, wusste sie, dass er keinen Erfolg gehabt hatte. Sie sah es an der geknickten Art, in der er das Zimmer betrat.

„Es tut mir leid, mein Schatz", sagte er leise. „Ich habe halb München durchtelefoniert, aber keine Hebamme gefunden. Manche gehen nicht einmal ans Telefon, sondern da hört man auf der Mailbox, dass sie keine neuen Frauen aufnehmen."

Anna schluchzte los.

„Kannst du nicht deine Mutter anrufen? Vielleicht hat sie einen Tipp", schlug Paul vor.

Anna nickte, schnäuzte kräftig in ein Taschentuch und tupfte sich die Tränen ab. Sie rief ihre Mutter an und klagte ihr ihr Leid.

„Ich bin leider keine Expertin auf dem Gebiet, aber vielleicht würde dir eine Milchpumpe helfen", sagte Doris. „Ach, warte, ich habe etwas für dich."

Anna hörte ein Rascheln im Hintergrund.

„Moment, hier ist es!", sagte Doris. Anna hörte Freude in Doris' Stimme.

„Was denn?", fragte Anna kraftlos nach.

„Du kannst Frau Pace anrufen und fragen!"

„Wen?", fragte Anna.

„Kiki Pace heißt sie! Pace, wie der 'Frieden' auf Italienisch. Das ist eine Wanderhebamme. Ich habe gestern einen Artikel in der Zeitung über sie gelesen. Sie ist aus Sizilien und wird für vier Monate in München sein. Seit einer Woche ist sie da. Sie hat sicher etwas frei. Hier steht ihre Telefonnummer. Ich schicke sie dir per SMS."

Eine Wanderhebamme? Was sollte das sein? Davon hatte Anna noch nie gehört. Sie hatte für weitere Telefonate eigentlich gerade keine Nerven. Doch ihre Mutter klang so zuversichtlich, dass ihr Optimismus ein wenig auf sie übersprang. Vielleicht hatte Anna hier die Chance, Hilfe zu bekommen.

Ansonsten war es eine Suche wie nach der Nadel im Heuhaufen: ziellose Internetrecherche nach irgendeiner Hebamme im Postleitzahlengebiet. Es gab leider keine zentrale Hebammenvermittlungsstelle, die nach räumlicher Nähe und freien Kapazitäten filtern konnte.

Anna wählte Kikis Nummer. Eine warme, freundliche Stimme am anderen Ende der Leitung hinterließ bei ihr sofort das Gefühl, dass sie hier gut aufgehoben war. Sie erzählte Kiki von ihrer Situation.

„Und?", fragte Paul, als Anna das Telefonat beendet hatte.

„Heute hat Kiki keine Zeit, aber morgen früh kann sie gleich kommen. Sie empfiehlt mir, vor dem Trinken die Brust mit einem warmen Waschlappen zu wärmen, damit die Milch leichter fließt und Fiona nicht so stark saugen muss. Wenn sie getrunken hat, soll ich eine dicke Schicht Heilwolle drauf machen. In der Zwischenzeit sollst du Stillhütchen besorgen."

„Was sind Stillhütchen?"

„Das sind anscheinend durchsichtige Silikonnippel, die man über die Brustwarzen stülpt, mit kleinen Löchern vorne drin, damit die Milch durchfließen kann."

Es klang entwürdigend.

Es war genau das Richtige!

Anna war gewillt, alles auszuprobieren, wenn nur irgendetwas davon half.

Paul grinste schelmisch. Seine Augenbrauen zuckten verführerisch.

„Was ist?", fragte Anna.

„Ich soll Silikonnippel für dich kaufen?" Paul setzte eine tiefe, erotisch anmutende Stimme auf. „Im Sexy-Hexy-Shop?"

„Im Drogeriemarkt!", sagte Anna und lachte. Wie leicht es Paul doch immer wieder gelang, sie aufzumuntern!

„Okay." Pauls Stimme war wieder normal, aber er lächelte sie liebevoll an. „Meine Mum empfiehlt dir übrigens eine Milchpumpe. Die kann man sich gegen ein Rezept vom Arzt von der Apotheke ausleihen. Man muss sie nicht kaufen. Das Rezept kann man meistens nachreichen."

„Gloria? Wann hast du mit ihr telefoniert?"

„Gerade eben. Sie haben angerufen, um zu sagen, dass sie gut in Italien angekommen sind."

Anna verdrehte die Augen. Gloria und Karl-Heinz waren kaum sieben Stunden weg, schon mussten sie anrufen. Aber immerhin wusste Anna nun, was sie tun musste: Paul losschicken – Stillhütchen und Milchpumpe besorgen.

Als Paul vom Einkauf wiederkam, holte er eine Packung Stillhütchen aus seiner Jackentasche hervor.

„Wo hast du die Milchpumpe?", fragte Anna.

„Ich habe keine geholt."

„Wieso nicht?" Sie starrte ihn an.

„Ich wollte zuerst sehen, ob die Sexy-Hexy-Stillhütchen ausreichen." Paul lachte.

Annas Augen bildeten dünne Schlitze. „Was, wenn nicht?"

„Sei doch nicht so pessimistisch!"

„Ich bin nicht pessimistisch. Ich habe höllische Schmerzen und möchte keinen Tag länger warten, um zu testen, ob die Stillhütchen funktionieren! Fahr! Sofort! Zur Apotheke! Und besorge mir eine Milchpumpe!"

Das war deutlich. Das musste so gesagt werden, fand Anna. Ihre Geduld war am Ende. Und ihre Kraft.

„Ehrlich?", fragte Paul und runzelte die Stirn.

„Ja!" Anna blinzelte Paul ernst an.

Paul zögerte. „Mein Schatz", sagte er sanft, „probiere doch bitte erst einmal die Stillhütchen aus. Wenn es dir damit noch weh tut, gehe ich später nochmals los. Jetzt schau her!" Er öffnete die Packung und zog die Stillhütchen heraus.

„Die sind riesig!" Anna riss ihre Augen weit auf.

„Na ja, es gab Größe S, M und L. Das ist Größe M." Paul lächelte verlegen.

Anna verdrehte ihre Augen.

Typisch Mann! Schicke einen Mann einen BH kaufen und er kommt sicher mit ein bis zwei Nummern zu groß nach Hause. Silikonnippel scheinen demselben Effekt zu unterliegen.

„Das passt bestimmt", sagte Paul zuversichtlich. „Schau!" Er streckte seine Arme aus mit einem Stillhütchen in der Hand, um es an Annas Brust zu halten.

„Das ist zu groß", murrte Anna und nahm ihm das Stillhütchen aus der Hand.

Sie wollte es lieber selbst anlegen, ungesehen. Sie ging mit Fiona ins Bad, zog die Tür hinter sich zu, setze das Stillhütchen auf und legte Fiona an. Sie saugte eifrig. Annas ganze Brustwarze und ein kleiner Teil der Brust wurden in das Hütchen gesaugt. Es sah befremdlich aus, fand Anna, die das Ganze kritisch beäugte. Optisch eindeutig eine Beleidigung ihrer Weiblichkeit, fand sie, aber es funktionierte und es wirkte wahre Wunder. Das Trinken war auf einem Schmerzlevel, das erträglich war. Endlich! Anna atmete tief durch.

Anna schickte ihrer Mutter eine SMS: „Danke, Mama. Du warst meine Rettung! Kiki hat morgen Zeit für mich."

Doris antwortete: „Die hat Gott dir geschickt – ich habe es nur weitergeleitet ;-)"

Ihre Mutter nannte es göttliche Fügung. Annas Vater hätte dasselbe Ereignis Zufall genannt. Ein Zufall, so sagte er gern, sei ein unvorhergesehenes Ereignis und ein Angebot, sein Leben zu ändern. Jede Person, der du zufällig begegnest, könne dich verändern, und du kannst das Angebot annehmen oder es lassen.

Göttliche Fügung, Zufall, Schicksal – was auch immer es war: Sie hieß Kiki und Anna würde sie kennenlernen.

Die neue Hebamme

Dienstag, 30. Juli – Tag 12

Paul musste wieder zur Arbeit gehen. Er steckte mitten in einem wichtigen Projekt, in dem er nicht fehlen durfte, denn er leitete es. Nur ein paar Tage nach der Geburt hatte er sich freigenommen, obwohl das Projekt gerade in seiner Hochphase war. Doch diese ersten Tage mit dem winzigen neuen Erdenbürger wollte er sich nicht nehmen lassen. Er hatte darauf bestanden und sich gegenüber seiner Chefin durchgesetzt. Als Kompromiss hatte Paul in seinem Urlaub zwischendurch an drei Telefonkonferenzen teilgenommen, nur an drei, wie er Anna gegenüber betonte, und nur ein paar E-Mails beantwortet, nur die allerwichtigsten. Doch er war wenigstens zu Hause gewesen und Anna hatte das sehr genossen.

Aber nun war es soweit: Paul verabschiedete sich am frühen Morgen von Anna und Fiona mit einem zärtlichen Kuss. Dann war Anna das erste Mal mit Fiona allein.

Viel zu früh, fand Anna.

Allein verantwortlich. Ein erschreckender Gedanke.

Wobei: Allein stimmte nicht ganz. Anna erwartete Kiki, die Wanderhebamme.

Immerhin.

Am Vormittag klingelte es dreimal kurz hintereinander. Dring, dring, dring.

Dieses Klingeln war neu. Freunde, Nachbarn und Annas Eltern klingelten jeweils einmal, während der Postbote zweimal im

Abstand von fünf Sekunden klingelte, so als wäre das eine Warnung, dass er in weiteren fünf Sekunden verschwinden würde, wenn Anna ihm bis dahin nicht die Tür aufmachte.

Fiona lag schlummernd auf dem Sofa, ins Stillkissen eingekuschelt, das einmal in der Mitte gefaltet war. Anna ging kurzerhand ohne sie zur Tür, öffnete diese und blickte in das runde Gesicht einer kleinen Frau, das umrandet war von großen schwarzen Locken.

„Hallo, i bin Kiki. Du muss Anna sein", begrüßte sie Anna mit lauter, fröhlicher Stimme, packte sie mit kräftigen Fingern an den Oberarmen und drückte ihr links und rechts ein dickes Küsschen auf die Wange. Sie strahlte übers ganze Gesicht.

Anna starrte sie verblüfft an. Die Herzlichkeit dieser ersten Begrüßung war viel zu innig. Für deutsche Verhältnisse. Zugleich fühlte Anna sich seltsam geborgen dabei. Obwohl sie nur einen Meter fünfundsechzig groß war, blickte sie auf Kiki herab. Das passierte ihr selten mit Erwachsenen. Kiki war etwa einen Meter fünfundfünfzig groß, hatte stämmige Arme und Beine und wirkte voller Energie und Tatendrang.

„Du bis doch Anna, oder?", fragte sie nach und zog skeptisch eine Augenbraue nach oben.

„Ja, ja, das bin ich", stammelte Anna. „Freut mich, dass du kommen konntest", stieß sie hervor und bat sie herein.

Als Kiki an ihr vorbeiging, sah sie, dass diese ein Kleinkind in einer Trage auf den Rücken gebunden hatte. Es hatte den Kopf zur Seite gelegt, die Augen geschlossen und den Mund leicht geöffnet.

Kiki beugte sich nach vorne und zog ihre Schuhe aus. Ihr Kind zuckte dabei kurz zusammen, sein Kopf taumelte schlaftrunken auf die andere Seite, die Augen halb geöffnet. Als Kiki sich aufrichtete, kuschelte sich das Kind wieder an Kikis Rücken und schloss die Augen.

„Du hast dein Kind mitgebracht", stellte Anna überrascht fest.

„Das is Teo", erklärte Kiki und warf einen kurzen Blick über ihre Schulter.

„Wie alt ist er?", fragte Anna neugierig.

Im Vergleich zu Fiona wirkte er riesig. Er hatte pummelige Beine und einen breiten Kopf, bedeckt mit schwarzen, wuscheligen Haaren.

„Eine Jahr plus funf Monate."

„Du trägst ihn noch?"

Kiki zuckte mit den Schultern. „Wenn er schlafen will schon. Na ja, eigentlich trage i ihn oft, denn er is eine echte Schlafmutze. Er kann auch selber laufen, aber nigge weit."

Anna deutete Kiki den Weg in Richtung Wohnzimmer.

Als Kiki Fiona erblickte, riss sie ihre Augenbrauen nach oben: „Quanto è bella! Sie sieht aus wie die aufgehende Sonne! Eine wunderschone Mädchen. Teo, wach auf, das muss du sehen!" Sie stupste ihren Sohn mit dem Ellenbogen an.

Er schniefte tief durch, dann schlief er weiter.

„Teo verpass wieder die Beste!", kommentierte Kiki. „Wie heiße deine suße Bella?"

„Sie heißt Fiona und als zweiten Vornamen Valentina."

„Fi-o-na Va-len-ti-na", sagte Kiki, wobei sie jede Silbe betonte und ihre Hände kreisend weiter nach oben bewegte. „Bellissima!", lobte sie und klatschte in die Hände. "Diese Name is wie eine Melodie in meine Ohren. I liebe diese Name! Diese Name is eine sehr, sehr gute Name!" Kiki klopfte Anna anerkennend auf die Schulter.

„Danke", sagte Anna erfreut. „Kiki ist auch ein schöner Name."

„I heiße eigentlich Kiriaki, aber kurz sagt man Kiki. Das is eine griechische Name. Meine Mama is aus Griechenland. Meine Papa is aus Sizilien. I habe beide: griechische und sizilianische Blut." Sie klopfte mit der Faust auf ihre Brust.

Die beiden Frauen ließen sich nebeneinander auf dem Sofa nieder. Kiki blieb mit Teo in der Trage aufrecht sitzen, während

Anna sich anlehnte, Fiona zu sich nahm und längs auf ihre Oberschenkel legte.

„Aber nun zu deine Bella: Wann is sie geboren?"

„Am achtzehnten Juli. Vor elf Tagen."

„Ah, so junges Gemuse. Noch ganz frisch. Teo, da bis du alt dagegen." Kiki lachte und stupste erneut Teo an.

Er ließ sich davon nicht stören.

„Sie sieht gut aus. Sie is fit", attestierte Kiki und strich Fiona über den Kopf. „Aber du nigge." Sie zeigte mit dem Finger auf Anna. „Entschuldige, wenn i so direkt bin, aber du siehs aus wie Matsch. Was is los mit dir?"

„Ich habe wenig geschlafen. Die wunden Brustwarzen schmerzen noch. Mit den Stillhütchen ist es etwas besser, aber das Stillen tut trotzdem weh."

„Oh, du has Glück", trällerte Kiki lächelnd und ihre Augenbrauen zuckten mehrmals verschwörerisch nach oben. „I bin nigge nur Hebamme, sondern auch Stillberaterin. I habe eine Tinktur", raunte sie Anna im Verschwörerton zu, „die hilft gegen alles!"

Sie kramte in ihrem Hebammenkoffer, schob geräuschvoll den Inhalt hin und her. „Wo is sie denn?", fragte sie, seufzte schließlich und begann, ihren Hebammenkoffer auszuräumen: einen rosafarbenen Zauberstab mit Glitzerbändchen, eine Kochmütze, Handschellen, ...

Anna blickte halb erstaunt, halb amüsiert auf die ausgeräumten Sachen.

„Sie muss hier sein! Wo habe i nur?" Kiki kramte weiter und zog eine Packung Taschentücher hervor, eine zweite Packung Taschentücher, ein Blaulicht, ... „Ah, da is sie!" Kiki drückte Anna ein winziges Fläschchen aus braunem Glas in die Hand.

Als Anna den Deckel aufschraubte, stieg ihr ein Geruch entgegen, der sie an Kakao und Schokolade erinnerte.

„Ist das zum Trinken?", fragte Anna, unschlüssig, was sie damit tun sollte.

„No, no", Kiki wedelte heftig mit den Händen. „Du muss das auf die Wunde machen, aber ers nach die Stillen."

Anna drehte den Deckel behutsam wieder auf das Fläschchen und stellte es auf den Wohnzimmertisch.

Kiki räumte ihren Hebammenkoffer wieder ein, indem sie alles Ausgeräumte auf einen Haufen zusammenschob, mit beiden Händen packte und geräuschvoll in den Koffer plumpsen ließ.

„Wie kam es dazu, dass du Wanderhebamme geworden bist?", wollte Anna wissen.

„I bin so eine, weiß du, i kann nie lang an eine Ort bleiben. I will immer weiterfahren. I will die Welt sehen. Es gibt so viele Kulturen und Menschen, i finde alle spannend." Kikis Augen leuchteten, als sie das sagte. „Aber wenn i reise, vermisse i Sizilien, meine Heimat." Sie wiegte den Kopf hin und her. „Also habe i mir gesagt, Kiki, du muss beide haben, um glucklich zu sein: reisen, aber auch zu Hause sein! Also arbeite i vier Monate woanders, in eine andere Land, und dann bin i zwei Monate zu Hause in Sizilien. Jetzt, in Sommer, is heiß in Sizilien, da bin i lieber in Deutschland. Meine Mann is auch so eine wie i. Er muss immer reisen, um die ganze Welt. Er is Kapitän auf eine Schiff. Er is vier Monate mit die Schiff unterwegs und zwei Monate zu Hause."

Anna war für einen Moment sprachlos.

So frei müsste man sein. Und so mutig.

Trotz ihres Sohnes, ja mit ihrem Sohn zusammen die Welt zu erkunden, und doch immer wieder nach Hause zurückzukehren.

Kiki entfachte einen Funken in Anna. Ein Körnchen Lebenshunger. Ein Gedanke blitzte in Anna auf, ob sie das vielleicht auch könnte. Irgendwann. Doch der Gedanke daran war zu flüchtig, um ihn festzuhalten. Jetzt hatte sie erst einmal eine andere Aufgabe zu meistern, die sie voll und ganz ausfüllte: Fiona.

„Und du, wie bis du Mama geworden? I meine, wie war die Geburt? Erzähl!", forderte Kiki sie auf.

„Es war eine normale Geburt. Alles lief gut und ohne Komplikationen. Es hat weh getan, klar, aber trotzdem habe ich mich stark gefühlt."

„Das glaube i dir sofort. Du bis eine starke Frau."

„Ich?", fragte Anna überrascht und blickte auf ihren Körper herab. Moppelig träfe es eher, fand Anna, denn sie hatte in der Schwangerschaft einige Kilos zugelegt. Das Einzige, was nicht moppelig an Anna war, war ihr Bauch. Der war schwabbelig. Er hatte sich seit der Geburt kaum zurückgebildet.

„No, nigge hier", entgegnete Kiki und deutete auf ihren Bizeps, „aber hier", sie deutete mit dem Zeigefinger auf ihren Kopf, „und hier", und klopfte mit der flachen Hand auf ihre Brust an der Stelle, an der das Herz saß. „Es gibt verschiedene Typen Mama. I spüre es. Du has eine starke Energie. Und i kann es in deine Augen sehen. Als Mama bis du eine Löwin."

„Danke." Anna fasste es als Kompliment auf, wenngleich sie die Löwin in sich nicht erkennen konnte. „Welche Typen Mamas gibt es noch?", fragte sie.

Kiki rümpfte die Nase: „Fische!", sagte sie in abfälligem Ton. „Sie schwimmen alle zusammen in dieselbe Richtung, ohne zu denken. Dann gibt es Geier. Die sind abgehoben und hacken immer auf andere rum. Meine Schwiegermutter is so eine."

„Meine Schwiegermutter ist eher wie eine Krake", scherzte Anna.

„Die sind gefährlich mit ihre lange Fangarme. Was is deine Mann für eine Sternzeichen?"

„Jungfrau. Wieso?"

„Ah, das is gut. Dann is seine Element Erde und nigge Wasser. Dann has du als Löwin eine gute Chance gegen die Krake."

Kikis Ansicht erschien Anna fremd. Ihr Leben und ihre Gedankenwelt waren anders als Annas. Kiki wirkte auf Anna ein bisschen verrückt, aber warmherzig, sehr sogar. Doch obwohl Kiki ihr so fremd war, oder vielleicht gerade weil sie ihr fremd war, übte sie auf Anna Faszination und Anziehungskraft aus.

Zugleich wirkte sie auf Anna vertraut und irgendwie bekannt, so als ob sie schon ewig Freunde waren, die sich nur längere Zeit nicht gesehen hatten. Kikis Herzlichkeit und Offenheit legten sich wie eine warme Decke um Anna und hinterließen ein wohliges Gefühl in ihrem Bauch. Es schien Anna, als ob Kiki klarer sah als andere Menschen, die sie kannte. Kikis Direktheit und Sicherheit, die sie ausstrahlte, sowie ihre gleichzeitige Fröhlichkeit und Unbeschwertheit wirkten erhellend, irgendwie säubernd und befreiend, fand Anna. Es war ihr, als ob sie Kiki alles fragen könnte, und sogar müsste, weil Kiki etwas wusste, was Anna bisher nur erahnte: Worauf es ankam. Im Leben.

Als Kiki ihren Besuch beendet hatte, holte Anna den Wundertrunk nach dem Stillen hervor und öffnete ihn. Sie hielt ihren Finger auf die Flasche und drehte sie kurz um, sodass ihr ein Tropfen auf den Finger lief. Skeptisch beäugte sie die zähflüssige bläuliche Masse, die an ihrem Finger klebte und süßlich nach Schokolade roch. Sie schmierte sie vorsichtig auf ihre wunde Brustwarze und bedeckte diese mit Heilwolle, damit die Flüssigkeit ihren BH nicht blau färbte.

Annas Handy klingelte. Gloria war am Telefon. Sie hatte ihr Handy auf Lautsprecher gestellt, damit Karl-Heinz und sie zusammen mit Anna telefonieren konnten.
„Wir sitzen gerade an der Strandbar und trinken einen Cocktail", trällerte Gloria.
„Am Strand ..." Anna dachte ans Meer, an dem sie nur einmal in ihrem Leben gewesen war. „Das klingt gut."
„Das ist gut", betonte Gloria. „Das Essen im Hotel ist vorzüglich, das Wetter überaus angenehm, die Kellner sind zuvorkommend, einfach traumhaft hier! Ihr solltet hier auch einmal Urlaub machen!"
„Das wäre schön."

„Hier gibt es eine Strandpromenade und allerlei hübsche Geschäfte, einen Sandstrand für Kinder, einfach klasse."

„Hm", murmelte Anna.

„Wie geht es unserer Fiona?"

Unserer Fiona? Anna stockte. Das erinnerte sie daran, dass Gloria in ihrem Beisein vor ein paar Monaten ihrer Nachbarin erzählt hatte: „Wir bekommen Nachwuchs." Anna war über diese Aussage irritiert gewesen. Erst als Gloria auf Annas Bauch gedeutet hatte, hatte Anna begriffen, dass Gloria Paul und Anna damit meinte.

„Fiona geht es gut, danke, und mir geht es auch besser. Ich kann wieder ohne größere Schmerzen stillen."

„Hat die Milchpumpe geholfen?"

„Paul hat mir Stillhütchen besorgt, die haben geholfen. Aber danke für deinen Tipp mit der Milchpumpe!"

„Selbstverständlich. Ich gebe meine Erfahrungen immer gern weiter."

„Ist Miriam wieder in Namibia?", fragte Karl-Heinz.

„Sie ist heute bei meinen Eltern und besucht uns morgen, bevor sie wieder nach Kenia fliegt", antwortete Anna.

„Ach ja", brummte er. „Na dann viel Spaß euch!"

Die Stunden ohne Paul, ohne Kiki, ganz allein mit Fiona erschienen Anna unendlich lang und sie hatte gemischte Gefühle dabei: Sorge begleitete sie, dass irgendeine Situation käme, der sie ohne Paul nicht gewachsen war, wie etwa, dass Fiona schrie und weinte und sie sie nicht beruhigen konnte. Ein wenig Trauer erfüllte sie, weil Paul die wertvollen Stunden mit Fiona verpasste und Anna und Paul diese besonderen Momente nicht teilten. Ein bisschen Wut hatte sie darauf, dass Paul sie mit dem Baby alleinließ, anstatt Elternzeit zu nehmen. Als ob ihm seine Arbeit wichtiger war. Etwas Neid überkam sie, dass Pauls Leben weiterging wie zuvor, als wären da keine Geburt und kein kleines

Wesen gewesen, während sich für Anna alles änderte. Zugleich überflutete sie Glückseligkeit und Dankbarkeit, dass sie diese einmalige Zeit mit ihrem Baby genießen durfte, mit diesem Wunder, das sie vollbracht hatten, während Paul arbeiten musste. Sie war froh über die Auszeit von ihrer Arbeit.

Sie arbeitete seit drei Jahren in einer Filmproduktionsfirma in München, zuletzt als Assistentin der Geschäftsleitung. Ihre Chefin war ein Biest, gelinde formuliert.

Anna hatte vorher gewusst, dass sie sie nicht vermissen würde, die Arbeit und die Chefin. Nur die Kollegen, ein bisschen. Sie freute sich auf diese völlig neue, anders geartete Herausforderung: auf Fiona und auf ihr eigenes Wachsen, ihre Entwicklung als Mutter.

Diese Widersprüche!

Anna wusste nicht, ob sie Paul Vorwürfe machen sollte oder froh darüber sein sollte, wie es war. Sie entschied sich für die Fröhlichkeit und fürchtete zugleich, dass das nicht immer so sein würde.

Diese Hormone! Sie machten sie verrückt.

Als Paul spät am Abend nach Hause kam, stand Anna mit Fiona bereits im Flur, um ihn zu begrüßen. Sie hatte ihn die Treppe heraufkommen hören.

Als er die Tür öffnete, war sein Blick seltsam entrückt, als ob er in Gedanken noch bei der Arbeit wäre.

Anna lächelte und ging auf ihn zu.

Da wandelte sich sein Gesicht. Wie er nun strahlte! Sein Blick wanderte zwischen Anna und Fiona hin und her, voll erfüllt mit Liebe und Zuneigung.

Anna drückte Paul fest und lang, so als ob sie sich wochenlang nicht gesehen hätten.

„Dein Papa ist wieder da", flüsterte Anna zu Fiona, „endlich!"

„Ich wäre auch lieber bei euch!", sagte Paul und drückte Anna noch ein bisschen fester an sich. „In der Arbeit war die Hölle los."

Mittwoch, 31. Juli – Tag 13

Paul war früh am Morgen zur Arbeit gefahren. Annas Eltern hatten Miriam morgens zu Anna gebracht. Die Schwestern wollten sich noch einmal sehen, bevor Miriam zurück nach Kenia fliegen würde.

Anna wollte Miriam zur U-Bahn-Station Giselastraße begleiten, die wenige hundert Meter Fußweg von ihrer Wohnung entfernt war. Von da aus konnte Miriam die U-Bahn bis zum Marienplatz und von dort aus die S-Bahn zum Flughafen nehmen.

Zum ersten Mal probierte Anna bei dieser Gelegenheit das Tragetuch aus. Sie hatte in der Schwangerschaft einen Tragekurs besucht und das Binden dort geübt, aber seitdem waren ein paar Wochen vergangen, sodass sie unsicher geworden war und froh darüber, dass Miriam da war, um sie zumindest seelisch zu unterstützen.

Als Anna das Tuch fertig gebunden hatte – sie brauchte dafür nur drei Ansätze, bis es richtig saß – nahm sie Fiona hoch und setzte sie hinein. Die Kleine schmiegte sich an sie und Anna streichelte mit den Händen über das Tragetuch Fionas Rücken entlang. Die Nähe zu ihr fühlte sich gut an.

Miriam schulterte ihren Reiserucksack und dann gingen sie gemeinsam los.

Es war das erste Mal seit der Geburt, dass Anna die Wohnung verließ. Sie war froh darüber, diesen ersten Schritt zurück ins normale Leben zu wagen, die Sonne und die warme Luft zu genießen. Es duftete nach den Rosen, die vor der Haustür wuchsen. Anna atmete tief ein und sog den Duft in sich auf.

„Weißt du, manchmal beneide ich dich darum, dass du gerade so viele neue Erfahrungen machst", gestand Anna.

„Wieso?", fragte Miriam und zog ungläubig eine Augenbraue nach oben. „Machst du nicht auch gerade total neue Erfahrungen? Mit Fiona, meine ich."

„Das stimmt, aber wenn man in eine andere Kultur kommt, lernt man, vieles aus einer anderen Sichtweise zu betrachten."

„Ist es mit einem Baby nicht genauso? Dass man eine neue Sichtweise bekommt?"

„Vielleicht. Darüber habe ich noch nicht nachgedacht. Aber ich sehe an dir, wie Kenia dich verändert hat, jetzt schon."

„Echt? Was merkst du?"

„Du stellst Dinge in Frage, die hierzulande normal sind: dass du das Kinderbett oder einen Kinderwagen überflüssig findest und dass du das Tragen von Babys normal findest."

„Das ist halt so. Kinderwagen und Kinderbett braucht in Kenia kein Mensch."

„Wie machen die Eltern das?"

„Ganz easy: Sie tragen ihre Babys mit einer Schlinge und sie schlafen mit ihnen zusammen auf der Erde oder manche in einem Bett. Sie brauchen auch keine Windeln."

„Was? Ohne Windeln?", fragte Anna überrascht. „Aber klar, wenn man Bilder aus Afrika sieht, sieht man meistens nackte Babys. Wie geht das eigentlich?" Anna blieb abrupt stehen.

Miriam drehte sich zu Anna um und blieb ebenfalls stehen: „Meine Gastmutter hält ihr Baby von sich weg, wenn es muss."

„Igitt. Dann kriegt sie doch alles ab!"

„Nee, eben nicht. Meine Gastmutter weiß, wann ihr Baby muss, und das Baby macht erst dann, wenn sie es von sich weghält."

„Woher weiß sie das denn?"

„Das merkt man, hat sie gesagt. Es macht bestimmte Laute oder Bewegungen."

„Kann ich mir nicht vorstellen."

„Man muss es mit eigenen Augen gesehen haben", erklärte Miriam. „Es ist super, wenn man begriffen hat, wie es geht! Da sieht man, wie weit sich unsere ach so zivilisierte westliche Welt von der Natur wegbewegt hat. Du kannst das ja auch mal ausprobieren."

„Nein, das ist mir zu viel Arbeit!", wehrte Anna ab. „Das kann ich mir nicht vorstellen."

„Musst du auch nicht. Ich finde, das ist das Geniale am Reisen: Man bekommt echt viele Anregungen – und man kann sich selber raussuchen, was man davon gut findet und was nicht. Man kann aus jeder Kultur das Beste mitnehmen."

Unterwegs kauften beide je einen Kaffee zum Mitnehmen. Sie waren mittlerweile am U-Bahnhof Giselsastraße angekommen und warteten am Gleis auf die nächste U-Bahn.

„Was hast du bisher in Kenia erlebt, was du quasi mitnehmen willst nach Deutschland?", fragte Anna und nahm einen Schluck Kaffee. Die Zeit rann dahin und sie wollte mehr von Miriams Erfahrung in sich aufzusaugen.

„Die Gastfreundschaft ist unglaublich. Oder wie sie mit ihren Kindern umgehen."

„Was machen deine Gasteltern anders?"

„Die Kids sind fast den ganzen Tag draußen. Sie haben einen krassen Bezug zur Natur. Sie erleben den Alltag der Eltern mit und werden nicht ständig beobachtet und bewertet. Das ist hier anders. Schon am Flughafen München habe ich den Kontrast bemerkt: Fast alle Eltern hier meinen, sie müssten ihre Kinder erziehen und maßregeln. Sie schimpfen ständig oder loben ihre Kinder überschwänglich für Selbstverständlichkeiten oder sie erklären ihnen ausführlich die Regeln dieser Gesellschaft. Das ist echt ätzend und super anstrengend für beide Seiten." Miriam schüttelte sich. „In meiner Gastfamilie werden die Kids in Ruhe gelassen. Die Eltern wissen, dass ihre Kinder von sich aus alles tun, um die Regeln zu lernen und sich einzubringen, so gut sie können. Sie sind echt entspannt."

Miriams U-Bahn fuhr ein. Anna und Miriam umarmten sich solang zum Abschied, bis die U-Bahn anhielt. Als Miriam mit ihrem Reiserucksack in die U-Bahn stieg, winkte Anna ihr nach, bis sie sie nicht mehr sehen konnte.

Sie leerte ihren Kaffeebecher, blickte auf den weißen Grund des Bechers und dachte daran, wie allein sie sich gerade in diesem Moment ohne ihre Schwester fühlte. Sie vermisste Miriam jetzt schon. Die Energie, die sie mitbrachte. Die Freiheit ihres Denkens, den Mut, die Unbeschwertheit.

Miri, ihr kleines Schwesterchen ... bis vor Kurzem war sie noch ein Kind gewesen, dachte Anna.

Anna war zwölf gewesen, als Miriam geboren wurde. Als Miriam in die Schule gekommen war, war Anna von daheim ausgezogen, um zu studieren. Sie hatte nicht bemerkt, wann Miriam erwachsen geworden war.

Miriam war immer mutig und direkt, manchmal rebellisch, fand Anna, und das war genau richtig. Wenn Miriam etwas nicht gepasst hatte, hatte sie es die Leute wissen lassen.

Anna hingegen war angepasst, harmoniebedürftig, friedliebend. Zerrissene Jeans waren der Höhepunkt ihrer jugendlichen Rebellion gewesen. Sie wollte es immer allen recht machen. Sie hatte stets alle Jugendlichen eingeladen, die zur Clique gehörten, obwohl sie manche von ihnen nicht mochte. Sie hatte jedes Jahr einem griesgrämigen Nachbarn zum Geburtstag gratuliert, obwohl sie ihn nicht leiden konnte. Sie hatte ihr Zimmer aufgeräumt, wenn ihre Mutter es wollte, auch wenn sie keine Lust dazu hatte. Klar hatte sie manchmal gemurrt, manchmal sogar lautstark, aber die Fassade der Rebellion bröckelte nach wenigen Minuten. Sie hatte ihren Willen nie durchgesetzt. Sie wagte es selten zu äußern, was sie wollte. Manchmal traute sie sich nicht einmal zu denken, was sie wollte.

Mit ihren achtzehn Jahren erschien Miriam ihr so reif zu sein wie ... na ja, Anna war sich nicht sicher, ob sie selbst mit ihren dreißig Jahren diese Reife schon erreicht hatte. Wehmut ergriff Anna, dass sie selbst nie im Ausland gewesen war. Außer in Österreich, zum Wandern mit ihren Eltern. Nicht einmal in Italien war sie je gewesen! Nur ein einziges Mal hatte sie das Meer gesehen. An der Ostsee, in Warnemünde. Da war sie vierzehn Jahre alt gewesen, in einem Alter, in dem ihr die Natur manchmal überwältigend vorkam und sie selbst sich so klein.

Welche Faszination sie überkam, als sie davorstand, vor der grenzenlosen Weite! Obwohl es ihr halbes Leben her war, erinnerte sie sich genau, wie es war, mit den Füßen im warmen Sand zu stehen, wie das kalte Wasser die Füße überspülte. Wie der Wind mit ihren Haaren spielte und sie den fischigen Geruch des Meeres einatmete. Wie sie auf den Horizont starrte, auf das Glitzern und Funkeln des Wassers und wie sie dem Rauschen der Wellen lauschte. Wie eine tiefe Ruhe sie damals überkam und sich ein Gefühl der Unendlichkeit in ihr ausbreitete. Es war einmalig.

Sie war danach nie wieder am Meer gewesen.

Trauer überkam sie über die verpassten Chancen. Und Wut. Auf sich selbst. Auf ihre Bequemlichkeit. Ihr Ducken vor den eigenen Wünschen.

Dabei sehnte sie sich nach Abenteuer, nach neuen Erfahrungen, nach neuen Sprachen, nach Lebendigkeit, nach Durchatmen, nach Freidenken, nach dem Ausbrechen aus der Enge der eigenen Kultur. Sie sehnte sich nach Weite, nach Meer, nach mehr. Mehr als dem vorgezeichneten Weg.

Aber da niemand diese Möglichkeit erwähnt hatte, hatte Anna sie auch nicht erwähnt.

Stattdessen war sie nach dem Abitur von zu Hause ausgezogen und hatte studiert. In Regensburg, nicht allzu weit weg. Dort hatte sie viel Zeit in der Bibliothek und wenig Zeit auf Partys verbracht. Zwischendrin hatte sie Paul kennengelernt. Sie hatte ihr Studium der Pädagogik mit Bravour abgeschlossen, Paul hatte einen mittelmäßigen Abschluss in BWL erzielt. Dann hatte Paul einen gutbezahlten Job als Projektmanager in München erhalten und sie waren beide zusammen nach München gezogen. Dort schlug sich Anna mit Praktika und befristeten Gelegenheitsjobs zum Studententarif herum, bis sie schließlich als Empfangsdame in einer Filmproduktionsfirma angefangen und sich auf die Stelle als Assistentin der Geschäftsführerin hochgearbeitet hatte. Ihre Aufgaben dort hatten nichts mit ihrem Studium zu tun, aber sie hatte bewiesen, was sie alles erreichen konnte, wenn sie wollte – auch wenn sie von ihrer launischen Chefin schlecht behandelt wurde. Paul und Anna hatten sieben wunderbare Jahre miteinander verbracht, drei davon verheiratet, und jetzt ein Kind bekommen. Ein schöner, relativ geradliniger Lebensweg: zuerst Schule, dann Studium, dann der Einstieg in die Arbeitswelt, Heirat, das erste Kind. Keine Umwege, keine große Aufregung, fast ein bisschen langweilig. Fiona war das größte Abenteuer ihres Lebens.

Anna blickte auf sie herab und lächelte wehmütig – das größte Abenteuer ihres Lebens war gerade in ihrem Tragetuch eingeschlafen. Sie warf den leeren Kaffeebecher in den Müll.

Anna spürte, dass sie sich für Fiona einen Schritt aus ihrer Komfortzone herausbewegen musste. Sie musste Stellung beziehen, was sie wollte, was sie für richtig hielt, und danach handeln – auch wenn das anderen Menschen nicht passte. Sie musste Entscheidungen treffen und dazu stehen.

So wie bei der Namenswahl.

So wie beim Kinderwagen.

Sie musste sich endlich entscheiden!

Aber für welchen?

Immer, wenn Anna eine Entscheidung nicht treffen konnte und andauernd vor sich herschob, stellte sie sich irgendwann die Frage: Warum?

Warum konnte sie das nicht entscheiden? Bisher war sie davon ausgegangen, dass sie den richtigen Wagen noch nicht gefunden hatte, dass er aber irgendwo da draußen war.

Nun war Anna an einem Punkt angelangt, an dem sie sich fragte, ob sie sich die richtige Frage gestellt hatte.

Vielleicht sollte die Frage nicht lauten: 'Welchen Kinderwagen will ich?', sondern vielleicht sollte sie sich fragen, *ob* sie einen Kinderwagen brauchte.

Die Frage war neu für Anna. Der Gedanke, keinen Kinderwagen zu kaufen, erfüllte sie mit einem aufgeregten Kribbeln. Gleich danach krampfte sich ihr Magen zusammen.

Jede Mutter hatte einen Kinderwagen. War es möglich, ohne Kinderwagen auszukommen? Und wenn ja: War Anna ohne Kinderwagen nicht ein Sonderling? Jemand, der aus der Masse herausstach?

Bei dem Gedanken daran schüttelte es Anna.

Sie wollte normal sein.

Es musste einen Grund geben, warum alle Mütter einen Kinderwagen brauchten. Anna verstand ihn nur nicht.

Oder?

Wie machten die Frauen in Afrika das ohne Kinderwagen? Litten sie an Rückenschmerzen? Wünschten sie sich insgeheim einen Kinderwagen? Oder war es so, wie mit der Knoblauchpresse und dem Pommesschneider: Man konnte das kaufen, aber es ging auch ohne.

Sie recherchierte zu Hause im Internet, um Antworten auf ihre Fragen zu finden, konnte aber keine Erfahrungsberichte von Müttern finden, die ihr Baby ausschließlich trugen. Wenn, dann hatten die Frauen entweder nur einen Kinderwagen oder einen Kinderwagen plus Tragetuch.

Sie seufzte.

Letztlich ist alles eine Frage der Vorstellungskraft.

Und Anna konnte es sich plötzlich vorstellen. Ohne Kinderwagen. Ein Lächeln huschte über ihr Gesicht.

Dann fiel ihr Blick mit einem Mal auf etwas anderes: Windelfreiheit. Das musste das sein, wovon Miri gesprochen hatte. Anna überflog ein paar Berichte im Internet. Einige Mütter praktizierten das in Deutschland mit ihren Babys. Sie hielten die Kleinen übers Klo, wenn sie das Gefühl hatten, dass ihre Babys mal mussten. Es gab sogar Bücher und Kurse dazu. Je mehr sie las, desto enger zog sie ihre Augenbrauen zusammen. Dann schaltete sie kopfschüttelnd den Computer wieder aus.

Es war schon spät geworden. Sie beschloss, ins Bett zu gehen. Paul war immer noch nicht von der Arbeit zurück. Er hatte sie vor ein paar Stunden angerufen, dass es spät werden würde. Dass es nachts werden würde, hatte sie allerdings nicht erwartet.

Schreien ohne Ende?

Freitag, 2. August – Tag 15

Am liebsten hätte sie sich die Ohren zugehalten. Fiona, ihre niedliche kleine Fiona, schrie und schrie. Der heisere Hilferuf eines Neugeborenen hallte in Annas Ohren – dieses Schreien, das alle Glieder, alle Nerven und alle Zellen in allerhöchste Alarmbereitschaft versetzte. Die herzzerreißenden Töne prasselten auf Anna nieder. Mitleid durchströmte sie. Ihr Puls schlug in Rekordtempo. Sie musste Fiona helfen. Und zwar schnell. Annas Gedanken rasten.

Stillen. Tragen. Wärmen. Streicheln. Wippen. Haltung wechseln. Beruhigend auf sie einsprechen. Selber ruhig bleiben.

Sie tat alles.

Es half nichts.

Vielleicht konnte sie Fiona mit einem Lied beruhigen? Ihr fiel auf die Schnelle nur eins ein. Sie schmiegte ihre Wange an Fionas Kopf und sang leise: „Schlaf, Kindlein, schlaf. Der Vater hüt' die Schaf' ..."

Fiona schrie weiter.

Ob Fiona sie bei dem Geschrei überhaupt hörte? Da Anna keine andere Idee kam, sang sie etwas lauter weiter: „Die Mutter schüttelt's Bäumelein, da fällt herab ein Träumelein."

Fionas Händchen waren zu Fäusten geballt. Ihr ganzer winziger Körper verriet enorme Anspannung. Annas Herz raste. Sie spürte das Adrenalin in ihren Gliedern. Ein unangenehmes Ziehen in ihrem Nacken. Lang würde sie das nicht mehr ertragen!

Fiona schrie und schrie.

Anna hielt Fiona ein Stück von sich weg und zog die Augenbrauen zusammen. „Schlaf, Kindlein, schlaf!", sang sie plötzlich sehr laut.

Dann erschrak sie über sich selbst. Sie blickte in Fionas verzerrtes Gesicht, das rot angelaufen war.

Die Arme! Wenn sie ihr doch nur helfen könnte!

Sie hatte das dringende Verlangen, etwas zu tun, irgendetwas, um den Alarm zu beenden, die Ruhe wiederherzustellen. Es war Stress. Hilflosigkeit, Verzweiflung, Wut.

Sie wusste nicht weiter und rief Paul in der Arbeit an.

„Hallo", sagte er und sie hörte an seiner Stimme, dass er nicht viel Zeit hatte.

„Fiona lässt sich nicht beruhigen."

„Und was soll ich da jetzt tun? Ich habe in einer Minute ein wichtiges Projektmeeting."

„Hast du noch eine Idee, was ich tun könnte? Ich habe sie schon gestillt und alles probiert."

„Wahrscheinlich die Koliken! Die Verdauung muss sich erst regulieren. Da kannst du nichts machen."

„Aber sie schreit und schreit!"

„So wie die ganze Nacht, ich weiß!", stöhnte er.

„Ich habe die letzte Nacht kaum geschlafen", jammerte sie.

„Ich hab's gehört", sagte Paul.

Anna vernahm den Vorwurf, der in Pauls Satz mitschwang, obwohl Anna dafür sicher nichts konnte. Wahrscheinlich ließ ihn der Schlafmangel empfindlich werden, dachte Anna.

Sie hörte eine Stimme bei Paul im Hintergrund.

„Tut mir leid, aber mein Meeting geht jetzt los", sagte Paul zu Anna. „Hier ist echt alles schiefgelaufen, als ich nicht da war. Ich muss das jetzt wieder geradeziehen. Halt die Ohren steif, mein

Schatz! Ich versuche, heute etwas früher nach Hause zu kommen, aber ich kann's dir nicht versprechen."

Anna ließ das Handy sinken, als Fiona plötzlich verstummte.

Den zweiten Tag ging das bereits so. Fiona schrie nicht andauernd, aber immer wieder ein paar Minuten lang.

Zusammengerechnet tausend Stunden.

Mindestens.

Anna wusste, es gab Babys, die niemals schrien. Niemals schreien mussten. Weil ihre Mütter ihnen sofort alles gaben, was sie brauchten, weil sie unmittelbar auf die frühen Zeichen regieren, die Babys aussandten. So hatte Anna es im Geburtsvorbereitungskurs gelernt. Bisher hatte die Theorie in der Praxis funktioniert, aber jetzt war alles anders und Anna hatte keine Erklärung dafür.

Gerade als Fiona erneut anfing zu schreien, rief Gloria an. Zum dritten Mal innerhalb der letzten Stunde. Die ersten zwei Anrufe hatte Anna geflissentlich ignoriert, weil sie dafür in dem Moment keinen Nerv gehabt hatte. Nun fragte sie sich, ob sie nicht besser rangehen sollte, vielleicht war es dringend oder einem von beiden war etwas passiert.

Sie legte Fiona in das Stillkissen auf dem Sofa, was die Schreilautstärke erhöhte, eilte in den Flur und zog die Tür hastig hinter sich zu, um den Lärmpegel zu reduzieren. Mit schlechtem Gewissen.

„Hallo, Gloria, was gibt's?"

„Anna, Liebes, wusstest du, dass Julia Roberts mit zweitem Vornamen Fiona heißt?"

„Äh, nein." Sie tippte mehrmals mit dem Fuß auf den Boden.

Ich hätte nicht ans Telefon gehen sollen!

Anna überlegte, wie sie das Gespräch am schnellsten beenden konnte.

„Das habe ich heute in einer dieser Frauenzeitschriften beim Frisör gelesen."

„Aha." Sie trommelte mit den Fingerspitzen gegen den Türrahmen.

Meine Tochter schreit sich gerade die Seele aus dem Leib!

Anna musste zurück zu Fiona! Sie öffnete die Tür und ging zurück ins Wohnzimmer, klemmte das Handy zwischen Schulter und Kopf, hob Fiona hoch und schwenkte sie in Bauchlage auf ihren Unterarmen hin und her.

„Wir haben hier einen Frisör im Hotel, Luc heißt er, ein überaus netter Mann ist das." Gloria flüsterte: „Ich vermute, er ist homosexuell", und in normaler Lautstärke fuhr sie fort: „Ich habe mir bei ihm die Spitzen schneiden lassen. Das war nötig, die waren kaputt und gespalten. Ach na ja, und da stand es in der Zeitschrift: Julia Fiona Roberts. Ist das nicht ein schöner Zufall? Vielleicht wird unsere Fiona später auch eine berühmte Schauspielerin. Ich sehe sie schon vor mir, in Hollywood, im Abendkleid über den roten Teppich schreiten und in die Kameras winken. Wäre das nicht vortrefflich?"

Ob Hollywood dein Traum gewesen war, Gloria?

Momentan bekäme Fiona eine Hauptrolle in einem Film über Schreikinder.

„Ich verstehe dich leider schlecht", brummte Anna.

„Ach Gottchen", sagte Gloria, „ist das *unsere* Fiona, die da im Hintergrund so bitterlich schreit?"

„Ja, das ist ... Fiona."

„Hat sie sich erkältet? Hast du ihr die Mütze wieder nicht aufgezogen?"

Wieder? Was heißt hier wieder?

„Nein. Ich weiß nicht, was sie hat."

„Na ja, wir gehen jedenfalls gleich essen. Ich möchte heute gegrillte Krake, die soll sensationell sein. Wie schade, dass ihr nicht hier sein könnt, sonst hätten wir zusammen essen gehen können."

„Ja, schade – bis auf die Krake."

„Wieso?"

„Ich mag keine Krake. Ich mag überhaupt kein Meeresfrüchte."
Anna hasste Krake. Viel zu zäh, fand sie. Das hatte sie Gloria
schon oft gesagt.

„Manche Menschen geben ein Vermögen aus für Meeresfrüchte
und du verschmähst sie."

Anna hörte die Türklingel. Es klingelte dreimal kurz hintereinander: Dring, dring, dring.

„Du, Gloria, es hat gerade geklingelt, wahrscheinlich die Hebamme wegen der Nachsorge. Ich muss leider auflegen."

Ja, leider.

Fiona schrie, als Kiki ankam und Anna links und rechts einen
Kuss auf die Wange drückte. Kiki hatte den schlafenden Teo
wieder auf den Rücken gebunden. Dieser ließ sich in seinem
Schlaf nicht stören.

Anna konnte Kiki kaum begrüßen, so laut war Fiona bereits
geworden. Sie eilte ins Wohnzimmer und wollte Fiona die Brust
geben, doch diese drehte ihren Kopf weg. Fionas Gesicht war rot.
Sie hatte die Stirn gerunzelt, die Fäuste geballt, die dünnen
Beinchen angezogen.

Kiki zog in der Zwischenzeit ihre Schuhe aus.

Ein Blick in Fionas Windel verriet Anna, dass Fiona sich
eingenässt hatte, doch nur wenig. Ihre Haut war nicht gerötet,
Windelausschlag hatte sie keinen. Sie zog ihr die Windel wieder
an.

Kiki kam zu Anna ins Wohnzimmer und setzte sich wortlos aufs
Sofa, den Blick auf Fiona gerichtet.

Anna strich sich mit dem Handrücken den Schweiß von der Stirn
und prüfte, ob Fiona zu warm oder zu kalt war, indem sie an
ihren Nacken fasste. Fiona war wohltemperiert. Saß ein
Bäuerchen schief? Anna nahm Fiona aufrecht, klopfte ihr

hektisch auf den Rücken und wippte mit ihrem Oberkörper hoch und runter, doch Fionas Schreien ebbte nicht ab. Anna probierte Fiona in einer anderen Position zu halten, woraufhin ihr Schreien wie Protest klang. Anna stand auf und versuchte Fiona umherzutragen.

„Was hat deine süße Bella?", fragte Kiki und legte den Kopf schief.

„Ich weiß es nicht", rief Anna ihr zu, um Fionas Schreien zu übertönen.

„Trinkt sie genug? Is deine Brust nach die Trinken leer?"

„Beides ja. Es ging schon gestern und heute den ganzen Tag so. Vormittags schreit sie fast ununterbrochen, und am Nachmittag etwa jede Stunde und lässt sich kaum beruhigen."

„Jede Stunde?"

Anna nickte. „Ich habe alles versucht!"

„Has du ihr die Windel gewechselt?"

Anna schüttelte den Kopf. „Die Windel war nur wenig feucht."

„Versuch das mal!"

Anna folgte ihrem Rat. Sie legte Fiona auf das Sofa, was noch größeren Protest ihrerseits hervorrief. Als Anna ihr die Windel abmachte, strampelte Fiona wild mit den Beinen. Anna konnte ihr Schreien nicht ertragen und nahm sie, halbnackt, wie sie war, auf den Arm.

Augenblicklich beruhigte Fiona sich und wurde still.

„Das ist neu", staunte Anna, atmete auf und setzte sich hin. „Das ist das Erste, was geholfen hat."

„Sie magge keine Windel. Kann sein, oder?"

Anna überlegte einen Moment. „Kann sein. Ja, jetzt, wo du es sagst! Sie hat sich immer dann beruhigt, wenn ich ihr die Windel gewechselt habe."

„Also magge sie keine Windel. Das is normal. Fast alle Babys magge keine Windel."

„Das verstehe ich nicht. Die Windel ist nur leicht feucht."

„Wenn deine Unterhose nur eine kleine bisschen nass is, merks du das. Babys merken das auch. Manche Kinder stört nigge die Nässe. Was die meiste Babys stört, is, dass sie Kleidung anhaben, wenn sie Pipi machen. Sie wollen lieber frei sein. Sie wollen nigge in die Hose machen. Das is ihre Natur."

„Und jetzt? Ich kann sie nicht ohne Windel lassen."

„Du kannst nigge, weil du nigge weißt, wie es geht. Aber wenn du weißt, wie es geht, dann kanns du das auch!" Kiki deutete mit dem Zeigefinger auf Anna.

Anna warf Kiki einen fragenden Blick zu.

„I kann dir zeigen, wie es geht, deine Baby windelfrei lassen", ergänzte Kiki.

Windelfrei. Da war es wieder, dieses Wort. Dieses unmögliche Vorhaben. Klar machten die Mütter das in Afrika, wo es keine Wegwerfwindeln gab. Sie hatten dort keine andere Wahl. Aber hier war das nicht umsetzbar, fand Anna.

Fiona brauchte Windeln.

Anna brauchte Windeln!

Oder?

„Ich brauche Kaffee!", sagte sie.

„Verständlich", sagte Kiki.

Anna ging in die Küche und goss sich Kaffee in eine Tasse. Sie blickte in die trübe Flüssigkeit, sah die Wellen auf der Oberfläche. Ihre Hand zitterte leicht.

Anna sah vor ihrem inneren Auge, wie sie am Rand des Meeres stand. Jede noch so kleine Welle sog an ihren Füßen, wollte sie ein Stück weiter in das Wasser hineinzerren. Anna wollte weglaufen, doch ihre Füße sanken immer tiefer in den Sand, je länger sie dastand. Sie war wie versteinert.

Sie *war* versteinert. Anna sah zu, wie sich eine haushohe Welle vor ihr auftürmte und sie gleich zerschlagen würde, wenn sie nicht rechtzeitig hineinsprang in das große Unbekannte. Ihr Unterkiefer fing an zu zittern.

Was war nur los mit ihr?

Sie nahm hastig einen Schluck.

Wovor hatte sie ...

Sie hielt die Luft an.

Hatte sie etwa Angst?

„Fiona is eine Kämpferin. Sie gibt dir Zeichen, was sie braucht."
Kiki war ihr in die Küche gefolgt und legte ihre Hand auf Annas
Arm. „Alles, was du brauchs, is, dass du muss neugierig sein und
ihr zuhören."

Neugierde?

Welch wunderbares Wort!

Es wirkte.

Die Riesenwelle verwandelte sich plötzlich in Wasserdampf, der
sanft nach oben stieg. Anna konnte den Horizont wieder sehen.

Was war es nur, was Anna gerade so bedrohlich fand?

Sie atmete tief aus.

Alles, was ich tun muss, ist neugierig aufs Leben zuzugehen,
dachte Anna.

Das Leben mit seiner Vielfalt. Weg mit den Scheuklappen, einfach springen!

Anna gab sich einen Ruck. Und sprang.

„Erzähl mir alles, was ich wissen muss!", forderte sie Kiki auf.

Kiki lachte. Dann begann sie zu erzählen, dass jedes Baby von
Geburt an sauber sein wollte und dass es sich bemerkbar machte,
wenn es musste. Es machte dann bestimmte Bewegungen, Geräusche oder hatte eine bestimmte Mimik. Sie erzählte, wie andere
Eltern damit umgingen. Manche Eltern achteten auf die Zeichen,
andere spürten es intuitiv. Wieder andere wussten anhand der
Ess- oder Schlafgewohnheiten, wann ihr Baby musste – immer
nach dem Aufwachen oder nach dem Trinken.

Wenn die Eltern das Bedürfnis ihres Babys bemerkten, gaben sie
ihm zu verstehen, dass sie es verstanden hatten und es warten
solle, bis sie es ausgezogen haben. Ein Baby konnte solang

warten. Dann hielten sie das Baby übers Klo oder Töpfchen und zischten – als Signal für das Baby, dass es loslegen konnte.

Windelfrei hieß nicht unbedingt, dass man Windeln wegließ, erklärte Kiki, sondern, dass man das Baby auszog und es über das Klo hielt, wenn es musste, statt es in die Windel machen zu lassen. Der Trick dahinter bestand darin, dass Eltern und Baby miteinander kommunizierten.

So einfach ist das also, dachte Anna.

Sie fühlte sich wie ein Zauberlehrling, der von seinem Meister einen großen Zaubertrick erklärt bekommen hatte. Sie spürte, wie ihre Wangen glühten und ihre Fingerspitzen kribbelten, weil in Kikis Worten etwas Bedeutendes lag. Sie fing an, etwas zu begreifen, das ihr bisher verborgen gewesen war. Weil sie es bisher nicht sehen konnte, nicht sehen wollte.

Teo wachte auf. Er öffnete seine großen Äuglein, kastanienbraune Kulleraugen, und reckte sich.

Kiki schob ihn samt Trage gekonnt nach vorne auf ihren Bauch und hob ihn raus.

Teo blickte sich einen Moment verschlafen um.

„Teo, darf i vorstellen? Das is Anna", Kiki zeigte auf Anna, „und das is Fiona." Sie deutete auf Fiona.

Teo drehte sich zu Kiki um, patschte mit seiner Hand auf Kikis Dekolleté und zog an ihrer Bluse.

„Du habe große, große Hunger, i weiß!", sagte Kiki.

Kiki öffnete die oberen zwei Knöpfe ihrer Bluse und stillte ihn.

Als Teo fertig mit Trinken war, brummte er „hm".

„Teo muss mal für kleine Jungs", erklärte Kiki. „Durfen wir die Toilette benutzen?"

Anna nickte.

„Warte, Teo, i bringe dich zu die Toilette."

„Darf ich mitkommen?", fragte Anna.

„Teo, darf Anna zuschauen?", fragte Kiki an Teo gewandt.

Teo antwortete nicht.

Kiki zuckte mit den Schultern. „Er hat nigge nein gesagt. Also das heiß: ja", schlussfolgerte sie. „Komm mit, Anna!"

Kiki zog Teo Hose und Windel aus, setzte ihn aufs Klo, kniete sich davor, um ihn festzuhalten, und zischte leise „sch". Es dauerte einen kleinen Moment, dann hörte Anna ein leises Plätschern. Anschließend streckte sich Teo durch, woraufhin Kiki ihn von der Toilette herunterhob.

„Finito!", sagte Kiki und zog Teo wieder an.

Anna staunte. Wissend.

Als Paul am Abend von der Arbeit nach Hause kam, erzählte sie ihm aufgeregt von ihren neuesten Erkenntnissen, von Fiona, die deshalb schrie, weil sie in die Windeln machte und nicht in die Windel machen wollte, von dem Prinzip der Windelfreiheit, von Kiki und Teo.

Paul betrachtete sie schweigend.

Sie war von solch einer Erregung erfasst, einer Aufregung, dass es ihr fast egal war, was er davon hielt. Sie wusste, was richtig war. Sie wusste es.

Als sie fertig erzählt hatte, breitete sich auf Pauls Gesicht ein Grinsen aus.

„Was ist?" Anna lächelte ihn an.

„Und das glaubst du?"

Anna nickte eifrig. „Kannst du mir bitte ein paar Mullwindeln und eine wasserdichte Unterlage besorgen?"

„Wozu?" Paul wurde ernst.

„Damit ich schneller erkenne, wann Fiona in die Windel gemacht hat. So lerne ich, welche Zeichen sie vorher gegeben hat." Sie zupfte sich verlegen ein paar Fusseln vom T-Shirt.

„Anna …" Paul stockte.

„Sechs Stück reichen sicher für den Anfang."

„Anna!", wiederholte Paul.

Sie blickte ihn an.

„Ich halte das Ganze für völligen Quatsch", fuhr er fort. „Fiona schreit wegen der Dreimonatskoliken und nichts anderem. Das vergeht von allein wieder."

„Kiki hat mir aber erklärt, dass die meisten Koliken und Verdauungsstörungen überhaupt erst entstehen, weil Eltern die Signale ignorieren und weil Babys nicht gern in die Windel machen."

„Ich glaube, dass den Babys das völlig egal ist, ob sie Windeln anhaben oder nicht." Versöhnlich fügte er hinzu: „Ehrlich, mein Schatz! Du verrennst dich da in etwas."

Gespür für das Wesentliche

Sonntag, 4. August – Tag 17

Paul hatte am Vortag auf Annas Drängen hin kopfschüttelnd Mullwindeln sowie eine wasserdichte Unterlage besorgt und Anna hatte sie gleich gewaschen. Über Nacht waren die Sachen getrocknet und Anna war hochmotiviert, sie gleich am Morgen auszuprobieren.

Nach drei Stunden waren drei Mullwindeln gewässert, ohne dass Anna ein besonderes Zeichen zuvor bemerkt hätte. Paul scherzte jedes Mal danach: „Du, ich glaub, Fiona musste mal."

Anna ließ sich davon nicht irritieren. Sie musste einfach früher reagieren!

Bei jeder Regung zog sie Fiona aus und hielt sie über die Toilette. Es passierte nichts. Doch kaum hatte sie Fiona wieder angezogen, wurde die Windel nass. So waren nach zwei weiteren Stunden auch die vierte und die fünfte Mullwindel aufgebraucht.

„Fünf Windeln in fünf Stunden. Wenn das so weitergeht, brauchst du vierundzwanzig Windeln am Tag", rechnete Paul und schüttelte den Kopf.

Annas Stimmung verdüsterte sich allmählich. Frisch gewickelt legte sie Fiona ins Stillkissen auf das Sofa im Wohnzimmer, das sie in der Mitte gefaltet hatte.

„Du, ich glaub, Fiona muss mal", sagte Paul am späten Vormittag plötzlich.

„Lass bitte deine Witze!", bat Anna.

„Ich meine das ernst", versicherte Paul und lachte kurz auf.

„Du veräppelst mich doch!"

„Nein, wirklich! Sie muss mal."

„Woher weißt du das?", fragte Anna und blickte auf Fiona, die ruhig dalag und durch das Fenster in Richtung eines Baumes blickte.

„Schau, ihr Gesichtsausdruck!"

Anna blickte Fionas Gesicht prüfend an. Sie konnte kein Zeichen von Anspannung, Drücken oder irgendeiner Art von Veränderung feststellen. Ihr Blick sah bis vor einer Minute exakt gleich aus, fand Anna. „Ich sehe nichts."

„Der Blick ist anders!", beteuerte Paul. „Also jetzt oder nie!"

„Dann los!" Anna sprang vom Sofa auf. „Fiona, warte! Ich ziehe dich erst aus."

Sie brachte Fiona ins Bad, Paul folgte ihr. Anna zog Fiona die Mullwindel aus, setzte sie auf den Rand der Klobrille, wobei sie mit den Händen ihren Oberkörper festhielt und mit den Fingerspitzen ihren Kopf stützte, damit er nicht nach hinten fiel, und zischte „sch".

Paul stellte sich neben Anna und beugte sich interessiert nach vorne.

Nichts passierte.

Anna wartete.

„Sch", wiederholte Anna.

Nichts.

„Sch-sch", machte auch Paul.

Fragend blickte Anna Paul an. „Wie lang soll ich warten?", fragte sie, als plötzlich ein leises Zischen ertönte.

Anna blickte erstaunt zu Fiona.

Es lief! Ganz plötzlich!

„Es funktioniert!", rief Anna entzückt und überrascht zugleich.

Sie beide haben mit Fiona interagiert, kommuniziert! Mit einem zwei Wochen alten Baby!

Paul hatte es erkannt, Anna hatte ihre Tochter gebeten zu warten und Fiona hatte darauf gehört und erst auf ihr Zeichen hin losgelegt. Nein, das war kein Zufall! Das war gekonnt!

Anna blickte zu Paul. Er grinste bis über beide Ohren.

„Wir haben es geschafft", jubelte Anna.

„Ich habe es gesehen", sagte Paul und seine Stimme war dabei voller Verwunderung und Stolz. „Ich wusste, dass Fiona muss, und auf mein Zischen hin hat sie losgelegt."

Er nahm Fiona auf seinen Arm und blickte auf sie herab. Wie er sie ansah! Er lächelte dieses selige Lächeln, das man hatte, wenn man verliebt war. Er war wie gebannt und wiegte sie zärtlich hin und her. „Fiona und ich, wir verstehen uns", sagte er und stupste mit dem Zeigefinger sanft auf ihre Nase.

„Möchtest du ihr die Windel wieder anziehen, da ihr euch ja so gut versteht?", fragte Anna mit einem Lächeln im Gesicht.

Paul schüttelte den Kopf. „Ich mache uns jetzt ein Schnitzel. Hast du Hunger?"

Anna nickte.

Paul überließ Fiona wieder Anna und begab sich in die Küche, während Anna Fiona die Windel wieder anzog und mit ihr ins Wohnzimmer ging. Sie stillte sie, bis sie eingeschlafen war, dann legte sie sie in das Stillkissen. Anna legte sich daneben, ihren Kopf auf den Rand des Stillkissens und ihre Hand auf Fionas Bauch, der sich im Takt ihres Atems hob und senkte. Sie schloss die Augen.

„Willst du Kartoffeln zum Fleisch oder ... ?", fragte Paul, als er ins Zimmer kam.

Anna öffnete die Augen.

„Oh, Entschuldigung. Ich wusste nicht, dass du schlafen willst. Es gibt gleich Essen."

„Keine Sorge, ich wollte nicht schlafen. Ich habe den Moment genossen."

„Warum lässt du Fiona nicht liegen, wenn sie schläft? Du könntest die Sachen erledigen, zu denen du sonst nicht kommst, oder wir könnten die Zeit zu zweit genießen."

Das ist unvorstellbar. Für mich.

Sie zuckte mit den Schultern. Sie wusste, sie konnte ihr Baby nicht fernab von sich liegen lassen, aber sie konnte nicht erklären, warum.

Ob es ein Urinstinkt war? Konnte sie sich vorstellen, ihr Baby allein im Urwald auf dem Boden schlafen zu lassen?

Nein. Auf keinen Fall!

Das Sofa war nicht besser. Auch das Bett nicht. Egal wo – Fiona allein zu lassen, war für Anna unerträglich.

Sie konnte es sich rational nur so erklären, dass sie jetzt instinktgesteuert war. Ihr Mutterinstinkt hatte sie fest im Griff. Wenn sie dagegen handelte, fühlte sie sich schlecht, und zwar so sehr, dass es kaum auszuhalten war. Sie musste immer und überall bei ihrem Baby sein, wenn es schlief, aber auch, wenn es wach war. Am liebsten würde sie Fiona vierundzwanzig Stunden im Arm halten. Es gab nur einen Moment, in dem Anna es gut aushalten konnte, ihr Baby nicht bei sich zu haben: Wenn Paul ihre Tochter im Arm wiegte und sich in seinem Gesicht grenzenlose Liebe und Wärme spiegelte, während er die Kleine ansah.

„Kartoffeln oder Kroketten?", hakte Paul nach.

„Lieber Kartoffeln."

Paul verschwand in Richtung Küche.

Das leise Atmen von Fiona wirkte beruhigend, so beruhigend. Anna schloss die Augen. Immer wenn Fiona schlief, wurde Anna auch plötzlich von Müdigkeit erfasst. Als ob die Müdigkeit ansteckend war. Diese Symbiose ...

Anna döste ein.

„Das Essen ist fertig!", rief Paul.

Anna erwachte und hob den Kopf. Auch Fiona reckte sich und öffnete die Augen.

Paul steckte seinen Kopf durch die Tür. „Kommst du?"

Anna stand auf, nahm Fiona auf den Arm.

„Du kannst sie hierlassen", sagte Paul. „Es geht ihr gut. Jetzt ist das Essen warm."

„Ich kann mit ihr im Arm etwas essen. Das geht schon."

Paul schüttelte verständnislos den Kopf.

Ob er es je verstehen würde, wie es war, Mutter zu sein?

Sie setzte sich an den Esstisch und versuchte, das Fleisch und die Kartoffeln auf dem Teller mit ihrer Gabel in mundgerechte Stücke zu zerteilen. Mit dem anderen Arm hielt sie Fiona.

Natürlich geht das. Einarmige Menschen müssen das auch können.

Am Abend ging Paul als Erster ins Bett, weil er am nächsten Morgen für die Arbeit früh raus musste. Anna saß noch mit Fiona auf dem Sofa und stillte sie. Sie blickte auf ihre Tochter herab. Sie atmete leise. Anna streichelte Fiona mit den Fingerspitzen über die Stirn, die Schläfe, die Wange, die Nase.

Dein ganzes Leben liegt vor dir. Wie es wohl sein wird?

Wirst du auch später genau wissen, was du willst und brauchst, und wirst du es immer so gut durchsetzen wie jetzt?

Wirst du leben und genießen, lachen, streiten, atmen, frei atmen, begehren, fühlen, glühen, brennen für etwas? Oder für jemanden?

Wirst du kosten, küssen, lieben, pulsieren, dich öffnen und Neues wagen, wieder und wieder, schwimmen, immer schwimmen statt untergehen, tanzen und springen ins Unbekannte, bis du am Ende satt bist, ganz und gar satt?

Wirst du reisen und dich immer wieder neu entdecken, Menschen begegnen, wollen, so vieles wollen, die Welt durchdringen, in dich aufsaugen, Widersprüche ertragen, deinen eigenen Weg im Dickicht suchen, finden, gehen, unbeirrbar?

Oder wirst du dich auf deinem Weg auch verirren? Wirst du dich verbiegen, bis du nicht mehr aufrecht gehen kannst? Wirst du irgendwann fast taub und

blind einen vielfach ausgetrampelten Weg entlangkriechen, weil du gar nicht
mehr weißt, wer du bist, ja du! – weil du vergessen hast oder nicht mehr
wagst zu fragen, wer du sein könntest, wer du sein willst, was dich ausmacht,
was du kannst, was tief in dir alles schlummert und geweckt werden will?
Oder wirst du dich voller Kraft durchs Gebüsch schlagen und im Dschungel
der Möglichkeiten das Leben in seiner sternenfachen Vielfalt auskosten?
Wie soll dein Leben nur weitergehen?
Und meins?

Anna war müde bei dem Gedanken daran, dass Fionas Weg
vorgezeichnet war: Drei Jahre zu Hause, die einzigen freien Jahre,
dann drei Jahre Kindergarten, dann die Schule. Die nächsten
achtzehn Jahre von Fionas Leben waren verplant. Und damit
auch Annas.

Anna würde wieder anfangen zu arbeiten, wenn die Elternzeit
vorbei war, zurückkehren in ihren Job in der Filmproduktionsfirma, den sie eigentlich niemals wollte, den sie nur angenommen
hatte, weil niemand verstanden hatte, was eine ausgebildete
Pädagogin konnte, die nicht an einer Schule unterrichtete; in den
einzigen Job, den sie bekommen hatte und in dem sie schlecht
behandelt worden war, als wäre sie ein Nichts, ein Niemand, ein
Teppich, auf dem man herumtrampeln konnte, als sei es ihre
Aufgabe, das stillschweigend zu ertragen. Die Launen der Chefin
aushalten, umgehen, mildern, abfangen wie ein Puffer, abprallen
lassen, die Türe verschließen, den Schlüssel wegwerfen und doch
zusehen müssen, wie durch das Schlüsselloch immer wieder die
giftigen Pfeile durchdrangen und ihre Energie Stück für Stück
wegfraßen, die Lebensenergie.

Wie hatte sie es so lang dort ausgehalten? Wie könnte sie je dahin
zurückkehren?

Welche Verschwendung. Von Leben, von Sein.

Gab es eine Alternative? Ein wirkliche Alternative? Alles unterlag
Regeln, so schien es Anna. Die Menschen waren eingekesselt in
Schule und Arbeit. Einen zeitlich eng begrenzten Ausreißer hätte

man sich gestatten können, vielleicht ein Auslandsjahr während der Schulzeit oder am besten nach der Schule. Selbst das hatte sie nicht gemacht. Doch danach hatte man sich bitteschön wieder ins geregelte Leben einzufügen, zu fügen, zu studieren oder eine Ausbildung abzuschließen, zu arbeiten, Kinder zu kriegen und weiter zu arbeiten. Ob die Schule oder die Ausbildung Spaß machte, ob die Arbeit Sinn ergab, das war nachrangig. Man musste.

Anna hasste dieses Müssen.

Und ihre Arbeit.

Erst in der Rente würde sie alle Freiheit haben zu tun und zu lassen, was sie wollte. Zeit zu reisen, zu genießen, Erfahrungen zu machen, das Leben zu leben. Dann konnte sie die Früchte des braven Bürgertums ernten, den Lohn des ganzen zermürbenden, alle Leidenschaft auffressenden Gehorsams. Aber: War sie dann noch fit genug fürs Leben? Sollte sie das Leben nicht vorziehen?

Reisen, welch schöner Traum!

Italien! Sie seufzte bei dem Gedanken daran. Ja, Italien. Die Toskana. Und das Mittelmeer. Das würde ihr schon genügen.

Und Frankreich. Der Atlantik. Die Bretagne.

Mein Gott, welch ein Traum!

Wobei, ... eigentlich würde sie auch gern einmal nach Griechenland. Oder Spanien. Oder Portugal.

Oder vielleicht sogar nach Argentinien. Oder Florida. Oder Indien. Und Neuseeland und Südafrika und Hawaii – gar nicht auszumalen, wie schön es dort sein musste!

Es gab so viel zu entdecken. Statt immer nur zu arbeiten. Ein breites Grinsen breitete sich auf ihrem Gesicht aus. Nur zu reisen, nicht zu arbeiten – wie verwegen sie diesen Wunsch fand! Sie schlug sich mit der Hand vor den Mund. Nein, das ging nicht.

Aber vielleicht könnte man Reisen und Arbeiten miteinander kombinieren, wie Kiki es tat. Vielleicht gab es nicht nur ein Entweder-oder, vielleicht gab es ein Sowohl-als-auch. Es war

Anna, als ob sie erst jetzt bemerkte, dass sie Scheuklappen aufgehabt hatte.

Alles war möglich!

Oder war das Reisen eine Flucht für sie? Ein Entrinnen aus der Enge?

Konnte sie auch ohne Reisen frei sein?

Wo fühlte sie sich früher frei? Was hatte sie früher gern gemacht, neben der Schule? Was hatte sie sich frei ausgesucht, sie allein, ohne Leistungsdruck, ohne Not?

Das Malen.

Sie erinnerte sich. Dafür hatte sie gebrannt. Darin konnte sie versinken, die Zeit vergessen. Sie war im Flow gewesen, vergaß alles um sich herum, wenn sie malte. Der Geruch der Ölfarben, wenn sie diese aus der Tube auf die Holzpalette drückte! Wie sie die Farben mit dem Palettmesser auf der Palette anmischte, bis die Komposition kräftig und schmackhaft war. Dann trug sie die erste Farbe mit der Kante des Messers auf die vorgezeichnete Leinwand auf. Wie jeder erste Farbstrich ein Feuerwerk in ihr entfachte, das weitere Farben und Strukturen auf der Leinwand von ihr forderte. Dann malte sie, mehrere Pinsel mit unterschiedlichen Farbspitzen in der linken Hand, mit der sie auch ihre Palette hielt. Sie malte, bis das Bild vor Farbe explodierte, erst ungestüm und wild, fast unkontrolliert, doch dann, am Ende, versunken in den Details, verliebt in den Geschmack der Formen und die Kraft der Farben, eins mit der Weichheit der Pinsel. Sie streichelte die Leinwand. Sie malte, bis sie satt war.

Ihre Werke dekorierten zuerst die Aula ihrer Schule und zu Studienzeiten ein Café in Regensburg. Wie oft hatte sie Menschen staunend davorstehen sehen. Sie hatte es geliebt, die Menschen heimlich von hinten zu beobachten. Wie sie vor ihren Bildern standen. Ein Pärchen hatte sich vor einem ihrer Gemälde in den Arm genommen. Sie hatte ihren Kopf auf seine Schulter sinken lassen, er hatte seinen Arm um sie gelegt und beide haben zu ihrem Bild geblickt. Minutenlang. Schweigend. Dann hatten sie sich lächelnd angesehen und waren weitergegangen.

Anna seufzte.

Wie lang war das her? Wieso hatte sie mit dem Malen aufgehört?

Fiona ließ die Brust los. Sie war eingeschlafen und lag mit halb geöffnetem Mund in Annas Armen.

Anna stand auf. Fionas Körper zuckte zusammen, ihre Muskeln spannten sich an und ihr Mund suchte hektisch die Brust. Anna hielt in der Bewegung inne und gab Fiona nochmals die Brust. Als Fiona wieder angedockt hatte, entspannte sich ihr Körper und sackte in sich zusammen. Anna schlich sich ins Schlafzimmer und legte sich mit Fiona neben Paul, wie die Abende zuvor, sodass Fiona zwischen beiden lag. Anna kuschelte Bauch an Bauch mit ihrer Tochter.

Da Fiona Annas Brust nicht von allein losließ, hakte Anna ihren kleinen Finger in Fionas Mund, um ihn leicht zu öffnen und die Brustwarze herauszuziehen. Fiona schnaufte einmal tief durch, drehte sich auf den Rücken und ließ ihre Arme links und rechts neben ihren Kopf fallen. Alle viere von sich gestreckt, mit dem Urvertrauen, dass alles gut war.

Anna blickte zwischen Fiona und Paul hin und her. Sie lauschte Fionas Atmen, Pauls leisem Schnarchen. Sie spürte eine unbekannte Wärme in ihrem Brustkorb fließen, ein sanftes Prickeln und Kribbeln den ganzen Körper durchströmen, eine Energie, die alle drei einzuhüllen schien. Sie drehte sich auf den Rücken, streckte ihre Beine aus und starrte an die Decke. Ihr war, als ob sie drei von einer dicken, unsichtbaren Schutzschicht umgeben waren, der nichts und niemand etwas anhaben konnte. Sie fühlte sich sicher, geborgen, angekommen.

Sie hatte dieses Gefühl schon mal erlebt. Es war ein bisschen so, wie wenn Anna oben auf einem Berg angekommen war. Kein Berg, auf den eine Gondel fährt und wo auf der Alm geschäftiger

Hochbetrieb ist, sondern ein Berg, auf den Anna selber hochlaufen musste, wo es keine Hütte gab, sondern nur ein Kreuz auf dem Gipfel und vielleicht einen alten Stempelkasten, der knarzte, wenn man ihn öffnete. Hier oben, oberhalb der Baumgrenze, wo sich nur wenige Menschen hin verirrten, wo Anna über sich nur noch die Sonne sah, wo sie den frischen Wind auf der Haut spürte und sie die unendliche Weite des Himmels durchströmte. Hier konnte sie ein ähnliches Gefühl von Stimmigkeit bekommen. Blickte sie ins Tal, wo die Häuser klein und die Menschen winzig aussahen, so erschienen ihr die alltäglichen Sorgen und Nöte unwichtig. Die Hektik des Alltags schwand dahin und all die Dinge, die Anna im Tal wichtig erschienen, wirkten auf einmal klein. Sie bekam ein Gespür für das Wesentliche.

Kinderwagen der Extraklasse

Donnerstag, 8. August – Tag 21

Langsam hatte Anna den Dreh raus. Sie war sich zunehmend sicher darin, Fionas Signale zu deuten und entsprechend darauf zu reagieren. Wenn Fiona unruhig wurde und ihren Kopf in Richtung Annas Körper drehte, gab Anna ihr die Brust. Fiona trank meistens etwa eine halbe Stunde. Wenn sie abrupt abdockte und innehielt, ging Anna mit ihr zur Toilette und hielt sie ab. Meistens klappte das. Dann wollte Fiona weitertrinken. Danach war sie wach. Sie wollte nicht abgelegt werden, Fiona wollte getragen werden. Nach einer Weile machte sie in die Mullwindeln, ohne dass Anna zuvor ein Zeichen bemerkt hätte. Anna musste ihr die Windel wechseln. Dann wollte Fiona wieder gestillt werden und schlief dabei ein. Anna legte sich mit ihr ins Bett, um die schlafdurchlöcherte Nacht mit ein paar Minuten zu stopfen und einigermaßen wieder zu Kräften zu kommen.

Später brauchte Fiona erst dies, dann das und schwuppdiwupp war es später Nachmittag und Anna hatte immer noch keinen einzigen Happen gegessen. Dabei hätte sie nicht sagen können, was genau sie eigentlich den ganzen Tag über getan hatte und wie es dazu kam, dass sie nichts schaffte. So ging es schon die ganze Woche.

Anna wollte gerade zum Kühlschrank gehen und sich schnell ein Paar Wiener herausholen und warm machen, als ihr Handy klingelte. Gloria.

Genervt stöhnte Anna auf. Seit Paul wieder arbeitete, rief Gloria unter der Woche mehrmals täglich bei Anna an, um bedeutende Neuigkeiten aus ihrem Urlaub zu berichten. Glorias ungezähmtes Mitteilungsbedürfnis war Anna zu viel. Sie hatte genug mit Fiona zu tun. Sie wusste aber nicht, wie sie das Gloria vermitteln sollte, ohne sie zu kränken.

Nur am Wochenende blieben ihr die Anrufe erspart. Da rief Gloria bei Paul an. Er hatte es sich zur Angewohnheit gemacht, das Handy auf dem Wohnzimmertisch liegen zu lassen, während seine Mutter vom Urlaub erzählte. In der Zwischenzeit kochte er etwas in der Küche oder räumte in einem anderen Teil der Wohnung auf. Es reichte aus, wenn er alle paar Minuten wiederkam und ein „Ach, interessant!" oder „Oh, wirklich?" einwarf. So hielt er den Gesprächsfluss ausreichend in Gang.

Anna beneidete Paul darum, dass er sich das traute. Er hatte den Sohnbonus. Sie nicht. Als Schwiegertochter stand sie unter dem Druck, es sich nicht mit den Schwiegereltern zu verscherzen. Sie war angeheiratet und musste sich beweisen, immer noch. Dabei hätte sie insgeheim gern so manches Mal aufgelegt, wenn ihr das Gespräch zu viel wurde.

Heute schwärmte Gloria von den fangfrischen Muscheln, die Anna unbedingt in dem Restaurant „Al Mare" probieren müsse, wenn sie einmal hierher käme. Anna war es leid zu erwähnen, dass sie keine Meeresfrüchte mochte. Aber die Wiener, die würde sie sich schon gern warm machen. Sie klemmte das Telefon zwischen Schulter und Kopf und wollte Fiona nur kurz ins Stillkissen legen, doch diese fing dabei sofort an, kläglich zu fiepen. Anna seufzte. Fiona wurde stets unruhig, wenn Anna sie irgendwo ablegte. Anna nahm sie also wieder hoch und setzte sich mit ihr zusammen aufs Sofa.

Gloria äußerte sich pikiert über die vielen Deutschen, die man an den Tennissocken in den Sandalen und der weißen Sonnencreme auf der rotverbrannten Haut erkannte. Anna dachte daran, wie gern sie ein paar deutsche Touristen in Tennissocken und Sandalen sehen würde, wenn sie dafür nur einmal in Italien am Meer sein könnte!

Gloria jammerte über die starke Sonne, die bei Karl-Heinz rotverbrannte Schultern hinterlassen hatte trotz Sonnencreme mit Lichtschutzfaktor fünfzig.

Anna seufzte still in sich hinein. Wie bedeutungslos Anna die Dinge erschienen, von denen Gloria berichtete.

Das Meer! Warum erzählte Gloria nie davon?

Andererseits: Was sollte man schon groß vom Meer erzählen? Man musste es erleben.

Wenn ich könnte, wie ich wollte, würde ich dann tauschen?

Anna blickte auf Fiona herab, die in ihrem Arm lag und mit den Augen die Umgebung erkundete.

Nein.

Wie bedeutsam all die Dinge waren, die sie daheim erlebte! Mit welch aufmerksamem Blick Fiona sie ansah; wie Fiona ihre Arme und Finger streckte und reckte; wie fiepend ihre Geräusche waren; wie warm und spürbar zart ihre Haut war; wie weich ihr Atem auf Annas Haut kitzelte; welch betörenden Duft sie verströmte; wie sie lustig schmatzte beim Trinken; wie sie ihre Fingerchen zur Faust ballte und wieder öffnete; wie sie ihre Füße in die Luft streckte und dabei die winzigen Zehen einkrallte; wie Fiona die Hände so bewegte, dass sie Anna berührten; wie das mit der Windelfreiheit klappte; wie beruhigend Anna es fand, dass

Fiona mit in ihrem Bett schlief; welche Anziehungskraft Fiona auf Anna ausübte und andere solche Dinge. Die bedeutsamen Dinge des Lebens eben.

„Ach, und bevor ich es vergesse: Ich habe heute etwas ganz Besonderes für dich entdeckt", posaunte Gloria ins Telefon.

„Was denn?" Anna spitzte die Ohren.

„Einen Kinderwagen!"

„Ach so", murmelte Anna.

„Aber was für einer! Stell dir vor: Retrolook, in aristokratischem Weinrot, mit großen Speichenrädern, ganz schlicht, unten ein kleiner Korb dran. Todschick! Dieser Wagen wird in mühevoller Handarbeit nach traditionellen Methoden gefertigt. Er ist teilweise verchromt und poliert. Die Speichenräder sind pannensicher und im Korb ist eine Ladung bis zu zehn Kilogramm zulässig. Ich habe die Mutter, die ihn hatte, nach Hersteller und Modell gefragt. Ich schicke dir gleich den Link per E-Mail, dann kannst du ihn dir ansehen."

„Klingt schön, aber der ist bestimmt teuer."

„Nach dem Preis habe ich nicht gefragt. So teuer wird ein Kinderwagen nicht sein. Warte, lass mich schnell nachsehen ... Hier habe ich es: 2999 Euro."

„Puh! Das finde ich ehrlich gesagt zu teuer dafür, dass ich ihn nur ein halbes Jahr benutzen kann."

„Ach was!", fuhr Gloria fort. „Der Wagen ist ein echter Hingucker! Er ist zeitlos schön und funktional durchdacht. Den musst du gesehen haben, der lässt dein Herz höher schlagen!"

„Gloria, das ist wirklich lieb, dass du an mich denkst. Ich danke dir für deine Mühe. Ich weiß aber noch nicht, ob ich so bald dazu komme, ihn mir anzusehen. Ich bin zurzeit selten online, weißt du, das kann etwas dauern."

'Etwas' ist untertrieben. Es wird Monate dauern.

Einen Kinderwagen in der Preisklasse eines Gebrauchtwagens online anzusehen, war auf Annas Prioritätenliste aller zu erledigenden Dinge gerade an die letzte Stelle gerutscht. Nach Zeitschriftenstapel aussortieren und nach Socken stopfen.

„Anna, du musst dir endlich ein Handy mit Internet zulegen! Du bist altmodisch mit deinem alten Ding, das muss ich dir sagen. Das hat noch einen Antennenknubbel! Selbst Karl-Heinz hat seit mehr als zwei Jahren ein Smartphone."

„Ich brauche das nicht. Es reicht mir aus, mit meinem Handy zu telefonieren und SMS zu schreiben."

Zugegeben, Anna hatte Angst davor, weil sie damit vermutlich innerhalb kürzester Zeit internet- und whatsappsüchtig und damit eine von den Leuten würde, die sie bis jetzt argwöhnisch beäugte: solche Leute, die im Restaurant auf ihrem Smartphone herumtippten statt sich zu unterhalten, oder die im Zug den Blick starr auf das Display richteten statt die Nase in ein gutes Buch zu stecken, eines mit echten Seiten und dem unvergleichlichen Papiergeruch.

Nein, davor musste sie sich schützen.

Und Fiona.

So wollte sie nicht werden. Sie wollte die Zeit mit ihrer Tochter genießen.

Außerdem hatte Anna nicht die Zeit, sich damit zu beschäftigen, selbst dann nicht, wenn sie es wollte. Wann sollte sie das machen? Sie schaffte nichts, seit Fiona auf der Welt war und Paul wieder arbeitete. Absolut nichts.

Als das Telefonat beendet war, bemerkte Anna, dass Fiona eingeschlafen war. Anna legte sich vorsichtig mit Fiona zusammen aufs Sofa. Fiona schreckte dabei hoch und öffnete schlaftrunken die Augen. Anna legte ihre Hand zur Beruhigung auf Fionas Bauch, bis diese ihre Augen wieder schloss und sie spürte, dass sie fest eingeschlafen war. Anna hatte ihre Augen auch schon geschlossen, doch sie wusste, dass das Gefühl der Leere im Magen nicht von allein weggehen würde.

Sie stand noch einmal auf, holte sich aus dem Kühlschrank eine einzelne Wiener und stopfte sie in sich hinein. Dann legte sie sich zu Fiona.

Bedürfnispyramide

Freitag, 9. August – Tag 22

Paul kam spät von der Arbeit nach Hause, spät für einen Freitag, wo er normalerweise mittags Schluss machte. Die ganze Woche hatte er unzählige Überstunden gemacht.

Anna stillte Fiona gerade auf dem Sofa. Sie hörte, wie Paul die Tür aufschloss und seine Aktentasche abstellte. Dann setzte er sich behutsam auf die Truhe und begann langsam seine Schuhe auszuziehen. Anna hörte vom Wohnzimmer aus, dass er erschöpft war. Sie bemerkte es an der Art, wie er sich auf die Truhe setzte. War er voller Elan, dann knarzte sie. War er völlig am Ende, dann setzte er sich behutsam, so als ob er aufpassen musste, sich nicht zu verletzen.

Doch darauf konnte sie keine Rücksicht nehmen. Er begrüßte Fiona und Anna im Wohnzimmer mit einem Kuss, dann ging er ins Schlafzimmer und zog sich den Anzug aus.

Anna wartete, bis er sich umgezogen hatte. Diese paar Minuten Ruhe wollte sie ihm gönnen, denn er hatte schließlich eine enorm anstrengende Woche hinter sich.

Genau wie sie.

„Kannst du Fiona bitte nehmen, damit ich in Ruhe etwas zu Essen machen kann?", fragte Anna, als er schließlich in Unterhose und T-Shirt aus dem Schlafzimmer kam.

„Ich wollte mich gerade vor den Fernseher legen und ausruhen", wehrte Paul ab.

„Ich muss etwas essen, und zwar jetzt!", protestierte Anna.

„Ich bin gerade von der Arbeit heimgekommen und völlig fertig."
Er hob die Arme abwehrend nach oben. „In meinem Projekt ist so ziemlich alles schiefgelaufen, was schieflaufen konnte, als ich

zwei Wochen nicht da war. Das poppt jetzt alles hoch. Meine Chefin erhöht immer mehr den Druck. Lass mich zuerst eine Stunde ausruhen!"

„Es ist achtzehn Uhr und ich habe noch kein Mittagessen gehabt. Von Kaffee ganz zu schweigen, aber den kann ich um diese Uhrzeit vergessen." Anna tippte ungeduldig mit dem Fuß auf den Boden.

„Ich muss von der Arbeit runterkommen und abschalten."

„Geh mit Fiona im Tragetuch eine Runde spazieren! An der frischen Luft kann man wunderbar abschalten."

„Das funktioniert bei mir nicht. Ich muss fernsehen, um runterzukommen. Ansonsten kann ich später nicht schlafen, weil ich ständig an die Arbeit denke."

„Soso, du musst also fernsehen ..." Anna musterte Paul mit zusammengekniffenen Augen.

„Ja, genau." Paul blickte Anna erwartungsvoll an.

„Essen steht in der Bedürfnispyramide aber weiter unten als Fernsehen." Anna streckte ihm Fiona entgegen.

Paul nahm sie widerwillig und setzte sich aufs Sofa.

Anna begab sich in die Küche. Als sie hörte, dass Paul den Fernseher angemacht hatte, ging sie zu ihm.

Paul saß auf dem Sofa, Fiona lag im Stillkissen, der Fernseher lief.

„Die Bilder im Fernsehen sind viel zu viele Eindrücke für ein Baby", sagte sie.

„Du wolltest, dass ich Fiona nehme."

„Ja, aber nicht zum Fernsehen. Du überforderst sie damit."

Paul drehte das Stillkissen vom Fernseher weg, sodass Fiona zu ihm blickte. „Besser so?"

Anna legte den Kopf schief. „Ich denke, dass auch die vielen Geräusche sie überfordern. Kannst du den Fernseher bitte ausmachen?"

Paul zog die Augenbrauen nach oben. „Ich mach leiser", murrte er und drückte auf die Fernbedienung.

Anna schloss ihre Augen einen kurzen Moment, atmete einmal durch und begab sich wieder in die Küche, um Knoblauch zu schälen.

Sie hörte Fiona neben den Fernsehgeräuschen quengeln. Sie goss Öl in eine Pfanne, stellte den Herd an und wollte gerade den Knoblauch dazu pressen, als Paul mit Fiona auf dem Arm im Türrahmen stand.

„Sie hat noch Hunger", erklärte er.

„Ich auch!", platzte es aus Anna heraus. „Ich koche jetzt für uns Nudeln mit Tomatensoße." Sie presste den Knoblauch in die Pfanne und rührte um. Sie stellte einen Topf mit heißem Wasser auf den Herd und ließ eine Prise Salz hineinrieseln.

„Kannst du Zucchini in die Soße machen? Das wäre toll."

„Hm." Sie nahm eine Zucchini aus dem Kühlschrank und wusch sie unter dem Wasser ab.

„Stille Fiona noch einmal, dann ist sie wieder ruhig", bat Paul.

Anna seufzte. Sie drehte den Herd aus, legte die Zucchini auf ein Brett, nahm Fiona, ging ins Wohnzimmer, setzte sich mit Paul aufs Sofa und stillte Fiona.

Nach drei Minuten war Fiona fertig.

„So groß war der Hunger nicht", kommentierte sie.

Paul blickte weiter in Richtung Fernseher. Anna wartete einen Moment. Er machte keine Anstalten, ihr Fiona abzunehmen.

„Nimmst du sie bitte wieder?", fragte Anna ihn direkt.

„Leg sie ins Stillkissen!"

Anna legte Fiona hinein, begab sich in die Küche und stellte den Herd wieder an.

Paul verschwand kurz darauf im Bad.

Sie hörte Fiona im Wohnzimmer quengeln.

Das geht so nicht.

Anna spürte, wie sie ungeduldig wurde, und atmete einmal tief durch. Sie schüttete Nudeln ins Kochwasser, holte ein Glas passierter Tomaten aus dem Vorratsschrank und kippte den

Inhalt in die Pfanne mit dem Knoblauch, wobei etwas von der roten Soße hinausspritzte.

„So ein Mist!", schimpfte Anna vor sich hin.

Fiona quengelte weiter.

Anna hielt einen Schwamm unters Wasser, wrang ihn aus und wischte die roten Flecken in kreisenden Bewegungen von den Fliesen und der Arbeitsfläche ab. Ihre Bewegungen wurden dabei zunehmend hektischer.

Sie hörte Fiona immer noch quengeln.

Es reicht.

Sie warf den Schwamm ins Spülbecken, wusch sich hastig sie Hände, trocknete sie ebenso hastig ab, warf das Handtuch auf die Arbeitsplatte, statt es aufzuhängen, eilte mit feuchten Händen zu Fiona, streifte ihre Hände an der Hose ab, nahm Fiona hoch, stampfte mit lauten, schnellen Schritten zum Bad und riss die Tür auf.

Paul saß auf der Toilette und zuckte einen kurzen Moment zusammen.

„Ich dachte, du kümmerst dich um sie", meckerte Anna.

„Kann man nicht einmal in Ruhe aufs Klo gehen?" Pauls Stimme war laut. Er klang gereizt.

„Nimm sie doch mit!"

„Aufs Klo?" Paul verzog die Mundwinkel nach unten.

„Was meinst du, wie ich das mache? Ich nehme sie immer mit. Sonst quengelt sie. Entweder lege ich sie vors Klo auf ein Handtuch. Und wenn sie das nicht möchte, dann halte ich sie auf dem Schoß."

Paul rollte mit den Augen und machte mit der Hand eine wegwischende Bewegung in Annas Richtung, als ob er versuchte, eine lästige Fliege zu verscheuchen: „Es wäre nett, wenn du mich jetzt alleinlassen würdest!"

„Weißt du, was ich nett fände? Wenn du am Abend heimkommst und sagst: 'Schatz, du hast das heute wunderbar gemacht. Ich danke dir! Jetzt aber nehme ich dir unser Baby ab, damit du dich ausruhen kannst. Gib mir Fiona, ich nehme sie ins Tragetuch und koche etwas für dich. Dann habe ich ein bisschen Zeit mit ihr und du hast Zeit für dich.' Das wäre nett. Aber nein! Alles muss ich hier allein machen!", schimpfte Anna. „Nicht einmal den Wasserhahn hast du repariert."

„Welchen Wasserhahn?"

„Den da." Sie zeigte auf das Waschbecken. „Der tropft."

„Ehrlich?", fragte Paul überrascht.

„Seit zwei Wochen."

„Ist mir nicht aufgefallen", wehrte Paul ab.

„Deine Mutter hat es sogar schon gesagt."

„Daran kann ich mich nicht erinnern."

Anna schnaubte, drückte Fiona an sich, schnappte sich das Tragetuch, das an einem Haken über der Waschmaschine hing, und verschwand aus dem Bad. Sie legte Fiona kurz aufs Sofa, band das Tragetuch um und setzte sie hinein.

Nun mal langsam, immer ruhig bleiben! Mit Baby im Tragetuch kann ich wunderbar kochen, ganz wunderbar.

Ein beißender Geruch stieg ihr in die Nase. Es roch nach Verbranntem.

Oh nein, die Soße!

Sie eilte in die Küche, wo sich bereits Rauch ausgebreitet hatte. Anna nahm die Pfanne von der heißen Herdplatte und drehte die Temperatur zurück. Sie öffnete das Fenster und kratzte hastig in der Pfanne herum. Die Soße war angebrannt. Ungenießbar.

Nicht einmal Nudeln mit Tomatensoße kriege ich hin!

Sie knallte den Deckel auf die Pfanne und warf den Kochlöffel ins Spülbecken.

Fiona schniefte geräuschvoll auf.

Anna war sauer auf Paul.

Und auf sich selbst. Weil sie ausgerastet war. Unbeherrscht. Weil sie ihre Wut nicht bremsen konnte.

Wie konnte sie wegen einer Kleinigkeit so ausrasten? Wo war ihre Nettigkeit geblieben?

Sie war ungeduldig, sie spürte es.

Warum fühle ich mich bedürftig?

Den ganzen Tag kümmere ich mich um unser Baby und habe keine Zeit für mich.

Nicht einmal Zeit zum Essen.

Sie war hungrig. Ausgehungert. Und unterzuckert. Das erklärte ihre Ungeduld und die ganze Dringlichkeit. Als ob Hunger und Nettigkeit sich ausschlossen.

Sie goss das Nudelwasser ab.

Ihr Blick fiel auf die Zucchini, die noch immer auf dem Brett lag.

Sie legte sie zurück in den Kühlschrank und griff nach dem Ketchup.

Kalter Kaffee

Samstag, 10. August – Tag 23

Irgendetwas lief schief. Und zwar gewaltig. Der Kaffee war kalt. Den ganzen Tag. Die ganze Woche schon. So konnte es nicht weitergehen.

Anna wusste nicht, wann sie etwas essen oder den benötigten Schlaf nachholen sollte. Wenn Paul von der Arbeit heimkam, war sie meistens noch ungeduscht im Schlafanzug. Oder bereits wieder im Bett.

Die ganze lange Woche, von Montag bis Freitag, hatte sie sehnsüchtig auf den Samstag gewartet.

Endlich war er da! Der verheißungsvolle Samstag.

Anna hatte in der Nacht, wenn sie alle Minuten zusammenrechnete, etwa fünf Stunden geschlafen, als Fiona erneut wach wurde und Annas Brust suchte. Anna half ihr sie zu finden und schlief sofort wieder ein. Nachdem Fiona abgedockt hatte, machte sie ein Geräusch, als würde sie drücken. Anna merkte es, diesmal, dass ihre Tochter musste, aber sie blieb vor lauter

110

Erschöpfung liegen. Sie wollte nicht aufstehen. Sie wollte schlafen, einfach nur schlafen. Doch dann schrie Fiona. Anna blinzelte und blickte auf die andere Seite des Bettes – es war leer. Paul war schon aufgestanden. Anna wusste, dass Fiona wegen der nassen Windel schrie. Sie musste aufstehen.

Sie trottete ins Bad, um Fiona die Windeln zu wechseln. Anschließend schlurfte sie mit Fiona im Arm durch die Wohnung, um Paul zu suchen.

Sie fand ihn auf der Couch. Er tippte vertieft auf seinem Handy herum.

„Was machst du da?", fragte Anna und konnte sich den vorwurfsvollen Ton nicht verkneifen.

„Schau mal!" Er winkte Anna zu sich.

„Was ist denn?" Anna merkte, wie genervt ihre Stimme klang.

„Michi und Manuela haben ihr drittes Kind bekommen. Sie haben ein Foto vom Baby geschickt."

„Wer sind bitte Michi und Manuela?"

„Freunde von mir aus Hannover."

„Freunde", wiederholte Anna ungläubig, „aus Hannover."

Paul nickte.

„Wenn das deine Freunde sind, wieso habe ich dann in den letzten sieben Jahre nie etwas über sie gehört?"

„Wir haben uns lang nicht gesehen, aber hin und wieder geschrieben. Jetzt schau das süße Baby an!", drängte Paul.

„Ich zeig dir ein süßes Baby! Es heißt Fiona und würde gern Zeit mit dir verbringen. In der Zeit kann ich ein paar Stunden Schlaf nachholen", sagte Anna matt.

„Wieso? Sie hat gut geschlafen." Paul tippte unbekümmert weiter auf seinem Handy, ohne aufzublicken.

„Nein, sie hat nicht gut geschlafen. Du bist der Einzige, der gut geschlafen hat. Und jetzt nimm sie!" Anna hielt ihm Fiona direkt vor die Nase. Ihre Stimme zitterte vor Anspannung.

„Bitte!", fügte sie hinzu und versuchte dabei ruhig zu klingen.

„Lass mich die Glückwünsche zur Geburt zu Ende schreiben!",
forderte Paul und schob Fiona mit der Hand zu Anna zurück.

„Ich habe noch nicht einmal Zeit gehabt, mich bei meinen
Freunden und Verwandten für ihre Glückwünsche zur Geburt
von Fiona zu bedanken", jammerte Anna, „weil ich zu nichts
mehr komme, weil ich ständig Schlaf oder Essen nachholen muss.
Kannst du dich bitte zuerst um dein eigenes Baby kümmern? Und
wenn du dann Zeit übrig hast, kannst du dich gern im Haushalt
einbringen."

„Mach ich ja gleich", wehrte Paul ab.

„Nicht gleich. Jetzt! Bitte." Anna tippte ungeduldig mit den
Zehen auf den Boden.

Paul tippte weiter, ohne sie anzublicken.

„Hallo?" Sie kreischte.

Jetzt platzte alles aus ihr heraus. Der wenige Schlaf ließ sie
empfindlich werden, überempfindlich. „Staubsaugen wäre bitter
nötig, genau wie Bad putzen und den tropfenden Wasserhahn
reparieren. Da kannst du dich stundenlang beschäftigen, wenn du
Langeweile haben solltest. Und wenn du dann noch Zeit hast,
kannst du gern diese E-Mail schreiben an deine ...", sie machte
mit den Fingern einer Hand Anführungszeichen in die Luft
„... Freunde!"

„Ich habe schon angefangen, ich schreibe das jetzt fertig",
widersprach Paul, „und im Übrigen brauchst du mich nicht
anzugehen. Ich habe nichts getan!" Er blickte von seinem Handy
auf und funkelte Anna böse an.

Anna zog die Augenbrauen zusammen. „Eben drum, du tust
nichts." Anna spürte, dass sie ungerecht wurde. „Zumindest nicht
zu Hause", ergänzte sie leise.

„Wann soll ich bitte Hausarbeit machen?" Paul ließ sein Handy
auf den Schoß sinken. „Ich gehe arbeiten."

„Ja und? Ich bin auch den ganzen Tag beschäftigt. Da stehe ich
dir in nichts nach."

„Mach mal halblang! Ich stehe früh auf, da schläfst du noch seelenruhig. In der Arbeit jagt ein Termin den anderen. Es ist total stressig. Dann komme ich nach Hause und soll Staubsaugen und Bad putzen?"

„Vielleicht am Wochenende mal, ja! Das hast du auch früher neben der Arbeit gemacht."

„Ich gehe kaputt, wenn ich mich nicht ausruhen kann. In der Arbeit habe ich keine Pause. Da geht es Schlag auf Schlag."

„Du hast keine Pause? Ich habe nie eine Pause! Du kannst jeden Tag in der Arbeit Pause machen, das steht dir zu. Wenn du deine Mittagspause nicht einhältst, bist du selber schuld. Wenn deine Arbeit zu viel ist, musst du mit deiner Chefin besprechen, was du liegenlassen sollst. Es kann nicht sein, dass du dich kaputtarbeitest und zu Hause keine Kraft mehr hast, um dich um deine Familie zu kümmern. Du hast jetzt eine Familie!"

„Du hast keine Ahnung mehr, was es bedeutet, arbeiten zu gehen, oder?", fauchte Paul.

Anna schnappte nach Luft. Sie starrte ihn an.

Sein Blick war die pure Provokation.

Sie schrie: „Was soll das bitte heißen? Ich arbeite sieben Tage die Woche, vierundzwanzig Stunden lang. Jede Minute kümmere ich mich um Fiona, Tag und Nacht. Wer von uns arbeitet hier bitte mehr?"

Paul zog die Augenbrauen nach oben. Aus seinem Gesicht sprach Trotz. Und Überheblichkeit, fand Anna.

Sie spürte, wie ihr Gesicht rot wurde vor Wut und Anspannung. Sie ballte die Hände zu Fäusten und verschwand türenknallend aus dem Zimmer.

Das war zu viel.

Sie stampfte ins Schlafzimmer und riss sich für einen winzigen Moment zusammen, um Fiona behutsam aufs Bett zu legen. Sie stellte sich ans Fenster und starrte hinaus in den Garten der Nachbarn. Der Nachbar war gerade mit Rasenmähen beschäftigt.

Meine Arbeit daheim nicht zu würdigen! Ich habe den ganzen Tag zu tun.
Was mache ich eigentlich den ganzen Tag?, fragte sich Anna. Stillen, Abhalten, Tragen – zuerst kam immer Fiona. Ihr galt die oberste Priorität. Danach kam lang, lang nichts.
Und danach Kaffee.
Und die anderen Grundbedürfnisse – nicht einmal diese schaffte sie in ausreichendem Maße zu befriedigen. Zu wenige geregelte Mahlzeiten, immer Hunger, nicht einmal Zeit fürs Klo. Dann der Schlafmangel. Ständig zu wenig Schlaf. Ständig! Nie wachte sie erholt auf, jedes Mal blinzelte sie minutenlang vor sich hin, bis sie fähig war, ihre Augen zu öffnen und offen zu halten. Immer getrieben, Schlaf nachzuholen, nie war es genug. Manchmal wusste sie nicht einmal, ob sie wach war oder träumte. Die Übergänge waren fließend.
Und wie sich der Körper anfühlte nach so einer Nacht! Wie dumpf sich der Kopf anfühlte. Wie bleiern die Glieder waren. So schwer, dass sie schmerzten. Wie mühsam sich die Beine bewegten. Wie alles nach unten gezogen wurde: die Arme, die Schultern, der Rücken, der Kopf. Als ob es einer schier übermenschlichen Anstrengung bedurfte, den Körper aufrecht zu halten. Alles in ihr strebte danach, den Körper hinzulegen. Nur zu liegen, sonst nichts. Als ob sie die Erdanziehungskraft spürte, jede Faser ihres Körpers sie nach unten zog, mit Seilen und Gewichten, die schwerer waren, als sie zu halten vermochte. Alle Zellen sehnten sich nach Schlaf, Erholung, Normalität.

„Man kommt zu nichts, wenn man ein Kind hat." Diesen Satz hatte sie oft gehört. Sie hatte allerdings gedacht, dass damit gemeint war, Freunde zu treffen, Shoppen oder ins Kino zu gehen. Ihr war nicht klar, dass 'nichts' wirklich 'nichts' bedeutete. Dass es hieß, dass man froh sein konnte, bis um fünfzehn Uhr geduscht zu haben oder sich zweimal am Tag die Zähne zu putzen. Von wegen Zahnhygiene in der Schwangerschaft ist wichtig! Eine geregelte Zahnpflege war mit einem Neugeborenen eine echte Herausforderung. Ganz zu schweigen von Fingernägel schneiden oder schminken. Welche Zeitverschwendung!

Selbst dreimal pro Tag etwas zu essen war utopisch. Wenn, dann aß sie meist direkt aus dem Kühlschrank, was offen und verzehrbereit war: eine Scheibe Käse, ein Paar Wiener, geräucherten Fisch direkt aus der Packung, Essiggurke aus dem Glas oder Karotten, ungeschält. Banane war auch gut, geschält. Wenn Anna es einmal schaffte, eine warme Mahlzeit, jawohl warm, auf dem Tisch vor sich zu haben und wenn Fiona in der Zeit von Paul umsorgt wurde, so stopfte sie alles in Windeseile in sich hinein. Nie zuvor hatte sie ein derartiges Essenstempo gehabt. In der Schwangerschaft hatte sie eine Stunde für eine halbe Portion gebraucht, jetzt verschlang sie eine ganze Portion in maximal fünf Minuten.

Zur Not hielt sie es aber auch den ganzen Tag ohne Essen aus. Während sie in der Schwangerschaft alle zwei Stunden etwas gegessen hatte, musste sie jetzt von Reserven zehren.

Nur eine Kaffeereserve hatte sie nicht.

Anna öffnete das Fenster weit, sodass frische Luft ins Zimmer kam, und atmete tief durch. Der Duft von frisch gemähtem Rasen stieg ihr in die Nase. Der Rasenmäher war laut.

Anna wusste auch nicht, wohin die Zeit verschwand, aber sie schaffte nichts, was ihr ein Gefühl vermittelte, etwas geschafft zu haben.

Ja, sie hatte einen deutlich entspannteren Tag als Paul. Sie hatte keinen Stress durch den Chef oder Leistungsdruck. Trotzdem fühlte sie sich überfordert, mehr als je zuvor in ihrer Arbeit, mehr als in jeder mehrstündigen Prüfung an der Uni, bei der sie nicht alle Antworten wusste, mehr als je zuvor in ihrem Leben.

Was sie stresste, war das Gefühl, alles allein stemmen zu müssen: das Kind, den Haushalt und das eigene Leben.

Es klang so banal, wirklich banal, aber es war so viel, so unglaublich viel zu viel für einen einzigen Menschen.

Sie hatte keine Zeit zum Abschalten, keine Zeit, etwas für sich zu tun, nie eine Pause, nie.

Ich bin ein nervliches Wrack, dachte Anna, und Paul darf das ausbaden.

Paul öffnete behutsam die Tür und steckte den Kopf durch: „Ich bin fertig mit der E-Mail. Ging schnell, oder?"

Anna blickte zu Boden und nickte stumm.

„Ich mache dir jetzt etwas zu essen", beschloss Paul.

„Ich bin hundemüde", jammerte Anna.

„Lieber erst Kaffee?"

„Nein, ich will schlafen."

Paul ging ungeachtet ihrer Worte in die Küche, Anna blickte ihm nach. Er holte einen Topf und eine Pfanne aus dem Schrank und stellte beides auf den Herd.

„Es ist elf Uhr. Was willst du jetzt kochen?" Anna nahm sich zusammen, folgte ihm.

„Ich mache dir ein schönes Mittagessen."

„Nein. Kannst du bitte Fiona nehmen, damit ich eine Stunde schlafen kann?", sagte Anna deutlicher.

„Du bist ausgehungert. Daher deine schlechte Laune." Pauls Stimme klang sanft. Er lächelte Anna liebevoll an. „Du musst jetzt etwas essen, danach kannst du schlafen." Er nahm den Topf, füllte Wasser hinein, stellte ihn auf den Herd und drehte die Herdplatte an.

„Ich würde lieber zuerst schlafen und später etwas essen."

„Ich habe schon angefangen." Paul ließ eine Prise Salz ins Wasser rieseln.

„Na und? Dann stellst du den Herd wieder aus."

„Ich bin gleich fertig, es dauert nur kurz." Er holt eine Packung Reis aus dem Schrank und legte sie neben den Herd.

„Aber ich will jetzt schlafen. Kannst du Fiona ins Tragetuch nehmen? Dann kannst du kochen und ich in der Zeit schlafen."

„Bis du aufstehst, ist das Essen wieder kalt." Er sah Anna an.

„Das ist mir egal, ich muss schlafen. Nimm sie bitte!" Sie musste anscheinend deutlicher werden. Sie streckte ihm Fiona hin.

„Nein!" Paul hob die Arme abwehrend nach oben. „Das ist gefährlich am heißen Herd mit Baby vorne dran."

„Ich mache das auch so. Du musst halt aufpassen." Anna hielt Paul das Baby direkt an den Bauch.

„Nein, ich koche dir jetzt etwas Gutes." Paul schob sie zur Seite, öffnete den Kühlschrank und holte eine Packung Hühnchen-schenkel heraus. „Die Hühnchenschenkel müssen wir dringend machen, die sind nur bis morgen haltbar."

„Hühnchenschenkel?", kreischte Anna. „Wie kannst du jetzt an Hühnchenschenkel denken?"

Paul stutze. „Woran soll ich sonst denken?"

An deine Frau? An meinen Schlaf?

An alles, was du dir eben gesagt habe?

Anna ließ prompt die Schultern hängen. Sie schüttelte den Kopf. „Du musst zuerst das Hackfleisch machen." Ihre Stimme klang hohl, resigniert.

Sie holte die Packung Hackfleisch aus dem Kühlschrank und drückte sie Paul in die Hand.

„Das passt aber nicht zum Reis", protestierte Paul.

Anna räumte die Packung Reis in den Vorratsschrank und holte Spaghetti heraus.

Paul lächelte sie dankbar an.

Anna ging wortlos an ihm vorbei, nahm Fiona mit, ging ins Schlafzimmer, glitt mit Fiona ins Bett, spürte ihren Aufruhr.

Wut, Trauer, Scham über ihre Emotionen, wieder Wut, Hilflosigkeit, Verzweiflung und immer wieder Wut mischten sich zu einem Gefühlsbrei, der ihr das klare Denken unmöglich machte.

Sie lag Fiona gegenüber und umarmte sie. Ihr Arm fühlte sich schwer an und Fiona war so zart, dass Anna fürchtete, sie könnte Fiona allein damit erdrücken. Sie legte ihre Hand vor sich ab. Fiona patschte ihre Hand auf Annas Arm, und für einen Moment fühlte Anna sich getröstet. Eine Träne rann Anna von der Nase herab und tropfte auf das Laken.

Dann schlief sie ein.

Als Paul später ins Zimmer kam, um ihr zu sagen, dass das Essen fertig war, öffnete sie die Augen einen Spalt breit und machte mit ihrem Arm eine wegwischende Bewegung.

Paul schloss wortlos und vorsichtig die Tür.

Anna machte die Augen wieder zu.

Endlich. Schlafen.

Mutter sein

Sonntag, 11. August – Tag 24

Der Sonntag brachte trübe Wolken. Paul war in der Arbeit. An einem Sonntag. In seinem Projekt sei gerade Hochphase, da habe er keine Wahl, hatte er Anna erklärt.

Annas Eltern wollten Fiona und Anna am Nachmittag ein letztes Mal besuchen, bevor sie am Montag für zweieinhalb Wochen in den Urlaub nach Kenia flogen, um eine Rundreise zu machen und Miriam zu besuchen.

Fiona war gerade an Annas Brust eingeschlafen, endlich. Anna lag im Bett an sie gekuschelt, schloss die Augen und war dankbar darüber, ein weiteres Mal den unterbrochenen Nachtschlaf nachholen zu können, als plötzlich die Klingel ertönte und den Besuch ihrer Eltern ankündigte.

Sie ließ Fiona im Bett liegen und schlurfte schlaftrunken zur Tür.

Doris blickte an Anna herab, bevor sie sie umarmte. „Wie geht es dir?", fragte sie. „Du siehst ziemlich fertig aus."

„Die Nacht war kurz", sagte Anna und blinzelte schnell, um ihre Augen offen zu halten.

Doris musterte Anna eindringlich. Anna war sich bewusst, dass sie einen ziemlich verwilderten Eindruck hinterließ, im Schlafanzug, mit fettigen Haaren, die sie seit drei Tagen nicht gewaschen hatte, weil sie nicht wusste, wann sie es tun sollte. Sie blickte in den Spiegel, der im Flur an der Garderobe hing. Ungeschminkt und durch den wenigen Schlaf wirkten ihre Augen blass und blau unterlaufen. Die Haare, die Mundwinkel, die Schultern, alles hing schlaff nach unten.

„Wir haben dir etwas mitgebracht", sagte Martin.

„Heißen Kaffee?"

„Nein, aber den können wir dir noch machen. Wir haben dir ein Foto von Fiona mitgebracht, das wir bei unserem ersten Besuch gemacht haben, und etwas zu essen." Martin strahlte und überreichte Anna das Foto und eine Auflaufform mit Lasagne. „Die habe ich für dich gemacht, während Doris unsere Koffer gepackt hat."

Die Auflaufform war warm und duftete herrlich nach geschmolzenem Käse, Tomaten und Béchamelsoße.

„Danke", sagte Anna und unterdrückte ein Schluchzen. Das waren die besten Geschenke, die sie ihr mitbringen konnten. Wie schön das Foto war! Wie lang hatte sie die Lasagne ihrer Eltern nicht gegessen? Die mit den grünen Nudelblättern, die war am besten. Sie hatte dutzende Male versucht, das Rezept nachzukochen, doch die Lasagne schmeckte um Welten besser, wenn ihre Eltern sie zubereiteten. Bestimmt, weil sie eine große Portion Elternliebe mit reinmengten.

Anna heftete das Foto mit einem Magneten vorerst an den Kühlschrank. Sie beschloss, es bald einzurahmen und aufzuhängen.

„Wenn du willst, kannst du die Lasagne gleich essen. Oder willst du dich erst einmal duschen? Sag, was dir am meisten hilft!", bot Doris an.

„Zuerst etwas essen", beschloss Anna. „Wollt ihr auch etwas?"

Martin nickte und öffnete den Mund, um etwas zu sagen. Doris fuhr hastig dazwischen: „Nein, danke, das ist nur für dich." Sie warf Martin einen strengen Seitenblick zu und fügte hinzu: „Wir essen später."

Martin schloss den Mund verdrossen wieder.

Anna brachte die Auflaufform in die Küche und hob sich eine Portion auf den Teller. Dann setzte sie sich an den Esstisch zu ihren Eltern ins Wohnzimmer.

„Möchtest du sicher nichts?", fragte sie ihren Vater.

Martin blickte zu Boden und schüttelte stumm den Kopf.

„Schläft Fiona?", fragte Doris.

„Sie ist gerade eingeschlafen. Sie liegt im Schlafzimmer", erklärte Anna.

„Dann wäre jetzt die Zeit für dich, um zu schlafen, und wir halten dich davon ab", schlussfolgerte Doris und schlug sich mit der Hand auf die Stirn.

„Das passt schon", murmelte Anna und unterdrückte ein Gähnen. „Ich esse jetzt etwas. Wir sehen uns ja dann lange Zeit nicht."

Die drei setzten sich an den Esstisch. Anna stopfte sich den ersten Bissen in den Mund, während Martin sehnsüchtig ihre Gabel mit seinen Blicken verfolgte und Doris ihren Blick durch das Wohnzimmer wandern ließ.

Anna fragte sich, ob ihre Mutter die Flusen in den Ecken bemerken würde, den Staub auf dem Fensterbrett, die welken Blätter der Zimmerpflanze oder das Spinnennetz zwischen Fensterbrett und Heizung, das ihr schon vor zwei Wochen aufgefallen war.

„Wie kommst du zurecht mit Fiona?", fragte Doris. „Jetzt, wo du alles allein meistern musst."

Doris wischte mit der Hand ein paar Krümel auf dem Tisch zusammen. Voller Scham stellte Anna fest, dass diese von ihrem Frühstück der letzten Tage stammen mussten. Dass sie selbst dafür keine Zeit hatte, fand sie nachvollziehbar – aber dass Paul nie von sich aus den Tisch abwischte!

Anna zuckte die Achseln. „Fiona schläft schlecht. Ich bin mehrmals die Nacht mit ihr draußen. Manchmal ist sie stundenlang nachts wach", erzählte sie.

„Vielleicht solltest du den Kaffee weglassen", schlug Doris vor.

Annas Miene verdüsterte sich. „Kaffee hält mich am Leben", murrte sie, „aber wenn es dich beruhigt: Es gibt Tage, an denen ich keinen Kaffee trinke. Fiona schläft trotzdem schlecht."

„Vielleicht hat Fiona Entzugserscheinungen." Martin grinste breit.

„Das schon eher", bestätigte Anna und lächelte.

„Dann liegt es am Stillen. Du stillst Fiona ständig. Kein Wunder, dass du nachts nicht schläfst. Wir haben dich damals alle paar Stunden mit der Flasche gefüttert. Wir haben dich nicht schreien lassen – nicht, dass du das denkst – aber wir haben die Zeiträume immer weiter ausgedehnt. Nachts haben wir dich gar nicht gefüttert und du hast wunderbar geschlafen", erklärte Doris. Ihre Stimme klang energisch.

Die Bestimmtheit ihrer Antwort traf Anna unvorbereitet. Sie spürte Wut in sich aufsteigen. Der Tonfall verärgerte sie. Sie hatte auf Mitleid gehofft. Stattdessen bekam sie eine Standpauke von ihrer Mutter.

„Du hattest auch dein eigenes Bett", fuhr Doris fort. „Wir haben dich von Anfang an im eigenen Bett schlafen lassen und du hast früh durchgeschlafen."

Ich Arme!, dachte Anna. Mutterseelenallein in einem Gitterbett. Bei der Vorstellung tat sie sich selber leid.

Sie schob sich schnell eine weitere Gabel mit Lasagne in den Mund, um nichts antworten zu müssen, wobei sie Martins Mund zeitgleich auf- und zugehen sah.

Doris argumentierte weiter: „Wenn Fiona bei dir schläft, riecht sie die Milch, bekommt Hunger und wacht automatisch auf. Es wäre besser für dich, wenn Fiona in ihrem eigenen Bett schlafen würde. Dann würden alle besser schlafen."

„Im Tragetuch kann sie stundenlang schlafen. Da müsste sie auch die Milch riechen", entgegnete Anna betont sachlich.

„Du kannst Fiona nicht stundenlang tragen", sagte Martin sanft und legte den Kopf schief. „Irgendwann musst du schlafen. Am besten, du legst dir bald einen Kinderwagen zu. Ich verstehe sowieso nicht, warum ihr den noch nicht habt. Den brauchst du bald, wenn Fiona schwerer wird. Wenn sie tagsüber im Kinderwagen schläft, kannst du dich in der Zeit ausruhen."

„Versuch das mit dem eigenen Bett! Ihr habt eins von Pauls Eltern. Du wirst sehen, dass es besser ist", schlug Doris vor.

„Hm", murmelte Anna.

„Ich will ja nur das Beste für euch!" Doris reichte ihren Arm über den Tisch und drückte Annas Hand kurz fest.

Mindestens.

„Schläft Fiona tagsüber viel, wenn sie nachts schlecht schläft?", fragte Martin.

„Sie schläft oft, aber nur eine halbe Stunde. Nur im Tragetuch schläft sie lang."

„Im Kinderwagen schlafen Babys auch lang", sagte Martin. „Ich spreche da aus Erfahrung. Ich habe dich oft geschoben."

„Soll ich dir die Wohnung staubsaugen?", fragte Doris unvermittelt.

„Ehrlich gesagt würde es mir mehr helfen, wenn ihr Fiona umhertragt, sobald sie wach ist, damit ich Schlaf nachholen kann."

„Wir könnten eine Runde mit ihr spazieren gehen. Äh, ach so, ihr habt noch keinen Kinderwagen. Wie machen wir das?" Martin blickte Doris ratlos an.

„Im Tragetuch dann eben", beschloss Doris und blickte zu Anna: „Du musst uns zeigen, wie man es bindet."

Anna nickte.

„Genau, wir können sie im Tragetuch tragen", stimmte Martin zu. „Am besten mach ich das, denn sie wird mit der Zeit bestimmt schwer werden."

Kaum hatte Anna ihre Portion Lasagne verschlungen, hörte sie Fiona auch schon fiepen. Sie holte sie aus dem Bett und begab sich mit ihr ins Bad. Sie stillte sie auf einem Stuhl, während sie dem tropfenden Wasserhahn lauschte und die Tropfen zählte. Dann hielt sie Fiona über der Toilette ab und wickelte sie in eine Wegwerfwindel. In der Zwischenzeit hörte sie, wie ihre Eltern den Tisch abdecken, wie ihre Mutter ihrem Vater erklärte, dass der Tisch dringend abgewischt werden müsste und sie ihren Vater damit indirekt darum bat, dies zu tun, und wie ihre Mutter das Geschirr der letzten zwei Tage, das sich in der Küche stapelte, in die Spülmaschine einräumte.

Als Anna das Bad verließ, nahm Doris Fiona auf den Arm, während Anna ihrem Vater die Bindeweise des Tragetuchs vorführte und ihn dann dabei unterstützte, es selbst zu binden. Anschließend hob sie ihm Fiona ins Tuch und rückte sie zurecht. Martin fuhr mit den Händen sanft über den Tragetuchstoff, unter dem sich Fionas Kopf, Rücken und Po befand. Er strahlte. „Das fühlt sich gut an", bekundete er und wippte ein paar Mal freudestrahlend mit den Knien.

Dann verließen Martin und Doris die Wohnung zu einem gemeinsamen Spaziergang, Hand in Hand. „Wenn etwas ist, kommen wir sofort zurück", versicherte Martin, „aber jetzt schlaf schön!"

Anna schloss die Tür hinter ihnen und begab sich schnurstracks ins Bett. Sie positionierte ihr Handy auf dem Nachttisch, legte sich in die Mitte des Bettes und streckte ihre Arme und Beine nach links und rechts aus. Wie ein Hampelmann lag sie da und genoss es, das große Bett nur für sich zu haben.

Diese Ruhe.

Sie hörte ein paar Vögel zwitschern, gedämpft hinter den geschlossenen Fenstern, sonst nichts.

Doch, das Pulsieren in ihren Ohren.

Sonst nichts.

Sie hatte nichts, worauf sie aufpassen musste, nichts, was es zu lauschen gab.

Die Verantwortung abgegeben für einen Moment. In gute Hände.

Sie war ... frei.

Schön-schrecklich frei.

Oh Gott, hoffentlich passiert ihnen nichts unterwegs! Hoffentlich werden sie nicht angefahren.

Oder überfahren.

Oder jemand überfällt sie, schlägt sie nieder und reißt ihnen Fiona aus dem Tragetuch, packt sie ins Auto und – Halt! Stopp! Sie musste aufhören damit. Es war helllichter Tag. Superhell draußen. Sicher $6{,}3 \times 10^{28}$ Lumen. Mindestens. Keine Tageszeit, zu der Verbrecher unterwegs waren. Normalerweise. Das kennt man aus dem Fernsehen – die sind immer im Halbdunkeln unterwegs.

Und es war München und nicht Mexiko City. Oder Kapstadt. Oder noch schlimmer: Bayreuth, wo diese alte Oma einen Jugendlichen mit ihrem Krückstock krankenhausreif geprügelt hatte, weil sie sich durch die Musik belästigt gefühlt hatte, die aus seinen Kopfhörern gedrungen war.

Nein, es war nur München, zum Glück!

Das München, in dem vor kurzem ein Mann mit dem Besitzer eines Dönerstands in Konflikt geraten war, woraufhin der Imbissbesitzer diesen mit einem Dönerspieß durch die ganze Stadt verfolgt hatte. Einem Dönerspieß ohne Fleisch dran, hatte in der Pressemitteilung gestanden.

Anna schüttelte sich.

Diese Verlustangst! In der Schwangerschaft hatte sie sich nicht vorstellen können, wie es sein würde, ein Kind zu haben. Kaum war ihre Tochter da, hatte sie die Angst ergriffen, sie zu verlieren.

Wenn Anna dabei wäre, jetzt, bei ihren Eltern, dann würde sie Fiona beschützen. Komme, was wolle. Sie würde sich jeder Waffe, jedem Verbrecher und jedem Dönerspieß entgegenstellen, der ihre Tochter bedrohte. Sie würde den Krückstock kleinraspeln und die böse alte Oma wie einen Kaktus damit bestücken!

Wut loderte auf, wenn sie daran dachte, dass es jemand darauf anlegen könnte, ihre Tochter zu verletzen oder sie ihr zu entreißen.

Urwut.

Sie würde Fiona beschützen. Sie würde kämpfen. Bis aufs Blut. Bis zum Tod. Ja, sie würde für Fiona sogar töten.

Anna erschrak bei dem Gedanken.

Zugleich fühlte sie sich stark. Löwinnenstark für ihre Tochter.

Würden ihre Eltern das auch tun? Würden sie kämpfen wie eine Löwin, wie eine Mama – bis aufs Blut? Oder reichte es, wenn jemand sie bedrohte, damit sie ihre Enkelin schweren Herzens hergaben?

Anna schauderte bei dem Gedanken.

Ich habe zu viele Nachrichten gehört. Und zu viele Filme gesehen.

Anna zwang sich, an etwas Schönes zu denken. An Fionas Bauch, wenn er sich hob und senkte durch ihren Atem. An Fionas Augen, die aus ihrem Inneren heraus leuchteten. Ob sie sie je wiedersah?

Schluss damit!

Es fiel ihr schwer, die Gedanken auszuschalten. Doch irgendwann segelte sie in einen tiefen Schlaf.

Ein wohliges Gefühl umgab sie, als sie wach wurde. Sie hörte Pauls Schlüsselbund, der klirrte, als er die Wohnungstür aufsperrte. Das Geräusch hatte sie geweckt.

Seit Tagen hatte sie zum ersten Mal lang genug geschlafen. Sie fühlte sich wohl, fast seltsam erholt. Welch riesengroßen Unterschied es machte, ob sie genug geschlafen hatte oder nicht!

Sie streckte ihren Arm zum Nachttisch und blickte auf ihre Uhr im Handy. Schon zwei Stunden waren ihre Eltern weg. Ob es Fiona gut ging? Anna hatte keine Nachricht und keinen verpassten Anruf.

Also ging es ihr gut.

Wenn ihre Eltern nicht überfallen worden waren oder ...

Hör auf damit!

Paul steckte seinen Kopf durch die Schlafzimmertür. Als er sie sah, lächelte er. Dann ließ er seinen Blick über das Bett schweifen.

„Wo ist Fiona?", fragte er stirnrunzelnd.

„Meine Eltern sind mit ihr spazieren gegangen."

„Dann sind wir zwei allein." Paul zuckte verführerisch mit den Augenbrauen.

„Ich gehe jetzt duschen." Anna schlug die Bettdecke zurück.

„Ach so ist das?" Paul hatte ein breites Grinsen im Gesicht.

„Hm", murmelte Anna und stand auf.

„Ich könnte mitkommen in die Dusche." Paul streckte ihr seine Arme entgegen, um sie zu umarmen.

„Ich dusche allein", sagte Anna bestimmt. „Ich muss Haare waschen, und zwar schnell, bevor meine Eltern zurückkommen." Sie ergriff Pauls Hände und führte sie nach unten, damit er sie nicht umfassen konnte. Dann ließ sie seine Hände schnell los und huschte an ihm vorbei.

„Schade, jetzt wäre die Gelegenheit", versuchte Paul es ein weiteres Mal.

Anna flüchtete ins Bad ohne sich noch einmal nach ihm umzudrehen und zog die Tür hinter sich zu.

„Ich koch uns dann was!", rief Paul ihr durch die Türe zu.

Anna schlüpfte aus ihrem Schlafanzug, drehte die Dusche an und wartete darauf, dass das Wasser warm wurde.

Ob sie Paul zu sich rufen sollte? Wie sie sich nach seiner Nähe sehnte. Seinen Berührungen! Seiner Hitze! Mehr als vier Wochen waren vergangen, seit sie sich nicht mehr nah gewesen waren.

Doch so verschwitzt, klebrig, stinkend und unrasiert konnte sie sich ihm nicht nähern. Auch sollte er ihren Bauch nicht zu Gesicht bekommen. Sie blickte an sich herab. Diese Schwabbelhaut! Außerdem wollte sie sich dafür ausreichend Zeit nehmen.

Und die hatte sie nicht. Ihre Eltern würden gleich wiederkommen.

Als die Dusche heiß war, stellte sie sich darunter, schloss die Augen und lauschte dem Donnern in ihren Ohren, als das Wasser über ihren Kopf lief. Sie genoss das Fließen und Prickeln der Wasserstrahlen auf ihren Haaren, ihrem Nacken, dem Rücken, wie das Wasser hinabglitt, wie streichelnde Bewegungen, fließend, entlang der Arme, den Beinen, bis zu den Füßen.

Frisch geduscht fühlte sie sich gleich besser. Ihre Haare duften nach Shampoo, Wasserlilie mit Bambusextrakt, ihre Haut war glatt und seidig statt klebrig und verschwitzt. Die feuchten Haare sorgten für einen kühlen Kopf und ein Gefühl von Frische, als ob eine sanfte Brise am Meer sie streifte. Sie fühlte sich wie neu geboren.

Da es bereits früher Abend war, beschloss Anna, gleich wieder einen Schlafanzug anzuziehen, einen frischen. Sie bürstete gerade ihre Haare, als es an der Wohnungstür klingelte.

Paul hatte in der Küche die Dunstabzugshaube an, sodass er die Klingel nicht hörte. Anna öffnete ihren Eltern die Tür.

Als sie hereinkamen, schlief Fiona immer noch im Tragetuch.

„Fiona hat die ganze Zeit geschlafen. Ich kann machen, was ich will – sie wacht nicht auf." Martin winkelte die Arme an und wackelte zur Verdeutlichung mit dem Po hin und her und ergänzte: „Das Tuch ist super. Ich habe keine Rückenschmerzen oder so, obwohl ich Fiona die ganze Zeit getragen habe."

„Durch das Tragetuch wird ihr Gewicht auf deinen Körper verteilt", erklärte Anna. „Dadurch ist es leichter, als wenn du ein

Baby auf dem Arm trägst, wo alles Gewicht auf den Armmuskeln lastet."

„Da hast du absolut Recht!" Martin deutete mit dem Finger auf Anna. „Genau so ist es."

Anna lächelte.

Sie hob Fiona aus dem Tragetuch, damit sie wach wurde. Anna hoffte, dass sie dann nachts besser schlief.

Martin entknotete das Tragetuch und legte es sorgfältig zusammen, während sich Doris die Schuhe auszog.

Als Martin seine Schuhe auszog, faltete Doris das Tragetuch auseinander und legte es wieder zusammen, noch sorgfältiger.

Dann begrüßten Annas Eltern Paul und sprachen eine Weile mit ihm in der Küche über seine Arbeit.

Anna begab sich in der Zwischenzeit mit Fiona ins Wohnzimmer, setzte sich aufs Sofa und stillte sie.

Wenig später folgten ihre Eltern ihr ins Wohnzimmer, setzten sich neben sie und erzählten von ihren Reiseplänen in Kenia:

„Wir fahren als Erstes zum Masai Mara Nationalpark und machen eine Safari", erzählte Doris gerade, als Fiona abdockte.

Fiona hat lang geschlafen und etwas getrunken, ihre Windel ist noch trocken – ich müsste sie jetzt abhalten.

„Das ist der Park mit der schönsten Landschaft und den meisten Tieren", schwärmte Doris weiter.

Wenn, dann jetzt! Die Chancen stehen gut, dass sie mal muss.

„Mit den berühmten 'Big Five': Elefanten, Nashörnern, Büffeln, Löwen und Leoparden", zählte Martin auf.

Ich könnte sagen: Ach, übrigens: Wir praktizieren Windelfreiheit. Wir halten Fiona übers Klo, wenn sie uns zeigt, dass sie mal muss, jetzt zum Beispiel. Kann ich das so sagen? Oder darf ich mir dann wieder anhören, dass ich alles falsch mache?

„Von Juli bis September begeben sich da über zwei Millionen Wildtiere auf Wanderung", ergänzte Doris.

Ich kann nicht.

Dann sagen sie bestimmt: Das kann ich mir nicht vorstellen!

„Das kann ich mir gar nicht vorstellen!" Doris schüttelte gedankenversunken den Kopf.

Andererseits wäre es unhöflich, sie zu unterbrechen.

„Danach geht's weiter zum Kilimandscharo", sagte Martin.

Und dann? Was wird dann passieren?

„Und dann wollen wir wandern", sagte Doris.

Sie werden es mir nicht glauben. Sie werden sagen: Das glaub ich nicht, das muss ich mit eigenen Augen sehen.

„Fast 5900 Meter ist das höchste Bergmassiv", fügte Martin hinzu. „Ich kann mir das nicht vorstellen. Das muss ich mit eigenen Augen gesehen haben!"

Dann muss ich ihnen das ausführlich erklären ...

„Da ist die Zugspitze mit ihren 2900 Metern ein Hügelchen dagegen", sagte Martin.

... und wenn ich es erklärt habe, dann kommen die kritischen Nachfragen: Woher hast du diesen Blödsinn? Wie soll das gehen? Wir haben das früher anders gemacht.

„Früher sind wir die Zugspitze hoch, aber der Kilimandscharo ist eine ganze andere Nummer. Davor habe ich ein bisschen Bammel", sagte Doris.

Anna, gib's zu: Du hast Angst, es ihnen zu sagen!

Komm, du schaffst das!

„Wenn ich mich dann vor lauter Muskelkater nicht mehr rühren kann, fahren wir weiter zu Miri und bleiben ein paar Tage", fuhr Doris fort.

„Ach Doris, wir waren so oft wandern die letzten Wochen und Monate! Wir haben uns gut vorbereitet."

Ich hätte sie früher darauf vorbereiten sollen, nicht erst jetzt, wo es schon fast zu spät ist!

„Zum Abschluss wollen wir ein paar Tage an den Diani Beach: Badeurlaub!" Doris klatschte in die Hände und strahlte. „Das ist ein zehn Kilometer langer Sandstrand mit weißem Sand."

Mensch, es sind meine Eltern! Warum gehe ich vom Schlimmsten aus?

„Und dort ins Fourty Thieves, eine Strandbar, von der alle schwärmen. Darauf bin ich neugierig!", erklärte Martin.

Vielleicht interessieren sie sich dafür! Mensch, Anna, ist dir das einmal in den Sinn gekommen? Dass sie neugierig sein könnten?

Vielleicht fragen sie: Woran erkennst du, dass sie muss?

Und dann? Ja, was dann, Anna?

„Dann möchte ich ins Höhlenrestaurant", sagte Martin.

Dann falle ich ganz, ganz tief hinab. Weil ich es ihnen nicht gut erklären kann. Gerade ist es ein vages Gefühl, weil Fiona lang geschlafen hat. Sonst kann ich es manchmal an der Mimik und Gestik erkennen. Aber nicht immer ...

„Das soll atemberaubend sein", schwärmte Doris.

Dann muss ich das beweisen – dann wollen sie es sehen.

„Das wollen wir unbedingt sehen!", sagte Doris weiter.

Dann ziehe ich Fiona aus und will sie abhalten, sie streckt ihre Beine durch und will nicht abgehalten werden, weil ich mich getäuscht habe. Wie zig Male zuvor. Ich ziehe sie wieder an und schwups, macht sie in die Windel ...

„Gib mir mal Fiona, ich würde sie gern halten", sagte Martin und streckte Anna seine Arme entgegen.

... und ich stehe da wie der letzte Idiot.

Anna übergab Fiona mechanisch ihrem Vater.

Ach quatsch, Fiona muss wirklich.

Da, Fiona drückt. Ich sehe es, ihr Gesicht ist angespannt.

Paul kam ins Wohnzimmer. „Das Essen ist gleich fertig!" Er blickte zu Fiona, deren Gesicht rot geworden war vor Anstrengung. „Was ist mit Fiona?", fragte er Anna.

„Äh, ich glaub, Fiona muss mal ..." Anna blickte unsicher zwischen ihrem Vater und ihrer Mutter hin und her.

„Genau. Fiona muss mal zu mir", sagte Doris. „Martin hat sie schon die ganze Zeit beim Spaziergang gehabt. Jetzt würde ich sie gern halten." Doris nahm Fiona in ihre Arme.

Äh ...

Paul deutete Anna stumm mit einer ungeduldigen Handbewegung, dass sie etwas unternehmen sollte.

Anna spürte Hektik in sich aufsteigen. Sie wusste nicht, was sie tun sollte. Sie verharrte, wie sie war.

Doris strich Fiona zärtlich übers Gesicht und nahm Fionas Händchen in ihre Hand.

Fionas Gesicht verzog sich zu einem gequälten Blick. Ihr Körper schüttelte sich vor Unbehagen. Dann ein Geräusch, das alle Anwesenden aufhorchen ließ, das alle kannten.

Zu spät.

Paul sah Anna vorwurfsvoll an.

Doris hob Fiona vor sich nach oben und schnupperte an ihrer Windel. „Oh ja, man riecht's. Das musste raus", kommentierte sie. Fiona fing prompt an zu schreien.

„Das war's mit Oma-Enkelin-Kuscheln." Doris streckte Fiona Anna entgegen.

Anna seufzte, nahm Fiona auf den Arm und ging mit ihr ins Badezimmer. Paul folgte den beiden.

Anna legte Fiona auf die Waschmaschine, die ihr Wickelplatz war, zog ihr die Hose aus, öffnete die Windel und betrachtete die Bescherung: einmal volle Windel, randvoll.

„Was sollte das?", herrschte Paul Anna mit gedämpfter Stimme an. „Hast du nicht bemerkt, dass sie mal muss?"

„Ich war mir nicht sicher", versuchte Anna sich zu verteidigen.

„Warum hast du nicht versucht, sie abzuhalten?"

„Ich habe meinen Eltern noch nichts davon erzählt. Sie finden das Ganze sicher ...", Anna rang nach dem richtigen Wort, „... komisch oder so."

„Komisch? Du bist komisch! Ich verstehe dich nicht. Erst erklärst du mir, dass es für Fiona wichtig ist, dass wir auf ihre Zeichen reagieren, und dann ist es nicht mehr wichtig, wenn deine Eltern dabei sind?"

„Doch, es ist wichtig, aber ...", stammelte Anna.

„Dann dürfen deine Eltern nicht mehr herkommen!", fiel Paul ihr ins Wort.

Anna starrte Paul verblüfft an. „Das ist Unsinn, dass meine Eltern nicht herkommen dürfen, weil ich ihnen etwas verschwiegen habe."

Paul starrte Anna wortlos an.

Ihre Worte hallten in ihren Ohren nach, und ihr wurde bewusst, was sie gerade gesagt hatte. Und genau in dem Moment ging ihr ein Licht auf und sie wusste, was zu tun war.

Ich muss es ihnen sagen. Ich muss.

Anna atmete einmal tief durch.

Plötzlich fühlte sie sich müde, unendlich müde.

Ja, ich muss es ihnen sagen.

Aber nicht heute.

„Sie fliegen morgen nach Kenia. Ich erkläre es ihnen, wenn sie zurückkommen. Versprochen", sagte Anna.

„In Ordnung." Paul legte seine Arme um Anna.

Sie erwiderte die Umarmung mit einem Arm, während sie die andere Hand auf Fionas Bauch hielt, damit sie sichergehen konnte, dass Fiona nicht von der Waschmaschine fiel. Dann löste sie sich aus der Umarmung, machte Fiona sauber und zog ihr eine frische Windel an.

Annas Eltern hatten sich in der Zwischenzeit die Schuhe angezogen. Sie wollten nach Hause und die restlichen Sachen packen.

„Das ist das erste Mal, dass wir so weit reisen, und das gerade jetzt, wo du unsere Hilfe so dringend bräuchtest. Ich habe so ein schlechtes Gewissen, dich allein zu lassen", sagte Doris und blickte Anna mitleidsvoll an.

„Bloß nicht", wehrte Anna ab. „Genießt eure Reise bitte in vollen Zügen!"

„Wir haben die Reise gebucht, bevor wir von der Schwangerschaft wussten", entschuldigte Doris sich weiter.

„Mama, das weiß ich. Das ist in Ordnung. Ich komme zurecht."
Irgendwie.

„Na ich weiß nicht", sagte sie unsicher und ließ ihren Blick in der Wohnung umherschweifen.

„Du wirst es schaffen", sagte Martin zuversichtlich und umarmte Anna innig zum Abschied.

„Ihr habt nach eurem Urlaub noch genug Gelegenheit, euch einzubringen", erklärte Anna. „Danke für eure Hilfe heute!" Anna umarmte auch ihre Mutter zum Abschied.

Doris hielt sie ganz fest, umarmte sie einen Moment länger, als sonst zwischen ihnen üblich. Dann drückte sie Anna einen Kuss auf die Stirn: „Gott beschütze dich auf all deinen Wegen."

„Ich bin ja auch noch da", erklärte Paul lächelnd und legte seinen Arm um Annas Schultern.

Wenn du nicht gerade arbeitest – oder fernsehen musst, um dich von deiner Arbeit zu erholen.

Anna spürte Pauls Arm auf ihr liegen, die Schwere, mit der er auf ihr lastete. Wehmut überkam sie, und Sorge, wenn sie daran dachte, zweieinhalb Wochen ohne ihre Eltern auskommen zu müssen, die Verantwortung für einen anderen Menschen voll und ganz zu übernehmen, für ihre Tochter.

Neunzehn Tage. Vierhundertsechsundfünfzig Stunden. Nein, eigentlich ihr ganzes restliches Leben. Sie hatte nun Verantwortung. Sie musste da durch.

Sie war nicht mehr Tochter. Sie war jetzt Mutter.

Unerwartete Hilfe

Montag, 12. August – Tag 25

Das Handy klingelte.

Anna öffnete ihre Augen. Obwohl sie im Wohnzimmer lag und das Handy im Flur, wusste Anna, dass es Gloria war. Sie erkannte das am Klingelton, die Titelmelodie aus dem Film „Das Schwiegermonster". Sie hatte Gloria einen eigenen Rufton zugeordnet, damit sie schon beim ersten Klingeln wusste, welche Dringlichkeitsstufe der Anruf hatte.

Anna lächelte müde. Sie hatte den Klingelton so treffend ausgewählt.

Sie lag auf dem Sofa, neben Fiona, die ins Stillkissen gebettet schlief. Das Handy lag etwa zehn Schritte entfernt auf der Kommode im Flur. Ziemlich weit weg. Viel zu weit für Dringlichkeitsstufe 'niedrig'.

Anna war müde, fertig, am Ende – wieder einmal. Der Tag hatte zum wiederholten Mal ohne Kaffee begonnen. Sie hatte keine Kraft zum Telefonieren. Sie hatte Glorias erste zwei Anrufe ignoriert. Ob ihr Anruf dringend war, wenn sie es dreimal versuchte? Sicher nicht, das war er nie.

Anna stützte sich abrupt auf den Unterarm auf, schnaubte genervt. Warum ließ Gloria sie nicht schlafen?

Anna wollte ihr Handy wenigstens auf stumm schalten. Nein, ein Wollen war das nicht. Sie musste. Anna zog die Augenbrauen zusammen. Sie blickte auf Fiona, die sich von dem Klingeln nicht stören ließ. Sie beneidete sie um ihren Schlaf.

Anna seufzte. Sie sollte sich einen Ruck geben, sicher wollte Gloria nur nett plaudern. Sie sollte es annehmen. Ja, sie sollte.

Sie verdrehte die Augen. Immer dieses Sollen und Müssen!

Anna gähnte. Sie ließ ihren Kopf auf den Rand des Stillkissens sinken.

Das Klingeln verstummte.

Anna schloss die Augen.

Drei Minuten später klingelte es erneut. Die Titelmelodie vom Schwiegermonster.

Anna stand auf, hörte auf zu hadern, tat es einfach, spürte, wie ihre Beine schwer waren und ihr Rücken krumm war, schleppte sich zum Telefon.

„Hallo, Gloria", sagte sie matt und ließ sich an der Kommode heruntersinken, um sich hinzusetzen, wo sie war, keinen Schritt weiter, um bloß nicht stehen zu müssen – dafür hatte sie keine Kraft.

„Halli hallo", trällerte Gloria.

Ich hätte nicht rangehen sollen.

Glorias hocherfreute Stimme passte nicht zu Annas Müdigkeit und die Lautstärke dröhnte sirenenhaft in ihrem Kopf.

„Ich habe heute ein kleines Baby gesehen, da musste ich gleich an unsere Fiona denken. Das Baby hatte feine blonde Härchen wie Fiona, aber es war ein Junge. Längst nicht so liebreizend wie unsere Enkelin, aber als Eltern muss man nehmen, was kommt. Die Mutter hingegen war bildhübsch und stilvoll gekleidet, aber trotzdem. Wer weiß, vielleicht hatte der Junge mehr von seinem Vater, den haben wir nicht gesehen."

Warum mache ich immer denselben Fehler und gehe ans Handy?

„Was gibt es bei euch Neues?", fragte Gloria.

Nichts. Es ist 13:45 Uhr und ich bin noch im Schlafanzug. Die Nacht war grauenvoll, ich kann meine Augen kaum offen halten und mich nur mit Ach und Krach auf den Beinen halten. Alles wie immer.

„Meine Eltern sind heute Morgen nach Kenia geflogen", sagte Anna.

„Sind sie gut angekommen?"

„Bestimmt."

„Haben sie sich nicht bei dir gemeldet?" Glorias Stimme klang überrascht.

„Nein, das machen sie nie im Urlaub. Solang sie sich nicht melden, geht es ihnen gut."

„Aha." Gloria zögerte einen Moment. „Wenn sie sich nicht melden, kannst du nicht wissen, ob es ihnen gut geht oder ob sie entführt worden sind oder ob das Flugzeug abgestürzt ist."

„Wenn etwas passiert wäre, würde ich es erfahren."

„Na, na, na, sei dir da nicht so sicher!", warnte Gloria. „Als Karl-Heinz' Mutter damals gestorben ist, hat uns niemand informiert. Da recherchiert keiner, ob es Angehörige gibt oder nicht."

„Ich kann ihnen ja eine SMS schicken. Also dann ...", versuchte Anna, das Gespräch zu beenden.

Gloria schien es nicht zu bemerken und berichtete ausführlich von dem exklusiven Restaurant am Hafen, in dem sie am Abend fangfrischen Seehecht essen wollten, von dem neuen, kostspieligen Strandkleid, das sie zum verbilligten Preis erstanden hatte, und von anderen spektakulären Dingen, die Anna gar nicht wissen wollte.

Anna warf ab und zu ein „hm" ein, gähnte hier und da geräuschlos vor sich hin und war froh, als das Gespräch nach sechzehn Minuten, sechzehn!, endlich zu Ende war – weil Karl-Heinz und Gloria ein Eis essen wollten, das beste Eis der Stadt, mit den extra großen Kugeln, Gloria: Pistazie, nur eine Kugel, wegen der Figur, und Karl-Heinz: zwei Kugeln, Minze und Espresso.

Welch eine sinnlose Verschwendung ihrer wertvollen sechzehn Minuten Schlafenszeit!

Als das Telefonat vorüber war, blickte Anna auf ihr Handy. Sie überlegte einen Moment, ob sie ihren Eltern eine SMS schicken sollte. Das war bisher nie nötig gewesen. Andererseits waren ihre Eltern noch nie in Afrika gewesen. Wenn sie heute nicht schrieb, dann musste sie möglicherweise tagelang auf eine Antwort warten, sobald ihre Eltern sich außerhalb der Hauptstadt bewegten. Oder wie war das mit dem Handyempfang in Kenia außerhalb der großen Städte?

Sie tippte eine SMS: „Hallo Mama, seid ihr gut angekommen? Liebe Grüße, Anna."

Drei Minuten später kam die Antwort: „Wir sind gut angekommen. Brauchst du etwas? Kann ich dir irgendwie helfen? Gruß, Mama."

Anna schrieb zurück: „Nein, danke, alles normal bei mir. Ich wollte nur wissen, ob ihr gut angekommen seid. Schönen Urlaub euch!"

Doris antwortete: „Dann ist gut. Ich hatte mir Sorgen gemacht, weil du dich gemeldet hast. Schönen Gruß! P. S.: Wie war die Nacht?"

Anna überlegte einen Moment, ob sie auf die letzte Frage ehrlich antworten sollte oder ob ihrer Mutter das möglicherweise den Urlaub verderben und ihr schlechtes Gewissen anfachen würde. Andererseits tat es gut, wenn jemand bemerkte, was sie leistete. Sie schrieb zurück: „Welche Nacht? War da was? Ich sage es mal so: Viermal eine Stunde Schlaf sind auch vier Stunden."

Doris' Antwort kam prompt: „Oh Gott, ich bete für dich. Ich wünsche dir viel Kraft! Es wird bestimmt bald besser werden. In zweieinhalb Wochen sind wir wieder da. Halte durch! Kuss, Mama."

Anna legte das Handy auf den Boden. Sie saß da, zog die Knie an, schlang die Arme um ihre Beine und steckte ihre Fingerspitzen in den Spalt zwischen Oberschenkel und Wade. Sie legte den Kopf auf die Knie und schloss die Augen. Sie spürte, wie die kalten, harten Knie in die warmen, weichen Wangen drückten. Sie fühlte sich wie ein kleines Kind, das von seiner Mama getröstet und in den Arm genommen werden wollte, das sich nach einer Schulter zum Anlehnen sehnte, das sich auf dem Schoß seiner Mutter einkuscheln wollte, von kräftigen Armen hin und her gewiegt, den Kopf mit zarten Fingern gestreichelt, dann ins Bett getragen, zugedeckt bis zum Kinn, einen Kuss auf die Stirn, eine sanfte Stimme, die einem eine „Gute Nacht" wünschte. Dass sie die Augen zumachen und einfach schlafen konnte, sie allein, eingemummelt in ihre Decke, geborgen, in der Gewissheit, dass alles gut war und jemand für sie da war, wenn sie jemanden brauchte.

Sie wäre am liebsten weggelaufen. Einfach weg. Ihr Leben leben. Ihr eigenes Leben. Schlafen, wann sie wollte, solang sie wollte. Essen, warmes Essen, was sie wollte, wann sie wollte. Tun, was sie wollte. Für immer.

Sie schaltete mechanisch ihr Handy auf stumm und überlegte, ob sie sich hier und jetzt auf den kalten Fliesenboden legen sollte oder zurück zu Fiona ins Wohnzimmer gehen.

Es zog sie zu Fiona. Sie stand auf, mühsam, zuerst auf allen vieren, dann mit abgestützten Händen sich aufrichtend, legte ihr Handy auf die Kommode, schlurfte in Richtung Wohnzimmer, trat auf die Schwelle zum Wohnzimmer, blickte auf Fiona, blieb dort stehen.

War sie überhaupt bereit für ein Kind? War sie dem gewachsen, dass sie jetzt geben musste, erst einmal nur geben, ohne etwas zu bekommen? War sie erwachsen genug dafür?

Wenn nicht sie, wer würde dann die Verantwortung für Fiona übernehmen? Würde Paul sich einlassen auf die Pflicht, wenn sie weg wäre, einfach weg?

Nein, es gab kein Entrinnen für sie, unabhängig von Paul. Es war ihre Verantwortung. Für das kleine Bündel Menschlein, das da lag, das sie forderte, überforderte, ihr alles abverlangte in den ersten Wochen nach der Geburt, sie körperlich und geistig bis an ihre Grenzen brachte und darüber hinaus. Das erste Mal in ihrem Leben, dass etwas oder jemand sie derart zwang, aus ihrer Komfortzone hinauszugehen, über Tage, Wochen, ohne Pause, bis zur vollständigen Erschöpfung, zu Schmerz, Taubheit, Unzurechnungsfähigkeit, zum ununterbrochenen Sehnen nach Normalität, nach Ruhe, Essen, Schlaf. Schlaf. Schlaf.

Bekam sie wirklich nichts?

Es gab dieses aus ihr heraus erwachsende Gefühl der Stimmigkeit, der Verbundenheit, der Ursprünglichkeit allen Lebens. War das nichts? Oder war sie zu müde, um einen klaren Gedanken zu fassen?

Sie wusste es nicht. Sie wusste überhaupt nichts mehr.

Anna rieb sich die Augen. Sie schwankte. Sie hielt sich am Türrahmen fest und krallte sich ein.

Es klingelte dreimal kurz hintereinander. Dring, dring, dring.

Kiki, sie kam zur Nachsorge. Anna hatte sie vergessen gehabt. Sie nahm es zur Kenntnis. Normalerweise, vor der Geburt, also vor Urzeiten, hätte es sie aus der Fassung gebracht, wenn ihr das passiert wäre. So etwas hätte sie sich nie erlaubt. Aber jetzt wunderte sie sich nicht darüber. Es erschien ihr sogar logisch.

Anna schlurfte zur Tür.

Kiki strahlte sie mit einem warmherzigen Lächeln an, als Anna die Türe öffnete. Anna bemühte sich zu lächeln, schließlich freute sie sich wirklich, sie zu sehen. Sie war nur viel zu müde, um irgendeine echte Gefühlsregung zu zeigen.

Als Kiki ihren Blick sah, verblasste ihr Lächeln.

„Anna, was is los? Du siehs aus wie Schnee, so weiß." Kiki legte ihre Hand mitfühlend auf Annas Arm. „So blass is nigge gut."

Anna schossen die Tränen in die Augen, als sie Kikis besorgtem und zugleich fürsorglichem Blick begegnete und die Wärme der Hand auf ihrem Arm spürte. Etwas zog sich in ihr zusammen, sie spürte plötzlich deutlich, was ihr fehlte. Sie fühlte sich schwach, sie sehnte sich danach, umsorgt zu werden, nicht allein zu sein, nicht alle Last allein zu tragen, allein. Ein Kloß steckte in ihrem Hals.

„Ich ...", Anna stockte. Ihre Stimme war ein leises Krächzen. Sie räusperte sich und versuchte, die aufkommenden Tränen zur Seite zu blinzeln.

„Ich bin einfach nur fertig", erklärte sie.

„Komme ers mal rein", sagte Kiki, wobei Anna sich fragte, ob Kiki sie oder sich selbst damit meinte. Kiki legte ihren Arm um Anna und führte sie in die Wohnung. Der Fußboden im Flur war voller Schuhe, über die sie beide darübersteigen mussten. Anna sah das Chaos, als sähe sie es zum ersten Mal. Es wurde ihr erst in Anbetracht des Besuchs deutlich. Früher wäre ihr das peinlich gewesen, aber jetzt, jetzt war es so ... normal, unumgänglich und zugleich trauriges Symbol ihres Inneren: Chaos, Kraftlosigkeit, Zerstreutheit. Sie hatte nicht die Kraft, alles aufzuräumen und in

Ordnung zu bringen, was chaotisch war. All ihre Bemühungen drehten sich um Fiona, um ihren Schlaf, darum, genug zu essen. Nicht mehr. Und nicht weniger – weniger ging nicht.

Als sie an der Küche vorbeikamen, warf Kiki einen kurzen Seitenblick hinein. Anna folgte ihrem Blick. Das dreckige Geschirr stapelte sich und die Petersilie auf der Fensterbank ließ ihre Blätter hängen.

Anna fühlte sich bei dem Anblick noch ein wenig schlechter. Nicht einmal zwanzig Sekunden hatte sie übrig, um die Petersilie zu gießen. Sie würde bald sterben. So war es.

Es war Anna, als ginge es ums nackte Überleben. Sie oder die Petersilie.

Kiki führte Anna ins Wohnzimmer, sie setzten sich neben die schlafende Fiona.

„Has du genug geschlafen?", fragte Kiki.

„Nein."

„Has du was gegessen?"

„Ja."

„Gut."

„Einen Apfel."

„Sons nix?"

Anna schüttelte kaum merklich den Kopf, gähnte, hielt sich den Handrücken vor den Mund.

„Du muss mehr essen! Du brauchs deine Kraft fur deine Baby. Sons wirs du eine Bohnenstange – und glaube mir, Fleisch is auch gut fur dich. Iss du genug Fleisch?"

„Ich muss erst einmal schlafen."

„Capito. Is gut, du has Reserven von die Schwangerschaft. Aber sie werden weniger, wenn du dich nigge um dich kummerst. Has du Hilfe von deine Mama oder sons jemand?"

„Meine Mama ist jetzt für zweieinhalb Wochen im Urlaub. Meine Freunde müssen tagsüber arbeiten. Außerdem habe ich keine Kraft, sie einzuladen."

„Dann has du es schwer. Da is normal, dass du fertig bis. Außerdem bis du eine gute Mama, da brauchs du mehr Kraft als andere."

Verblüfft blickte Anna zu ihr. All das Chaos in der Wohnung, sie schaffte nicht einmal das Nötigste, und Kiki sagt, sie sei eine gute Mutter?

„Wie meinst du das?", fragte Anna nach.

„Andere Mamas lassen ihre Baby schreien, gehen eine halbe Stunde duschen oder machen alles sauber oder lassen ihre Baby in eine andere Zimmer schlafen, damit sie selber besser schlafen. Das is nigge gut fur die Baby. Aber deine Wohnung is Chaos, das is gut."

„Was?" Anna lachte auf.

„Si, si, das is gut, denn du machs Prioritäten richtig. Du nimms dir Zeit fur deine Baby, kummers dich darum. Es steht an die erste Stelle, es is immer bei dir. Genau das braucht eine Baby am Anfang. Es braucht viel Körperkontakt, es muss alles sofort haben, damit es ihm gut geht. Es kann nigge warten. Nur, normalerweise macht das nigge eine Frau allein. Weiß du, der Mensch is nigge dafur gemacht, allein auf eine Baby aufzupassen, sondern viele Mensche teilen sich die Aufgabe. Dass du das allein machs, is eine große, große Leistung."

Anna nickte. So hatte sie das noch nicht betrachtet. Auf einmal wurde ihr klar, wie viel sie leistete, jeden Tag, jede Stunde und Minute, Tag und Nacht. Nicht die aufgeräumte Küche, nicht die beantwortete E-Mail, nicht die gemachte Wäsche war eine Leistung, sondern die Zeit, die sie mit Fiona verbrachte, die Kraft, die sie für sie aufbrachte, die Liebe, die sie ihr schenkte.

Anna richtete sich auf. Sie hatte das Bedürfnis, sich zu strecken. Sie zog ihre Schultern nach hinten, saß aufrecht da.

„Has du heute Fragen zu die Verhalten von Baby oder Probleme mit die Baby?" Kiki blickte auf Fiona.

„Nein." Anna gähnte.

„Deine kleine Bella sieht auch gut aus. Sie hat sich gut entwickelt. Has du Fiona schon gestillt?"

„Ja, vor einer halben Stunde. Und abgehalten."

„Ah, perfetto!", raunte Kiki. „Wir machen Folgendes: Wir machen heute keine Nachsorge, sondern du legs dich erstmal hin. Du muss schlafen. I passe solang auf Fiona auf", sagte sie mit fester Stimme und führte Anna ins Schlafzimmer.

Widerstandslos legte Anna sich ins Bett.

„Wo is deine Tragetuch?", flüsterte Kiki.

„Im Bad", murmelte Anna und zog die Decke über ihre Hüfte. Sie lag unbequem, doch zum Umdrehen waren ihre Glieder zu schwer.

Kiki schloss behutsam die Tür.

Anna dachte an Fiona. Sie hätte sie lieber bei sich liegen gehabt, ihrem Atem gelauscht. Doch Anna konnte nicht mehr. Sie konnte einfach nicht mehr. Ihre Augen fielen von selber zu. Sie sank in einen tiefen Schlaf.

Diese Stille. Nur das Pochen ihres Herzschlags in ihren Ohren.

Sie blinzelte ein wenig und streckte ihren Arm neben sich aus, zu Fionas Seite. Ihr Platz war leer.

Anna schreckte hoch. Auf einmal war sie hellwach. Wo war Fiona? Anna blickte sich im Bett um. Fiona war nicht da. Sie lehnte sich über den Bettrand hinaus und blickte auf den Fußboden. Da war sie nicht. Anna schlug die Decke zurück, sprang aus dem Bett wie ein aufgescheuchtes Tier, bückte sich, suchte unterm Bett, überlegte einen Moment – bloß die Ruhe bewahren, es gab sicher eine logische Erklärung dafür! Sie lief um das Bett herum, hob die Bettdecke hoch. Nirgends konnte sie Fiona finden. Wie konnte das sein? Hatte sie sie woanders hingelegt?

Dann hörte sie in der Küche Geschirr klappern und auf einmal fiel ihr ein, dass Kiki da war.

Sie sackte in sich zusammen, entspannte sich augenblicklich, atmete tief durch und öffnete dann behutsam die Tür.

Kiki stand in der Küche und trocknete gerade ein Glas ab. Sie hatte Teo auf den Rücken gebunden. Sein schwarzer Haarschopf lugte aus der Trage heraus. Anna hatte ihn vorhin nicht bemerkt, so sehr war sie mit sich beschäftigt gewesen. Vor dem Bauch hatte Kiki zusätzlich Fiona mit Annas Tragetuch gebunden. „Wow!", flüsterte Anna in sich hinein und ein Lächeln huschte über ihr Gesicht.

Gleichzeitig versetzte es Anna einen kleinen Stich, weil sie nicht in der Lage war, sich um ein einziges Baby zu kümmern, wohingegen Kiki es schaffte, sich um zwei zu kümmern und gleichzeitig Hausarbeiten zu verrichten. Kiki wirkte unglaublich kräftig, obwohl sie so klein war.

Wieso kriege ich das nicht hin?

„Ich bin wieder da", sagte Anna leise, als sie in die Küche trat, um Kiki nicht zu erschrecken.

Kiki blickte auf. „Ah, du siehs viel besser aus!"

„Ich fühle mich auch besser, danke."

„Fiona schläft", sagte Kiki und schob das Tragetuch oben ein wenig zur Seite, damit Anna Fionas Gesicht sehen konnte. Anna trat näher und spähte hinein. Fiona hatte die Augen geschlossen. Ihre Wangen waren gerötet, der Mund leicht geöffnet. Sie schniefte kurz auf, dann drehte sie den Kopf zur anderen Seite und kuschelte sich wieder ein.

„Wie spät ist es?", fragte Anna.

„Halb funf."

„Was? Das ist viel zu spät! Warum hast du mich nicht geweckt?"

Kiki blickte Anna fragend an. „Wolltes du irgendwohin?"

„Ich? Nein. Ich dachte, dass du weiter musst zu einer anderen Frau."

„No no, muss i nigge. Du wars die letzte Termin fur heute. I wusste, dass es heute länger dauert bei dir."

„Woher?"

„Das habe i im Gefuhl gehabt."

„Ehrlich?"

Kiki nickte. „Keine Sorge, i habe wirklich Zeit." Kiki legte ihre Hand für einen kurzen Moment beruhigend auf Annas Arm.

Annas Blick fiel auf den Ofen. Das Licht brannte, er brummte.

„Hast du gekocht?", fragte Anna und zeigte auf den Ofen.

„I habe Pasta gemacht. Eine einfache Nudelauflauf. I dachte, du kanns das essen, wenn du wach bis."

Anna ließ die Kinnlade herunterklappen.

Kiki macht genau das, was ich brauche. Sie nimmt mir das Baby ab, wenn ich mit meinen Kräften am Ende bin, sie lässt mich schlafen, macht mir etwas zu essen, nimmt sich Zeit für mich und plant extra mehr Zeit für mich ein. Sie hat sogar die Geschirrspülmaschine eingeräumt und das restliche Geschirr abgewaschen.

Wieso macht Paul das nicht?

Es wäre Pauls Aufgabe gewesen, fand Anna, und der Gedanke versetzte ihr einen kleinen, schmerzhaften Stich in ihrer Brust.

Paul hätte das am Abend tun können, er hätte mich unterstützen sollen, anstatt fernzusehen.

Anna spürte Wut in sich aufsteigen, was sie verwirrte und ihr ein schlechtes Gewissen bescherte. Sie sollte dankbar sein, nicht wütend! Sie konnte sich nicht erklären, woher die Wut kam. Sie hatte alles bekommen, was sie gebraucht hatte.

Aber nicht von Paul, flüsterte ihre innere Stimme trotzig.

Es sollte ihr egal sein, doch es war ihr nicht egal.

„Danke, Kiki", brachte sie gerührt heraus.

„Das Essen is in eine Minute fertig. Wenn du magge, kanns du gleich essen, solang Fiona schläft. Danach gebe i sie dir."

Anna stimmte zu. Sie holte mit zwei Topflappen die heiße Auflaufform aus dem Ofen und stellte sie auf die Herdplatte. Der Geruch von warmem, frisch zubereitetem Nudelauflauf stieg ihr in die Nase.

„Uno momento!", bat Kiki. Sie kramte in ihrem Hebammen-koffer, den sie auf der Arbeitsplatte abgestellt hatte, holte einen rosafarbenen Zauberstab mit Glitzerbändchen hervor, schwang ihn über dem Auflauf und sagte im Singsang: „Abra-kadabra, Sim-sala-bim." Dann blickte sie zu Anna, kicherte wie ein Mädchen und sagte: „Finito!"

„Du bist eine gute Zauberin!", lobte Anna, nahm sich eine große Portion auf den Teller, ging ins Wohnzimmer und setzte sich an den Esstisch. Kiki wollte nichts essen. Sie wollte nicht so viele Kohlenhydrate zu sich nehmen wegen ihrer Figur, gab sie Anna zu verstehen.

Anna steckte sich eine Gabel mit Nudeln in den Mund und ließ sich den Geschmack genüsslich auf der Zunge zergehen.

Ein selbst gekochtes Mittagessen, das noch warm war, während Anna es aß ... in Ruhe zu essen ... den Duft aufsaugen ...

Das Essen schmeckt besonders gut, wenn ein anderer es zubereitet.

„Ihr Italiener macht die besten Nudeln", lobte Anna.

„Das is eine Rezepte aus deine deutsche Kochbuch 'Italienisch kochen für Anfänger', die i neben deine Herd gefunden habe", verriet Kiki.

„Ach so?"

„Nach dem Essen will i eine kleine Runde spazieren gehen. Gibt es eine Park oder wo is es schön hier?"

„Der Englische Garten ist gleich eine Straße weiter. Ich kann dir den Weg dahin beschreiben."

Kiki nickte.

Anna ließ ihren Blick durch das Zimmer schweifen. Sie konnte die eigenen vier Wände kaum mehr ertragen. Sie schienen enger geworden zu sein und drohten, sie fast zu erdrücken. Das ganze Chaos, der Staub, die verbrauchte Luft – sie konnte das nicht mehr ertragen.

Sie hörte ein leises Klopfen. Ein Spatz hatte sich aufs Fensterbrett gesetzt, hämmerte gegen die Scheibe und flog wieder weg, als ob er sie auffordern wollte hinauszukommen, zum Spielen. Sie blickte zum Fenster hinaus. Die Sonne schien, der Baum vor dem Fenster leuchtete saftig grün, der Himmel strahlte blau, alles schien zu glitzern und zu glänzen und auf sie zu warten. Anna fühlte ein Kribbeln in ihren Beinen. Sie musste raus. Jetzt, wo sie ausreichend geschlafen und gegessen hatte, hatte sie genug Kraft, die Wohnung zu verlassen.

„Wenn ich es mir recht überlege und du nichts dagegen hast, würde ich dich gern begleiten", sagte sie.

Kiki war einverstanden.

Als Anna mit dem Essen fertig war, übergab Kiki ihr Fiona. Kiki holte Teo aus der Trage. Sie stillten beide, Kiki Teo und Anna Fiona, und hielten sie nacheinander ab.

Duschen wäre schön gewesen, dachte Anna, aber die Aussicht darauf, in netter Gesellschaft eine Runde in der Sonne an der frischen Luft spazieren zu gehen, erschien ihr verlockender. Sie legte Fiona im Schlafzimmer aufs Bett, während sie selbst sich den Schlafanzug auszog und rasch in T-Shirt und Jeans schlüpfte. Fiona signalisierte Unbehagen außerhalb der wiegenden Arme. Anna band das Tragetuch in aller Eile, denn sie wurde nervös, wenn Fiona quengelte. Sobald sie Fiona in ihre Arme nahm, um sie ins Tragetuch zu setzen, beruhigte sie sich, und auch Anna entspannte sich wieder.

Anna band Fiona mit dem Tragetuch vor ihren Bauch. Auch Kiki schnallte Teo vorne fest, zog sich die Strickjacke aus und band sie um die Hüfte und um Teos Beine, sodass diese vollständig bedeckt waren. Sie verließen gemeinsam die Wohnung.

Als sie hinaustraten, schien die Augustsonne so hell, dass Anna blinzeln musste. Der blaue Himmel war wolkenlos, die Luft warm. Anna hielt eine Hand schützend über ihre Augen. Nach einigen Sekunden hatte sie sich an das helle Licht gewöhnt und sie genoss es, die Sonne und die Sommerhitze auf ihrer Haut zu spüren.

Mein erster Mütterspaziergang.

Teo wackelte mit den Füßen unter der Strickjacke, wandte den Kopf mal zur einen, mal zur anderen Seite, um die wechselnde Umgebung mit den Augen zu erkunden, hob seine Arme und klemmte den Stoff der Trage unter seine Achseln, sodass er besser um sich blicken konnte. Als Erstes machten sie sich auf den Weg zum Bäcker um die Ecke, wo sie jeweils einen Kaffee zum Mitnehmen bestellten.

Hm, dieser betörende Duft!

Sie schlenderten weiter in Richtung Englischer Garten.

„Wir können eine Runde um den Kleinhesseloher See gehen, wenn du möchtest", schlug Anna vor. „Der ist ein paar Minuten von hier entfernt."

Kiki war einverstanden.

„Wie lang kannst du Teo tragen, ohne Rückenschmerzen zu bekommen?", fragte Anna schließlich.

„Zwei Stunde. Wenn i ihn länger tragen will, dann binde i Teo hinten."

„Wie lang kannst du ihn hinten tragen?"

„Wenn es nach mir geht, i konnte Teo die ganze Tag tragen, aber er will auch raus und krabbeln, stehen, sich bewegen. Warum frags du?"

„Ich habe mich gefragt, wie lang ich Fiona tragen kann oder ob sie mir irgendwann zu schwer wird und ich einen Kinderwagen brauche."

Kiki lächelte. „Das sagen dir alle, stimmt's?"

„Meine Eltern, meine Schwiegereltern, ja, alle." Anna seufzte.

„Das is typisch deutsch! Entschuldige bitte, auch in Italien haben die meiste Mutter eine Kinderwagen. Aber die Deutsche sind da besonders. Die Deutsche haben ihre Liste, was ein Baby alles braucht: Kinderwagen, Kinderbett, Wickelkommode, Windeleimer, was auch immer, hundert Sachen, und sie kaufen alles vorher, bevor das Baby da is, noch bevor sie wissen, ob sie das brauchen. Die gute Deutsche mussen alles vorher planen und strukturieren, lieber zu fruh als zu spät, lieber zu viel als zu wenig, nur die Beste fur die Kinder – als ob diese hundert Sachen wichtig sind! Wichtig is eine gute Gesundheit und was du fuhls in deine Herz."

„Aller guten Dinge sind drei!", sagte Anna und lächelte. „Ein gutes Herz, eine gute Gesundheit und guter Kaffee."

„Und gute Kaffee!", bestätigte Kiki und prostete ihr zu.

Anna ließ sich Kikis Worte durch den Kopf gehen.

Also warte ich mit dem Kinderwagenkauf, bis ich weiß, ob ich ihn brauche.

Wie funktioniert das eigentlich mit einem Kinderwagen? Fiona quengelt immer, wenn ich sie irgendwo ablege. Ich kann mir nicht vorstellen, sie in einen Kinderwagen zu legen und sie die ganze Zeit quengeln zu lassen.

Ob das auch eine typisch deutsche Frage ist, dieses „Was wäre, wenn?"

Stimmt, ich will immer auf alle Eventualitäten vorbereitet sein.

Vielleicht braucht es das nicht. Ich werde es sehen, wenn es soweit ist.

Teos Augen fielen zu, sein Kopf sank zur Seite, schreckte wieder hoch, die Arme zuckten zusammen, die Augen öffneten sich ein wenig.

Anna hielt Kikis Kaffeebecher, während Kiki Teos Arme in die Trage steckte. Er kuschelte seinen Kopf an sie, sodass nur der Haarschopf zu sehen war. Kiki legte das Kopfteil darüber und band es an der Trage fest. Dann nahm sie Anna den Becher wieder ab.

„Wenn du eine Kinderwagen brauchs, kanns du das immer noch kaufen. Aber manche Babys magge keine Kinderwagen. Sie schreien, wenn man sie reinlegt. Wenn eine Baby mude is, magge es auch keine Kinderwagen, dann magge es bei Mama sein, normalerweise. Aber jedes Kind is anders. Vielleicht wird Fiona dir irgendwann zu schwer, aber vielleicht kann sie dann auch schon Laufrad fahren. Warte ab! Die Zeit zeigt dir, ob du etwas brauchs oder nigge."

Sie schlenderten an einem Spielplatz vorbei. Dahinter lag der See.

Ein etwa fünfjähriger Junge musterte sie schon von Weitem. Als sie direkt an ihm vorbeikamen, stellte er sich ihnen in den Weg und fragte, indem er mit dem Zeigefinger abwechselnd auf ihre Tragen deutete: „Ist da ein Baby drin?"

Anna wollte „ja" antworten, als Kiki ihr zuvorkam.

„Bei ihr schon", sagte Kiki und deutete mit dem Finger auf Anna, „aber i nigge."

Anna musterte sie überrascht und war zugleich gespannt, wie es weiterging.

„Was hast du drin?", fragte der Junge nach.

„No, das kann i dir nigge verraten." Kiki wedelte mit dem Zeigefinger abwehrend hin und her.

„Warum nicht?"

„Das is meine Geheimnis!", erklärte sie.

Der Junge blickte sie betrübt an.

Kiki kniff ihre Augen zusammen und blickte ihn argwöhnisch an. „Kanns du eine Geheimnis fur dich behalten?"

Der Junge nickte eifrig.

„Na gut, i verrate dir. Ausnahmsweise." Flüsternd fuhr sie fort: „I habe da drin eine Koala."

Annas Mundwinkel zuckten amüsiert.

Die Augen des Jungen glänzten vor Entzücken, sein Mund blieb offen stehen.

„Aber psst", beschwor Kiki ihn, hob ihren Zeigefinger vor den Mund und blickte mit eingezogenem Kopf und hochgezogenen Schultern um sich.

Der Junge nickte ernst. „Kann ich ihn sehen?", fragte er.

„No! Das geht nigge." Kiki hob ihre Hände abwehrend in die Höhe. „Er schläft gerade. Sons wird er wach und wenn er nigge ausgeschlafen hat, dann hat er schlechte Laune."

„Du kannst ihn mir vorsichtig zeigen, so dass er weiterschläft."

Kiki überlegte einen Moment. Sie wackelte mit dem Kopf hin und her, als ob sie Vor- und Nachteile gegeneinander abwägen würde.

„Na gut. I zeige dir, aber nur bisschen."

Kiki ging in die Hocke und schob den Stoff der Trage ein kleines Stück zur Seite, sodass Teos schwarzer Haarschopf zu sehen war, aber sein Gesicht verdeckt blieb.

Der Junge stellte sich auf die Zehenspitzen, um genug zu sehen.

„Siehs du die Koala?"

„Ein Koala hat graues Fell!", protestierte der Junge.

Kiki zuckte für einen Moment zusammen. „Ah, du bis eine schlaue Junge. Aber i sage dir: Das is eine Koala! Es is eine sizilianische Koala, die habe immer schwarze Fell."

Der Junge blickte verwirrt zwischen Kiki und Anna hin und her.

„Wills du die Koala streicheln?", fragte Kiki.

Ein Lächeln huschte über das Gesicht des Jungen. Er nickte und hob langsam seinen Arm. Mit seinen Fingerspitzen strich er vorsichtig über die schwarzen Haare. Teo fiepte vor sich hin.

„Wie fuhlt sich die Fell von die Koala an?", fragte Kiki.

„Gut. Es ist weich." Der Junge strahlte.

„Leon!", rief eine weibliche Stimme.

Der Junge blickte auf und sah seine Mutter in einiger Entfernung auf einer Parkbank sitzen. Sie winkte ihn zu sich her.

„Tschüß", rief er, winkt den beiden zu und hüpfte beschwingt zu seiner Mutter.

Anna blickte ihm nach. Seine Mutter stand auf, wollte gehen. Der Junge schwang sich auf sein Fahrrad, folgte ihr.

Kiki richtete sich auf.

„Warte! Du hast da etwas Grünes im Haar", sagte Anna.

„Wo?", fragte sie, schüttelte ihre schwarze Lockenpracht und streifte mit der Hand durchs Haar.

„Hier hinten. Ich mache es ab."

Anna zog etwas Weiches aus Kikis Mähne, streckte die Handfläche aus und betrachtete den Fund.

„Es ist Moos."

„Is bestimmt von heute Morgen aus die Wald."

„Vielleicht bist du irgendwo hängen geblieben", überlegte Anna.

„No, das is Moos von die Boden. I gehe jede Morgen eine Runde in Perlacher Forst spazieren. Auf eine kleine Lichtung lege i mich hin und ruhe mich aus."

Anna zog ihre Augenbrauen nach oben. „Du legst dich in den Wald?", fragte sie nach.

„Si."

„Auf den Boden?"

„Si."

„Jeden Morgen?"

„Si, si. Du nigge?" Kiki kicherte.

„Nein."

„Oh. Wieso nigge?"

„Ich bin bisher noch nicht auf die Idee gekommen. Wieso machst du das?"

„Die Kontakt mit die Boden erdet mich und gibt mir Energie fur die Tag. Wieso frags du?"

„Einfach so. Es ist ungewöhnlich. Ich kenne niemanden außer dir, der das macht."

„Doch, kenns du!"

„Wen?"

„Teo." Kiki grinste.

„Du nimmst Teo dazu mit?"

„Si, si, naturlich! Teo liegt neben mir oder manchmal auf mir oder er krabbelt um mich herum."

Anna schüttelte vor Verwunderung den Kopf.

„I finde, dass jede Mensch sollte das jede Tag mache. Es gibt nix Besseres am Morgen! Du kanns das auch probieren. Es tut gut. Die Natur is voller Energie."

Zuerst muss ich versuchen, den Alltag wieder hinzubekommen. Danach ...

Gibt es ein Danach? Wann kommt es?

Ein Pärchen mit einem Hund kam ihnen entgegen. Der Hund bellte sie laut an.

„Aus!", rief das Frauchen. „Du weckst ja die Babys!", schimpfte sie laut, als sie direkt neben ihnen war. Ihr flüchtiger Blick flehte um Entschuldigung.

Teo hob seinen Kopf und öffnete seine Augen.

Kiki seufzte. „Es sind nie die Tiere, die meine Kind wecken ...", sagte sie so leise, dass nur Anna es hörte.

Teo streckte seine Arme hoch und klemmte die Trage unter den Achseln ein, damit er sich umsehen konnte. Als er den Spielplatz und die Kinder sah, streckte er seine Beine durch, stütze sich an Kikis Oberschenkeln ab, drehte seinen Körper und seine Arme Richtung Spielplatz.

„Capito, du wills raus zu die Kinder." Kiki hielt an, hob ihn aus der Trage und stellte ihn auf den Boden, woraufhin er in Richtung Schaukel stürmte.

Anna sah ihm eine Weile zu, wiegte Fiona im Stehen hin und her. Ihre Beine kribbelten, angenehm, sie musste laufen, sie wollte weiter.

Sie verabschiedete sich von Kiki und Teo.

Die Geräusche des Spielplatzes, die Rufe der spielenden Kinder, wurden leiser. Sie ging am Kleinhesseloher See entlang, sah vom gegenüberliegenden Ufer die Menschenmassen im Biergarten sitzen und änderte spontan ihren Plan. Sie umrundete den See nicht, sondern streifte weiter in den nördlichen Teil des Englischen Gartens, den unberührteren Teil des Parks, bis dahin, wo große Wiesenstücke ungemäht gelassen wurden. Anna verließ den schattigen Weg und streifte durchs meterhohe Gras. Die Sonne brannte auf ihre Haut und sie atmete den schweren, stickigen Geruch der Sommerhitze ein. Sie scheuchte mit jedem Schritt ein paar Fliegen auf und streifte mit ihren Fingern über die hüfthohen Gräser, die sich im sanften Wind hin- und herwiegten. Sie spürte, wie Schweißtropfen an ihrer Brust herunterrannen, genau an der Stelle, an der Fionas Kopf auf ihrer Haut lag. Sie suchte einen Schattenplatz unter einer großen Eiche und hob Fiona aus dem Tragetuch. Sie setzte sich, lehnte sich an den Baum und legte Fiona an ihre Brust. Fiona begann zu saugen. Anna strich mit den Fingern über Fionas verschwitzten Kopf. Zwei Schmetterlinge flatterten um sie herum und schienen Fangen zu spielen. Anna riss einen Grashalm ab, kaute auf ihm herum und schmeckte seinen herb-bitteren Geschmack.

Sie schloss ihre Augen. Sie hörte die Vögel zwitschern und in der Ferne einen Hund bellen. Sie hörte ein schnatterndes Entenpaar über sich hinwegfliegen und die Blätter des Baumes im Wind fächern. Sie lächelte. Wie lang war es her? Dass sie sich und die Natur intensiv wahrgenommen hatte? Dass sie Wurzeln unter ihren Beinen und Rinde am Rücken gespürt hatte? Wann war das letzte Mal gewesen? Es musste lang her gewesen sein, sehr lang.

Es beflügelte sie, das intensive Spüren des Körpers. Das Herumstreifen ohne Ziel tat ihr gut. Zu genießen statt zu müssen. Anna kam in Kontakt mit der Natur, mit sich, mit ihrer Lebendigkeit, ihren Sinnen, ihrem Spüren, ihrem Wohlgefühl.

Der Kaffee und der Spaziergang hatten Anna unglaublich gutgetan. Sie fühlte sich frisch und fröhlich, endlich wieder als Inhaberin ihrer gewohnten Kräfte. Hoffentlich war das kein flüchtiger Ausnahmezustand!

Zu Hause angekommen überlegte Anna, was sie tun sollte, nein: könnte. Sie musste nicht gleich mit Fiona ins Bett gehen, wie sie es sonst tat, wenn ihre Tochter schlief. Nein, sie war fit.

Sie könnte Fiona eine Weile im Tragetuch schlafen lassen und in der Zeit etwas erledigen. Sie könnte für Paul und sich kochen. Au ja! Wiener Schnitzel mit Salzkartoffeln – Pauls Lieblingsgericht. Eine fantastische Idee!

Sie wollte Paul damit zu überraschen, wenn er nach Hause kam. Es war das erste Mal seit der Geburt, dass sie dafür Kraft aufbrachte.

Heute wird er von mir verwöhnt!

Anna lächelte. Sie spürte ihre freudige Erregung.

Sie wollte das Kochen so eintakten, dass das Essen genau dann fertig war, wenn Paul nach Hause kam. Sie wusste heute genau, wann das sein würde, denn er hatte am frühen Abend einen Frisörtermin und danach würde er heimkommen.

Zuerst wischte sie den Tisch ab, der von Krümeln und Flecken übersät war. Dann deckte sie den Tisch mit Besteck, Servietten und einer Kerze. Wie dekadent! Für den Wow-Effekt.

Der gedeckte Tisch sah herrlich aus! Anna blickte ihn zufrieden an und fühlte sich, als hätte sie sich ein kleines Stückchen Normalität zurückerobert.

Anschließend bereitete sie das Essen vor. Sie schälte Kartoffeln, wobei sie summend ihre Hüften hin und her schwang. Fiona ließ sich davon nicht stören. Anna ließ die Kartoffeln ins kochende Salzwasser plumpsen, schaltete die Dunstabzugshaube an und stellte den Küchenwecker auf zwanzig Minuten ein. Sie wusch die Schnitzel ab und tupfte sie trocken. Als die Schnitzel so vor ihr lagen, breitete sich ein Grinsen auf ihrem Gesicht aus, von einem Ohr zum anderen. Anna holte ein Messer aus der Besteckschublade und schnitt damit die Schnitzel in Herzform. Als sie ihr Werk besah, klatschte sie einmal jauchzend in die Hände.

Die Fleischreste legte sie beiseite, um sie später ebenfalls zu panieren. Dann bereitete sie die Panadestrecke vor: je ein Teller mit Mehl, Eiern und Paniermehl mit Salz und Gewürzen.

Sie blickte auf die Uhr. Sie lag perfekt in der Zeit!

Anna ließ Öl in die Pfanne laufen und drehte den Herd voll auf. Sie sang vor sich hin und tanzte beschwingt hin und her, während sie darauf wartete, dass das Öl heiß wurde. Dann legte sie das erste Schnitzel hinein. Es fing sofort an zu brutzeln. Dieser Duft, hm!

Paul müsste in spätestens zehn Minuten zu Hause sein. Fiona schlief noch. Ihr Plan ging genau auf. Annas Herz machte einen

Hüpfer. Sie grinste bei dem Gedanken an Pauls überraschtes Gesicht.

Sie tanzte durch die Küche und holte Teller aus dem Küchenschrank.

Ihr Handy klingelte.

Paul.

Gedankenübertragung!

Sie hob das Handy hoch und drehte sich einmal im Kreis, bevor sie das Gespräch annahm. „Hallo!", trällerte sie.

„Hallo, Schatz", sagt Paul matt, „ich wollte dir nur sagen, dass ich noch in der Arbeit bin."

Abrupt blieb sie stehen. „Du hast doch einen Frisörtermin!"

„Den habe ich kurzfristig verschoben. Ich komme heute Abend später nach Hause."

„Musst du wieder Überstunden machen?"

„Nein, nein, ich treffe mich noch spontan mit Matthias."

„Welcher Matthias?", fragte sie piepsig.

„Matthias ist Bereichsleiter bei einem unserer Kunden."

Anna zog ihre Augenbrauen zusammen. Sie versuchte, ihre Stimme zu beherrschen. „Ja und? Wieso trefft ihr euch nicht tagsüber?"

„Wir wollen Essen gehen. In seiner Firma ist ein Job als Bereichsleiter frei geworden und er kann sich mich gut als neuen Kollegen vorstellen. Er will mit mir über den Job sprechen."

Das saß. Wie ein Schlag in die Magengrube. Annas Hände bebten. Paul konnte nicht wissen, dass sie heute ausnahmsweise fit war, dass sie heute für ihn kochte. Ausnahmsweise einmal! Annas Unterkiefer zitterte. Sie ballte ihre Hand zur Faust.

Nein, er musste damit rechnen, dass sie genauso fertig war wie jeden einzelnen Tag seit Fionas Geburt, und trotzdem war er nicht für sie da, trotz all dem.

Paul fuhr fort: „Ist das okay für dich? Kommst du allein mit Fiona zurecht?"

„Wieso fragst du mich das? Du hast das doch schon ausgemacht!"
Annas Stimme war laut und anklagend. „Danke, ich komme
bestens allein zurecht."

Anna drückte auf die rote Auflegen-Taste. Eine Kurzschluss-
reaktion. Sie ahnte, dass sie sie später bereuen würde, doch sie
konnte sich nicht bremsen. Paul ließ sie allein! Sie warf den
Bratenwender ins Spülbecken.

Fiona zuckte bei dem lauten Geräusch zusammen.

Anna stellte den Herd ab. Ihr Handy klingelte erneut. Paul.

Anna wies den Anruf ab, schaltete ihr Handy aus. Wenn sie Paul
etwas wert wäre, würde er sofort nach Hause kommen und das
klären. Oder?

Zwanzig Minuten brauchte Paul normalerweise von der Arbeit
mit dem Auto nach Hause. Zwanzig Minuten nach dem abgebro-
chenen Telefonat war Paul noch nicht zu Hause. Minute für
Minute verging, Anna tigerte in der Wohnung auf und ab, blieb
immer wieder im Flur stehen und blickte zur Wohnungstür, in der
Hoffnung, dass sie gleich aufging und Paul hereinkam.

Sie nahm das Handy, schaltete es ein. Zwei Anrufe in Abwesenheit, von Paul, wurden ihr als SMS zugestellt. Danach nichts. Sie
suchte seine Nummer heraus, ließ sie sich anzeigen, starrte darauf,
überlegte, fand keinen klaren Gedanken, wusste nicht, was sie
sagen sollte, tun sollte, legte das Handy weg, blickte zur Tür,
horchte, sah nichts, hörte nichts, nahm das Handy wieder, tippte
die Worte „Komm bitte nach Hause", hielt inne.

Was, wenn Paul tatsächlich nach Hause kam? Und dann sah, dass
es ihr gut ging?

Gut? Nichts war gut!

Aber sie war fit. Wenigstens das.

All der Ärger wegen nichts!, hätte Paul geschimpft, und dafür
habe ich mein Essen abgesagt! Meine Karriere geopfert! Für
nichts!

Nichts? War das wirklich nichts?

War es nicht eine Frage der Prioritäten? Der Bedeutsamkeit? Familie oder Arbeit, was wog mehr? War das nicht *alles*?

Es ging nicht darum, ob er zum Essen mit Matthias ging oder nicht, sondern darum, dass er sie vorher nicht gefragt hatte, jawohl, vorher! Dass er nicht zuerst geprüft hatte, ob sie ihn brauchte, die Familie. Sie hatten doch jetzt eine Familie, ein Kind, ein Baby! Hatte das nicht alles verändert? Für sie beide?

Oder nur für sie allein? Ging für ihn das Leben etwa weiter wie zuvor, mit all den Nichtigkeiten?

Er ließ sie allein! Allein, mit allem. Mit alldem Wichtigen.

Sie blickte auf ihre Nachricht.

Er würde es nicht verstehen. Es ging ihr ja gut. Sie war sich selbst nicht sicher, ob sie sich verstand. Wie konnte die Wut sie so übermannen? Wegen einer Kleinigkeit?

Die Hebamme im Geburtsvorbereitungskurs hatte sie vor extremen Stimmungsschwankungen gewarnt. Diese waren nach der Geburt offenbar normal wegen der hormonellen Umstellungen. Forscher konnten sogar Veränderungen im Gehirn nachweisen, genau dort, wo sich die Emotionen bildeten. Es war also alles normal.

Aber es fühlte sich nicht so an. Ganz im Gegenteil.

Sie löschte die SMS.

Wie hatte sie den Abend verbracht? Wie war Fiona ins Bett gekommen? Hatte Anna sie dahin getragen? War Fiona zwischendurch wach gewesen? Hatte sie sie gestillt? Und sie selbst? Hatte sie die Schnitzel weggeworfen, den Hunger mit Wut zum Schweigen gebracht?

Anna lag im Bett. Sie wusste es nicht. Ihre Gedanken drehen sich im Kreis, weit weg, im Karussell. Immer und immer wieder. Alles drehte sich.

Paul hat uns alleingelassen. Mich. Wegen eines Jobs. Einer Option.

Anna wälzte sich im Bett hin und her. Ruhelos. Endlos. Dahintreibend in einem nebulösen Gedankenstrom.

Sie hörte den Schlüssel im Türschloss klimpern. Paul kam nach Hause. Ein Blick auf die Uhr: 23:03 Uhr.

Anna hob den Kopf, zögerte, lauschte. Paul kam herein, es klackte – er drückte auf den Lichtschalter. Sie sah den Spalt unter der Schlafzimmertür erleuchtet. Er schloss leise die Tür hinter sich zu, stellte seine Tasche auf den Boden und setzte sich auf die Truhe, wie er es immer tat, um seine Schuhe auszuziehen. Die Truhe knarzte.

Anna schlug die Decke zurück, stand auf, trat zu ihm in den Flur.

Paul blickte von seinen Schuhen auf. „Du bist ja wach!" Er klang überrascht.

Anna lehnte sich an die Wand, verschränkte die Arme.

Paul zog seine Schuhe aus, wartete nicht auf eine Reaktion von Anna, redete: „Matthias weiß einen tollen Job für mich als Bereichsleiter. Ich hätte fünfundzwanzig Mitarbeiter, ein interessantes Aufgabenspektrum, abwechslungsreich, alles machbar. Matthias sagt, ich wäre die perfekte Besetzung. Er kennt niemanden, der so gut für die Stelle passen würde wie ich. Ich soll ihm morgen meinen Lebenslauf und meine bisherigen Zeugnisse zuschicken und dann leitet er das weiter. Zu Neujahr könnte ich anfangen."

Paul stand auf, kam auf Anna zu, umarmte sie zur Begrüßung, während ihre Arme verschränkt blieben. Er löste seine Umarmung, griff ihre Oberarme und fuhr fort: „Das Beste habe ich dir noch gar nicht erzählt: Ich hätte fast das doppelte Gehalt wie jetzt."

Pauls Augen strahlten. Seine Hände drückten Anna fest, vor lauter freudiger Erwartung.

„Was sagst du?", fragte Paul und blickte ihr erwartungsvoll in die Augen. Sein Gesicht war dicht vor ihrem. Sie konnte seinen warmen Atem riechen.

„Du riechst nach Bier", sagte Anna, rümpfte die Nase und wandte ihren Kopf ab.

Paul ließ sie los.

„Ich habe zwei alkoholfreie Biere getrunken. Matthias hat mich eingeladen."

„Wie schön für dich!"

Paul erklärte ihr in geduldigem Ton: „Ich könnte endlich weg aus meinen Job, weg von der Chefin. Bei meinem jetzigen Job werde ich immer klein gehalten. Als Bereichsleiter kann ich endlich zeigen, was ich drauf habe. Teams dieser Größe habe ich schon geleitet, das ist kein Problem für mich. Und wenn ich den Job ein paar Jahre gemacht habe, kann ich mich woanders als Geschäftsführer bewerben." Paul zwinkerte ihr zu.

„Du willst Geschäftsführer werden?"

Paul nickte.

„Wenn du Bereichsleiter oder Geschäftsführer wärst, hättest du noch weniger Zeit für die Familie."

„Als Geschäftsführer kann ich mir meine Arbeitszeit selbst einteilen."

„Alle Geschäftsführer, die ich erlebt habe, haben es gerade mal geschafft, zum Schlafen nach Hause zu fahren. Sie arbeiten am meisten von allen. Sie haben keine Mittagspause, kein Wochen-ende und keinen Urlaub."

„Dann arbeiten sie nicht effizient. Das mache ich anders." Paul wischte ihre Bedenken mit einer Handbewegung weg.

„Du hast es seit zweieinhalb Wochen nicht geschafft, den tropfenden Wasserhahn im Bad zu reparieren."

„Was hat das eine mit dem anderen zu tun?"

„Als Geschäftsführer sitzt du von morgens bis abends in Meetings, weil du derjenige bist, der Entscheidungen treffen muss." Anna deutete mit dem Zeigefinger auf ihn. „Und in der Nacht und am Wochenende arbeitest du deine E-Mails ab. Wie willst du das mit deiner Familie vereinbaren? Du schaffst es schon jetzt nicht, mir mit Fiona zu helfen, geschweige denn irgendetwas im Haushalt zu tun."

„Darüber mache ich mir keine Sorgen. Du wirst sehen, dass ich dann früher zu Hause bin als jetzt."

„Genau, um von zu Hause aus weiterzuarbeiten." Anna stemmte die Hände in die Hüften.

„Lass uns nicht über ungelegte Eier streiten." Paul nahm ihre Hände und führte sie hinter seinen Rücken, sodass sie ihn umarmte. „Was meinst du zu dem Job als Bereichsleiter?"

Anna löste die Umarmung. „Wo ist die Firma?"

Paul kratzte sich verlegen am Hinterkopf: „Ähm, also, der Hauptsitz ist in Hamburg, aber die Stelle wäre in Limburg."

„In Limburg?"

„Schau mal!" Paul zog sein Handy aus der Hosentasche und deutete auf ein Foto der Stadt.

Anna warf einen flüchtigen Blick drauf, runzelte die Stirn. „Wo liegt Limburg?", fragte sie.

„Fünfundsiebzig Kilometer nordwestlich von Frankfurt."

„Paul", Anna sah ihn eindringlich an, „ich will nicht umziehen. Ich bin hier zu Hause. Meine Eltern wohnen hier. Ihre Unterstützung ist unbezahlbar."

„Dafür wären wir nahe dran an meinen Eltern."

„Hundert Kilometer zu deinen Eltern finde ich nicht nahe dran! Zu meinen Eltern wären es dann fünf Stunden."

„Wir müssen nicht direkt nach Limburg ziehen. Wir könnten südlicher wohnen, zwischen Limburg und Aschaffenburg. Dann hätte ich es weiter zur Arbeit, aber dafür hätten wir es kürzer zu meinen Eltern."

Südlicher? Wie wäre es mit nördlicher?!

„Schau dir Limburg erst einmal an, es soll sehr schön sein", sagte Paul.

„Es ist mir egal, wie schön die Stadt ist! Ich möchte nicht dorthin ziehen."

„Das ist die Chance für mich!" Paul sah sie eindringlich an.

Anna hielt dem Blick nicht stand, schaute zu Boden. Sie atmete tief durch.

Paul nahm ihre Hand. „Ich möchte, dass du dir die Stadt wenigstens anschaust, wenn ich zum Vorstellungsgespräch eingeladen werde."

„Das kann ich machen, aber ich möchte nicht dorthin ziehen", betonte Anna.

„Okay." Paul lächelte, seine Augen voller Fröhlichkeit und Glanz. Er umarmte Anna schwungvoll, wiegte sie voller Freude, voller Vorfreude hin und her.

Anna wurde das Gefühl nicht los, dass er ihr nicht glaubte, sondern dass er hoffte, sie würde es sich überlegen, wenn sie nur die Schönheit der Stadt mit eigenen Augen sähe. Als ob das etwas änderte! Das war unwichtig.

Paul hielt ihre Hand fest in seiner. Er strahlte.

„Paul, du hast mich anscheinend nicht verstanden. Ich werde definitiv nicht nach Limburg ziehen, auch wenn du den Job annimmst. Meine Entscheidung steht fest."

„Dann nach Aschaffenburg." Paul grinste.

„Auch das nicht." Anna blieb ernst.

„Frankfurt?", frohlockte Paul.

„Nein. Nirgendwohin."

„Warum nicht?" Paul ließ ihre Hand abrupt los.

„Ich sagte schon: Ich bin hier zu Hause und ich habe hier Arbeit."

„Limburg ist gleich bei Frankfurt. Wiesbaden, Mainz, Offenbach, Aschaffenburg, Darmstadt, das ist alles nicht weit weg. Da findest du leicht eine andere Arbeit."

„Ich will aber keine andere Arbeit."

„Deine Chefin behandelt dich wie Dreck. Was hält dich da?"

„Ich schätze meine Kollegen und meine Kollegen schätzen mich."

„Du bist die Assistentin der Geschäftsführung, du hast keine Kollegen", motzte Paul.

Anna stutzte. Innerhalb der Firma nicht, aber außerhalb, ja, da hatte sie sich ein zuverlässiges Netzwerk an Verbündeten aufgebaut. Antonio und Diego, die beiden Kellner der Pizzeria um die Ecke, die immer einen witzigen Spruch auf den Lippen hatten, wenn sie für ihre Chefin wieder einmal eine glutenfreie Pizza mit Spinat, Tofu und einem Spiegelei bestellte. Frau Lippe aus der Bäckerei zwei Straßen weiter, bei der sie anrufen und ihre Bestellung aufgeben konnte, während sie dorthin rannte, weil ihre Chefin mal wieder schlecht gelaunt in die Firma wirbelte wie ein Sturm und in sieben Minuten ihr Frühstück vor sich auf dem Schreibtisch erwartete, wobei der Fußweg zur Bäckerei im Laufschritt acht Minuten hin und achteinhalb Minuten zurück dauerte. Frau Lippe hielt ihr dann schon immer die Tüte hin, vorbei an den anderen wartenden Kunden, und bekam dafür stets ein großzügiges Trinkgeld. Oder Marcel, der nette Friseurmeister, der ihr verstohlen aufmunternd zulächelte, wenn ihre Chefin sich bei ihm die Haare färben ließ, während Anna mit Stift und Block daneben stand, um ihre anstehenden Aufgaben mitzuschreiben, die die Chefin ihr diktierte. Eigentlich gab es niemanden, mit dem sie nicht auskam. Na ja, nur der Spielzeughändler, bei dem sie hin und wieder ein Geschenk für die Tochter der Chefin besorgen sollte und dreimal am selben Tag umtauschte, weil es der Chefin nicht gefiel, der hatte weniger Verständnis für Annas Arbeit. Aber alle anderen waren auf ihrer Seite.

„Was hält dich dort? Hast du dort eine einzige anspruchsvolle Aufgabe?", hakte Paul nach.

Anna überlegte.

Ihre Chefin mochte morgens einen schwarzen Tee, Darjeeling, keinen Teebeutel, drei gestrichene Teelöffel voller Teeblätter in einem Teefilter, mit entkalktem, kochendem Wasser überbrühen, vierzig Sekunden ziehen lassen, nicht länger, mit zwei Teelöffeln

Zucker, gestrichen, nicht gehäuft, und zehn Tropfen Zitrone, ohne Kerne, ohne Fruchtfleisch, verrührt, abgekühlt auf fünfundsechzig Grad Celsius. Diesen sollte sie zur Chefin ins Büro bringen, ohne Anklopfen, und wortlos neben ihre Tastatur auf einen Untersetzer stellen, einen blanken Teelöffel daneben legen, nicht den, mit dem Anna zuvor gerührt hatte. Es hatte Monate gedauert, bis sie den perfekten Tee zubereiten konnte, genau so, wie ihre Chefin ihn haben wollte, Monate, in denen sie lautstark wegen ihrer Unzulänglichkeit beschimpft wurde, einen Tee zuzubereiten, sodass er schmeckte.

Anspruchsvoller ging es nicht.

Aber sie wusste natürlich, was Paul meinte.

„Ich glaube, du hast Angst", beantwortete Paul seine Frage.

Anna sagte leise: „Du weißt, wie lang ich nach einer Festanstellung gesucht habe. Ich habe mich nach dem Studium jahrelang mit Praktika, Studentenjobs und Zeitarbeitsfirmen rumgeschlagen, bis ich diese Arbeit gefunden habe."

„Ich weiß, aber diesmal ist es leichter, eine neue Arbeit zu finden. Jetzt hast du Berufserfahrung."

„Als Mädchen für alles? Wo soll ich mich da bitte bewerben? In meinem Arbeitszeugnis steht dann: Sie konnte nach drei Monaten den Tee adäquat zubereiten", näselte Anna.

„Siehst du! Das ist deine Angst", Paul deutete mit dem Zeigefinger auf Anna, „dass du nicht gut genug bist."

Anna spürte einen Stich. Tief, qualvoll.

Sie hasste Paul. Dafür, dass er Recht hatte. Sie hasste ihren Job. Dafür, dass er ihr das antat.

Anna verstummte.

„Ich kenne deine Situation", fuhr Paul mit sanfter Stimme fort. „Mir geht es genauso! Meine Chefin hat mich immer klein gehalten. Bei jeder Kleinigkeit versucht sie mir zu zeigen, wie dumm ich bin und dass ich mein Projekt nicht im Griff habe. Zum Glück hat es bisher nicht geklappt, aber ich muss stets auf der Hut sein. Ich darf mir nie einen Fehler erlauben, ich muss mich immer absichern. Und irgendwann kommt der Punkt, an dem du dich fragst, ob es deine eigene Schuld ist, dass sie dich so behandelt, und ob du es nicht anders verdient hast. Aber ich sage dir: Nein! Kein Mensch hat das verdient. Jeder Mensch verdient Respekt. Jeder Mensch verdient eine Chance. Das ist jetzt meine Chance! Etwas Neues anzufangen, etwas zu wagen, der Welt zu zeigen: Hey, der kann was! Klar habe ich auch Angst. Eine neue Arbeit ist mit Unsicherheiten verbunden. Aber ich spüre, ich muss da weg. Meine Chefin tut mir nicht gut. Wenn ich länger da bleibe, dann werde ich immer kleiner. Und irgendwann bin ich gar nicht mehr da."

Anna blickte zu Boden.

Paul trat einen Schritt auf sie zu. Er umarmte sie wortlos und Anna ließ sich umarmen.

Sie verstand gut, was er sagte, so gut. In den letzten Wochen hatte sie erfolgreich verdrängt, was die Arbeit mit ihr machte. Die Arbeit war weit weg und Anna hatte sie nicht vermisst. Sie hatte nicht die Zeit gehabt, daran zu denken, nicht die Kraft. Sie hatte so viel Schöneres im Kopf: Fiona. Das neue Leben war wie in Watte, wie in einem Kokon. Beschützt und abgeschottet.

Wenn sie hingegen an die Arbeit dachte, erfüllte sie nur Trauer. Und Mitleid mit sich selbst.

Paul riss sie heraus aus ihrer Traumwelt, konfrontierte sie. Mit ihrem Leben.

Anna hatte noch nie einen Job gekündigt. Sie hatte immer befristete Stellen gehabt, die von selbst geendet hatten. Sie musste sich nie gegen etwas entscheiden. Sie hatte stets reagiert, nie agiert, das wurde ihr in diesem Moment bewusst.

Wie würde es weitergehen, wenn sie kündigen würde? Sie hasste die Ungewissheit. Arbeitslos, das wollte sie nicht werden. Oder noch schlimmer: Paul als Großverdiener und sie als Hausfrau und Mutter? Das konnte sie sich nicht vorstellen. Sie wollte arbeiten, irgendwann, und wenn es sein musste, dann weiter in dieser Firma. Besser Mädchen für alles als arbeitslos.

Oder?

Gab es nicht noch mehr für sie?

Sie hatte es ja versucht.

Hatte sie es nicht richtig versucht? Konnten über hundert Bewerbungen immer noch nicht genug sein?

Was war das nur? Sie hatte doch studiert! Ihr Leben lang hatte sie auf etwas hingearbeitet: In der Grundschule dafür, dass sie aufs Gymnasium kam. Im Gymnasium dafür, dass sie drauf blieb und später, dass ihr Notenschnitt möglichst gut war, sodass sie sich ihr Studienfach aussuchen konnte. Sie hatte sich das ausgesucht, was sie am meisten interessierte, ohne zu wissen, was sie damit später anfangen konnte. Im Studium hatte sie auf gute Noten hingearbeitet, sodass sie die besten Chancen hatte, einen guten Job zu bekommen. All das hatte sie erreicht.

Und dann? Dann wollte sie keiner. Keine Firma interessierte sich für ihren erstklassigen Notendurchschnitt. „Eine Pädagogin? Sind Sie dann nicht Lehrerin? Warum bewerben Sie sich bei uns?"

Wenn sich einer für sie interessierte, dann bitte umsonst. „Wir können Ihnen leider nichts bezahlen, aber wir erstellen Ihnen gern ein gutes Zeugnis zum Schluss."

Danke.

Das war die Realität. Anna war angekommen. Dort, wo sie nie hinwollte.

Anna konnte dankbar sein, dass sie diese Festanstellung in der Filmproduktionsfirma überhaupt bekommen hatte.

Sie konnte sich dort beweisen, sie hatte sich hochgearbeitet, sie hatte drei Jahre durchgestanden. Irgendwie.

Dann war sie schwanger geworden. Als sie mit Paul den positiven Schwangerschaftstest in den Händen hielt, waren sie durch die ganze Wohnung gehüpft und getanzt und hatten sodann einen Termin beim Frauenarzt ausgemacht.

Seit ihrem ersten Ultraschall war es um Anna geschehen. Da waren dieser kleine Strich und ein noch winzigerer Kreis, der pulsierte. Das Herz schlug bereits. Dieses Pünktchen lebte! Es lebte in ihr, es wuchs und bald strampelte es in ihrem Bauch.

Ihr Krümel. Ihr Böhnchen. Ihr Herzchen.

Und nun war es da und Anna konnte diese Tiefe, diese Unendlichkeit, dieses einmalige Staunen im Ausdruck ihres Babys ausmachen.

Das hatte alles verändert.

Der erste Blick auf Fiona am Tag der Geburt hatte ihr klar gemacht, dass es nichts Wichtigeres gab als dieses kleine Wesen. Nichts konnte dieses Glücksgefühl toppen, kein richtig zubereiteter Tee für ihre Chefin, kein Schweigen der Chefin als höchstes Lob und Anerkennung ihrer Leistung.

Und doch, Anna wusste, es würde ein Leben nach der Elternzeit geben. Wie sollte das aussehen? Wie würde es werden? Was wollte sie?

Sie konnte diese Fragen nicht beantworten. Sie wusste nur, was sie nicht wollte: zu Hause verstauben, Hausfrau sein, arbeitslos, abhängig von Paul.

Alles schien sich zu drehen. Diese Leere. Diese Vielfalt an Möglichkeiten. Und Unmöglichkeiten. Sie hatte keine Antwort. Sie hatte keinen Plan, wohin es gehen sollte. Sie hatte nicht das Gefühl, das Ruder in ihrem Leben selbst in der Hand zu haben, sie schien zu treiben.

Und überhaupt: Anna fühlte sich im Alltag mit Fiona zur Genüge herausgefordert, überfordert. Sie kämpfte täglich ums nackte Überleben, so kam es ihr zumindest vor, sie kämpfte um grundlegende Bedürfnisse, Essen und Schlaf. Sie betrachtete selbst die einfachsten Dinge wie Duschen und Zähneputzen als optional, weil sie sie nicht schaffte, einfach nicht schaffte – wie konnte sie da an einen Jobwechsel denken? Oder an einen Umzug?

Es war nicht der richtige Zeitpunkt dafür.

Oder vielleicht genau der richtige?

Nein.

Ihr Entschluss stand fest: Sie musste erst einmal ihr neues Leben als Mutter hinbekommen. Alles andere konnte sie nicht entscheiden. Nicht jetzt.

Nachtreffen des Geburtsvorbereitungskurses

Dienstag, 13. August – Tag 26

Als Anna am Morgen aufstand, dachte sie sofort an den gestrigen Tag, den Abend, die Diskussion mit Paul.

Sie ging ins Bad und bemerkte, dass sie statt eines Schlafanzugs die Kleidung vom Vortag anhatte. Sie wollte die letzte Nacht, das Gespräch mit Paul, die Ungewissheit, alles, einfach alles abstreifen und abschütteln. Sie zog sich aus: T-Shirt, BH, Hose, Unterhose, Socken. Ganz bewusst streifte sie jedes der Kleidungsstücke ab. Mit jedem Teil, das sie auszog, verlor sie etwas von dem gestrigen Tag.

Als sie nackt war und ihr Gesicht im Spiegel betrachtete, fühlte sie sich befreit. Sie lächelte.

Dann blickte sie zu dem Kleiderhaufen neben sich. Sie traute sich kaum, die Kleidung zu berühren, als ob der Streit sie dann wieder einholen würde. Sie packte den Haufen, warf ihn schnell in die Waschmaschine, füllte Waschmittel dazu und stellte die Maschine an. Sie wusch ihre Hände, gründlich, mit Seife.

Besser! Viel besser.

So konnte ein neuer Tag beginnen. Sie wollte ihr neues Leben als Mama in den Griff kriegen – leben!

Anna tat heute tatsächlich etwas Neues. Etwas Ungewöhnliches. Etwas, das ihr alles an Organisation und Selbstbeherrschung abverlangte: Sie verließ am Vormittag die Wohnung. Am Vormittag!

Später Vormittag genauer gesagt.

Mit Fiona im Tragetuch machte sie sich auf den Weg zur U-Bahnhaltestelle Giselastraße.

Etwas war anders als sonst, sie bemerkte es gleich: Sie begegnete ausschließlich Müttern. Mit Kinderwagen. Und Rentnern. Mit Rollatoren.

Anna gewann den Eindruck, in einer vollkommen anderen Stadt zu wohnen als vor der Geburt von Fiona.

War das eine Frage der Wahrnehmung? Als sie schwanger war, hatte sie plötzlich überall andere Schwangere gesehen und Kinder gehört, wo sie vorher keine bemerkt hatte.

Nein, es war diesmal wirklich so! Keine Spur von den gehetzten Geschäftsleuten, die sonst vorbeiwuselten, stets im schwarzen Anzug, egal ob es dreißig Grad im Schatten hatte oder in Strömen regnete.

Ich lebe in einer Stadt der Mütter und Rentner.

Willkommen in der neuen Welt!

Ich gehöre dazu, ich bin jetzt Mama.

War Anna noch Frau? Oder nur mehr Mutter?

Nur? Was heißt hier 'nur'?

Mutter zu sein war alles, fand Anna. Frau zu sein war nicht mehr so wichtig. Sie fühlte sich als Mutter durch und durch. Nie hatte sie sich verbundener mit einer Rolle gefühlt als mit dieser.

Wie würde es sein, wenn Fiona auszieht? (Oder: die Kinder?) Ob Anna sich dann neu definieren musste?

Alles zu seiner Zeit! Den Gedanken konnte sie ruhig hinten anstellen.

Sie gehörte jetzt jedenfalls dazu, zu den Leuten, die vormittags die Wohnung verließen. Wenn sie wollten.

Heute wollte Anna, obwohl sie dazu früher aufstehen musste als sonst. Das war hart, aber sie wollte die Wahrscheinlichkeit erhöhen, dass sie sich zum Ausgehen bereit machen konnte – sie hatte sich gestern das Ziel gesteckt, sich wenigstens zu waschen.

Sie übertraf sich selbst: Sie duschte. Mit Haarewaschen.

In einer Minute und fünfzig Sekunden. Inklusive Abtrocknen.

Sie schminkte sich. Sie legte Wimperntusche auf, nur das, aber immerhin. Dann wurde Fiona, die sie vor die Dusche gelegt hatte, unruhig, und Anna eilte zu ihr.

Aber ach, als sie noch einmal vor den Spiegel trat, was für ein Hochgefühl der Anblick ihrer schwarz getuschten Wimpern im Spiegel bei ihr auslöste! Sie zwinkerte ihrem Spiegelbild zu, neigte den Kopf leicht nach vorne, drehte ihn neckisch hin und her, schlug die Augen langsam und verführerisch auf, sah sich intensiv an, lächelte. Diese Augen. Dieser Ausdruck. Sie war wieder sie selbst.

Im Gegensatz zu den letzten sechsundzwanzig Tagen.

Sie war bereit. Anna hatte ein klares Ziel vor Augen. Sie wollte zu dem ersten Nachtreffen der Mütter vom Geburtsvorbereitungskurs.

Alle Mitschwangeren hatten ihre Babys bekommen. Anna war die Letzte gewesen.

Beschwingten Schrittes nahm sie den kürzesten Weg zur U-Bahn. Fiona war eingekuschelt ins Tragetuch. Ihr Köpfchen unter dem Tuch, ihre Beinchen unter der obersten Lage des Tuches.

Anna lag perfekt in der Zeit. Sie schritt vorbei an den Müttern, die allein oder paarweise ihre Kinderwagen vor sich herschoben. Mit den Müttern tauschte sie stumme Blicke aus. Anna war jetzt eine von ihnen – sie fand ihre Beachtung.

Dann begegnete sie einer älteren Dame. Diese blickte abwechselnd Anna in die Augen, dann zu dem kleinen Bündel vor ihrem Bauch, und wieder zu Anna, verlangsamte ihren Gang, setzten ein Lächeln auf und einen erwartungsvollen Blick. Anna lächelte zurück.

Die Rentnerin blieb stehen. „Ist da ein Baby drin?"

„Ja." Anna blieb auch stehen.

„Bekommt es da genug Luft?" Die Rentnerin runzelte die Stirn und streckte den Kopf prüfend nach vorne.

Anna blickte erstaunt nach unten zum Tragetuch. Sie hörte, wie Fiona atmete. Das Tragetuch hatte sie über Fionas Kopf gestülpt, damit er gestützt wurde.

„Keine Sorge. Von oben und an der Seite kommt genug Luft rein."

„Aha." Die Rentnerin blickte skeptisch.

Anna zog das Tuch etwas zur Seite, sodass der Kopf aus dem Tuch herauslugte. Das schien die Frau zu beruhigen, sie lächelte, ihre Ordnung war wohl wiederhergestellt, und Anna konnte weiter ihres Weges gehen.

Sie bog kaum um die nächste Ecke, als ihr eine zweite ältere Dame begegnete. Sie erblickte Anna und ihr Tragetuch, ein Lächeln bildete sich auf ihrem Gesicht.

„Ist das ein Baby da drin?", fragte sie und blieb stehen.

Nein, ein Koala.

„Ja." Anna ging weiter, wollte nicht stehen bleiben.

„Ist das gut, dass das Köpfchen schief hängt?"

Anna blickte nach unten, blieb nun doch stehen. Fionas Kopf hing leicht zur Seite, nicht kerzengrade, aber okay, fand Anna.

„Das passt", murrte Anna.

„Aha." Die Rentnerin wartete. In ihrem Gesicht der Ausdruck von Zweifel.

Anna zupfte das Tuch über Fiona, sodass der Kopf etwas weiter verdeckt war und durch das Tuch gestützt wurde.

Der Gesichtsausdruck der Rentnerin veränderte sich dadurch schlagartig. In ihrem Gesicht las Anna nun die pure Zufriedenheit, als ob sie eine gute Tat vollbracht hätte und darauf stolz war. Die Rentnerin ging selig lächelnd weiter.

Anna sah auf die Uhr. Nun musste sie sich aber beeilen, um ihre U-Bahn zu erwischen.

Sie kam an die nächste Kreuzung. Die Fußgängerampel war rot. Anna tippelte nervös von einem Fuß auf den anderen. Sie hatte es eilig. Eine Rentnerin stellte sich neben sie, sah zu ihr. Anna erstarrte, als sie den Blick auf sich ruhen spürte. Sie starrte auf die Ampel, schalt auf Grün!, hielt ihre Arme um Fiona geschlungen. Die Rentnerin trat einen Schritt näher, legte ihre Hand auf Annas Arm. „Ist da ein Baby drin?"

Anna zog abrupt ihren Arm weg.

Was denn sonst?, hätte sie am liebsten geschrien.

Die Frau lächelte sie an.

Anna schluckte. „Ja."

„Wäre es nicht besser, wenn es ein Mützchen aufsetzen würde bei der Sonne?"

Anna zog das Tragetuch komplett über den Kopf, sodass er darunter verschwand.

„So bekommt es keine Luft. Haben Sie kein Mützchen dabei?"

„Nein." Anna zog ihre Augenbrauen zusammen.

„Also! Das ist unmöglich! Ein Mützchen müssen Sie immer mitnehmen, bei jedem Wetter."

Die Ampel schaltete auf Grün. Anna schritt schnellen Schrittes über die Kreuzung. Sie wagte es nicht sich umzudrehen. Sie blickte den Weg entlang, der vor ihr lag. Ein älterer Herr mit Dackel und eine weitere ältere Dame befanden sich zwischen ihr und der U-Bahn-Station.

Was für ein Hindernislauf!

Anna blickte zu Boden, während sie weiterlief. Der ältere Herr beachtete sie nicht, er war mit seinem Dackel beschäftigt, den er vom Rasenstreifen hinunterzuziehen versuchte. Umso besser, dachte Anna, guter Hund!

„Ruffi, bei Fuß!", schimpfte der Mann, als sein Dackel plötzlich quer über den Gehweg spazierte.

Die Leine versperrte Anna nun den Weg, sodass sie stehen bleiben musste. Der ältere Herr zog an der Leine, doch der Hund setzte seinen Weg unbeirrt fort. Anna stieg über die Leine, wortlos, den Blick weiter nach unten gerichtet. Bloß keine Aufmerksamkeit erregen!

Nur noch eine ältere Dame, dann hatte sie das letzte Hindernis überwunden und der Weg zur U-Bahn war frei. Als die Rentnerin kurz vor ihr war, spürte Anna ihren Blick auf sich haften. Sie sah aus den Augenwinkeln, wie diese ihren Schritt verlangsamte. Dafür hatte Anna überhaupt keine Zeit. Und Geduld. Anna legte einen Zahn zu, blickte stur geradeaus, zum U-Bahn-Eingang, bloß nicht zu der älteren Dame. Sie hörte die U-Bahn einfahren.

„Also, so was! Das ist unmöglich!", sagte die ältere Dame im Vorbeigehen zu Anna.

„Was?", knurrte Anna wütend. „Kümmern Sie sich gefälligst um Ihre eigenen Angelegenheiten!"

„Ich meine ja nur. Als Hundebesitzer sollte man seinen Hund besser unter Kontrolle haben", sagte die Dame eingeschnappt und stapfte davon.

Drei Dinge kamen Anna in dem Moment abhanden: ihre Wut, ihre Selbstachtung und ihre U-Bahn.

Als Anna mit Fiona und dreiundzwanzigminütiger Verspätung zum Nachtreffen des Geburtsvorbereitungskurses ins Café hetzte, stellte sie erleichtert fest, dass sie nicht die Letzten waren.

Die Mütter, die schon da waren, waren alle mit Kinderwagen gekommen, die sie in den Gängen des Cafés geparkt hatten. Es war kein Durchkommen zum anderen Ende, weder für Anna mit Fiona vorne dran, noch für die Kellner, noch für andere Gäste, die zur Toilette wollten, die sich auf der anderen Seite der Müttergruppe befand. Eine rosa-blau gesprenkelte Kinderwagen-mauer auf halber Höhe.

Anna schämte sich für die anderen, aber irrigerweise auch für sich, weil sie ein Teil der Müttergruppe war. Sie spürte unangenehm die Blicke der Kellnerin und der anderen Cafégäste auf sich ruhen.

Noch so eine!, sagten die Blicke.

Dabei war sie anders. Sie war nur ... auch hier.

Unschlüssig stand Anna einen Moment da und wusste nicht, wohin sie sich setzen und wie sie dahin gelangen sollte. Sie ließ ihren Blick über die Mütter schweifen. Judith, eine selbstständige Versicherungsmaklerin, war in ein Businesskostüm gekleidet, als wäre sie gerade zur Mittagspause hergekommen. Aus ihrem Kinderwagen dröhnte ein ohrenbetäubendes Geschrei. Anna ging es durch Mark und Bein. Judith nippte an ihrer Kaffeetasse, während sie mit der anderen Hand am Griff des Kinderwagens rüttelte. Sie war in ein Gespräch mit der Mutter nebendran vertieft, deren Namen Anna vergessen hatte, und machte keine Anstalten, es zu unterbrechen. Das Baby der anderen Mutter schlief im Kinderwagen.

Eine weitere Mutter daneben stillte ihr Baby gerade, gut verdeckt unter einem geblümten Stillschal. Nur die Beinchen ihres Babys schauten raus und strampelten ein wenig. Auch ihren Namen hatte Anna vergessen. Es musste an der Stilldemenz liegen. Hoffentlich.

Daneben saß Penelope. Sie kam ursprünglich aus Spanien und arbeitete in München als Übersetzerin. Ihren Namen hatte Anna sich sofort gemerkt! Sie war eine eindrucksvolle Frau mit großen schwarzen Locken und fast schwarzen Augen. Sie wiegte ihr Baby im Arm, das eine volle Haarpracht hatte, ein Mädchen offensichtlich, denn es hatte eine Spange im Haar und ein Rüschenkleid an.

Der Junge im blauen Strampler daneben war im Vergleich dazu kahlköpfig. Auch den Namen seiner Mutter hatte Anna vergessen. Wie sollte sie sich jemals die Namen der Babys merken? Die Mutter wippte im Sitzen auf und ab, um das schreiende Baby auf ihrem Schoß zu beruhigen. Sie bot ihm mehrfach einen Schnuller an, doch das Baby spuckte ihn aus. Der Mutter standen Schweißperlen auf der Oberlippe, die sie mit der Zunge wegleckte. Schließlich stand sie auf und begab sich mit ihrem Sohn abseits in eine ruhigere Ecke des Cafés. Sie war genauso mollig wie vor der Geburt. Nur die fettigen Haare waren neu, wobei Anna für beides vollstes Verständnis hatte. Anna fand es mutig und richtig, dass sie dennoch zu dem Treffen erschienen war.

Puh, so viele Mütter und Babys – und es waren noch nicht einmal alle da. Anna war dieser Menschenauflauf zu viel und zu laut. Warum war sie hier? Was machte sie hier? Eine Vorher-Nachher-Show? Sie würde am liebsten wieder gehen.

„Hallo!", sagte sie und winkte zögerlich in die Runde.

Die anderen blickten auf, Penelope zeigte lächelnd auf einen der freien Plätze.

Ich sollte mich kurz entschuldigen und wieder gehen. Ich habe ein Baby! Ich habe keine Zeit!

Sehnsüchtig warf sie einen Blick zur Tür.

Romy kam gerade herein. „Sorry für die Verspätung!", rief sie lächelnd. Mit der einen Hand manövrierte sie den Kinderwagen geschickt um die Stühle und Tische herum, im anderen Arm hielt sie ihr Baby.

Anna kam ihr entgegen, um zu helfen.

Romy drückte Anna kurz ihr Baby auf den Arm und stellte den Wagen an einer Wand ab.

Anna übergab ihr ihr Baby wieder und sie bahnten sich zusammen einen Weg durch die Kinderwagen und Stühle hin zu den freien Sitzplätzen. Anna setzte sich neben Judith. Da Fiona gerade schlief, setzte sie sich mit ihr im Tuch hin, möglichst aufrecht, damit Fionas Position nicht verändert wurde und sie weiterschlafen konnte. Romy setzte sich neben Anna.

Eine Kellnerin kam gerade zu ihrer Runde und fragte über einen Kinderwagen hinweg, ob sie etwas zu trinken wünschten.

„Einen Milchkaffee, bitte", bestellte Anna.

Judith blickte in ihre leere Tasse. „Ich hätte gern noch einen Cappuccino", rief sie der Kellnerin zu. „Den brauch ich dringend bei dem Lärm!" Sie deutete auf ihren Kinderwagen, aus dem immer noch Geschrei drang, das aber in dem Moment in ein leises Wimmern umschlug.

Die Kellnerin nickte ihr zu.

„Für mich bitte einen Kräutertee", sagte Romy und ergänzte an Judith gewandt: „Ich würde auch gern wieder Cappuccino trinken, aber meine Kleine verträgt das nicht, sie schläft dann schlecht. Aber bald kann ich wieder. Ich möchte jetzt abstillen."

„Ohne Cappuccino geht bei mir nichts!", erklärte Judith. „Noch ein Grund, warum ich nie gestillt habe."

„Das Stillen nervt mich auch!" Romy rollte die Augen nach oben. „Ständig dockt die Kleine ab, weil irgendetwas Spannendes um sie herum passiert. Es ist zwar schade, dass die Brüste dann kleiner werden, aber es nützt nichts. Ich habe mein Kind auch schon aus dem Schlafzimmer ausquartiert. Aber da gibt es sicher kein richtig oder falsch, das ist Typsache."

„Das stimmt", pflichtete Judith ihr bei. „Ich bin auch der Meinung, dass der liebe Gott mir die Brüste nicht zum Stillen gegeben hat, sondern fürs schöne Aussehen."

Anna lachte laut auf.

Judith hatte Humor, das musste man ihr lassen!

Judith sah Anna perplex an. Sie wartete sichtlich auf eine Erklärung.

Anna verstummte augenblicklich, als ihr bewusst wurde, dass Judith das eben ernst gemeint hatte. Da ihr auf die Schnelle nichts einfiel, was sie zu ihrer Rechtfertigung sagen sollte, schwieg sie betreten.

Judith nahm das ihrerseits zum Anlass, um sich zu rechtfertigen: „Ich kann mir Hängebrüste nicht leisten. Ich bin Versicherungsmaklerin und ein gepflegtes Aussehen ist für meine Arbeit einer der Erfolgsfaktoren." Judiths Augen funkelten Anna beleidigt an.

Anna wäre am liebsten im Boden versunken.

„Die Brüste hängen bestimmt nicht vom Stillen. Wer eine Veranlagung dazu hat, dessen Brust hängt auch ohne Stillen nach der Schwangerschaft, wegen der Hormonumstellung", entgegnete Penelope.

„Na, ich weiß nicht. Wenn man sich die Bilder von den Frauen aus Afrika anschaut, wo die Brüste bis zum Bauchnabel hängen, das will ich lieber nicht riskieren."

„Das liegt daran, dass sie keinen BH tragen", widersprach Penelope weiter.

„Mir ist es allemal lieber, die Flasche zu geben", sagte Judith eingeschnappt.

„Es soll jeder machen, wie er will", bestätigte Romy. „Sag mal, Judith, arbeitest du jetzt wieder?"

„Seit drei Wochen schon. Ich habe gleich nach dem Mutterschutz angefangen. Ich kann meine Kunden nicht im Stich lassen."

„Wie machst du das? Ist dein Mann zu Hause mit dem Baby?", fragte Anna, bemüht, ins Gespräch einzusteigen.

„Nein, er arbeitet auch. Ich nehme meine Kleine mit ins Büro. Meistens schläft sie, da kann ich nebenbei meine Gespräche führen oder den Versicherungsbedarf meiner Kunden ermitteln. Ich plane alle paar Stunden eine Pause ein, in denen ich ihr die Flasche geben und sie wickeln kann."

„Wow", sagte Anna und meinte es so. Nicht, dass sie das für erstrebenswert hielt, so kurz nach der Geburt Vollzeit zu arbeiten. Sie wunderte sich und bewunderte zugleich, wie Judith die Kraft dafür aufbrachte, wie sie es schaffte, nicht im Chaos zu versinken so kurz nach der Geburt. Im Gegensatz zu Anna. Überhaupt, wie Judith geschminkt, mit Föhnfrisur, in knitterfreiem Kostümchen neben ihr sitzen konnte, obwohl sie ein Baby hatte, war Anna ein Rätsel. Allerdings, wenn Anna genau hinsah, meinte sie schwarze Schatten unter Judiths Augen zu sehen, die ihr perfekt sitzendes Make-up weitestgehend verdeckte. Aber vielleicht bildete Anna es sich auch ein.

„Ich werde wieder arbeiten gehen, wenn mein Kind ein halbes Jahr alt ist", erklärte Romy.

„Bist du auch selbstständig?", fragte eine der anderen Mütter, deren Name Anna immer noch nicht einfallen wollte.

„Nein, aber mein Mann und ich haben vor zwei Jahren ein Haus gekauft und renoviert, und jetzt müssen wir den Kredit abbezahlen." Romy zuckte mit den Schultern. „So ist das eben."

Das Geschrei von Judiths Baby setzte wieder ein und erschien Anna dieses Mal noch lauter als vorher. Sie konnte es kaum ertragen, dieses heisere Geschrei eines Neugeborenen, das den Mutterinstinkt in ihr in höchste Alarmbereitschaft versetzte. Am liebsten würde sie sofort hingehen und es hochnehmen.

„Warum schreit dein Baby?", fragte Anna Judith und streckte sich, um einen Blick in ihren Wagen zu werfen. Ein qualvoller Gesichtsausdruck lag auf dem Gesicht des Babys. „Es ist schon rot im Gesicht."

Judith stand auf und blickte zu ihrem Baby in den Wagen. „Die Koliken, da kann man nichts machen", erklärte Judith und steckte ihrem Baby den Schnuller in den Mund. Das Baby spuckte den Schnuller im hohen Bogen wieder heraus, sodass er neben seinem Oberkörper landete. Judith nahm den Schnuller und steckte ihn erneut in den Mund des Babys. Diesmal hielt sie den Schnuller fest. Sie drückte ihre Hand auf den Schnuller, sodass das Baby ihn nicht mehr ausspucken konnte.

Anna konnte kaum hinsehen. Die kleinen Händchen, die gegen den Arm der Mutter schlugen, um ihn wegzubewegen. Dazu dieses unterdrückte, zugestöpselte Schreien.

„Schreit sie denn auch so, wenn du sie im Arm hältst?", fragte Anna.

„Nein, aber ich kann sie ja nicht ständig hochnehmen. Sie muss jetzt schlafen!", bestimmte Judith mit strenger Stimme und setzte sich wieder auf ihren Stuhl, wobei sie einen Arm im Kinderwagen ließ, um den Schnuller festzuhalten.

Anna wandte ihren Blick ab und streichelte Fiona sanft über den Rücken. Am liebsten wäre sie weggerannt.

Penelope ergriff das Wort: „Meine Hebamme hat gesagt, die Babys schlafen am besten, wenn sie die Mama spüren und riechen können. Bei mir ist das auch so: Meine Kleine schläft am besten ein, wenn ich sie trage, oder beim Stillen. Wenn sie schläft, kann ich sie in den Kinderwagen legen oder ins Bett."

Anna blickte Penelope dankbar an. Penelope erwiderte ihren Blick, nickte unmerklich.

„Das kann ich mir nicht leisten", wehrte Judith ab. „Sie muss allein einschlafen, sonst gewöhnt sie sich daran, dass ich immer da bin. Das geht nicht. Ich muss auch arbeiten, da kann ich das Kind nicht auf den Schoß nehmen."

Die Kellnerin brachte die Getränke. Anna stand auf, um der Kellnerin die Tassen abzunehmen, die sie ihr eine nach der anderen über einen der Kinderwagen reichte. Dann setzte sich Anna. Endlich Kaffee!

„Was ist eigentlich mit Simone?", fragte Judith in die Runde. „Sie hat auf meine Einladung nicht reagiert. Penelope, ihr seid doch befreundet. Weißt du, was mit ihr ist? Kommt sie noch?"

„Nein, sie kommt nicht", sagte Penelope und senkte ihre Stimme. „Ihr Baby ist tot geboren."

Anna hielt die Luft an. Ein entsetztes Raunen ging durch die Runde. Alle Blicke waren auf Penelope gerichtet.

Penelope seufzte lang und schwer. Ihr Blick war starr auf den Tisch vor sich gerichtet. Sie wischte mit den Fingern über den Tisch vor sich, strich langsam hin und her, vor und zurück.

„Was ist passiert?", fragte Romy.

Penelope schlug langsam die Augen auf, blickte sie an. „Sieben Tage vor dem errechneten Termin hatte Simone eine Vorsorge-untersuchung, und da haben sie keinen Herzschlag vom Baby mehr feststellen können."

Penelope blickte wieder nach unten zum Tisch. Ihre schwarzen Locken verdeckten ihr Gesicht.

„Und dann?", fragte Romy weiter.

„Die Ärzte haben ihr geraten, das Baby normal zu bekommen. Sie haben ihr gesagt, das ist das Beste für sie. Vier Tage später haben die Wehen eingesetzt und sie hat das Baby tot geboren."

Simone!

Anna schossen die Tränen in die Augen. Sie blinzelte ein paar Mal, doch das war zu viel. Ihr Unterkiefer fing an zu zittern.

Simone!

Vier Tage! Vier Tage lang ein totes Baby im Bauch haben. Vier verdammte Tage lang zu wissen, dass es tot ist. So kurz vor der Geburt. Kurz davor, es mit Freuden in den Arm nehmen zu können.

Und dann hast du Wehen und du weißt, das wird der härteste Tag deines Lebens. Du wirst weinen und schreien, du hast Schmerzen, so stark wie nie zuvor. Du weißt, dass du danach nicht belohnt wirst, sondern dass dich danach das Schrecklichste auf der Welt erwartet, das du dir vorstellen kannst. Das allerschönste Schreckliche.

Dann kommt aus dir ein bläulich angelaufener, lebloser Körper heraus. Du willst nicht hinsehen, denn du weißt, dass du diesen Anblick nie vergessen wirst, nie, nie, nie. Aber du musst hinsehen. Du musst. Und obwohl es eingefallen ist, ist das Gesicht das schönste und liebste, das du je gesehen hast.

Es wird nie die Augen aufschlagen und dich anblicken.

Du hältst diesen lauwarmen, winzigen, schlaffen Körper im Arm und ...

und ...

... liebst und stirbst zugleich.

Du weißt nicht, wie du nur einen einzigen Atemzug weiterleben sollst.

Und dann atmest du doch.

Jeder Atemzug ein Stich. Voller Schmerz. Und Sehnsucht. Unerfülltheit.

Übervoll mit Fehlen.

Es ist mehr, als du ertragen kannst, mehr, als je eine Mutter ertragen sollte, schlimmer als alles, alles!

Ein dicker, fetter Kloß steckte in Annas Hals fest. Sie konnte die Tränen nicht stoppen, sie rannen ihr über die Wangen.

Penelope wischte sich mit dem Handrücken über ihre eigene Wange. Auch ihre Hand war feucht.

Die anderen Mamas blickten schweigend und betreten in die Runde.

„Krass", brach Romy als Erste das Schweigen.

„Ich hätte in dem Fall auf einen Kaiserschnitt bestanden", kommentierte Judith. „All die Schmerzen für umsonst, das hätte ich mir nicht angetan."

„Hast du dein Baby normal auf die Welt gebracht?", fragte Romy an Judith gewandt.

„Ja, schon. Ich hatte eine PDA, die wollte ich von Anfang an. Damit ging es", sagte Judith.

„Die hatte ich auch. Ich hatte gehofft, dass es ohne geht, aber ich habe die Schmerzen nicht ausgehalten", erklärte Romy.

Anna vergrub ihr Gesicht in der Kaffeetasse. Sie hätte nicht reden können. Sie starrte in ihre Tasse, fragte sich, wie die anderen nach dieser Nachricht weiterreden konnten. War das eine Flucht vor dem hilflosen Schweigen? Einfach weitermachen wie bisher, den vorgestellten Schmerz übertönen, immer reden, reden, auf andere Themen umlenken, ablenken? Immer weiter im Programm?

Anna wäre am liebsten gegangen. Doch Fiona wurde wach, sodass sie sie aus dem Tragetuch nahm und stillte.

Die Mamas berichteten reihum von ihren Geburten. Jede durfte berichten, wie es ihr ergangen war, während der Geburt und danach. Auch Anna fand irgendwann ihre Sprache zurück. Leise.

Anna war die Einzige, die am Tag der Geburt nach Hause gegangen war, und Penelopes Tochter hieß Penny – sonst blieb Anna von den Erzählungen nicht viel in Erinnerung, außer …

Simone!

Penelope und Anna verließen das Café zur gleichen Zeit.

„In welche Richtung gehst du?", fragte Penelope.

„Ich gehe zur U-Bahn", antwortete Anna.

„Da muss ich auch hin. Wir können zusammen gehen", schlug Penelope vor.

„Ja, gern." Anna hielt Penelope die Tür auf, sodass sie mit dem Kinderwagen rausfahren konnte.

Vor der Tür blickte sich Penelope um und fragte: „Hast du keinen Kinderwagen dabei?"

„Wir haben keinen."

„Gar keinen?"

Anna schüttelte den Kopf.

„Das ist mutig. Ich meine, ich trage Penny auch oft, aber wenn ich rausgehe, nehme ich immer vorsichtshalber den Kinderwagen mit. Wollt ihr euch noch einen kaufen?"

„Ich weiß nicht. Ich habe keine Ahnung, welchen ich kaufen soll. Außerdem würde ich ihn zuerst Probe fahren wollen."

„Meiner ist gut. Ich bin zufrieden. Willst du ihn die Strecke bis zur U-Bahn ausprobieren?"

„Ja, gern! Wenn ich darf."

Penelope übergab Anna den Kinderwagen, in dem Penny selig schlief.

Anna bemerkte als Erstes das Kopfsteinpflaster, das den Wagen rüttelte. Sie verlangsamte ihren Schritt und blickte in den Wagen hinein. Penny schien sich an dem Gerüttel nicht zu stören. Am liebsten hätte Anna sie hochgenommen. Doch es war nicht ihr Baby. Es war Penelopes.

Penny war eine Armlänge entfernt. Was für ein Kilometer von einem Arm!

Anna spürte weder Pennys Wärme noch ihren Körper und wie er sich bewegte. Die Atemzüge des Babys gingen im Großstadtgebell unter. Sie hörte sie nicht. Sie war darauf angewiesen, Penny zu sehen, um zu wissen, wie es ihr ging.

Gleichzeitig musste sie auf die Menschenmenge achten, die sie passierten.

Als sie eine Straße überqueren wollten, deutete Penelope auf einen abgesenkten Bürgersteig, damit Penny so wenig wie möglich durchgeschaukelt wurde. An der geeigneten Stelle hielt Anna einen Meter vor der Straße an, damit der Kinderwagen noch auf dem Bürgersteig war, während sie sich umschaute, ob die Straße frei war. Überfallartig übermannte sie die Sorge, dass sie ein Auto übersehen und das Auto den Kinderwagen erfassen könnte. Das Baby im Kinderwagen so weit weg von sich zu haben, machte ihr Angst, so als ob sie nicht fähig wäre, es im Notfall angemessen zu beschützen. Im Tragetuch wäre es nahe bei ihr gewesen. Wenn ein Auto zu nah herangefahren wäre, hätte sie zur Seite springen können, aber mit Kinderwagen war die Reaktionszeit viel zu lang, fand sie.

Was hatte sie bloß?

Ein Kinderwagen war hierzulande Standard, alle Mütter hatten einen Kinderwagen!

Ob die anderen Mütter Annas Ängste teilten?

Sie bezweifelte es.

Vielleicht liegt es an mir, dachte Anna, vielleicht bin ich zu ängstlich?

Zu ängstlich? Für einen Kinderwagen?

Kinderwagenphobie – gab es das? Oder verlor sie gerade völlig den Verstand? Sie sollte sich lieber auf den Fußweg konzentrieren!

Da merkte sie, dass Fiona eine Socke verloren hatte.

Das wäre ihr mit Kinderwagen nicht passiert, dachte sie.

Sie sah die Socke einige Meter entfernt liegen. Sie waren gerade auf einem schmalen Bürgersteig, auf dem Anna den Kinderwagen nicht umdrehen konnte. Penelope bot ihr an, den Kinderwagen zu halten, aber Anna wollte einen realistischen Eindruck erhalten, wie es war, allein mit Kinderwagen unterwegs zu sein. Also zeigte ihr Penelope, wie sie die Bremse anziehen konnte, damit der Wagen stehen blieb und sie nicht die ganze Strecke rückwärts mit Kinderwagen laufen musste.

Anna musste sich immer wieder umdrehen. Die Bremse könnte sich lösen aufgrund eines bisher unentdeckten technischen Mangels! Ein Verrückter könnte herbeispringen und das Baby an sich reißen! Oder der Imbissbudenbesitzer könnte sich mit einer Oma einen Fechtkampf liefern – Dönerspieß gegen Krückstock – direkt über dem Kinderwagen!

Mein Gott, was da alles passieren könnte!

Nein, nein, Anna hätte es nie gewagt, den Kinderwagen samt Baby zehn Meter entfernt stehen zu lassen, wenn Penelope nicht dabei gewesen wäre.

Als sie an der U-Bahn-Haltestelle ankamen, suchte Anna den Aufzug, um zum Gleis zu gelangen. Sie mochte Aufzüge nicht besonders. Der enge Raum, die stickige Luft und die Vorstellung, im Aufzug stecken zu bleiben – wegen ein paar Treppen, die man sich ersparte! Nicht, dass ihr das schon passiert wäre, aber allein die Vorstellung daran ließ sie erschaudern. Erst recht, wenn sie daran dachte, dass ihr das mit Baby passieren könnte. Doch mit dem Kinderwagen musste sie den Aufzug nehmen.

Die Türen schlossen sich. Ein Mann quetschte sich in letzter Sekunde durch die Tür und stellte sich neben den Kinderwagen.

Er roch nach Döner, fand Anna, und ihre Alarmglocken schrillten. Sie warf Penelope einen schnellen Blick zu. Penelope lächelte ihr unbekümmert zu. Schließlich hatte der Aufzug das Untergeschoss erreicht und ließ sie wieder frei.

Am Bahnsteig übergab sie Penelope den Kinderwagen. Anna atmete auf, als sie ihn endlich übergeben konnte mitsamt der drückenden Verantwortung.

Penelopes U-Bahn fuhr sogleich ein. Sie küsste Anna zum Abschied links und rechts auf die Wange, dann schob sie ihren Wagen der Menschenmasse hinterher, die in die U-Bahn drängte.

Sie bat die Leute in der U-Bahn, zur Seite zu treten, damit sie mit dem Kinderwagen einsteigen konnte.

Als die Bahn losfuhr, blickte Penelope auf und winkte Anna zum Abschied lächelnd zu. Anna lächelte zurück. Sie mochte Penelope. Sie freute sich auf das nächste Treffen mit ihr. Die beiden hatten beschlossen, sich demnächst zu zweit mit ihren Babys wiederzusehen.

Anna stieg in ihre U-Bahn, die vergleichsweise menschenleer war. Nur ein Mann saß da mit seinem Handy, er tippte etwas. Anna blieb im Eingangsbereich stehen, damit Fiona nicht aufwachte.

Die Warnlampen piepten und blinkten, die Türen schlossen sich. Eine Frau kam angerannt, huschte gerade noch hindurch.

Gekrümmt und außer Atem hielt sie sich den Bauch. Dann richtete sie sich auf, ihr Blick streifte Anna, glitt weiter.

Anna erstarrte.

Simone.

Die Bahn fuhr los. Anna strauchelte, suchte sich einen Griff zum Festhalten.

Simone sah plötzlich zu ihr zurück. „Hallo", sagte sie überrascht.

Diese plötzliche Enge in Annas Hals! Wie eine Schlinge, die ihren Hals zuzog.

„Hi", presste Anna hervor.

Simone ließ ihren Blick zum Tragetuch wandern, in dem Fiona schlief.

Anna dachte an die Leere um Simone, an das Baby, das sie nicht bei sich hatte, weil es tot geboren war. Dieses Unbehagen in ihrer Kehle!

Simone hob den Blick, sah Anna nun wieder direkt in die Augen: „Wie geht es dir?"

Anna schluckte. Sie fand Simone in diesem Moment unglaublich mutig.

„Ganz gut, danke."

Es folgte Stille. Eine unangenehme Stille, weil die Gegenfrage fehlte.

'Wie geht es dir?' – Anna wagte es nicht, zu fragen. Es war nur ein Moment, doch er kam Anna wie eine Ewigkeit vor. Sie meinte, in Simones Blick zu erkennen, dass auch ihr die Begegnung unangenehm war.

„Ist es ein Mädchen oder ein Junge?", unterbrach Simone die Stille und deutete auf Annas Tragetuch.

„Ein Mädchen, Fiona heißt sie."

„Schöner Name."

„Danke."

„Und? Wie ist es dir in den ersten Wochen ergangen?", fragte Simone weiter.

„Der wenige Schlaf macht mich fertig", sagte Anna und schämte sich im selben Moment für ihre Antwort. Was war wenig Schlaf gegen eine Totgeburt? Simone hätte den wenigen Schlaf sicher dankend in Kauf genommen, wenn sie eine Wahl gehabt hätte. Wie unbedeutend Anna ihre Sorgen erschienen. Selbst ihre große Sorge, wie es mit Paul und ihr weitergehen sollte, erschienen Anna unbedeutend im Vergleich zu dem, was Simone durchmachte.

„Das sagen alle." Simone lächelte zaghaft.

Alle, die diese Erfahrung machen durften.

Anna fühlte sich schrecklich. Sie überlegte fieberhaft, was sie Simone fragen konnte. Etwas, das sie nicht in Verlegenheit brachte oder in Tränen ausbrechen ließ. Ihr fiel nichts ein. Nur Simones totes Baby.

Das traurige Ereignis stand wie eine Mauer zwischen ihnen.

Anna lächelte verlegen. Sie überlegte, ob sie sich verabschieden und weitergehen sollte. Ihr innerer Druck wuchs.

Doch etwas hielt sie ab – der Glaube, dass es keine Zufälle im Leben gab und dass jede Begegnung eine Bedeutung haben konnte.

„Wohin wolltest du gerade?", fragte Anna schließlich.

Simone senkte den Kopf. „Tut mir leid", brachte sie hervor. Sie schüttelte den Kopf.

Annas Lächeln erstarrte. Sie trat intuitiv einen Schritt auf Simone zu, hielt dann aber inne. Sie wagte es nicht, Simone zu umarmen. „Du brauchst dich nicht zu ...“

„Ich ertrag das nicht!", stieß Simone hervor und blickte sie an. Tränen standen ihr in den Augen. Wut in ihrem Gesicht. Sie ballte ihre Hände zu Fäusten.

Anna wich einen Schritt zurück.

„Es ist immer das Gleiche!", schrie Simone. „Egal, wen ich treffe: Jeder ist befangen!" Simone hielt inne, blickte rasch um sich.

Anna folgte ihrem Blick. Der Mann blickte erschrocken von seinem Handy auf, musterte die beiden argwöhnisch.

Mit gedämpfter Stimme, aber immer noch voller Wut fuhr Simone fort: „Ich kann kein normales Gespräch führen. Alle packen mich in Watte, fassen mich mit Samthandschuhen an. Meine Eltern, meine Schwester, meine Freunde! Keiner redet mit mir, ich meine wirklich reden. Alle reden drumherum. Als ob ich zusammenbrechen würde, nur weil einer fragt, wie es mir geht. Also entweder du lässt mich jetzt in Ruhe oder du bist ehrlich und sagst mir, was du denkst. Aber dieses Drumherumgeeiere halte ich nicht mehr aus.“

„Okay." Anna antwortete automatisch.

„Was okay?", fragte Simone laut.

„Ich versuch's." Annas Stimme war ein Piepsen.

Simone atmete geräuschvoll aus. „Sei einfach nur ehrlich. Das ist alles, worum ich dich bitte.“

Einfach. Nur. Ehrlich.

Anna fand das ganz und gar nicht einfach. Zu sagen, was sie denkt. Es auszusprechen.

„Wovor haben alle solche Angst? Ich meine, was kann im schlimmsten Fall passieren?", fragte Simone weiter.

Anna zögerte. Sie blickte zu dem Mann, der sich wieder vom Geschehen abgewandt hatte und vertieft auf seinem Handy tippte.

Simone wartete spürbar auf eine Antwort.

Anna sah in ihre fragenden Augen, sagte leise: „Dass du in Tränen ausbrichst, wenn ich dich frage, wie es dir geht. Dass ich nicht weiß, was ich sagen soll, wenn du in Tränen ausbrichst. Dass ich die richtigen Worte nicht finde. Dass ich auch in Tränen ausbreche und es dir dann noch schlechter geht."

„Nein, das würde mir guttun, denn dann dürfte ich mit dir zusammen weinen", flüsterte Simone.

In Annas Hals setzte sich ein dicker Kloß fest. Sie spürte, wie ihr die Tränen in den Augen schossen.

„Okay." Anna nickte. Sie versuchte, den Kloß in ihrem Hals runterzuschlucken. „Wie geht es dir?"

Simone blickte zu Boden. Sie wiegte den Kopf hin und her, so als ob sie über die Antwort erst nachdenken müsste. Dann sagte sie: „Beschissen. Ich wache jeden verdammten Morgen auf und taste als Erstes nach meinem Bauch, um zu prüfen, ob das ein schlechter Traum war. Dann holt mich alles wieder ein. Im Laufe des Tages wird es besser. Mittlerweile. Ich habe mir eine Auszeit von der Arbeit genommen, um mich zu sortieren. Eigentlich müsste ich seit vier Wochen arbeiten. Jeder sagt mir, dass es mir guttun würde, zu arbeiten und endlich wieder am *richtigen* Leben teilzunehmen. Dabei ist Arbeit nicht das richtige Leben! Sie würde mich davon abhalten, das Ganze zu verarbeiten, und das würde mir nicht guttun. Stattdessen gehe ich jeden Tag eine Runde spazieren und sonst kümmere ich mich nur darum, den Tod meines Sohnes zu verstehen."

„Du hast ... du hattest ... einen Jungen?"

„Ja." Über Simones Lippen huschte ein Lächeln. Dann verdüsterte sich ihr Gesicht. „Ich hatte." Ihre Augen wanderten nach oben. Sie ergänzte mit belegter Stimme: „Ich bin eine Mutter, aber niemand kann es sehen wie bei dir." Sie deutete auf Annas Tragetuch.

„Wie hieß dein Sohn?"

Simone blickte auf. „Die Frage hat mir noch nie jemand gestellt."

„Du hast gesagt, ich soll ehrlich sein und sagen, was ich denke." Anna hob abwehrend ihre Hände.

Simone nickte. „Pavo."

„Ein außergewöhnlicher Name!"

„Ja. Für einen außergewöhnlichen Menschen."

Anna nickte. Sie schwieg einen Moment, als sie an das kleine Geschöpf dachte, das in Simone herangewachsen war.

Ja, jeder Mensch war außergewöhnlich. Etwas Besonderes. Einzigartig. Wenn ein Mensch auf die Welt kam, war er vollkommen.

So wie Fiona. So wie ich es gewesen sein muss. Als Baby.

Wie habe ich mich nur so weit davon entfernt? So weit von mir selbst und dem, was mich eigentlich ausmacht?

Was hilft Fiona dabei, so perfekt und vollkommen zu bleiben, wie sie jetzt ist? Immer zu wissen, wer sie ist und wer sie sein will? Das nicht zu vergessen?

Sich nicht in Oberflächlichkeiten zu verlieren? Sich nicht über Noten oder den Job zu definieren, über Vergleiche, Schnellersein, Bessersein.

Nicht in die verschiedenen Mäntel zu schlüpfen und damit zu verdecken, wer sie ist? Eine Rolle zu spielen, die ihr gar nicht entspricht?

„Was denkst du gerade?", fragte Simone.

„Wie schwer es ist, den richtigen Weg nicht aus den Augen zu verlieren. Immer ehrlich zu sein. Zu anderen und zu sich selber. Immer dem Herzen zu folgen. Das zu tun, was man für richtig hält."

Simone nickte.

Anna fuhr mit sanfter Stimme fort: „Ich finde, du machst das richtig, dass du dir die Auszeit nimmst. Um alles zu verarbeiten. Um dich neu zu sortieren. Ich denke, dass das wichtig ist."

Simone zuckte mit den Schultern. „Ich bin trotzdem erst am Anfang."

„Du solltest dir die Zeit nehmen, die du brauchst."

„Das denke ich auch. Nein – ich weiß es."

„Was hilft dir gerade am meisten?", fragte Anna.

„Ich weiß nicht. Ich kann dir nur sagen, was mir nicht hilft: Wenn mir jemand sagt: 'Du bist noch jung, beim nächsten Mal klappt's bestimmt.' Oder wenn mir jemand sagt: 'Melde dich, wenn du was brauchst.' Dafür habe ich nicht die Kraft. Oder wenn sich jemand nicht mehr meldet, weil er unsicher ist. Ich will normal behandelt werden und dass die Leute keine Angst vor meinen Tränen haben. Es tut mir gut zu weinen, es hilft mir."

Anna überlegte einen Moment, ob sie Simone fragen sollte. Ob ihr das guttun würde, woran sie dachte. Sie beschloss, Simone die Antwort selbst zu überlassen: „Ich muss an der nächsten Haltestelle aussteigen ... . Ich weiß nicht, wie das für dich wäre, aber Penelope besucht mich nächste Woche mit ihrer Tochter. Wenn du möchtest, kannst du gern dazukommen. Ich würde mich freuen."

„Ich weiß es nicht genau. Ich habe sie nicht gesehen seit ..." Simone stockte. Sie knibbelte an ihrer Lippe.

„Du kannst es spontan entscheiden. Und wenn du kommst und merkst, dass es dir nicht guttut, dann fühl dich frei zu gehen, wann immer du willst."

„Ich würde gern kommen. Ich kann nur nichts versprechen. Ich meine, dass ich nicht weine."

„Ich denke, damit kann ich umgehen."

Anna dachte es nicht nur, sie wusste es. Das Gespräch mit Simone hatte einen Knoten in ihr gelöst, sie von der Angst befreit, etwas falsch zu machen, etwas Falsches zu sagen, Emotionen zu zeigen. Und Simones Emotionen auszuhalten.

Anna fand das Gespräch befreiend. Sie bemerkte, dass sie nicht in Tränen ausgebrochen war, wie sie vermutet hatte. Im Gegenteil, sie war immer ruhiger geworden, ihre Fragen klarer. Es wunderte sie. Eigentlich hätte sie Mitleid verspüren sollen. Sie fühlte auch mit, aber sie litt nicht für Simone. Sie erkannte Simones Stärke, sie spürte sie, auch wenn Simone ihrerseits von Selbstzweifeln belegt war. Annas Herz wurde leicht dabei. Sie freute sich sogar auf ein Wiedersehen.

Die U-Bahn bremste.

„Gut, schick mir deine Adresse und wann ihr euch trefft. Ach, und danke." Simone drückte Annas Hand mit beiden Händen.

Dann stieg Anna aus.

Simone winkte ihr kurz.

Anna hatte viel zu verdauen. So viele Eindrücke. Sie wollte am liebsten sofort mit Paul telefonieren. Sie musste das alles loswerden.

Ihr Handy klingelte. Sie holte es aus ihrer Tasche.

Gloria rief an.

Na gut, dann soll es so sein ...

„Wir haben etwas für dich entdeckt! Etwas Unwiderstehliches, nicht wahr, Karl-Heinz?" Glorias Stimme klang aufgeregt.

„Hm", hörte Anna Karl-Heinz murmeln. Gloria hatte auf Lautsprecher gestellt.

„Was denn?", fragte Anna.

„Wir sind eben an der Promenade spazieren gegangen, und danach sind wir heute ausnahmsweise nicht gleich ins Hotel gegangen, sondern in eine kleine Seitengasse abgebogen. Da stand eine Frau vor einer Garage. Und in dieser Garage stand ... rate mal!"

„Ein Auto?"

„Nein."

„Doch, da stand ein Porsche!", sagte Karl-Heinz.

„Ja, aber das meine ich nicht", beschwerte sich Gloria bei ihm, und fügte hinzu, an Anna gewandt: „Etwas viel Besseres!"

„Ein Rolls Royce", sagte Anna schmunzelnd.

„Das wäre klasse gewesen!", rief Karl-Heinz und lachte.

„Nein, etwas anderes. Etwas Kleineres", sagte Gloria.

„Ein Ford Fiesta?", riet Anna weiter und konnte sich das Grinsen nicht verkneifen.

„Nein, kein Auto, ein anderes Gefährt."

„Ein Fahrrad?", fragte Anna.

„Nein, etwas für unsere süße Fiona, was sie jetzt schon fahren kann."

„Sag nicht, so ein elektrisches Gefährt, bei dem man sein Kind per Fernbedienung steuern kann!" Anna musste sich zusammenreißen, um nicht loszukichern.

„Ach Gottchen, nein! Ich verrate es dir: Einen Kinderwagen! Genau so einen, wie ich ihn dir letztens als Link geschickt habe", schwärmte Gloria, „im Retrolook und mit großen Speichenrädern, allerdings in Dunkelblau. Sieht hinreißend aus, noch edler als in Weinrot. Und das Beste ist: Die Frau will ihn verkaufen!", jubelte Gloria.

„So einen Kinderwagen kann man in Deutschland auch kaufen, dafür muss man nicht nach Italien fahren", warf Anna ein.

„Aber nicht zu dem Preis! Er kostet normal dreitausend Euro. Die Frau will ihn für sechshundert Euro verkaufen. Für sechshundert, stell dir das vor!"

„Ich finde, das ist immer noch viel Geld für einen Kinderwagen", sagte Anna.

„Er sieht aus wie neu! Er ist sein Geld wert. Sollen wir ihn für dich mitbringen?"

„Vielleicht können wir sie auf fünfhundert Euro runterhandeln", warf Karl-Heinz ein.

„Das bezweifle ich", sagte Gloria, „aber Anna kann ihn sicher für genauso viel Geld weiterverkaufen, wenn sie ihn nicht mehr braucht. Soll ich dir ein Foto schicken, Anna?"

„Hm, na ja, ich ..."

„Würdest du ihn für fünfhundert haben wollen? Dann frage ich nach", bot Gloria an.

„Ehrlich gesagt ..."

„Du kannst uns das Geld auch später geben, wenn es gerade knapp ist. Das wäre kein Problem."

„Nein, das ist es nicht ..."

„Wir können dir etwas zuschießen, wenn du nicht so viel Geld hast."

„Das ist nicht das Problem ..." Annas Stimme wurde immer leiser.

„Oder soll ich ein Video machen?", fragte Gloria. „Ich kann ihn für dich Probe fahren. Du musst es nur sagen. Wir können den sofort kaufen. Wir können ihn dir mitbringen, wir kommen ja in drei Tagen zu euch. Der passt zusammengeklappt auf unsere Rücksitzbank. Das kriegen wir hin, oder Karl-Heinz?"

„Da bin ich mir nicht sicher", zweifelte dieser.

„Ach, sicher!", sagte Gloria. „Mach dir darüber keine Gedanken, Anna, den kriegen wir mit!"

„Danke für das Angebot. Das ist ausgesprochen lieb von euch, aber ich ..."

„Also?", fragte Gloria ungeduldig.

Anna wartete auf weitere Überredungsversuche, doch Gloria wartete diesmal tatsächlich auf eine Antwort. Also atmete Anna tief durch und erklärte: „Ich danke euch für eure Mühe und ich weiß es überaus zu schätzen, aber ich möchte überhaupt keinen Kinderwagen. Weder diesen noch irgendeinen anderen." Anna sagte das ruhig, in einer Klarheit, die sie selbst überraschte.

„Also ... das ... nein ... also das verstehe ich nicht. Du wirst auf jeden Fall einen brauchen und dieses Angebot ist einmalig. Du kannst es dir noch überlegen. Wir können morgen nochmal herkommen. Oder übermorgen. Zur Not können wir vor der Abfahrt noch herkommen, aber danach ist es zu spät. Dann fahren wir nicht nochmal nach Italien, um den Kinderwagen zu holen, das ist uns zu weit", warnte Gloria. „Überleg es dir!"

„Danke, aber ich bin mir sicher."

„Ja, bitte", stammelte Gloria. Als sie gerade dabei war aufzulegen, hörte Anna Gloria zu Karl-Heinz sagen: „Ich verstehe sie nicht. Verstehst du sie?"

Anna verstand es selbst nicht. Bis eben war sie unsicher, ob sie einen Kinderwagen brauchte oder nicht.

Sie fragte sich, ob es an dem Probe fahren von Penelopes Kinderwagen lag, daran, dass damit alles umständlicher war als mit der Trage. Oder ob sie sich von ihren Ängsten leiten ließ? Instinkt schön und gut, aber von Ängsten wollte sie sich nicht beeinflussen lassen. Das wäre das Verkehrteste überhaupt, fand sie.

Sie horchte tief in sich hinein. Nein, das war es nicht. Es war keine Angst. Es war auch kein Abwägen von Vor- und Nachteilen oder von Bequemlichkeiten. Es war ein tiefes Gefühl von Stimmigkeit, das sie zu dieser Entscheidung bewogen hatte.

Hatte es mit Simones Totgeburt zu tun?

Sie kann ihr Baby nicht im Arm halten. Ich kann es.

Sie kann niemals die Nähe zu ihrem Baby genießen. Ich kann es.

Und ich will mir das nicht nehmen lassen. Von keinem noch so tollen Kinderwagen der Welt.

Auch wenn Anna wusste, dass das keiner verstand, auch wenn sie Gloria in ihren Bemühungen damit vor den Kopf stieß: Sie konnte es nicht, und sie wollte es nicht anders. Sie wusste jetzt, was richtig für sie war.

Als Paul am Abend nach Hause kam, freute sich Anna überschwänglich, ihn zu sehen, nach einem so bewegenden Tag voller neuer Eindrücke beim Müttertreff, nach der Begegnung mit Simone. Sie warf sich in seine Arme und verlor sich in seinen Küssen. Er streichelte ihr sanft über den Rücken. Anna bekam eine Gänsehaut wegen seiner zärtlichen Berührung. Sie genoss die innige Begrüßung.

Dann blickte Paul ihr tief in die Augen und fragte: „Schatz, sei mal ehrlich: Soll ich den Kinderwagen von meinem Konto bezahlen?"

„Welchen Kinderwagen?", fragte Anna irritiert.

„Den, den meine Eltern gefunden haben."

„Ach so, den! Nein, ich möchte ihn nicht. Ich möchte gar keinen Kinderwagen."

„Wieso nicht?", fragte Paul neugierig.

„Ich bezweifle, dass wir einen brauchen, und ich genieße die Nähe zu Fiona im Tragetuch viel zu sehr. Ich bin froh, dass wir sie bei uns haben. Andere Menschen haben nicht so ein Glück, aber wir können unser Glück festhalten: Wir können Fiona tragen. Ich genieße das."

„Also liegt es nicht am Geld?"

„Nein. Wieso? Dachten deine Eltern das?"

„Anscheinend." Paul zuckte mit den Schultern.

Anna schüttelte den Kopf. „Das habe ich ihnen aber gesagt."

„Wer weiß, warum sie sich das gedacht haben. Vielleicht wegen unserer getrennten Konten und weil du jetzt nicht mehr arbeitest. Aber schau, was ich dir zeigen wollte!" Paul holte sein Handy aus der Brusttasche seines Jacketts und deutete darauf. „Hier gibt es ein Haus in dem schönen Ort Runkel, das ist dreizehn Kilometer weit weg von Limburg. Hundertfünfzig Quadratmeter Wohnfläche, fünfhundert Quadratmeter Garten. Das kostet einen Bruchteil von dem, was in oder um München üblich ist!"

„Wie schön für die Runkeler", sagte Anna betont lässig.

„Das wäre auch schön für uns", betonte Paul, so als hätte Anna ihn nicht richtig verstanden. „Stell dir vor: ein Garten, wo wir Himbeeren und Tomaten anpflanzen können, daneben eine Schaukel für Fiona und einen Sandkasten für unseren Sohn ..."

„Welcher Sohn?", unterbrach Anna ihn.

„Fiona braucht doch noch ein kleines Brüderchen zum Spielen", neckte Paul.

„Nun mal langsam! Eins nach dem anderen. Erst darf Fiona größer werden, dann kommt sie in den Kindergarten, dann fange ich wieder an zu arbeiten und dann können wir darüber sprechen, ob wir ein zweites Kind bekommen."

„Oder ich bekomme den Job in Limburg, verdiene genug für uns alle, dann können wir uns ein hübsches Häuschen kaufen, du kannst zu Hause bleiben und bekommst ein zweites Kind, vielleicht noch ein drittes."

„*Ich* bekomme ein zweites Kind? Oder wir?"

„Wir bekommen die Kinder natürlich zusammen."

„Ach so, dann bin ich beruhigt. Ich dachte schon, du meinst, du ziehst nach Limburg, kaufst ein Häuschen und ich bekomme Kinder mit einem anderen Mann, weil du nicht da bist."

„Das ist nicht lustig!", schimpfte Paul und zog seine Augenbrauen zusammen. Dann beherrschte er sich und fügte in ruhigem Ton hinzu: „Oder willst du lieber ein Haus bauen? Dann können wir alles einrichten, wie wir es wollen."

„Ich will kein Haus. Ein Garten wäre schön, aber den hätten wir auch in einer Erdgeschosswohnung. Mir wäre es wichtiger, viel Zeit mit Fiona zu verbringen, als viel zu arbeiten, weil wir einen Kredit abbezahlen müssen."

„Das kannst du. Wenn ich den Job in Limburg bekomme ...''

„Was nicht gesagt ist", unterbrach Anna ihn.

„Lass mich ausreden!", forderte Paul.

Anna bat ihn mit der Hand fortzufahren.

„Wenn ich den Job in Limburg bekomme, verdiene ich so viel, dass es reicht, wenn du zu Hause bleibst."

„Ich will auf jeden Fall wieder arbeiten. Ich will nicht jeden Monat von dir Geld überwiesen bekommen."

„Wir sind eine Familie. Ich will das Geld, das ich verdiene, nicht für mich allein. Ich arbeite doch für uns."

Anna öffnete den Mund, um etwas zu sagen, doch Paul hob sanft den Zeigefinger in die Höhe und fuhr fort: „Bisher hast du das auch getan, ich weiß, aber jetzt ist die Situation anders. Du bist daheim und passt auf unseren allergrößten Schatz auf. Da ist es nur angebracht, dass ich dir Geld überweise. Oder wir legen uns endlich ein gemeinsames Konto zu."

„Darum geht es mir nicht." Anna rieb sich die Schläfen. „Ich will selber arbeiten. Mutter und Hausfrau sein reicht mir nicht. Verstehst du das? Du machst jetzt die große Karriere. Das ist schön für dich, aber ich will auch irgendwann wieder arbeiten. Vielleicht nicht in der Filmproduktionsfirma, aber woanders."

Paul sah Anna mit einem entsetzten Gesichtsausdruck an.

Anna wusste nicht, wie sie ihn deuten sollte.

„Dann hatten meine Eltern Recht", fügte er mit gedämpfter Stimme hinzu. Seine Augenbrauen zogen sich zusammen.

„Womit?", fragte Anna.

„Sie meinten, du wärst neidisch darauf, dass ich Geld verdiene und Karriere mache und du nicht."

„Was?", kreischte Anna völlig perplex.

„Na klar, ich kann bald das Doppelte verdienen und du bleibst auf dem früheren Level stehen, während du in Elternzeit bist", sagte er. Er sagte es ruhig, so als ob er eine tiefe Erkenntnis hatte. „Ich Idiot habe dich verteidigt. Dabei hatten sie vollkommen recht."

Seine Worte versetzten Anna einen Stich. Tief. Mitten ins Herz. Es schnürte ihr die Kehle zu. Ihr Brustkorb verengte sich, das Atmen fiel ihr schwer.

Die drei gegen mich. Sie haben hinter meinem Rücken über mich geredet. Spekuliert haben sie! Sie sind sich einig. Alle drei zusammen. Paul ist nicht mehr auf meiner Seite. Meine Schwiegereltern haben es geschafft, meinen Mann gegen mich aufzubringen. Meinen Mann!

Anna schlug mit der Faust gegen die Wand.

„Nein!", schrie sie. Ihre Hand brannte vor Schmerzen, doch die Wut war größer. Sie schlug noch einmal mit voller Wucht gegen die Wand. „Das ist nicht wahr!", brüllte sie.

Paul blickte irritiert zu ihrer Hand, dann in ihre Augen. „Was ist dann wahr?“, fragte er leise. Er klang erschöpft, resigniert.

Anna versuchte, tief durchzuatmen und ruhig zu antworten, doch die Worte sprudelten aus ihr heraus: „Es geht mir nicht um die große Karriere. Ich bin zufrieden mit dem, was ich an Gehalt habe. Es muss bei mir nicht immer mehr und mehr sein. Im Gegensatz zu dir.“ Sie zeigte mit dem Finger auf ihn und fuhr fort: „Wenn ich wählen müsste zwischen Fiona und Karriere, würde ich immer Fiona wählen. Übrigens auch im Gegensatz zu dir.“

„Fiona und du, ihr steht für mich immer an erster Stelle. Ihr seid das Wichtigste für mich! Aber wir müssen auch von etwas leben“, beharrte Paul.

„Mit dem Job, den du jetzt hast, können wir gut leben, sodass ich die drei Jahre Elternzeit zu Hause bleiben kann und wir Fiona nicht in eine Krippe geben müssen. Dazu brauchst du keinen anderen Job.“

„Damit können wir aber kein Haus kaufen und schon gar nicht in München.“

„Ich brauche kein Haus.“

„Unsere Kinder würden sicher gern im Garten spielen.“

„Ich bin ohne Haus aufgewachsen und habe es nicht vermisst. Nicht im Geringsten!“ Anna gestikulierte wild mit den Armen, so aufgebracht war sie.

„Ich halte es in meinen Job nicht mehr aus und jetzt habe ich die Chance!“

Erschöpft ließ Anna ihre Arme sinken. „Hatten wir diese Diskussion nicht schon einmal?“, fragte Anna. Sie fühlte sich plötzlich unendlich müde. „Bewirb dich einfach und dann sehen wir weiter.“

„Ich habe die Bewerbung heute rausgeschickt.“

„Dann brauchen wir uns darüber nicht mehr zu unterhalten.“ Bitterkeit lag in ihrer Stimme.

„Ich will mit euch zusammen nach Limburg ziehen!", insistierte Paul eindringlich.

„Weil ihr das Wichtigste für mich seid", äffte Anna ihn nach. „Ja, klar! Erzähl das jemand anderem!"

„Es ist genau so!", bestätigte Paul ruhig, ohne auf ihren Ton einzugehen. Paul versuchte, seine Arme um Anna zu legen, doch sie wich einen Schritt zurück.

„Paul, den Job machst du für dich, nicht für uns! Weil du weg willst aus deinem Job, weil du dich in einem neuen Job beweisen willst, weil du mehr Geld willst und weil du ein Haus willst, du!"

„Für uns! Ich will das Haus für uns", beharrte er.

„Nein, für dich! Fiona und ich, wir brauchen kein Haus."

„Sprich nicht für Fiona!"

„Ich bin ihre Mutter, ich darf für sie sprechen, solang sie noch nicht selber sprechen kann!"

„Dann darf ich das auch, ich bin schließlich ihr Vater. Also: Fiona und ich, wir brauchen ein Haus!"

„Hrrr ...", knurrte Anna frustriert. Ihre Augen funkelten Paul böse an. „Dann müssen wir mit der Entscheidung warten, bis Fiona sprechen kann", blaffte sie.

„Das geht nicht", seufzte Paul, „das müssen wir entscheiden."

„Ich habe mich bereits entschieden. Nur du musst dich noch entscheiden", sagte Anna matt. Müde rieb sie sich die Augen.

„Nein!", fauchte Paul. „Du hast mir versprochen, dass du dir Limburg erst einmal anschaust."

„Ich sehe es mir an, aber ich habe dir auch gesagt, dass meine Entscheidung gefallen ist und dass die Stadtbesichtigung daran nichts ändern wird."

„Aber ..."

„Nichts aber!", fiel Anna ihm ins Wort. „Paul, lass uns aufhören zu diskutieren. Wir drehen uns im Kreis. Ich bin hundemüde. Ich hatte einen bewegenden Tag. Tut mir leid, aber ich gehe jetzt ins Bett."

Als Paul sich ein paar Stunden später ins Bett legte, streckte er seine Hand über Fiona zu Anna herüber, streichelte über ihren Arm und flüsterte: „Ich will wirklich nur das Beste für euch."

Anna schwieg. Sie stellte sich schlafend.

Paul seufzte leise, ließ seine Hand sinken und fing kurz darauf an, leise zu schnarchen.

Wie kann Paul jetzt schlafen?

Er tut so, als ob er all das für uns tun würde.

Es ging ihm nur um sich selbst, fand Anna. Wenn Paul wenigstens zu seinem Egoismus gestanden hätte! Wenn er gesagt hätte: 'Schatz, es tut mir leid, aber ich halte es ihn meinem Job nicht mehr aus. Ich will den neuen Job, auch wenn das heißt, dass ihr zurückbleiben müsst und ich euch nur am Wochenende sehen werde, aber ich muss das für mich tun' – ja, das wäre wenigstens ehrlich! Damit könnte Anna umgehen. Aber dieses verlogene „Ich will nur das Beste für euch!", das konnte Anna nicht ausstehen.

Ein dicker Kloß saß in ihrem Hals und wollte nicht weggehen. Das war das erste Mal, dass sie Verachtung für Paul empfand. Und zum allererersten Mal seit Beginn ihrer Beziehung stellte sie sich die Frage, ob sie beide eine gemeinsame Zukunft hatten.

Das Vorstellungsgespräch

Mittwoch, 14. August – Tag 27

Gloria rief am nächsten Vormittag an. Sofort fing Annas Herz an zu rasen, weil sie an die ungerechtfertigten Vorwürfe dachte, die sie Paul als Floh ins Ohr gesetzt hatten.

„Hallo, Schwiegermutter", begrüßte Anna sie kühl.

„Hat Paul dir von seinem Jobangebot erzählt?", fragte Gloria mit freudiger Stimme.

„Natürlich hat er das", versicherte Anna ihr in eisigem Ton.

„Ist das Angebot nicht brillant?", säuselte Gloria.

„Na ja", brummte Anna.

„Auf diese Chance hat er so lang gewartet. Das wäre fabelhaft, wenn ihr näher bei uns wohnt, dann können wir Fiona öfter sehen." Glorias Stimme klang euphorisch.

„Wir werden nicht umziehen", knurrte Anna.

„Ja aber ... ", Gloria stockte einen Moment. „Ach so, selbstverständlich müsst ihr abwarten, ob er die Stelle bekommt."

„Wir werden so oder so nicht umziehen", wiederholte Anna stur.

„Wie stellst du dir das vor? Man muss heutzutage flexibel sein auf dem Arbeitsmarkt. Sonst ist man schnell abgeschrieben."

„Wir wohnen in München, das ist eine Großstadt. Da findet sich mit Sicherheit ein anderer Job, der für Paul infrage kommt", sagte Anna schnippisch.

„Du stellst dir das für meinen Geschmack ein bisschen zu einfach vor. Gerade du müsstest es besser wissen", kommentierte Gloria streng.

Anna hätte am liebsten losgebrüllt. Sie biss die Zähne zusammen und schwieg.

„So eine Chance kriegt man nicht oft im Leben. Willst du Paul die Chance verbauen?", fragte Gloria.

„Nein, aber wenn wir wegziehen, müsste ich meine Arbeit kündigen! Das ist auch nicht fair. Ich will wieder arbeiten, wenn Fiona in den Kindergarten kommt."

„Ach, wolltest du Vollzeit arbeiten? Das wusste ich nicht."

„Ob Vollzeit oder Teilzeit spielt keine Rolle, aber wenn ich keine Arbeit habe, dann lastet alles allein auf Pauls Schultern."

„Einen Minijob bekommt man immer irgendwo. Da sind ständig welche ausgeschrieben."

„Ich will keinen Minijob irgendwo im Supermarkt, dafür habe ich nicht studiert! Ich will Teilzeit in meiner Firma wieder anfangen. Oder vielleicht woanders. Das weiß ich noch nicht."

„Bräuchtest du das, wenn Paul den Job in Limburg bekäme?"

„Das ist irrelevant, ob ich das bräuchte oder nicht. Ich will selber arbeiten!"

„Ach, da müsst ihr zwei euch einig werden. Ich halte mich da komplett raus. Wie hast du dich bezüglich des Kinderwagens entschieden?"

„Ich brauche keinen", sagte Anna bissig.

„Ich glaube, dass du dich da täuschst, aber das musst du wissen. Aber wenn du ihn dann doch brauchst ... wir fahren nicht noch einmal nach Italien, um ihn abzuholen."

„Das würde ich auch nicht von euch erwarten."

„In ein paar Wochen ist er sowieso weg. So billig, wie sie ihn anbietet, wird die Frau ihn bald verkauft haben."

„Das hast du mir schon gesagt und es ist okay für mich", beharrte Anna.

„Wie du meinst. Wie geht es meinem Fiona-Herzchen?"

„Sie schläft. Ich wollte gerade duschen."

Danach brauche ich einen Kaffee.

„Ach, dann halte ich dich besser nicht auf. Wir sehen uns übermorgen, wenn wir zurückfahren."

Übermorgen schon?

Besser zuerst einen Kaffee und danach duschen!

Am Nachmittag rief Paul von der Arbeit aus an. „Ich bin in Limburg zum Vorstellungsgespräch eingeladen."

„Herzlichen Glückwunsch", sagte Anna frostig.

„Das Gespräch ist übermorgen."

„Das ging schnell."

„Schatz, mir geht unser Streit von gestern nicht mehr aus dem Kopf."

„Aha", sagte Anna trotzig.

„Weißt du, ich finde, du siehst alles viel zu schwarz. Du gehst zu pessimistisch ran. Die Arbeit in Limburg hätte viele Vorteile."

„Aha", wiederholte Anna.

„Mit dem Gehalt könnten wir uns ein eigenes Haus mit Garten leisten."

„Wir können auch in München einen Schrebergarten haben, in dem wir Gemüse anbauen können."

„Das ist natürlich toll, aber ich meine einen eigenen Garten, wo unsere Kinder nackt über den Rasensprenger springen können, mit Sandkasten und Trampolin. Das könnten wir uns in Limburg leisten. Und meine Eltern könnten dann Fiona viel öfter sehen."

„Sie sind in Rente, da können sie so oft vorbeikommen, wie sie wollen. Dazu müssen wir nicht umziehen."

„Man muss heutzutage flexibel sein auf dem Arbeitsmarkt", entgegnete Paul.

„So, so! Muss man das?", hakte Anna nach.

„Klar. Sonst ist man schnell abgeschrieben", erklärte Paul.

„Wer sagt das?", fragte Anna angriffslustig.

„Ich sage das! So eine Chance kriegt man nicht oft im Leben. Darauf habe ich so lang gewartet."

„Das klingt aber nach deiner Mutter!"

„Halt meine Mutter da raus, sie hat nichts damit zu tun!"

„Dann halte du auch deine Mutter da raus! Sie hat mich vorhin angerufen und zufällig genau dieselben Worte benutzt wie du eben", konterte Anna.

Paul seufzte. „Warum sträubst du dich dagegen?"

„Ich denke, dass es besser wäre, wenn wir hierbleiben und du dir hier eine neue Arbeit suchst. Ich will meine Arbeit nicht aufgeben. Außerdem ist das auch für dich gut, wenn ich meine Arbeit behalte, denn dann lastet das Finanzielle nicht nur auf deinen Schultern. Außerdem sind wir hier viel näher an meinen Eltern, als wir in Limburg an deinen wären. Die Unterstützung ist Gold wert, das kann dein Gehalt niemals aufwiegen. Meine Eltern sind immer für mich da."

„Es kommt trotzdem nicht in Frage, dass du in München wohnen bleibst und ich umziehe."

„Wieso nicht?", fragte Anna herausfordernd, obwohl sie wusste, dass sie damit einen wunden Punkt bei Paul traf.

„Besuchst du Fiona und mich dann wenigstens am Wochenende?", fragte Paul provozierend. Seine Stimme war von ungewohnter Härte.

„Was? Fiona bleibt natürlich bei mir!"

„Fiona und ich ziehen nach Frankfurt!"

„Wie willst du das machen mit der Arbeit? Willst du Fiona zehn Stunden am Tag oder länger in eine Krippe geben?"

„Sie kann tagsüber zu meinen Eltern und am Abend hole ich sie ab."

„Das ist viel zu viel Arbeit für deine Eltern. Das würden sie nie tun", spottete Anna.

„Meine Eltern haben das angeboten."

„Was? Wie bitte? Das glaube ich dir nicht!"

„Sie würden das machen. Sie freuen sich auf ihre Enkelin. Sie sind jetzt im Ruhestand und haben viel Zeit. Wir könnten die erste Zeit bei ihnen wohnen, bis wir etwas Eigenes gefunden haben."

Auf einmal spürte Anna Übelkeit in sich aufsteigen.

„Mir ist schlecht!", sagte Anna.

„Anna!", mahnte Paul.

„Mir ist wirklich schlecht. So als ob ich mich übergeben muss. Ich muss mich hinsetzen."

„Dann mach das. Lass uns später nochmal sprechen."

„Okay." Anna legte auf. Mit zittrigen Knien ließ sie sich auf der Couch nieder, stützte sich dabei mit den Händen ab.

Macht mich die Nachricht so fertig, dass mir gleich schlecht geworden ist?

Anna atmete tief ein und aus, doch das Gefühl der Übelkeit ließ nicht nach. Sie saß gekrümmt da und fühlte sich elend.

Minutenlang. Stundenlang. Nur unterbrochen von gelegentlichem Stillen und Abhalten, das Anna alle Kraft abverlangte.

Stunde um Stunde verging, ohne dass die Übelkeit besser wurde.

Ob ich einen Magen-Darm-Infekt habe?

Anna hielt Abstand zu Fiona, soweit es ihr möglich war.

Als Paul von der Arbeit kam, war Annas Zustand unverändert.

„Du siehst blass aus", bekundete Paul.

Anna spürte, dass sie sich gleich übergeben musste. Sie rannte ins Bad, zur Toilette, klappte den Deckel hoch, beugte sich über die Klobrille. Einen kräftigen Schwall mit Resten vom Mittagessen, zerkaute und unverdaute Nudeln, würgte sie ins Klo. Sie zitterte. Sie würgte, spuckte, würgte und spuckte. Sie kniete sich hin. Tränen liefen ihr über die Wange.

Als der letzte Rest Magensäure aus ihrem Körper gepumpt war, ließ die Übelkeit nach.

Erschöpft legte sie sich vors Klo. Auf die kalten Fliesen. Sie fror. Sie wollte ins Bett gehen, doch das war zu weit weg. Sie wollte etwas Wärmendes über sich legen, doch eine Decke zu holen war sie nicht imstande. Nach Paul zu rufen war zu anstrengend. Sie schloss die Augen.

Paul kam ins Bad, als hätte er ihr stummes Flehen gehört. „Kann ich dir etwas bringen? Etwas zu Essen oder zu trinken?", fragte er und Anna hörte die Sorge in seiner Stimme.

„Eine Decke", murmelte Anna, wobei jedes dieser Worte sie unendlich viel Kraft kostete.

Paul brachte ihr eine Decke, legte sie über sie, ging wieder.

Nach einer Weile legte er ihr Fiona dazu, die gierig nach ihrer Brust suchte. Anna schob ihr T-Shirt zur Seite und ließ es geschehen. Fiona trank, bis sie neben Anna einschlief. Erschöpft schlief auch Anna ein.

Paul kam ins Bad, machte Licht an. Anna öffnete ihre Augen, blinzelte. Es musste spät sein, denn es war draußen dunkel. Sie bemerkte, wie Paul wortlos über sie stieg, um zur Toilette zu gehen. Anschließend putzte er sich die Zähne.

Anna spürte erneute Übelkeit in sich aufsteigen. Sie raffte sich auf, kniete sich vor die Toilette, übergab sich erneut. Magensäure, nichts als Magensäure.

Sie fühlte sich kraftlos. Trotzdem schleppte sie sich zum Wasch-becken, wusch sie sich die Hände, um einer Ansteckung von

Fiona vorzubeugen. Paul steckte seine Zahnbürste in den Becher zurück und streichelte Anna sanft über den Rücken.

„Nimm du bitte Fiona in der Nacht, damit ich mich ausruhen kann und sie sich nicht ansteckt!", bat Anna Paul.

Paul zog die Hand zurück. „Ich muss noch eine Präsentation für morgen vorbereiten."

„Was?"

„Mein Projekt ist völlig aus dem Ruder gelaufen. Die Kosten explodieren gerade. Ich habe morgen ein Krisentreffen einberufen. Das muss ich vorbereiten. Da werde ich die ganze Nacht dran sitzen."

Anna schüttelte den Kopf. „Wenn das die ganze Nacht so weiter geht, dann musst du morgen sowieso zu Hause bleiben."

„Das geht nicht, ich *muss* morgen zur Arbeit."

„Zu der Arbeit, die du kündigen willst, weil sie dich dort so ausnutzen?" Anna runzelte vorwurfsvoll die Stirn. „Überleg dir bitte, was wichtiger ist."

„Ich kann nicht zu Hause bleiben, weil du krank bist." Paul hob abwehrend seine Hände in die Höhe.

„Dann nimm bitte einen Tag Urlaub!" Anna stütze sich mit den Händen am Waschbecken ab. Sie sah Paul im Spiegel an.

„Das kann ich nicht spontan. Den muss ich erst einreichen und genehmigen lassen." Er wischte ihre Bitte mit einer Handbewegung fort.

„Dann lass dich selber krankschreiben!"

„Kein Arzt schreibt mich krank, weil du krank bist."

„Unser Hausarzt macht das sicher."

„Das ist aber Betrug!" Paul funkelte Anna böse an.

„Dann nimm einen Tag unbezahlten Urlaub, was weiß ich!" Anna schrie. Sie konnte nicht mehr. Nicht mehr nett sein, nicht mehr Verständnis zeigen, nicht mehr irgendetwas. Ihre Finger krallten sich ins Waschbecken. „Mir ist egal, wie du es machst, aber bleib zu Hause, verdammt nochmal! Lass dir irgendwas einfallen!"

Paul blickte sie prüfend an. „Wir warten ab, wie es dir morgen früh geht", beschwichtigte er und verschwand aus dem Bad. Allein.

Anna hörte, wie er die Tür zum Wohnzimmer hinter sich zuzog. Dann hörte sie nur noch den tropfenden Wasserhahn.

Sie blickte auf Fiona, die friedlich am Boden schlief. Sie sah vor sich in den Spiegel, sah ihr eigenes Gesicht, eingefallen, bleich, bemerkte ihre blau unterlaufenen Augenränder, die Falten um ihre Augen, die Haare, die glanzlos und schwer herunterhingen, die Mundwinkel, die nach unten zogen. Alles schlaff. Außer dem angespannten Kiefer. Ihr wurde bewusst, dass sie ihre Zähne zusammenbiss. Anna wandte den Blick ab, drehte sich um, legte sich auf die Fliesen, neben Fiona, Rücken an Rücken, kuschelte sich eng an sie, um ihrer Tochter Körperkontakt zu geben – oder war es, um selber Trost zu suchen? Sie wusste es nicht.

Sie wusste nur, sie durfte sie nicht anstecken. Unter keinen Umständen!

Fiona ist doch noch ein Baby!

Sie spürte wieder Übelkeit in sich aufsteigen.

Magen-Darm mit Baby

Donnerstag, 15. August – Tag 28

Pauls Wecker klingelte. 6:30 Uhr, wie immer. Anna konnte ihn vom Badezimmer aus hören. Sie war wach, sie hatte sich kurz zuvor übergeben.

Paul trat ins Bad, schaltete das Licht an.

„Licht aus!", schimpfte Anna.

Paul machte das Licht aus, ging im Dunkeln auf die Toilette und schaltete anschließend das Licht wieder an.

„Lass das Licht aus!" Anna blinzelte wütend zu Paul. „Ich habe kaum geschlafen."

„Ich auch nicht, aber ich muss mich rasieren", sagte Paul, blickte in den Spiegel und strich sich über sein Kinn.

„Musst du nicht. Du kannst unrasiert zu Hause bleiben", knurrte Anna.

Paul hielt inne und wandte sich zu ihr um. „Wie geht es dir denn?", fragte er sanfter.

„Schlecht. Ich übergebe mich stündlich. Es kommt nur Magensaft und trotzdem muss ich mich übergeben. Dazu noch Durchfall und ich kann kaum noch liegen auf diesen harten Fliesen."

„Ich mache dir nachher noch einen Tee. Möchtest du dich ins Bett legen?"

„Ja", beschloss Anna. Sie erhob sich mit letzter Kraft, um ins Bett zu schlurfen.

Nach einer Weile trug Paul ihr Fiona hinterher und legte sie neben Anna. Fiona dockte an die Brust an, nuckelte. Milch kam keine mehr, was Anna angesichts ihrer Kraftlosigkeit nicht wunderte. Sie schloss die Augen, schlief sofort ein.

Paul kam ins Schlafzimmer. Anna blinzelte. Paul hatte einen Anzug an, mit Krawatte.

Anna wusste, was das bedeutete.

Paul stellte ihr leise eine Thermoskanne auf den Nachttisch sowie eine volle Teetasse daneben. Sie dampfte.

Paul gab der schlafenden Fiona einen Kuss auf die Wange. Dann beugte er sich zu Anna und gab ihr einen Kuss auf die Stirn. „Bis später!", flüsterte er.

Anna schloss die Augen. Sie wünschte sich, dass er es sich noch einmal überlegte.

Paul schloss behutsam die Tür zum Schlafzimmer.

Anna hörte, wie er die Wohnungstür aufsperrte und öffnete.

'Bitte bleib', flehte Anna innerlich. Sie biss die Zähne fest aufeinander.

Sie hörte, wie Paul ins Treppenhaus trat.

Er zog die Tür hinter sich zu. Rumms.

Annas Brustkorb zog sich zusammen.

Sie hörte, wie Paul den Schlüssel ins Schloss steckte.

Er sperrte zu. Klack.

Anna spürte einen Stich.

Rasiermesserscharf.

Mitten ins Herz.

Es raubte ihr den Atem.

Sie hörte, wie Paul die Treppen herunterging. Seine Schritte wurden immer leiser.

Dann folgte Stille.

Betäubende Stille.

Anna hörte nur ihr Herz.

Wie es zersprang. Erstickte. Ertrank.

Und sank, und sank.

Stumm.

Er hat mich im Stich gelassen.

Mich. Uns.

Für seine Arbeit. Für die Arbeit, die er nicht mehr will.

Ihre Unterlippe begann zu zittern. Ihr ganzer Körper bebte. Sie schleuderte ein Kissen auf den Nachttisch, auf dem ein Foto von Paul und ihr stand. Es fiel herunter und das Glas zerbrach. Anna warf sich aufs Kissen, drückte ihr Gesicht hinein und schrie. Aus vollem Hals. Solang sie konnte. Sie schrie ihre Verzweiflung heraus, tief und dunkel. Sie schrie vor Wut. Vor Trauer. Vor Enttäuschung. Bis ihr Hals brannte und der Rachen wehtat. So weh, wie ihr gebeuteltes Herz.

Fiona zuckte mehrmals zusammen, dockte an ihre Brust an.

Anna legte den Arm um Fiona und kuschelte sich eng an sie.

Die Nähe, Fionas gleichmäßiger Atem und die Wärme ihres kleinen Körpers – das tat gut in dieser kühlen Umgebung.

Fiona legte ihre Hand auf Annas Brust, auf Annas Herz. Dieses winzige Patschehändchen! Es war für sie da. Es tröstete Anna. Und machte sie zugleich unendlich traurig.

Anna streichelte über Fionas Kopf, berührte die feinen Härchen. Und schluchzte vor sich hin.

Diese Enge in der Brust. Der Druck, das Gefühl, nicht atmen zu können. Gefangensein in der Verantwortung. Zu müssen. Zu müssen, ohne auszukommen. Die Verantwortung für das Baby nicht abgeben zu können, komme, was wolle.

Bin ich schon erwachsen? Erwachsen genug?

Diese Hilflosigkeit, erwachsen sein zu müssen. Gern wieder ein kleines Mädchen sein zu wollen, das bemuttert werden möchte, weil es sich schlecht fühlt.

Wie soll das weitergehen? Was soll aus Paul und mir werden? Was wird aus unserer Familie?

Wir haben gerade begonnen, eine Familie zu werden. Wie soll das werden, ohne Paul, wenn er den Job bekommt?

Wie soll ich diesen Tag mit Magen-Darm überstehen?

Mit Tee statt Kaffee?

Fiona löste sich von der Brust. Sie öffnete ihre Augen, groß und weit, sah Anna an.

Unschuld in den Augen. Wissen in den Augen. Die Weisheit aller überirdischen Dinge in sich vereint. Die übergeordnete Perspektive.

Anna konnte viel in Fionas Augen lesen, so viel: Liebe. Grenzenlose Liebe. Bedingungslos, annehmend, eins.

Fionas Augen strahlten Vertrauen aus, Sanftheit, vollkommene Ruhe und Harmonie. Das Wissen, das alles gut ist, wie es ist. Dass alles nicht so tragisch war, wie es gerade erschien. Das Gewahrsein, dass alles zusammengehörte und einander bedingte.

Es schien, als konnte nichts, aber auch gar nichts Fiona aus der Fassung bringen. Anna sah Verbundenheit und Einheit in Fionas Ausdruck schimmern. Perfektion, Vollkommenheit, Grenzenlosigkeit und Freiheit schienen aus ihrem Inneren heraus zu leuchten. Das alles konnte sie in Fionas Augen sehen. Es beschlich sie der Gedanke, dass Fionas Seele eine weite Reise hinter sich haben musste und viel mehr wusste als sie selbst.

Die großen Fragen des Lebens.

Und für einen Moment tauchte Anna in Erleichterung ein.
Dann füllte die Übelkeit wieder ihren Magen.

Am Mittag schaffte Anna es, aus dem Bett aufzustehen. Fiona quengelte schon eine Weile, sodass sie ihr die Windel wechselte. Sie nahm ein paar Wegwerfwindeln aus dem Bad mit und deponierte sie auf dem Nachttisch neben dem Bett. Am liebsten hätte sie Fiona abgehalten, denn sie hatte mittlerweile ein gutes Gespür dafür entwickelt, wann Fiona musste. Aber dazu hatte sie keine Kraft übrig. Die Wegwerfwindeln mussten herhalten, denn Anna musste ihre Kräfte schonen.

Und sie musste den Nachsorgetermin mit Kiki heute Nachmittag absagen! Sie holte ihr Handy und schrieb Kiki eine SMS mit der Bitte um Verschiebung des Termins, da sie Magen-Darm habe.

Sie legte ihr Handy weg. Sie hatte Appetit, doch sie fühlte sich zu schwach auf den Beinen, um sich etwas zu essen zu machen. Minutenlang zu stehen wäre zu viel. Sie legte sich ins Bett zu Fiona, die munter strampelte und gluckste, und versuchte zu dösen.

Am Nachmittag hatte sie gerade genug Kraft, um aufzustehen.

Sie konnte den Gestank unter ihren Armen kaum ertragen. Sie ging zum Waschbecken, wusch sich. Dann schlüpfte sie in ein frisches T-Shirt.

Schon besser!

Sie stand vor dem Spiegel, blickte hinein. Sie hielt sich am Waschbecken fest, um nicht umzufallen vor lauter Erschöpfung.

Was für ein Schlamassel!, dachte sie. Anders konnte sie es nicht nennen. Magen-Darm, ein Baby zu versorgen und dazu auch noch ein hässlicher Pickel auf der Nase.

Was zu viel ist, ist zu viel!

Sie wandte sich ab. Sie wollte sich etwas zu essen machen, um zu Kräften zu kommen. Sie ging in die Küche, öffnete den

Kühlschrank und stand eine Weile unschlüssig davor. Was sollte sie essen? Sie suchte nach magenschonender Kost, die schnell zuzubereiten war. Schließlich wollte sie sich nicht überfordern.

Der Kühlschrank gab nichts Passendes her.

Wenn Paul da wäre!

Oder wenn der Pizzalieferservice eine magen-darm-freundliche Suppe liefern könnte! Eine echte Marktlücke!

Seufzend holte sie eine Packung Tütensuppe aus dem Vorratsschrank und stellte einen Topf mit Wasser auf den Herd, als es plötzlich dreimal kurz hintereinander klingelte. Anna zuckte zusammen. Das musste Kiki sein.

Ob sie ihre SMS nicht bekommen hatte?

Anna schlurfte zur Tür, öffnete sie. Tatsächlich stand Kiki vor ihr. Mit weißer Kochmütze auf dem Kopf. Sie hielt einen Topf fest in den Händen, links und rechts jeweils am Henkel.

„Fur dich, eine Suppe!"

Tränen der Rührung schossen Anna in die Augen. Sie stand regungslos da, perplex, überwältigt, unfähig etwas zu sagen.

„Damit wirs du bald gesund", erklärte Kiki und hielt Anna den Topf entgegen.

„Oh Gott, ich danke dir!" Anna nahm Kiki den Topf ab.

„No, no, nigge der da oben! I selber habe die Suppe gekocht!", sagte Kiki mit gespielter Empörung und zwinkerte Anna zu.

Anna lächelte.

„I kann leider nigge reinkommen, damit Teo und i uns nigge anstecken. Aber sag mir: Wie geht es dir?"

„Die Nacht war schrecklich, aber jetzt wird es langsam besser. Ich wollte mir gerade eine Tütensuppe machen."

Kiki rümpfte die Nase. „Die schmeckt nigge. Aber diese Suppe is Rezept von Nonna, von meine Großmutter, mit viele gute Gemuse." Sie zeigte auf den Topf. „Die gibt dir Kraft."

„Vielen, vielen Dank!" Der Geruch der Suppe stieg Anna in die Nase. „Sie riecht gut, da bekomme ich gleich Hunger."

„Wenn du Hunger has, geht es dir bald besser. Magen-Darm bei eine Erwachsene dauert meistens nur vierundzwanzig Stunde."

„Das beruhigt mich. Ich habe gefürchtet, dass das mehrere Tage dauert."

„No, no", lachte Kiki. „Schreib mir, wenn es dir besser geht. Dann machen wir eine neue Termin aus. Oder wenn du sons etwas brauchs, kanns du mir auch schreiben. Nur morgen bin i die ganze Tag auf eine Workshop."

Kiki war gerade im Begriff zu gehen, als sie sich plötzlich umdrehte und fragte: „Wo is eigentlich deine Mann?"

„In der Arbeit."

„Weiß er, dass du krank bis?"

„Ja."

„Er is trotzdem weggefahren?"

„Ja", hauchte Anna leise.

Kiki schüttelte verständnislos den Kopf und fragte: „Wie geht es dir damit?"

Beschämt blickte Anna zu Boden. „Es fühlt sich an wie Liebeskummer. Und Verrat."

Kiki schnalzte mit der Zunge. „I habe jahrelang Erfahrung mit die Väter gesammelt – und es is immer dieselbe!", schimpfte sie. „Weiß du, was die einzige is, die hilft, dass die Männer dableiben?"

Anna sah sie an und schüttelte den Kopf.

„Handschelle!"

„Handschellen?"

„Si, Handschelle", wiederholte Kiki und umfasste ihr Handgelenk mit Zeigefinger und Daumen der anderen Hand.

„Ah, i gebe dir! I brauche gerade nigge, weil meine Mann is auf die Schiff." Kiki wühlte in ihrem Hebammenkoffer, zog die Handschellen heraus und legte sie Anna auf den Deckel des Topfs.

Anna blickte ungläubig auf die Handschellen.

„Die muss du um seine Hände machen, wenn deine Mann schläft, und dann an Bettgitter festmachen", erklärte Kiki.

Anna konnte sich ein Grinsen bei der Vorstellung nicht verkneifen.

„Oh no no, nigge was du denks!" Kiki wedelte entrüstet mit ihrem Zeigefinger. „Das is nur fur die Notfall!"

In verschwörerischem Ton fuhr sie fort: „Du muss das gut planen. Die Handschelle mussen eine lange Kette haben. Sie muss so lang sein, dass deine Mann ins Bad kann, zu Toilette und zu die Waschbecken, sons wird es unhygienisch. Und er muss in die Küche kommen, um etwas zu essen fur dich zu machen. Aber er darf mit der Kette nigge bis zu die Wohnungstur kommen. Das muss du vorher gut ausmessen. Du brauchs die Kette in die richtige Länge, das is wichtig. Und du muss vorher aufräumen: Die Schlussel fur die Handschelle muss du verstecken. Seine Handy darf nigge in die Nähe liegen. Und keine Werkzeug! Metallsäge muss weg, Hammer muss weg."

Kiki sagte das voller Inbrunst und mit so großer Ernsthaftigkeit, dass Anna nun zweifelte, ob sie das im Spaß meinte.

„Ach, und die Schraubenzieher muss weg! Er darf an keine Werkzeug rankommen, mit der er die Bettgitter auseinanderbauen kann", ergänzte sie und murmelte: „Das hatte i bei die letzte Mal vergesse ..."

Kiki strich sich eine Lockensträhne hinters Ohr.

„Kann es sein, dass deine Mann Angs hat, seine Arbeit zu verlieren? Weil du nigge arbeites, muss er allein die Familie versorgen. Das is oft Stress fur eine Mann."

„Das bezweifle ich. Er will sich sowieso einen neuen Job suchen und diese Arbeit kündigen."

„Er hat noch keine neue Job, oder?"

„Nein."

„Also kann sein, dass er Angst oder Stress hat, dass er die Arbeit nigge verlieren darf, oder?"

„Kann sein."

„Weiß du, viele Frauen geht es ähnlich wie dir. Die Männer arbeiten, die Frau muss alles allein machen, alles. Am besten hilft, wenn du dich mit andere Frauen triffs, die auch Kinder haben. Dann könnt ihr euch gegenseitig helfen." Kiki drückte Annas Arm kurz zum Abschied.

Als Paul am Abend nach Hause kam, stellte Anna ihn zur Rede: „Ich verstehe nicht, warum du heute zur Arbeit gefahren bist. Hättest du nicht zu Hause bleiben können?"

„Nein. Ich habe zehn Leute zu einem Krisentreffen bestellt, bei dem wir darüber gesprochen haben, ob und wie das Projekt weitergehen kann. Es war richtig schwer, einen Termin zu finden, an dem alle Zeit haben, und er musste heute sein, denn am Freitag muss ich dem Vorstand Rede und Antwort stehen und einen Plan vorlegen. Der Vorstand muss die Mehrkosten genehmigen, sonst geht das Projekt den Bach runter. Meine Chefin macht da richtig Druck."

„Wenn du einen neuen Job hast und kündigst, müssen sie auch ohne dich auskommen."

„Dann wissen sie lang vorher Bescheid, das ist etwas anderes."

„Wenn du spontan krank geworden wärst, hätte der Termin auch nicht stattfinden können. Manchmal geht es eben nicht!", behauptete Anna und stemmte die Hände in die Hüften.

„Aber ich war nicht krank, sondern du. Außerdem hast du es auch ohne mich geschafft."

„Die Frage ist: Wie?", sagte Anna energisch. „Ich habe Fiona Wegwerfwindeln angezogen und sie ihr den ganzen Tag nur einmal gewechselt, weil ich zu schwach dafür war. Sie hat den Vormittag über viel gequengelt und geschrien, aber ich lag nur da und war bewegungsunfähig, einfach platt. Es war mir egal, was Fiona macht und wie es ihr geht. Ich konnte nichts anderes tun, außer schlafen. Ich war am Ende, völlig am Ende!"

Paul schwieg betreten.

Anna redete sich in Rage: „Ich habe dir heute Morgen gesagt, dass es mir schlecht geht. Ich dachte, du wärst für mich da. Weißt du, wie ich mich gefühlt habe, als du mir die blöde Teekanne hingestellt hast und gegangen bist?"

Paul schüttelte den Kopf und sah sie fragend an.

Anna schnaubte verächtlich. Leise fuhr sie fort: „Ich hatte das Gefühl, dass ich dir weniger wert bin als deine Arbeit – die Arbeit, die du kündigen willst."

Paul schwieg. Sein Gesichtsausdruck wandelte sich von einem fragenden hin zu einem mitleidsvollen. Er raufte sich die Haare. Es schien Anna, als hätte er es eben begriffen.

„Hast du dazu nichts zu sagen?", hakte Anna nach.

„So ist es nicht. Ich ... ich habe das unterschätzt." Paul hob die Schultern und senkte sie wieder. „Wenn ich Magen-Darm habe, ist das meistens nicht so schlimm. Das ist nach ein- bis zweimal übergeben wieder vorbei. Ich hatte nicht erwartet, dass es dir den ganzen Tag so gehen würde."

Anna sah Paul prüfend an. Die dunklen Schatten unter seinen Augen waren deutlich zu erkennen. Wie er dastand mit hängenden Schultern, gesenktem Kopf und zerzaustem Haar, hatte Anna absurderweise das Gefühl, ihn trösten zu müssen. Dabei war sie diejenige, die im Stich gelassen worden war, und er war derjenige, der einen Fehler gemacht hatte, fand sie. Er hatte die falschen Prioritäten gesetzt, eindeutig.

Anna wandte ihren Blick ab. Sie brachte es nicht fertig, ihn zu umarmen. Oder sich umarmen zu lassen. Sie wollte keinen Trost. Sie wollte, dass er es einsah und künftig besser machte.

Fieber und Milchstau

Freitag, 16. August – Tag 29

Am späten Abend ließ die Übelkeit nach. Annas Magen beschwerte sich über die Leere – das war ein gutes Zeichen. Sie war auf dem Weg der Besserung. Sie wollte es wagen, die Nacht über in ihrem Bett zu schlafen. Anna legte sich zu Fiona, küsste ihren Kopf und hielt plötzlich inne. Sie spürte unerwartete Hitze unter ihren Lippen.

Oh nein!

Anna legte ihre Hand auf Fionas Stirn – sie war heiß. Die Stirn, die Wangen, der ganze Kopf glühte. Die Brust, der Bauch, die Beine waren normal temperiert.

Die Füßchen eiskalt. Die Händchen ebenso. Anna versuche, sie mit ihren Händen zu umfassen und zu wärmen. Fiona bekam eine Gänsehaut.

Ihr Körper versucht, sich zu erhitzen, dachte Anna.

Sie zog die Decke über Fiona, bis zum Kinn. Sie rückte näher, versuchte Fiona etwas von ihrer eigenen Wärme abzugeben.

Fionas Hitze breitete sich spürbar unter ihren Fingern aus. Sie rann den Körper hinab, erreichte die Brust, den Bauch, die Arme, die Beine, bis die Hände und Füße schließlich glühten.

Anna holte das Fieberthermometer. Es zeigte 39,3 Grad Celsius an.

„Hoffentlich hast du dich nicht bei mir angesteckt", murmelte Anna zu Fiona.

Fiona lag fast regungslos da. Nur ihr Oberkörper hob und senkte sich in beängstigendem Tempo. Sie atmete schnell, geräuschvoll, angestrengt. Dieser kleine Körper vollbringt Höchstleistungen, dachte Anna.

Anna hätte nichts lieber getan, als sich auszuruhen, zu schlafen und selbst zu Kräften zu kommen. Doch sie war hellwach. Ihre Sinne waren geschärft. Sie sah den geöffneten Mund, sie lauschte Fionas Atem, jeder Unregelmäßigkeit, sie roch ihre eigene Angst.

Anna wusste, es waren schon Kinder an Fieber gestorben. Sie wusste auch, dass Fieber dem Körper nützlich ist, dass er sich erhitzt, um die Krankheitserreger abzutöten. Doch was, wenn das Fieber nicht die Erreger tötete, sondern Fiona?

Was, wenn sie stirbt?
War Fiona stark genug? Sollte Anna darauf vertrauen?
Oder sollte sie stattdessen mit einem Fieberzäpfchen nachhelfen?
Arbeitete sie damit gegen den kleinen Körper, der ihr auf einmal noch tausendmal verwundbarer erschien?
Brauchte Fiona nicht auch genug Flüssigkeit?
Fiona wachte nicht auf, um an ihrer Brust zu nuckeln. Sie lag nur erschöpft da, atmete schwer und glühte.

Nach zwei Stunden fielen Anna die Augen zu. Sie schreckte hoch. Bloß nicht einschlafen! Das durfte sie sich nicht erlauben. Sie würde es sich nie verzeihen, wenn genau dann ...
So konnte es nicht weitergehen! Sie musste sich ausruhen.
Anna rüttelte Paul, der selig vor sich hin schnarchte.
„Was?", fragte er schlaftrunken.
„Kannst du dich um Fiona kümmern? Ich kann nicht mehr."
„Was ist?", fragte Paul und gähnte.
„Fiona hat hohes Fieber. Ich habe nicht geschlafen. Kannst du dich bitte um sie kümmern?"
„Sie schläft. Was soll ich machen?", fragte Paul irritiert.
„Sie beobachten und dich um sie kümmern, wenn ihr Fieber steigen sollte."
„Das geht nicht. Ich muss zur Arbeit und danach habe ich eine lange Autofahrt nach Limburg vor mir und das Bewerbungsgespräch. Ich muss fit sein."
„Das musst du verschieben."
„Auf keinen Fall, das ist wichtig. Lass mich schlafen!", knurrte er.
„Ich kann nicht mehr!", beharrte Anna.
„Schlaf doch einfach!"
„Aber ich ..." Anna fehlten die Worte. Es herrschte plötzlich Leere in ihrem Kopf, eine dröhnende Taubheit. Sie hatte Kopfschmerzen. Sie war zu müde zum Denken. Zu müde zum Diskutieren. Sie schloss die Augen. Und schlief sofort ein.

Als Anna aufwachte, war sie klatschnass. Sie schreckte auf, streckte ihre Hand zu Fiona. Fionas Stirn fühlte sich heiß an. Annas Hand war verschwitzt. Und eiskalt.

In ihrer Brust schmerzte eine Stelle. Sie tastete den Fleck ab, was noch mehr weh tat. Der Schmerz zog sich wie ein dicker Faden durch das Gewebe.

Anna tastete nach Paul. Sein Platz war leer. Sie erblickte einen Lichtstrahl unter der Tür. Paul war bereits wach, machte sich vermutlich gerade im Bad fertig.

Anna versuchte aufzustehen. Bei ihr drehte sich alles, ihr war schwindelig. Sie torkelte in Richtung Bad. Mit einer Hand fuhr sie an der Wand entlang, um nicht umzufallen. Ihr T-Shirt klebte an ihrem Rücken. Sie zitterte, fror.

Das Bad war hell erleuchtet und Paul war gerade dabei zu duschen. Anna war von der Helligkeit geblendet, sah auf die Uhr. Ihr Blick war verschwommen. Sie musste blinzeln, damit sie die Ziffern erkennen konnte. 5:00 Uhr. Paul hatte seinen Wecker auf 4:30 Uhr gestellt und anscheinend war er tatsächlich aufgestanden.

5:30 Uhr aus dem Haus. 6:00 Uhr in der Arbeit sein. 12:00 Uhr Feierabend machen, ausnahmsweise früher, nach Limburg fahren. 16:00 Uhr Bewerbungsgespräch in Limburg. Das war sein Plan für heute.

Paul stellte die Dusche aus, öffnete die Schiebetür und griff nach seinem Handtuch.

„Du kannst heute nicht zur Arbeit fahren", sagte Anna. Ihre Knie zitterten. Sie stützte sich an der Wand ab.

„Ich muss", sagte er und rubbelte sein Gesicht trocken.

„Ich bin am Ende. Ich brauche Hilfe. Ich habe Milchstau, weil Fiona wegen des Fiebers lang nichts getrunken hat."

Paul nahm das Handtuch vom Gesicht, sah sie prüfend an. „Sollen wir unseren Hausarzt anrufen?"

„Ja."

„Ich mach das, sobald er offen hat." Paul legte das Handtuch um den Rücken und rubbelte sich trocken.

„Er stellt dir eine Bescheinigung für den Arbeitgeber aus, dass du heute auf Fiona aufpassen musst", erklärte Anna.

„Ich wollte den Arzt anrufen, damit er euch Medikamente verschreibt. Ich muss heute arbeiten und nach Limburg!", schimpfte Paul und strich energisch mit dem Handtuch über seine Beine.

„Nein! Das musst du heute nicht! Du musst dich um Fiona kümmern!"

„Ich habe heute das Meeting mit dem Vorstand und muss die Mehrkosten für mein Projekt durchbekommen. Ich *kann* nicht zu Hause bleiben. Nicht heute." Paul sah sie fast flehend an. Dann fügte er sanfter hinzu: „Meine Eltern kommen heute wieder. Die können dir bestimmt helfen. Ich werde ihnen Bescheid geben."

„Als ob ich von meinen Schwiegereltern in diesem Zustand gesehen werden möchte!"

„Brauchst du Hilfe oder nicht?" Paul hängte sein Handtuch auf den Handtuchhalter.

Annas Brustkorb krampfte sich zusammen. Sie hatte das Gefühl, kaum atmen zu können. Sie hatte keine Kraft für solche Streit-gespräche. Sie ließ Paul wortlos stehen, begab sich zurück ins Bett, mit bleischweren Schultern, resigniert und geschwächt, zu Fiona, die glühte. Sie legte sich dazu. Ihr Rücken schmerzte, ihre Oberschenkel taten weh. Gliederschmerzen – typische Begleiter eines Milchstaus, das wusste sie. Sie zog Fiona zu sich her, steckte ihr die Brustwarze in den Mund. Fiona saugte, eine Minute lang, dann schlief sie erschöpft ein. Wenigstens etwas! Auch Anna schlief ein.

Als Anna erneut aufwachte, war es hell. Sie blickte um sich, sah Fiona, die schwer und schnell atmete, und sah eine Teekanne und eine Tasse Tee auf ihrem Nachtkästchen.

Paul ist zur Arbeit gefahren. Wieder.

Am liebsten hätte Anna die Teekanne quer durchs Zimmer geschleudert.

Doch sie brauchte sie noch.

Sie legte ihren Kopf auf das Kissen und versuchte zu schlafen. Sie zitterte, zog die Decke über den Hinterkopf, die Ohren, die Stirn, sodass nur noch ihr Gesicht herausragte.

Es half nichts. Der Schüttelfrost durchzog sie, die Kälte schlich in jede Zelle ihres Körpers, kühlte sie aus. Sie wollte Wärme, nichts als Wärme. Eine zweite Decke, eine Wärmflasche, einen wärmenden Körper an ihrem Rücken.

Nichts davon war da.

Ihre Füße eiskalt.

Sie schlief wieder ein.

Zur Mittagszeit erwachte Anna erneut. Sie fror. Sie blickte sehnsüchtig auf die Teekanne auf dem Nachtkästchen. Ihr Arm war zu kurz, um dorthin zu reichen. Die Luft im Zimmer erschien ihr bitterkalt. Sie ließ den Arm unter der Decke. Sie versuchte es gar nicht erst. Zum Aufstehen war sie zu erschöpft. Sie lag da, mit geschlossenen Augen, spürte ihre schmerzenden Glieder, den ausgetrockneten Hals, die Kälte, und sie dachte an Paul und spürte ihr Herz. Es fühlte sich hohl an. Da war nichts – nichts weiter als nichts.

Fionas Fieber war unterdessen gesunken. Sie fühlte sich heiß an, aber sie glühte nicht mehr. Sie trank Milch und bewegte danach munter ihre Füße und Arme.

Anna wollte etwas essen und trinken, um zu Kräften zu kommen. Was sollte sie tun? Ein belegtes Brot in der Küche machen? Schon der Weg in die Küche war zu weit, zu kraftraubend, geschweige denn die fünf Minuten stehen zu bleiben, die dazu erforderlich wären ...

Pizza-Service?

Den Flyer aus der Küche holen? Telefonieren in ihrem Zustand? Unmöglich. Später die Treppe heruntergehen, um das Essen entgegenzunehmen und zu bezahlen? Noch unmöglicher.

Wenn mir irgendjemand helfen könnte!, dachte Anna.

Sie fühlte sich alleingelassen, unglaublich allein. Paul war zur Arbeit gefahren und jetzt sicher auf dem Weg nach Limburg. Annas Eltern und Miri waren in Kenia. Gerade jetzt!

Ihre Schwiegereltern? Ob Paul sie erreicht hatte? Ob sie Lust hatten, ihr zu helfen nach den letzten Vorfällen – ihr, der ach so neidischen Schwiegertochter?

Anna konnte sich nicht darauf verlassen, von ihnen Hilfe zu erhalten ...

Sollte sie den Krankenwagen rufen, um Fiona und sich ins Krankenhaus einweisen zu lassen? Sie war unschlüssig. Sie zögerte. Wo war ihr Handy? Sie hatte keine Kraft, um aufzustehen und es zu suchen.

Sie blieb liegen. Regungslos. Kraftsparend. Allein. Allein mit ihren Gedanken.

Wer konnte ihr helfen?

Kiki? Sie hatte ausgerechnet heute einen Workshop.

Die anderen Mamas vom Geburtsvorbereitungskurs? Die konnte sie nicht fragen, weil Fiona Fieber hatte und Anna nicht wusste, ob es ansteckend war. Außerdem kannte Anna die anderen Mamas nur oberflächlich.

Ihre früheren Freunde? Sie mussten um diese Zeit arbeiten. Frühere Freunde – wie das klang! Die Freunde, die sie hatte, als sie noch kein Baby hatte – wo waren sie jetzt? Anna hatte keine Ahnung, wie es ihnen ging und was sie machten – außer arbeiten. Anna hatte sich seit Wochen nicht bei ihnen gemeldet. Es gab niemanden, den sie anrufen und um Hilfe bitten konnte. Niemand, der Zeit hatte. Und kein Baby.

Niemand.

Oh. Doch.

Es gab jemanden, der kein Baby hatte. Aber Zeit.

Aber konnte sie ...?

Durfte sie ...?

Wäre das okay für Simone?

Anna riss sich zusammen, stand auf, begab sich in die Küche, holte sich eine Tafel Schokolade aus dem Kühlschrank, schnappte sich ihr Handy aus dem Flur, setzte sich auf den Bettrand, fror, leerte die kalte Tasse Tee in wenigen Zügen, zog die Schokolade mit zittrigen Händen aus der Packung, aß die ganze Tafel, ließ die Packung auf den Boden gleiten, schlüpfte frierend und erschöpft ins Bett zurück, kuschelte sich an Fiona, die die Bettdecke zurückstrampelte, ließ ihre Augen zufallen und hörte, wie gerade eine SMS einging.

Gloria schrieb:

„Hallo Anna! Paul hat uns mitgeteilt, dass Fiona Fieber hat und du heute Hilfe brauchen könntest. Wir sind um 10:00 Uhr in Italien losgefahren und könnten gegen 16:00 Uhr bei dir sein. Passt dir das? Gruß, Gloria"

Noch vier Stunden.

Vier! Stunden! Noch!

Nein, das passte nicht.

Anna brauchte jetzt Hilfe. Jetzt! Eigentlich brauchte sie seit gestern Hilfe. Genau genommen, seit sie ein Baby geboren hatte – aber jetzt ganz besonders.

Sie ließ Glorias SMS unbeantwortet. Sie schrieb Simone eine SMS und bat um Hilfe.

Sobald sie die SMS abgeschickt hatte, ereilte sie ein schlechtes Gewissen. Wie konnte sie so egoistisch sein und Simone *damit* belasten? Hätte sie auf Gloria und Karl-Heinz warten sollen?

„Ich komme. Bin in einer halben Stunde da!", schrieb Simone zurück.

Anna atmete erleichtert auf. Schon der Gedanke daran, dass sie schnelle Hilfe bekommen würde, erfüllte sie mit Dankbarkeit und einem Hauch Energie. Sie fühlte sich nicht mehr allein. Sie ließ das Handy sinken, schloss die Augen, erlaubte sich einfach zu liegen, sich zu erholen, Kraft zu tanken.

Die Rettung nahte.

Als Simone klingelte, dauerte es eine Weile, bis Anna an der Tür angekommen war.

Simone begleitete sie in die Wohnung, öffnete als Erstes die Fenster im Schlafzimmer und ließ frischen Wind herein, während Anna sich zu Fiona ins Bett kauerte. Simone legte eine zusätzliche Decke über Annas zitternden Körper, goss ihr einen Tee ein, reichte ihr den Becher, brachte ihr eine heiße Wärmflasche, schmierte ihr ein belegtes Brot und schritt mit der munteren Fiona auf dem Arm ins Wohnzimmer, damit Anna in Ruhe schlafen konnte. Simone war voller Energie und Tatendrang und Anna fühlte sich so umsorgt, wie zuletzt als Kind von ihrer Mutter, wenn sie eine dicke, fette Grippe geplagt hatte. Anna verfiel in einen tiefen Schlaf.

Als Anna erwachte, hörte sie Fiona glucksen und Simone singen. Sie warf ein Blick auf ihr Handy. 14:37 Uhr. Und eine ungelesene SMS.

„Hallo Anna! Wir haben ein Problem und können doch nicht vorbeikommen. Aber da du dich nicht gemeldet hast, gehen wir davon aus, dass du lieber deine Ruhe möchtest, was verständlich ist. Wir kommen morgen Mittag vorbei. Gruß, Gloria."

Es ist immer das Gleiche! Wenn man sich auf sie verlässt, ist man verloren: Schwiegereltern, Ehemann, Deutsche Bahn.

Ein Problem hatten sie, aha! Es klang nicht nach etwas Schlimmem, eher wie eine Warnleuchte im Auto, die sie auffordert, dringend in die nächstgelegene Werkstatt zu fahren.

Anna verspürte den Drang anzurufen und nachzufragen, ob sie Hilfe brauchten, allein aus Pflichtgefühl, weil ihre Schwiegereltern ihr auch Hilfe angeboten hatten. Sie entschloss sich dagegen, denn ihr fiel nichts ein, womit sie ihnen von zu Hause aus helfen könnte, zumal sie sich noch schwach fühlte.

Sie setzte sich im Bett auf, trank eine Tasse Tee und stand auf, um nach Simone und Fiona zu sehen. Simone saß mit dem Rücken zu Anna auf dem Fußboden und hatte sie anscheinend nicht kommen hören. Anna blieb einen Moment im Türrahmen stehen und betrachtete die beiden. Simone hielt Fionas Hände, Fionas Finger umklammerten ihre Daumen. Simone pruste auf Fionas Bauch und lachte vergnügt, während Fiona über das Spektakel mit großen Augen staunte und schnell mit den Beinen strampelte.

Anna räusperte sich. Simone drehte sich zu ihr um.

„Hey, wie geht es dir?", fragte Simone.

„Ich habe noch Gliederschmerzen und meine Brust tut weh, aber ich fühle mich fitter als vor ein paar Stunden."

„Dann bist du auf dem Weg der Besserung." Simone lächelte.

„Wie lief es mit Fiona?"

„Super! Fiona und ich haben uns angefreundet. Sie ist so ein fröhliches Baby, dass es ansteckend ist." Simone strahlte.

„Das beruhigt mich. Ich hatte ehrlich gesagt mit mir gerungen, ob ich dich fragen soll, ob du vorbeikommst."

„Doch, das ist in Ordnung. Es ist wirklich ...", Simone wiegte den Kopf hin und her, „schön."

Simone blieb ein paar Stunden, damit Anna sich ausruhen konnte. Anna verbrachte den Nachmittag matt auf dem Sofa, während Simone Fiona umhertrug, mit ihr sprach und sie schließlich auf dem Arm in den Schlaf schaukelte. Dann trug sie Fiona ins Schlafzimmer, legte sie behutsam ins Bett und begab sich auf den Weg nach Hause. Ein Strahlen umhüllte sie, das Anna noch nie an ihr gesehen hatte.

Immer wieder sah Anna auf die Uhr. Es war 18:40 Uhr. Die Zeit schien stillzustehen. Wann Paul wohl nach Hause kam? Wenn das

Gespräch bis 18:00 Uhr gedauert hatte, würde er erst gegen 23:00 Uhr nach Hause kommen, rechnete sie. Mehr als vier Stunden, bis er zu Hause war. Oder später, falls das Gespräch länger gedauert hatte.

Anna begab sich in die Küche, um sich ein vorgekochtes, eingefrorenes Notfallmittagessen in der Mikrowelle aufzutauen, das sie für den Krankheitsfall im Tiefkühlfach gelagert hatte. Sie stellte gerade den Teller in die Mikrowelle, als sie ihr Handy klingeln hörte.

Paul rief an.

Ihre Miene verdüsterte sich.

„Wie geht es meinen beiden Schätzen?", fragte er vorsichtig.

„Wir sind nicht mehr deine beiden Schätze", sagte Anna. „Du hast uns im Stich gelassen."

„Waren meine Eltern nicht da?", fragte er überrascht.

„Nein."

„Sie wollten dich fragen, ob sie kommen sollen."

„Es ist ihnen etwas dazwischengekommen", sagte Anna. Bitterkeit lag in ihrer Stimme.

„Oje."

„Ganz genau: oje!"

„War es so schlimm?"

„Nein. Schlimmer."

„Ach, du Arme!" Seine Stimme klingt mitfühlend.

Pauls Mitgefühl – aus der Ferne – weckte Annas Wut. Paul sollte hier sein!

„Fiona hatte Fieber und ich Milchstau mit Gliederschmerzen, Schüttelfrost und allem Drum und Dran und du bist zur Arbeit gerannt!"

Paul schwieg am anderen Ende.

„Sie hatte hohes Fieber, über Stunden. Sie ist ein Baby! Und ich bin am Ende meiner Kräfte!", schrie Anna, überrascht von der Kraft, die sie dafür aufwenden konnte. „Ich wusste nicht, wie ich das schaffen soll. Ich hatte sogar überlegt, den Krankenwagen zu rufen, damit sie uns abholen und sich ir-gend-je-mand um mein Baby kümmert."

Paul schwieg.

„Weißt du, wie schrecklich das ist?"

Paul schwieg weiter.

Annas Schimpftriade war zu Ende. Sie hatte dem nichts hinzuzufügen. Auch nicht, dass Simone da gewesen war. Sie wollte, dass er ein schlechtes Gewissen bekam. Sie wartete auf seine Reaktion.

„Das tut mir leid", erklärte Paul nach einer Weile. Seine Stimme klang gedämpft. „Ich bin bald zu Hause. Ich habe mich gerade auf den Heimweg gemacht. Dafür sind heute die Mehrkosten für mein Projekt genehmigt worden und mein Bewerbungsgespräch ist gut gelaufen."

Beim letzten Satz hätte Anna am liebsten laut losgeschrien, getobt und geheult, alles zur gleichen Zeit, doch stattdessen verließ nur ein krummer, schriller Ton ihren Mund. Sie legte auf.

Sie rechnete: Es würde Mitternacht werden, bis Paul nach Hause kam. Anna würde nicht solang wach bleiben, so viel war sicher.

Die Mikrowelle piepte. Anna rührte das lauwarme Essen um und stellte die Zeit nach.

Fiona schlief noch, als das Essen warm war, und Anna aß zügig, um sich gleich zu Fiona legen zu können.

Sie konnte natürlich nicht schlafen, weil sie sich über Paul ärgerte – dachte sie, während sie einschlummerte.

Das Mitbringsel der Schwiegereltern

Samstag, 17. August – Tag 30

„Ich habe dir Frühstück gemacht", flüsterte Paul und strich Anna die Haare aus dem Gesicht.

Anna blinzelte und sah eine Teetasse und einen Teller mit belegten Broten neben dem Bett auf dem Nachtschränkchen stehen.

„Nicht schon wieder Magen-Darm-Tee! Der schmeckt scheuß-lich", wehrte sie ab. „Wo ist mein Kaffee?"

„Kein Kaffee für Kranke! Ich habe dir Fenchel-Anis-Kümmel-Tee gemacht", sagte Paul.

„Na wenn das so ist", seufzte Anna, setzte sich im Bett auf und nahm die Tasse entgegen.

Ihr fielen die letzten zwei Tage wieder ein, und sie fügte mit düsterer Stimme hinzu: „Frühstück kannst du mir ab jetzt jeden Morgen ans Bett bringen. Du hast einiges wiedergutzumachen!" Sie schlürfte einen Schluck und vergrub ihre Nase in der Tasse.

„Soll ich gleich damit anfangen?", fragte Paul mit verführerischer Stimme. „Fiona schläft gerade tief und fest. Was kann ich dir Gutes tun?" Er setzte sich auf die Bettkante, grub seine Hand unter die Bettdecke und begann, ihren Oberschenkel zu strei-cheln.

„Oh, da fällt mir einiges ein", erklärte Anna entschieden und sprang aus dem Bett. „Als Erstes kannst du auf Fiona aufpassen, während ich in Ruhe duschen gehe. Das habe ich seit zwei Tagen nicht geschafft. Deine Eltern haben sich für heute Mittag angekündigt."

Paul seufzte und Anna fuhr fort: „Und wenn du mir etwas Gutes tun willst, dann kannst du die Wäsche mit dem Erbrochenen aus der Badewanne holen und in die Waschmaschine stecken. Dann kannst du die Badewanne putzen und desinfizieren, damit sie wieder benutzbar ist. Danach kannst du den Wasserhahn im Bad reparieren, der seit drei Wochen tropft. Falls sich deine Tochter zwischendurch bemerkbar macht, wäre es nett, wenn du dich um sie kümmerst, falls dir Haushalt und Baby zeitgleich nicht zu viel ist, was du von mir im kranken Zustand erwartet hast. Ach ja, und dann kannst du für deine Eltern etwas kochen, denn so wie ich sie kenne, werden sie Hunger haben, wenn sie hier ankommen."

„Da hat mir meine Idee besser gefallen, was ich dir Gutes tun kann", bemerkte Paul.

Anna verdrehte die Augen und machte sich auf in Richtung Bad. Schnell duschen, Haare waschen und frische Sachen anziehen – und sie fühlte sich wie neu geboren. Nur unglaublich hungrig.

Anna begab sich ins Bett, um zu frühstücken. Gerade, als sie herzhaft in ein Brot hineinbeißen wollte, erwachte Fiona plötzlich mit wimmerndem Geschrei. Seufzend legte Anna das Brot zur Seite und stillte Fiona erst einmal, wobei sie die Brust über die schmerzende Stelle Richtung Brustwarze massierte. Die Schmerzen ließen allmählich nach. Fiona trank gierig.

„Mein Bewerbungsgespräch ist übrigens super gelaufen", sagte Paul. „Der Chef ist ..."

„Nein!", unterbrach Anna ihn. „Bitte verschone mich damit! Ich will nichts davon hören! Sag mir dann, ob du genommen wurdest oder nicht, das reicht mir."

Fiona dockte ab, dann wieder an, dann wieder ab, dann wieder an. Dabei strampelte sie wild mit ihren Beinen.

„Fiona muss mal. Kannst du sie bitte übers Klo abhalten, damit ich in der Zeit frühstücken kann?", bat Anna.

Paul nahm Fiona und ging mit ihr ins Bad. „Fiona, Süße, was hältst du davon, wenn wir nach Limburg umziehen?", fragte er sie mit fröhlicher Stimme.

Anna nahm sich die Tasse Tee vom Nachtschränkchen und nippte daran.

Sie hörte, wie Paul Fiona auf die Waschmaschine legte und den Klettverschluss der Windel öffnete. Dann hörte sie eine Art Knall und Pauls erschrockenen Schrei „Ah!", gefolgt von einem „Oh mein Gott, oh mein Gott, oh mein Gott!"

Anna stand auf, um nachzusehen, was passiert war.

Die Tür zum Bad war angelehnt. Ein unangenehmer Geruch stieg in Annas Nase. Sie stieß die Tür zum Bad vorsichtig auf.

Paul blickte an sich herab. Seine Hose, sein T-Shirt, seine Arme – alles, bis hoch zum Hals, war übersät mit kleinen, braunen, stinkenden Häufchen, Klecksen, Tropfen und Spritzern. Ekel und

Fassungslosigkeit standen Paul ins Gesicht geschrieben. Fiona lag vor ihm mit dem nackten Po in seine Richtung – dem Ursprung des Schlamassels. Annas Blick wanderte durch das Bad. Kreisrund im Durchmesser von zwei Metern waren Spritzer im Raum verteilt, nur exakt hinter Paul war eine Schneise sauberen Fußbodens.

Annas Mundwinkel zuckten. Sie wusste nicht, ob sie lachen oder Mitleid mit Paul haben sollte.

„Fiona ist explodiert", erklärte Paul trocken.

Anna prustete los.

„Ich wollte sie gerade hochheben und abhalten", fuhr Paul fort.

Anna konnte sich kaum halten vor Lachen.

„Was ist daran witzig?", fragte Paul pikiert.

Anna krümmte sich vor Lachen. Sie musste erst Luft holen vom Lachen, bevor sie antworten konnte: „Soll ich dir übersetzen, wie Fiona es findet, dass du mit uns nach Limburg umziehen willst?", fragte sie, erneut prustend vor Lachen.

„Ha, ha!", rief Paul. Er wollte sich wütend sie Hände in die Hüften stemmen, hielt aber aufgrund des verdreckten T-Shirts in der Bewegung inne und warf stattdessen theatralisch die Arme in die Höhe.

In dem Moment klingelte es an der Haustür.

„Möchtest du deine Eltern jetzt begrüßen oder später?", fragte Anna immer noch lachend.

„Wie witzig!", schimpfte Paul.

„Dann gehe ich und mach ihnen auf, wenn es dir nichts ausmacht", erklärte Anna sich bereit.

„Wie witzig!", wiederholte Paul. „Nimmst du Fiona mit? Sie müsste leer sein, da dürfte vorerst nichts nachkommen."

Anna wischte Fiona kurz sauber, nahm sie hoch und ließ Paul in seinem Schlamassel allein. Sie öffnete beschwingt die Tür.

Ihre Schwiegereltern standen draußen. Beide waren braun gebrannt. Karl-Heinz mit leichtem Rotstich.

Gloria trug ein quietschgelbes Kostüm. Ihr Kopf war geziert mit einem weit ausladenden Strohhut mit auffallender türkisfarbener Schleife. Dazu ein rosafarbener Lippenstift.

Annas Stimmung verdüsterte sich schlagartig, als sie daran dachte, wie sie Paul gegen sie aufgehetzt hatten.

„Hallo, Urlauber!", begrüßte sie die beiden und versuchte, gute Miene zum bösen Spiel zu machen.

„Ciao Bella", begrüßte Karl-Heinz zuerst Fiona.

„Du bist aber groß geworden in den letzten drei Wochen!", ergänzte Gloria mit Blick auf Fiona.

„Hallo, Gloria, hallo, Opa! Herzlich willkommen zurück", imitierte Anna eine Kinderstimme und bewegte Fionas Hand zu einem Winken.

„Danke", sagte Karl-Heinz lächelnd, beugte sich vor und schüttelte Fionas winzige Hand mit seinem Daumen und Zeigefinger.

Anna war froh, dass sie für Fiona sprechen konnte. So klang ihre Stimme freundlicher. Auch konnte sie damit überspielen, dass sie Karl-Heinz nicht umarmen wollte und sich nicht von Gloria mit Küsschen links und rechts begrüßen lassen wollte, wie Gloria es sonst tat. Gloria hielt sowieso mit beiden Händen einen Schuhkarton vor dem Bauch.

Anna bat die beiden herein.

Gloria duftete heute nach Jasmin. Als sie an Anna vorbeiging, drang ein großzügiger Schwall ihres Parfums in Annas Nase und verursachte Übelkeit bei ihr. Dabei mochte sie eigentlich den Geruch von Jasminblüten, aber eine Tonne Jasmin war für ihre empfindlichen Geruchsnerven zu viel.

Gloria stellte den Karton behutsam auf der Kommode ab, um sich ihre Schuhe auszuziehen.

Anna hörte Paul unterdessen im Bad fluchen.

„Wie geht es dir? Wieder besser?", fragte Karl-Heinz an Anna gewandt.

„Es geht. Wir sind noch nicht gesund. Seid lieber vorsichtig, damit ihr euch nicht ansteckt."

„Wir bleiben sowieso nur kurz. Wir wollten heute in die Innenstadt fahren und Shoppen gehen", erklärte Karl-Heinz.

„Ach so? Ich dachte, ihr wolltet heute länger bei uns bleiben", entgegnete Anna überrascht.

„Wir kommen morgen in Ruhe bei euch vorbei, da haben die Läden geschlossen. Heute wollten wir euch nur einen kurzen Besuch abstatten", erklärte Gloria und hielt ihre Schuhe einen Moment in der Hand, unsicher, wohin sie diese stellen sollte, da Schuhe überall im Eingangsbereich chaotisch verteilt herumlagen. Schließlich stellte sie ihre auf die andere Seite des Flures.

Die Schwiegereltern folgten Anna ins Wohnzimmer, wo sich die drei auf die Couch setzten. Gloria positionierte den Karton auf ihren Schoß. Erst jetzt bemerkte Anna, dass er zahlreiche kleine Löcher aufwies, was sie irritierte.

„Wie war eure Fahrt gestern? Seid ihr lang im Stau gestanden?", fragte Anna höflich.

„Fürwahr! Zwei Stunden lang sind wir nicht einen Deut vorangekommen. Da kam eine Baustelle nach der anderen, und an einer der Baustellen hatte sich zuvor ein Unfall ereignet", beschwerte sich Gloria und rollte mit den Augen. „Dann haben wir pausiert und mussten das hier entdecken." Sie strich zart mit ihren Fingern über den durchlöcherten Karton.

„Was denn?", fragte Anna nach.

Gloria öffnete behutsam den Deckel und hob ein winziges Katzenbaby aus dem Karton.

„Oh Gott, ist die winzig!", rief Anna entzückt.

Gloria setzte das Kätzchen auf ihre Hand. Es passte genau darauf.

„Die Kleine ist vielleicht drei Wochen alt und wurde auf dem Rasthof ausgesetzt", schniefte Gloria.

„Einfach ausgesetzt!", wiederholte Karl-Heinz. „Und das bei der Hitze!"

„Sie war unter einem Baum im Schatten", warf Gloria ein, „und es waren viele Leute auf dem Parkplatz."

„Aber keiner hat sich darum gekümmert", klagte Karl-Heinz. „Wer weiß, wie lang das arme Ding überlebt hätte, wenn wir es nicht mitgenommen hätten! Keiner von den anderen Leuten ist auf die Wiese gegangen, um nachzusehen, was da in dem Karton ist. Da mussten erst wir kommen!"

„Kann ich sie mal nehmen?", fragte Anna Gloria.

Gloria blickte Anna für einen Moment skeptisch an, als ob sie ihr etwas wegnehmen wollte.

„Nur kurz?", ergänzte Anna.

Gloria nickte.

Anna legte Fiona Karl-Heinz in den Arm, nahm die Babykatze auf eine Hand und hielt sie dicht vor ihren Bauch.

„Oh Gott, ist die süß! Und leicht!" Mit den Fingern streichelte Anna ihr über den Rücken.

Ihr Fell war flauschig, weich und warm! Einfach unglaublich! Anna kraulte die Katze im Nacken, wo sie dichteres Fell hatte. Sie wühlte sanft mit den Fingerspitzen tiefer in ihr Fell, bis sie ihre warme Haut spürte. Die Katze war grau-schwarz getigert, krallte ihre winzigen Pfötchen sanft in Annas Hand hinein und blinzelte Anna mit glänzenden Augen an. Anna strich ihr über die winzigen Pfoten, die daraufhin leicht zuckten, über ihre Ohren, über das weiche Fell am Bauch. Sie dachte daran, dass es so ähnlich war, wie wenn man sein Baby das allererste Mal in seiner Hand hielt — es war berauschend!

Paul erschien im Wohnzimmer, bekleidet mit einem frischen T-Shirt und anderer Hose.

„Was ist hier los?", fragte er überrascht.

„Deine Eltern haben auch ein Baby mitgebracht", schmunzelte Anna und hob ihre Hand mit dem Katzenbaby ein wenig in die Höhe.

Paul begrüßte seine Eltern, dann setzte er sich neben Anna.

„Habt ihr die über die Grenze geschmuggelt?", fragte er und streichelte dem Katzenbaby übers Fell.

„Nein, wo denkst du hin? Die war hier in Deutschland! Auf dem Rastplatz kurz nach der Grenze", beschwichtigte Gloria. Sie setzte ihren voluminösen Strohhut ab und fächerte sich damit Luft zu.

„Na dann herzlichen Glückwunsch zum neuen Baby!" Pauls Augen funkelten schelmisch.

„Äh, eigentlich ...", Gloria hielt im Fächern inne und räusperte sich, „eigentlich dachten wir eher, dass wir Katzengroßeltern werden."

Anna stockte. Irgendetwas lief hier schon wieder schief. Gewaltig schief.

Am liebsten hätte sie das Gespräch an der Stelle sofort unterbrochen, ihre Schwiegereltern und die Katze zur Tür hinausgeschoben und ihnen eine gute Heimreise gewünscht.

„Was meinst du?", fragte Paul nach.

Oh nein!

„Karl-Heinz und ich dachten, dass ihr sie behalten könntet", erklärte Gloria und fächerte sich wieder mit dem Hut Luft zu.

Anna erstarrte.

„Wir?", fragte Paul erstaunt. Er nahm reflexartig die Hand von der Katze, so als sei ihm gerade klar geworden, dass er das, was er angefasst hatte, auch kaufen musste. Er blickte von seiner Mutter zur Katze herab, dann schaute er Anna prüfend an.

Anna schüttelte unmerklich den Kopf, in der Hoffnung, dass Paul es sah, dass es aber nicht allzu auffällig war.

Sie hatte genug Probleme, den Alltag mit Fiona auf die Reihe zu bekommen!

Anna sah Paul eindringlich an. Wenn sie sich genug anstrengte, dann konnte Paul jetzt in ihren Augen die Worte ablesen: 'Ein Tier kommt mir nicht in die Wohnung!'

„Das kommt überraschend", wehrte Paul ab.

„Wir haben das nicht geplant, aber wir konnten sie nicht ihrem Schicksal überlassen", jammerte Gloria.

„Das ist wirklich sehr kurzfristig", sprang Anna Paul bei.

„Ich weiß, aber wir können zu Hause keine Katze gebrauchen, weil Karl-Heinz immer Vogelküken aufpäppelt, die aus dem Nest gefallen sind. Außerdem wollen wir der Katze die lange Fahrt nach Aschaffenburg nicht zumuten."

„Warum habt ihr sie nicht gleich ins Tierheim gebracht?", fragte Anna aufgebracht.

Gloria blickte irritiert drein, als wäre ihr dieser Gedanke nicht gekommen. „Ich dachte, du wolltest eine Katze haben", rechtfertigte sie sich.

„Ich?", fragte Anna entsetzt nach.

„Ja, du!", betonte Gloria. Sie streckte ihre Schultern nach hinten und reckte ihr Kinn nach vorne: „Und du wolltest sie Gloria nennen!"

Die Krake muss weg!

Sonntag, 18. August – Tag 31

Anna saß auf dem Sofa. Sie blickte hin und her zwischen dem Katzenbaby auf der einen Seite, das zusammengerollt auf einer wasserdichten Unterlage schlief, und Fiona auf der anderen Seite, die im Stillkissen schlummerte.

Auf der einen Seite miaute es leise. Wer konnte schon einem winzigen, wuscheligen Wollknäuel widerstehen? Wer wäre fähig, es in einem Tierheim abzugeben, wenn er dieses unschuldige Etwas einmal in der Hand gehalten hatte und gespürt hatte, wie samtig dieses Häufchen Fell war?

Das konnte keiner!

Erst recht keine frischgebackene Mutter. Da kam der scharfe Mutterinstinkt raus, der alles beschützte, was klein, weich und warm war. Auch wenn es nicht heiser schrie wie ein neugeborenes Menschenjunges, sondern zart miaute.

Auf der anderen Seite schniefte Fiona kurz auf. Anna hatte eine Verpflichtung ihrer Tochter gegenüber. Sie musste sich in erster Linie um sie kümmern. Anna konnte eine derartige Einmischung seitens der Schwiegermutter in ihr Leben nicht dulden. Gerade von Gloria!

Dabei war Gloria an sich relativ umgänglich. Okay, sie war laut und oberflächlich, overdressed und overperfumed, zu sehr etepetete, fand Anna. So war sie halt. Okay, Gloria teilte Pauls und Annas Ansichten nicht immer, beispielsweise wenn es um die Namensgebung von Fiona ging oder um das Kinderwagenthema. Doch das konnte Anna sich erklären: Wenn Gloria Annas Meinung nicht akzeptierte, dann nur, weil sie diese nicht verstand. Mit ihrem konsumgesteuerten, egozentrischen Hirn. Aber hey: Keiner ist perfekt!

Mal ehrlich: Anna hätte es schlimmer treffen können.

Schlimmer als schlimm.

Sie hätte Anna nicht als Schwiegertochter akzeptieren können. Sie ignorieren. Oder rausschmeißen.

Nein, so war sie nicht.

Statt den Kontakt abzubrechen, rief Gloria lieber täglich an. Auch eine Möglichkeit, jemanden fertig zu machen, dachte Anna.

Aber nein, jetzt wurde sie ungerecht.

Sie musste damit aufhören!

Anna war überfordert. Vom Alltag mit Fiona. Völlig. Keine Zeit zum Essen. Keine Zeit zum Duschen. Jeden Tag. Außer am Wochenende, vielleicht. Unregelmäßiger Schlaf. Permanent müde. Und gereizt. Hormonell bedingte Stimmungsschwankungen.

Sie war sich klar darüber, dass es ein Ausnahmezustand war. Kein Dauerzustand. Nur langwierig. Zwei Jahre. Ein langwieriger, dauerhafter Ausnahmezustand.

Kaum eine Zimmerpflanze hatte auch nur den Beginn dieses langwierigen Ausnahmezustands seit Fionas Geburt überlebt.

Quizfrage: Was war es, was Anna in dieser Situation am aller-wenigsten brauchen konnte?

A) Kaffee?

B) Hilfe?

Oder:

C) Ein süßes, kleines Kätzchen, um das man sich alle drei Stunden kümmern muss, Tag wie Nacht?

Gloria hätte die Millionenfrage gründlich versemmelt.

Anna hasste es, vor vollendete Tatsachen gestellt zu werden. Okay, sie glaubte ihren Schwiegereltern die Geschichte mit dem Rasthof. Wobei sie ihnen auch zutrauen würde, dass sie die Katze gerade aus dem Tierheim geholt hatten. Insbesondere, weil sie am selben Tag losgezogen waren, um ein Halsband zu kaufen und den Anhänger mit der Inschrift „Gloria" gravieren zu lassen. Als Anna in das zutiefst zufriedene Gesicht von Pauls Mutter geblickt hatte, als sie ihnen am selben Abend das Halsband überreicht hatten, konnte sie das Gefühl nicht abschütteln, dass alles von langer Hand geplant gewesen war.

Vielleicht war das Berechnung. Von Gloria. Ihrer Schwieger-mutter. Ein Komplott. Gegen die frischgebackenen Eltern. Weil sie ihre Tochter nicht 'Gloria' genannt hatten.

Gegen Anna als Schwiegertochter insbesondere. Weil sie in jedem Fall die Härte der Schuld traf, auch wenn Paul und sie noch so sehr beteuerten, dass es ihre gemeinsame Entscheidung gewesen war.

Gegen Annas Schlaf. Gegen jegliche Chance auf ein geregeltes Familienleben die nächsten zwei Jahre. Oder zwanzig. Oder hun-dert. Wie alt wird so eine Katze mit ihren sieben Leben? Wenn es so weiterging, überlebte die Katze Anna um Jahrzehnte ...

Neben Anna miaut es leise. Das winzige Fellbündel streckte alle vier Pfötchen von sich und berührte sanft Annas Oberschenkel.

Anna kraulte das Kätzchen im Nacken. Es räkelte sich wohlig in ihrer Hand und schnurrte behaglich.

Ich mag meine Schwiegermutter nicht besonders, habe ich das schon erwähnt?

Es klingelte.

Sie sind es. Ich weiß es.

Anna stellte sich taub.

Ich bin nicht da. Quasi. Ich habe zu tun. Mit Fiona. Mit unserer Katze namens Gloria. Mit mir.

Ich habe keine Zeit für Besuch. Absolut keine Zeit. Und keine Lust. Ich bin stinksauer. Immer noch. Und ich weiß nicht, wann sich das je ändern wird.

Paul öffnete seinen Eltern die Tür. Er bat sie herein, ins Wohnzimmer, wo Anna auf dem Sofa saß. Sie hatte Fiona auf den Schoß genommen. Die Katze schlief an Annas Oberschenkel gekuschelt.

Gloria trug heute ein knallrotes, hautenges Kleid. Dazu roten Lippenstift und schulterlange Ohrringe aus roten Federn. „Hallo, Gloria!", begrüßte sie als Erstes die Katze und beugte sich zu ihr herunter. „Ist das nicht witzig?", fragte sie, kicherte kindisch und deutete zwischen sich und der Katze hin und her.

Anna lächelte gezwungen, mit zusammengekniffenen Lippen.

„Hallo, Süße!", begrüßte Karl-Heinz ebenfalls zuerst die Katze und strich ihr übers Fell.

„Hallo, Fiona, mein Herzchen!", begrüßte Gloria nun auch ihre Enkelin und drückte ihr einen knallroten Kussmund auf die Stirn. Sie setzte sich neben die Katze.

Anna wischte Fiona mit dem Daumen den roten Lippenstiftabdruck von der Stirn.

„Hallo, Oma", flötete Anna dann in hoher Kinderstimme, so als ob sie für Fiona sprechen würde.

Bei dem Wort 'Oma' zuckte Gloria kurz zusammen, was Anna eine gewisse Befriedigung bescherte.

„Und hallo, Opa", fügte Anna hinzu.

Karl-Heinz stellte sich neben Paul, streckte den Kopf nach vorne und winkte Fiona und Anna grinsend zu.

„Wir haben euch etwas mitgebracht", flötete Gloria.

„Ein Hundebaby diesmal?" Anna konnte sich den sarkastischen Unterton nicht verkneifen.

„Nein, Kraken. Wie in Italien!" Gloria strahlte und hielt eine Plastiktüte empor.

„Wir haben kein Aquarium und die Badewanne ist für Fiona reserviert", sagte Anna trocken.

„Ach Quatsch, die leben nicht mehr!" Gloria winkte mit der Hand ab. „Die haben wir frisch auf dem Viktualienmarkt gekauft. Die können wir nachher grillen."

Hast du vergessen, dass ich Meeresfrüchte hasse?

Hast du?

„Wir können auf den Balkon gehen", sagte Paul. „Der Grill müsste soweit sein. Ich habe ihn vorhin angezündet."

Sie begaben sich auf den Balkon, Anna hielt Fiona im Arm und stellte sich abseits, damit Fiona den Rauch nicht abbekam.

Paul stellte sich an den Grill und legte das Fleisch und die Kraken darauf.

„Wie war die erste Nacht mit Gloria?", fragte Gloria verzückt und klatschte in die Hände.

„Na ja ...", zwitscherte Anna mit honigsüßer Stimme, „... wie ihr sicher wisst, müssen drei Wochen alte Katzenbabys alle drei Stunden gefüttert werden." Anna sah ihre Schwiegereltern prüfend an.

Gloria runzelte die Stirn. „Oh", entfleuchte es ihr, dann fasste sie sich aber rasch. „Das ist aber interessant, nicht wahr, Karl-Heinz?" Sie blickte zu ihm.

Dieser nickte betreten und steckte stumm die Hände hinter dem Rücken zusammen.

„Nach dem Trinken muss der Bauch massiert werden, damit die Verdauung angeregt wird und das Katzenbaby ausscheiden kann."

„Das wusste ich nicht. Das ist überaus erhellend", kommentierte Gloria.

„Wir wussten das bis gestern auch nicht", fuhr Anna in scharfem Ton fort. „Da wir keinerlei Erfahrung mit Katzenbabys hatten, habe ich mich im Internet informiert, was wir überhaupt tun müssen."

Anstatt mich von den Strapazen vom Magen-Darm-Virus und dem Milchstau zu erholen.

„Dann ist Paul einkaufen gefahren", fügte Anna hinzu.

Anstatt sich um Fiona zu kümmern, damit ich mich ausruhen kann.

„Er hat das Notwendigste besorgt", sagte Anna. „Fläschchen, Ersatzmilchpulver, saugfähige Unterlagen, Infrarotlampe, Feuchttücher, Katzenklo, Katzenstreu, Körbchen und was man sonst alles braucht."

Gloria lächelte Paul anerkennend zu.

Er war drei Stunden unterwegs. Drei!

„Ich war noch geschwächt von Magen-Darm. Also hat Paul sich in der Nacht den Wecker gestellt, um sich alle drei Stunden um die Katze zu kümmern."

Was nicht bedeutet, dass er alle drei Stunden aufgestanden ist, sondern ich.

Paul hatte den Wecker nicht gehört.

Genau diese Nacht hat Fiona ausnahmsweise durchgeschlafen.

Danke, Gloria! Danke, Karl-Heinz!

Danke vielmals!

„Gut gemacht, Junge!" Karl-Heinz klopfte Paul anerkennend auf die Schulter.

Paul lächelte. Wenigstens hatte er den Anstand, dabei verlegen auszusehen.

„Blendend!", lobte Gloria und strich sich eine Haarsträhne hinters Ohr. „Ihr seid ausgezeichnet organisiert."

Anna wäre ihr am liebsten an die Gurgel gesprungen.

„Wie lief dein Vorstellungsgespräch?", fragte Karl-Heinz an Paul gewandt.

Paul blickte Anna fragend an, als wolle er ihre Erlaubnis, darüber reden zu dürfen.

Anna blickte demonstrativ über die Dächer der Stadt in die Ferne, so als ob sie dem Gespräch nicht zuhören würde.

„Es lief fantastisch!", platzte Paul heraus.

Anna spähte aus den Augenwinkeln zu Paul – ihr Gesicht weiter in die Ferne gerichtet.

Paul grinste breit von einem Ohr bis zum anderen. So stolz hatte sie ihn lang nicht gesehen. Es versetzte ihr einen Stich.

„Der Termin war auf eine Stunde angesetzt, aber wir haben uns zweieinhalb Stunden unterhalten und am Ende hat sich mein zukünftiger Chef mit einem 'bis bald' verabschiedet."

„Das ist ein gutes Zeichen." Karl-Heinz nickte anerkennend.

„Jep!" Paul wendete die Steaks und die Kraken auf dem Grill.

„Dann zieht ihr bald nach Limburg!", stellte Gloria entzückt fest.

Paul blickte unsicher zu Anna. Als ihre Blicke sich trafen, schaute Anna schnell wieder über die Dächer. Sie hatte sich fest vorgenommen, bei diesem Thema nicht mitzudiskutieren. Drei gegen eins. Das konnte nicht zu ihren Gunsten ausgehen.

„Limburg ist ein entzückendes Städtchen", schwärmte Gloria und stellte sich neben sie. „Das musst du dir ansehen! Enge Gassen, bunte Häuser, überall Kopfsteinpflaster und viele kleine Läden. Karl-Heinz, erinnerst du dich an den Lavendelladen?"

„Wie könnte ich den vergessen!", antwortete Karl-Heinz düster.

„Hm, wie es dort duftet! Anna, das musst du selbst erlebt haben!", flötete Gloria.

„Von dem Geruch wurde mir übel", beschwerte sich Karl-Heinz.

„Der ganze Laden ist lila", fuhr Gloria unbeirrt fort. „Total schnuckelig."

„Augenkrebs kriegt man davon", warf Karl-Heinz ein.

Annas Mundwinkel zuckten amüsiert.

Gloria warf Karl-Heinz einen strengen Blick zu. Dann fuhr sie fort: „Da kann man alles mit Lavendel kaufen, alles in Lila:

Kissen, Seifen, Parfum. Ganz exzellent. Da habe ich mein Lavendel-Parfum her. Einfach betörend!"

„Wenn du willst, kriegst du dort sicher auch ein lilafarbenes Pupskissen", warf Karl-Heinz ein.

„Mit Lavendelduft, der herausströmt, wenn man sich draufsetzt?", fragte Anna nach.

„Nein, aber einer lilafarbenen Pupswolke!" Karl-Heinz lachte laut auf. Ein dunkles Lachen, tief aus seinem Inneren.

„Ach, Karl-Heinz!", mahnte Gloria und stemmte die Hände in die Hüften. „Mach nicht alles schlecht! Ich versuche gerade, Anna die Schönheit von Limburg nahezulegen und du torpedierst meine Bemühungen."

„Entschuldige! Limburg ist wirklich erstklassig und unglaublich glorios!", betonte Karl-Heinz und zwinkerte Anna zu. „Eine der malerischsten Städte der Welt!"

Gloria fuhr fort: „Wahrhaftig! In Limburg gibt es unzählige, farbenfrohe Häuser. Eine Pracht! Schade, dass du nicht mitgefahren bist zu Pauls Bewerbungsgespräch. Dann hättet ihr euch gemeinsam die Stadt anschauen können."

„Ja, schade, dass du Magen-Darm hattest. Limburg ist schön. Definitiv schöner als Magen-Darm!", fügte Karl-Heinz hinzu.

Anna biss sich auf die Lippe, um ein Grinsen zu unterdrücken.

„Karl-Heinz!", schimpfte Gloria mit schriller Stimme und funkelte ihren Mann böse an.

Paul ergriff das Wort: „Wenn alles gut läuft, dann habe ich bald ein weiteres Gespräch in Limburg. Dann kann Anna mitkommen und sich ein eigenes Bild von der Stadt machen." Paul blickte Anna eindringlich an.

Anna hielt seinem Blick stand.

Paul hätte zumindest Arbeitskollegen und wäre dort gesellschaftlich eingebettet. Aber sie? Wie sollte sie Anschluss finden, wenn sie nur mit dem Baby zu Hause war? Sie fürchtete die

Einsamkeit. Wie bedeutend konnte die Schönheit einer Stadt da schon sein?

Anna wandte den Blick ab.

„Die ersten Grillsachen sind fertig. Dad, möchtest du ein Bier?", fragte Paul.

„Welches hast du?", wollte Karl-Heinz wissen.

„Komm mit! Ich zeige es dir." Paul legte die Grillzange beiseite und führte seinen Vater in die Küche.

„Anna, gib mir deinen Teller! Ich hole dir schon etwas zu essen." Gloria schnappte sich die Grillzange.

„Danke." Anna reichte ihr den Teller.

„Was möchtest du?" Gloria deutete auf die gegrillten Stücke.

„Ein Putensteak, bitte."

Gloria legte es ihr auf den Teller. „Auch Krake?"

„Nein, danke."

„Die ist aber sehr lecker."

„Ich mag keine Meeresfrüchte."

„Aber das ist Krake! Tintenfisch, du weißt schon. Die ist ganz frisch."

„Die ist mir zu zäh, ich mag das nicht."

„Die ist nicht zäh. Sie ist außen knusprig, innen schön weich – perfekt geworden!" Gloria drückte mit der Grillzange auf eine Krake.

„Ich möchte wirklich keine."

„Probier die kleine hier, und wenn sie dir schmeckt, kannst du noch mehr haben." Gloria legte eine Krake auf Annas Teller.

„Ich habe 'nein' gesagt."

„Aber später ist keine mehr da. Du musst sie jetzt probieren."

„Ich will aber nicht."

„Willst du lieber eine andere?" Gloria deutete auf die anderen Krakenstücke.

„Ich will gar keine." Anna stampfte verzweifelt mit dem Fuß auf den Boden.

Gloria sah sie verdattert an.

„Ich will weder diese noch die andere noch überhaupt irgendeine! Ich hasse Krake!" Anna schrie fast.

Gloria gab Anna stumm den Teller.

Paul und Karl-Heinz traten auf den Balkon, jeder mit einer Bierflasche in der Hand. Sie blickten irritiert zwischen Anna und Gloria hin und her. Anna wusste, dass die beiden ihre laute Stimme gehört hatten.

Anna ging eilig mit ihrem Teller hinein ins Wohnzimmer und stand unschlüssig da.

„Was hat sie gegen meine Krake? Ich biete ihr den besten Tintenfisch an und sie tut so, als ob ich ihr Böses will. Dabei habe ich es nur gut gemeint", hörte Anna Glorias Beschwerde.

Anna stöhnte auf. Langsam war Anna sich sicher, dass Gloria das bewusst machte. Sie behandelte Anna wie ein kleines Kind!

Und Anna hatte genauso reagiert.

Wie hatte sie sich so gehen lassen können? Sie musste sich besser beherrschen!

Sie starrte auf die Krake auf ihrem Teller, verzog angewidert das Gesicht und überlegte, was sie mit dem Tierchen anfangen sollte, das leblos auf ihrem Teller lag, alle acht Arme steif von sich gestreckt.

In den Müll werfen, war ihr erster Impuls.

Aber nein. Dann wäre das arme Tier umsonst gestorben. Das brachte sie nicht übers Herz.

Sie könnte die Krake mit Nadeln durchlöchern wie eine Voodoo-Puppe.

Aber nein. Daran glaubte sie nicht.

Also was dann? Wohin damit?

Sie blickte sich um. Glorias Handtasche stand auf dem Sofa.

Ein fettes Grinsen breitete sich auf Annas Gesicht aus.

Aber nein, das war nicht ihr Stil! Sie wurde augenblicklich wieder ernst.

Anna, so geht das nicht!

Sie holte Geschenkpapier aus dem Schrank, wickelte die Krake hinein und band eine Schleife drumherum.

Fertig!

Das war ihr Stil!

Ab damit in Glorias Handtasche, schön weit unten, unter dem Geldbeutel, ihrem Smartphone und den Taschentüchern.

Jetzt ging es ihr besser.

Viel besser!

Dann ging Anna in die Küche, holte Grillsauce aus dem Kühlschrank und betrat damit winkend den Balkon. „Die haben wir vergessen", lächelte sie und stellte die Sauce auf den Tisch.

Gloria, Karl-Heinz und Paul saßen aufgereiht auf einer Bierbank, von der Sonne abgewandt.

Anna setzte sich ihnen gegenüber. Ihr gefiel der Platz in Richtung Sonne.

Ja, doch, es war ein himmlisch schöner Tag!

Wie acht Arme einem den Tag versüßen können!

Nach dem Essen begaben sich alle ins Wohnzimmer.

Die Katze Gloria räkelte und streckte sich genüsslich. Gloria setzte sich auf die Couch und kraulte sie.

„Es sind drei Stunden um. Gloria hat sicher Hunger", bemerkte Anna mit Blick auf die Katze. „Wollt ihr sie füttern?"

„Oh ja, ich!", meldet sich Karl-Heinz mit erhobenem Arm.

Er hat eindeutig zu viel Zeit in der Schule verbracht, dachte Anna, aber sein Engagement freute sie. Er machte es sich auf dem Sofa neben seiner Frau gemütlich, nahm die Katze auf den Schoß und hielt ihr den Sauger ans Maul, woraufhin die Katze gierig anfing zu trinken.

Eine Weile hörten alle dem Schlürfen und Schmatzen zu.

Karl-Heinz sah hochkonzentriert und ein wenig stolz aus. Dann breitete sich ein Grinsen auf seinem Gesicht aus.

„Wer hätte das gedacht, dass Gloria mir mal aus der Hand frisst", scherzte er.

„Genau genommen trinkt sie aus der Flasche in deiner Hand", korrigierte Gloria ihn. „Ach, jetzt habe ich nichts zu tun. Kann ich Fiona halten?", fragte sie.

Anna wusste, dass es keinen Grund gab, ihr das zu verweigern. Keinen, für den sie Verständnis geerntet hätte. Sie übergab ihr Fiona. Gloria wiegte sie sogleich in ihren Armen, stupste mit ihrem Finger ihre Nase an, streichelte über ihre Fingerchen und über den Kopf.

Anna seufzte innerlich. Später würde Anna den Fremdgeruch wieder abwaschen müssen!

„Oh", rief Karl-Heinz und hielt die Katze in die Höhe. Ein nasser Fleck zeichnete sich auf seiner Hose ab.

„Oh nein", sagte Anna.

„Sie musste wohl einmal", kommentierte Gloria und fing an, herzhaft zu lachen.

Anna holte Karl-Heinz ein Küchentuch, damit er sich damit abtupfen konnte.

Glorias Lachen ebbte erst nach einer Minute ab, während Karl-Heinz notdürftig versuchte, sich die Hose zu trocknen.

Dann wandte sich Gloria wieder Fiona zu. „Wie aufmerksam sie mich ansieht!" Gloria lächelte und hielt einen Moment inne. „Als ob sie genau weiß, wer ich tief in meinem Herzen bin."

Ja, wer denn?

„Oh!", rief Gloria plötzlich. Sie hob Fiona in die Höhe. Auf ihrer Bluse zeichnete sich ein nasser Fleck ab.

„Oh nein, nicht schon wieder!", stammelte Anna.

Gloria sah Anna an. Überrascht, fragend, verwirrt.

Karl-Heinz prustete los vor Lachen.

„Ich hole ein Tuch", sagte Anna zu Gloria.

Während sie in der Küche verschwand, hörte sie Karl-Heinz rufen: „Wer zuletzt lacht, lacht am besten."

„Hat Fiona keine Windel an?", fragte Gloria, als Anna ihr das Tuch reichte.

„Doch, aber eine Stoffwindel", erklärte Anna.

„Ihr verwendet Stoffwindeln?" Gloria rümpfte die Nase und tupfte sich die nasse Stelle trocken.

„Genauer gesagt versuchen wir Windelfreiheit", begann Paul zu erklären.

„Freiheit für den Babypopo!" grölte Karl-Heinz. „Die Windel muss weg! Die Windel muss weg!" Er streckte mehrmals die Fäuste in die Höhe, als ob er bei einer Demonstration mitmarschierte.

„Wie bitte? Wie äh …" Gloria rang um Worte. „Wie funktioniert das genau?"

„Babys senden ein Signal, dass sie müssen. Wenn wir das bei Fiona bemerken, ziehen wir sie aus und lassen sie in die Toilette machen", erklärte Paul.

„Das habe ich noch nie gehört", sagte Gloria.

„Und das funktioniert?", fragte Karl-Heinz immer noch lachend mit hochgezogenen Augenbrauen. Anna konnte seine Skepsis angesichts Glorias nasser Bluse verstehen.

„Ja", antwortete Paul schlicht.

„Ich glaube, ihr werdet bald auf Wegwerfwindeln umsteigen", prophezeite Karl-Heinz amüsiert.

Seine Worte ärgerten Anna, aber sie schwieg. Wer weiß, vielleicht hatte er recht?

Sie bezweifelte es, aber sie war froh, dass die beiden nicht weiter nachbohrten, welches Signal Fiona gerade gesendet hatte, bevor sie Gloria gewässert hat. Anna hätte es nicht sagen können. Sie hatte ein vages Gefühl gehabt, dass Fiona bald musste, aber sie hatte Fiona nicht aus Glorias Armen reißen wollen, zumal sie mit ihr über die Windelfreiheit noch nicht gesprochen hatte.

Anna begab sich mit Fiona ins Bad, um sie in eine frische Stoffwindel zu wickeln. Sie überlegte, wie sie ein solches Debakel künftig verhindern konnte. Sie musste dringend undurchlässige Überhosen besorgen, die man über die Mullwindeln ziehen konnte. Außerdem musste sie bei künftigen Besuchern das Thema früher ansprechen, auch wenn sie genau das gern vermieden hätte. Anna fürchtete Fragen, auf die sie keine Antworten hatte, und Widerstand, für den sie keine Kraft hatte. Aber es musste sein. Für Fiona.

Sie setzte sich den anderen gegenüber auf den Sessel. Paul nahm ihr Fiona ab und legte sie sich auf den Schoß, wo Fiona munter ihre zarten Ärmchen bewegte und mit den Beinchen strampelte.

„Wenn Fiona weiter so fleißig wächst wie in den letzten drei Wochen, dann braucht ihr bald ein größeres Auto", stellte Gloria mit Blick auf Fiona fest, „und ein Haus. Unbedingt mit großem Garten!"

„Unbedingt mit großem Garten?", fragte Anna. Sie fand, dass ein Garten Vorteile hatte und ein großer Garten vermutlich große Vorteile, aber dass man ihn un-be-dingt zum Leben brauchte, fand sie nicht. „Weil wir jetzt eine Katze haben, oder warum?"

„Nein, wegen Fiona! Damit ihr rausgehen könnt", erklärte Gloria.

„Wir verlassen auch ohne Garten unsere Wohnung, um rauszugehen", widersprach Anna.

„In einem Garten könnt ihr eine Rutsche oder eine Schaukel aufbauen", führte Gloria weiter aus, „oder einen Sandkasten."

„Das haben wir alles in der Nähe. Es nennt sich Spielplatz", erklärte Anna stirnrunzelnd und malte dabei Gänsefüßchen in die Luft.

„Im Garten kann Fiona auch mal nackig herumlaufen", argumentierte Gloria.

„Ihr wollt, dass wir uns dreißig bis vierzig Jahre lang verschulden, wahrscheinlich bis zur Rente oder darüber hinaus – damit Fiona 'auch mal' nackig sein kann?"

„Anna!", mahnte Paul. „Ich finde ein Haus eine gute Idee. Es verschafft uns viele Freiräume, die wir in einer Wohnung nicht haben. Und in Limburg oder Aschaffenburg sind die Preise nicht so horrend wie in München."

„Das Haus braucht ihr auf jeden Fall dringend", bestätigte Karl-Heinz.

„Warum dringend?", hakte Anna nach und verschränkte ihre Arme vor der Brust.

„Zu unserer Zeit hat man zuerst geheiratet, dann ein Haus gebaut und danach Kinder bekommen", erklärte Karl-Heinz.

„Dann sind wir sowieso zu spät dran für das Haus", konterte Anna. Sie hörte den Trotz in ihrer eigenen Stimme.

„Eure Wohnung wird euch bald zu klein werden", prophezeite Gloria.

„Wieso das?", fragte Anna.

„Fiona braucht ein eigenes Zimmer", betonte Gloria.

„Wir haben eine Drei-Zimmer-Wohnung. Sobald Fiona ein eigenes Bett und ein eigenes Zimmer braucht, kann sie es haben. Dann lösen wir unser Gästezimmer auf, das sowieso kaum jemand benutzt. Aber das kann noch ein paar Jahre dauern." Anna winkte mit der Hand ab.

„Schläft Fiona nicht im Gitterbett?", hakte Karl-Heinz nach.

Anna stockte. Sie hatte sich verplappert. Dieses Thema wollte sie vermeiden. Nun ist es raus.

Müde rieb sie sich die Augen und erklärte: „Nein, sie schläft bei uns. Wir haben ein Familienbett."

„Was? Seid ihr wahnsinnig?" Karl-Heinz schlug die Hände über dem Kopf zusammen. „Ein Baby darf nie bei den Eltern schlafen. Wenn du dich auf Fiona drauflegst und sie erstickt – mein Gott, ich mag gar nicht daran denken!"

„Die Hebamme im Geburtsvorbereitungskurs hat uns erklärt, dass die Nähe dem Baby guttut und dass man die Angst nicht haben braucht, weil man es spürt, wenn man auf das Baby rollt, solang die Sinne nicht durch Alkohol oder Drogen vernebelt sind."

„Aber *wenn* es passiert, wirst du deines Lebens nicht mehr froh!", warnte Karl-Heinz.

„Ein eigenes Zimmer ist immens wichtig für die Entwicklung ihrer Selbstständigkeit und ein eigenes Bett ist grundlegend", behauptete Gloria.

Anna hielt die Luft an. Genau deswegen wollte sie das Thema vermeiden! Sie wusste, dass viele so dachten. Sie hatte das selbst gedacht, bis dieses winzige Bündel Menschlein da war und ihr tiefstes, innerstes Gefühl sie eines Besseren belehrt hatte und sie den Worten der Hebamme glauben konnte. Aber wie sollte sie das in Worte fassen? In verständliche Worte? Anna rieb sich die Stirn, um besser nachdenken zu können.

„Ich denke, dass es natürlich ist, dass kleine Kinder bei ihren Eltern schlafen, weil ihre Instinkte es von ihnen verlangen, und dass ihnen diese Nähe Sicherheit gibt. Wenn sie größer sind und sicher genug, werden sie freiwillig ein eigenes Bett wollen. Das ist der natürliche Verlauf der Ablösung. Wenn wir merken, dass es soweit ist, darf Fiona gern in ihrem eigenen Bett schlafen und ihr eigenes Zimmer haben."

„Wie lang wollt ihr sie noch in eurem Bett schlafen lassen?", fragte Karl-Heinz. Er blickte mit weit aufgerissenen Augen zwischen Paul und Anna hin und her.

„So lang, wie sie es will", erklärte Anna. Sie hörte Gloria und Karl-Heinz entsetzt nach Luft schnappen.

Sie hatte befürchtet, dass sie es nicht verstehen. Jetzt war es raus.

„Spätestens wenn Fiona ihren ersten Freund hat, wird sie sicher in ihrem eigenen Bett schlafen wollen. Und falls nicht, dann rutschen wir für ihren Freund ein Stücken enger zusammen", scherzte Anna in der Hoffnung, durch den Witz die Situation aufzulockern.

Gloria verzog den Mund angeekelt nach unten.

Karl-Heinz schüttelte sich.

„Das war ein Spaß!", erklärte Anna vorsichtshalber.

„Was ihr macht, schadet ihrer Entwicklung!" Glorias Stimme klang schrill und dröhnte unangenehm in Annas Ohren. „Glaub mir, Anna, ich bin als Mutter mit den unterschiedlichsten Familien in Kontakt gekommen. Die Kinder, die immer alles bekommen haben, was sie wollten, wurden später unausstehlich. Paul, kennst du noch den Klaus, der in deiner Parallelklasse war? Der mit den neureichen Eltern?"

„Ja, aber ...", fing Paul an.

„Nichts aber!", wetterte Gloria. „Der Junge hat stets alles bekommen, von vorne bis hinten. Er durfte immer alles machen, was er wollte. Seine Eltern haben sich stets hinter ihn gestellt und ihm nie die Grenzen aufgezeigt. Das war der schlimmste Junge der Schule. Der hat später zwei Ausbildungen angefangen und keine davon zu Ende gebracht, denn das brauchte er nicht. Seine Eltern haben ihm alles finanziert. Der kriegt bis heute nichts auf die Reihe, gar nichts!"

Paul räusperte sich. „Mum, das ..."

„Das ist kein Einzelfall", fiel Gloria ihm ins Wort. „Das habe ich bei allen Kindern erlebt, deren Eltern nachlässig waren. Die, die immer alles bekommen haben, wurden später totale Außenseiter."

„Mum, ...", sagte Paul lauter.

„Die wurden egoistisch noch und nöcher. Schlimm ist das, davor kann man nicht oft genug warnen. Nur aus denen, die sich durchbeißen mussten, ist etwas geworden. Seht mich an! Ich habe immer für meinen Erfolg kämpfen müssen, mir wurde nichts geschenkt. Und siehe da: Aus mir ist eine begehrte und geschätzte Schauspielerin geworden. Ich habe auf den ganz großen Bühnen in Deutschland gespielt. Ich kenne mich aus damit."

Am liebsten würde Anna sich die Ohren zuhalten. Und weglaufen. Vor dem Hagelschauer, der auf sie einschlug.

Anna konnte kaum atmen. Es machte sie nervös. Wütend. Aggressiv.

Ihr Herz raste. Ihr Puls war auf hundertachtzig.

„Also das geht gar nicht, was ihr da vorhabt", hämmerte Gloria, „absolut nicht. Ihr zieht damit einen sozial inkompetenten Tyrannen groß."

„Gloria!", schrie Anna, völlig außer sich.

Auf einmal waren drei Augenpaare auf sie gerichtet.

„Was?", blitzte Gloria scharf. Ihre Stimme überschlug sich fast. Sie hatte sich so in Rage geredet, dass kein anderer mehr zu Wort gekommen war, doch jetzt herrschte plötzlich Stille.

Anna hätte am liebsten weiter geschrien, doch sie unterdrückte ihren Impuls, versuchte, sich zu beherrschen und redete in gedämpftem Tonfall: „Was ich sagen wollte, ist: Es ist ein Unterschied, ob man immer alles bekommt, was man will, oder ob man alles bekommt, was man braucht, um sich sicher und geborgen zu fühlen."

„So sehe ich das auch." Paul lächelte ihr aufmunternd zu.

„Meine Erfahrungen beweisen das Gegenteil", donnerte Gloria. „Ich kann euch nur raten, Fiona möglichst zügig auszuquartieren. Je schneller, desto besser. Irgendwann bekommt ihr sie nicht mehr so einfach aus dem Bett raus. Da müsst ihr konsequent sein." Sie wandte sich Anna zu: „Wenn du jetzt nicht konsequent bist, dann brauchst du dich später nicht zu wundern, wenn sie keine Hausaufgaben machen will und dem Drogenkonsum verfällt. Sag dann bloß nicht, ich hätte dich nicht gewarnt!" Sie hob drohend den Zeigefinger und streckte die Nase in die Höhe, sodass sie Anna von oben herab ansah.

„Das eine hat doch nichts mit dem anderen zu tun!" Anna warf entsetzt die Hände in die Luft.

„Oh doch! Täusch dich nicht!", warnte Gloria. „Es ist zum Verzweifeln mit dir! Du bist spürbar beratungsresistent. Erst willst du keinen Kinderwagen, jetzt brauchst du plötzlich kein Kinderbett mehr und die Krake hast du auch abgelehnt. Was ist bloß los mit dir?"

Anna bemerkte, dass sich rote Flecken auf Glorias Hals bildeten.

„Karl-Heinz und ich, wir haben bedeutend mehr Lebenserfahrung als du." Glorias Tonfall war hart wie Stein. „Wir haben das alles schon durchgemacht: die erste Verliebtheit, die Hochzeit, den Hausbau und ein Baby zu bekommen. Wir wissen, wie das ist und wie man das am besten macht. Wir können dir helfen. Wir können dir sagen, was richtig und was falsch ist, damit du schwerwiegende Fehler vermeidest. Nimm unsere Ratschläge an! Sie ersparen dir einige Irrwege."

Anna hielt die Luft an. Es war, als ob Gloria taub wäre, als ob sie nicht zuhörte. Sie fragte nicht. Sie versuchte nicht, sie zu verstehen. Sie wollte Anna überzeugen. Bam. Bam. Bam.

Mit einem Hammer.

Annas Kopf dröhnte. Sie rieb sich die Schläfen.

Ich will nicht mehr diskutieren, dachte Anna, ich will einfach nur mein Leben so leben, wie ich es will.

Wie. Ich. Es. Will.

„Ich kann nicht mehr. Lasst mich in Ruhe, bitte!", sagte sie leise.

„Komm Karl-Heinz, wir fahren nach Hause!" Gloria sprang von ihrem Platz auf.

Karl-Heinz legte rasch die Katze auf die Couch.

Gloria verschwand hektisch in den Flur.

Karl-Heinz folgte ihr schnellen Schrittes.

Anna sah zu, wie Paul mit Fiona auf dem Arm hinterherwankte.

Sie hörte, wie Gloria und Karl-Heinz die Schuhe anzogen.

Es wäre einfach gewesen, das Missverständnis zu klären.

Anna wollte sagen: „So habe ich das nicht gemeint. Ich wollte nur das Thema beenden."

Sie rief stattdessen: „Deine Handtasche!"

Gloria stöckelte mit ihren Schuhen herein, funkelte Anna mit bösem Blick an.

Anna krallte ihre Hände ins Sofa.

Gloria riss ihre Handtasche an sich und stürmte hinaus.

Anna versuchte, vom Sofa aufzustehen.

Sie konnte nicht.

Etwas hielt sie fest.

Sie blickte auf ihre Hände. Die Adern traten blau hervor, die Fingerknöchel weiß. Ihre Beine waren taub. Sie war an das Sofa gefesselt, unfähig, sich einen Millimeter zu bewegen. Was war los mit ihr? Woher kamen die Fesseln, die sie umgaben, die sie bewegungsunfähig machten, regungslos, einzementiert?

Sie hörte, wie die Tür geöffnet wurde, dann Schritte ins Treppenhaus.

„Wir sind hier unerwünscht", zischte Gloria.

Anna wollte rufen: „Das ist ein Missverständnis", und: „Bitte kommt wieder herein!"

Sie rief: „Das ist eure Entscheidung."

Sie hörte, wie die Tür so schwungvoll zugezogen wurde, dass sie laut ins Schloss krachte.

Der Knall der Tür und die Bitterkeit ihrer eigenen Stimme hallten in ihren Ohren nach. Dann folgte Stille.

Die Stille der verhärteten Fronten.

Wie war sie in diesen Grabenkampf geschlittert? Auf einmal war Anna mittendrin. Sie wollte da nicht rein. Sie wollte nur ihr Leben so leben, wie sie wollte. Sie wollte mit Fiona so umgehen, wie sie es für richtig hielt. Sie wollte das nicht zur Diskussion stellen. Sie wollte sich nicht verteidigen. Aber dann wurde sie plötzlich angegriffen. Als sie sich verteidigt hatte, hatte Gloria so heftig reagiert, als ob Anna sie angegriffen hätte. Gloria hatte gekämpft und gewütet und mit Worten um sich geschlagen, als ob Anna ihr weh getan hätte.

Dabei war es umgekehrt. Oder?

Das Herz in ihrer Brust krampfte sich zusammen bei dem Gedanken, wie weh es tun würde, das umzusetzen, was Gloria für richtig und wichtig erachtete: Fiona weit weg von ihr schlafen zu lassen in einem anderen Zimmer.

Vielleicht können das andere Eltern. Vielleicht können sie es wirklich.
Ich nicht.

Annas Herz konnte es nicht. Es würde zerspringen, sich verzehren vor Sehnsucht. Anna könnte nicht in Ruhe schlafen.

Vielleicht, ja, vielleicht würde sie sich mit der Zeit daran gewöhnen. Dann würde sich Stumpfheit über die Trauer legen.

Glück sah anders aus. Annas Glück war Nähe, Annas Glück war Körperkontakt zu Fiona, ihre warme Haut spüren, ihren unvergleichlichen Geruch einatmen, ihren Atemzügen lauschen, Fionas kleine Hand auf ihren Arm patschen spüren, dem Instinkt folgen, diesem ureigenen in ihr erwachten Mutterinstinkt, der sie leitete und gegen den sie nicht handeln konnte, niemals.

Lieber würde sie sterben.

Paul kam zurück ins Zimmer. Mit hängenden Schultern und gesenktem Kopf sah er aus wie ein Häufchen Elend. Wortlos und ohne sie anzusehen setzte er sich auf das Sofa, eine Armlänge weit weg von Anna, und starrte auf den Tisch vor sich.

Anna empfand Mitleid mit ihm. Sie streckte die Arme nach Fiona aus.

Paul gab sie ihr, starrte weiter auf den Tisch.

Es kam Anna seltsam vor, dass er nichts sagte. Beunruhigend irgendwie.

„Was ist los?", fragte Anna zaghaft.

Paul starrte weiter auf den Tisch. Einen Moment saßen sie schweigend da.

Anna wartete auf seine Antwort. Das mulmige Gefühl in ihrem Bauch ließ sie wachsam sein.

Dann hob Paul langsam den Kopf und sah sie an. Sein Blick durchbohrte Anna. Er war so eindringlich, dass sie unweigerlich zurückwich. „Du hast nicht das Recht, meine Eltern aus unserer Wohnung zu werfen", sagt er. Seine Stimme klang traurig. Unendlich traurig.

Nach all dem?

Nach all dem.

Ihr Herz pochte wild. Sie spürte schmerzlich die Entfernung zu Paul. Die tausend Meter, die er weg saß. Die kühle Luft zwischen ihnen. Die Lichtjahre, die sie trennten. Seine Worte, die wie ein Dolch in ihr Herz bohrten. Es zerfetzten.

Das war mehr, als sie ertragen konnte.

Sie spürte, wie sich eine Mauer um sie auftürmte. Plötzlich und groß und dick. Je größer und dicker die Wand wurde, desto leiser wurden Pauls Worte in ihrem Kopf und desto geringer der Schmerz in ihrem Herzen.

Die Mauer schützte sie.

Paul saß weit weg.

Er *war* weit weg.

Sie spürte nicht nur ihre eigene Wand, die sie voneinander trennte, sondern auch seine.

„Ich habe sie nicht rausgeschmissen", erwiderte sie emotionslos.

Paul runzelte vorwurfsvoll die Stirn. Er starrte Anna an.

„Deine Eltern haben das falsch verstanden. Ich wollte nur das Thema beenden."

„Du hast ihnen gesagt, sie sollen dich in Ruhe lassen. Wie kann man das falsch verstehen?"

„Na eben, dass ich Ruhe brauche." Anna hob ihre Augenbrauen.

„Es war ihre Entscheidung zu gehen."

„Das sehen meine Eltern anders." Paul wandte den Blick ab. „Und ich auch", flüsterte er leise, so leise, dass Anna es kaum hören konnte und sich nicht sicher war, ob er es wirklich gesagt hatte.

Anna schielte zu Paul, wie er auf den Tisch starrte. Er sah versunken aus, zurückgezogen, in sich gekehrt, in seiner eigenen Welt.

Doch es berührte Anna nicht.

Nicht mehr.

Montag, 19. August – Tag 32

Montag. Paul war zur Arbeit gefahren. Wortlos, ohne Abschieds-
kuss, hatte er die Tür hinter sich zugezogen.

Anna steckte im Schlamassel.

Paul wollte nach Limburg ziehen, wenn er den Job bekam, das
hatte er mehr als genug betont.

Das bedeutete entweder, dass sie sich trennten, räumlich besten-
falls, und dass Anna unter der Woche die alleinige Verantwortung
für Fiona übernahm, oder dass Anna mit umziehen musste, ihren
Job aufgeben, die Nähe der Schwiegereltern irgendwie ertragen.
Sie konnte sich nicht vorstellen, was schlimmer war.

Schlimmer konnte es kaum werden.

Anna ging in die Küche. Sie kramte im Vorratsschrank. Kramte
und kramte.

Wo ist er nur?

Das Päckchen war nicht an seinem Platz.

Kein Kaffee.

Das konnte nicht sein! Anna durchwühlte den Schrank.

Kein Kaffee?

Anna suchte weiter, bis in die hinterste Ecke, immer verzweifel-
ter. Sie räumte alles aus.

Kein Kaffee!

Sie sank auf die Knie. Am liebsten hätte sie losgeheult. Sie wollte
weinen, laut und kraftvoll, um Fiona, um sich, um den Kaffee.
Sie konnte nicht.

Sie kniete nur da und schmeckte Bitterkeit auf ihrer Zunge, spürte
die Lähmung ihrer Glieder. Sie war unfähig, irgendetwas zu tun.

Kaffee war ihr Seelentröster. Kaffee hätte sie jetzt verstanden.

Kaffee versteht. Immer.

Er hätte verstanden, wie schwierig es war, ein einen Monat altes
Baby zu versorgen, das den Tag unplanbar machte, das Annas
ganze Zeit forderte. Und ihre ganze Kraft. Das Anna an ihre

Grenzen brachte. Und darüber hinaus, sodass der Tag, der normale Alltag, eine echte Herausforderung für sie darstellte.

Er hätte verstanden, wie sehr Anna der Magen-Darm-Virus geschwächt hätte, und er hätte verstanden, wie es sich anfühlte, dazu noch für ein Katzenbaby verantwortlich zu sein, das tags wie nachts alle drei Stunden gefüttert und am Bauch massiert werden musste, dass diese Aufgabe eine schier übermenschliche Anstrengung von Anna forderte.

Er hätte verstanden, dass Anna die Katze eigentlich abgeben müsste, und wie schwer es war, dass sie das nicht durfte, weil sie nach ihrer Schwiegermutter benannt worden war und weil sie Glorias verletzten Stolz heilen half.

Er hätte verstanden, wie allein sich Anna fühlte, jetzt, wo ihre Eltern und ihre Schwester in Kenia waren, wo Paul den ganzen Tag arbeitete und spät nach Hause kam.

Er hätte verstanden, wie schwer es für Anna war, dass Paul zur Arbeit rannte, obwohl er diese nicht mochte, und wie viel Angst es ihr machte, dass er einem neuen Job hinterherjagte, weit weg von ihren Eltern, nah an ihren Schwiegereltern, oh weh, so nah.

Er hätte verstanden, wie sehr Anna sich wünschte, dass Paul Elternzeit nahm, um sie zu unterstützen – oder noch besser: weil er es selbst wollte, weil er es genauso spürte wie sie, welch großartiges Geschenk es war, diese Zeit mitzuerleben, tief in sich zu spüren, dem Gefühl bedingungslos zu folgen, sich von der Intuition leiten zu lassen, sich im Strudel der Emotion treiben zu lassen, getragen zu werden.

Er hätte verstanden, dass Anna ihren Weg gehen musste, dass sie sich selbst nicht verleugnen konnte, dass sie dem Drängen der Schwiegermutter nicht folgen konnte, weil es ihrem Urinstinkt widersprach, und wie schwer es war, diesen Konflikt zu lösen.

Er hätte verstanden, dass Anna den Streit nur beenden wollte und dass es ein Missverständnis war, dass Gloria glaubte, Anna hätte sie rausgeschmissen.

Er hätte verstanden, dass all das dafür sorgte, dass Anna jetzt nicht einmal mehr genug Herz übrig hatte zu weinen.

Ja, Kaffee hätte das verstanden. All das.

Kaffee hätte ihr zugehört. Und ihr geglaubt.

Im Gegensatz zu Paul.

Anna zog ihre Schultern stramm, erhob sich und ging zu Fiona, die aufgewacht war. Es gab genug zu tun.

Als Paul von der Arbeit heimkam, war Anna gerade mit Fiona auf dem Weg in die Küche, um das Abendessen vorzubereiten. Sie wollte ihn begrüßen, wie sie es immer tat, ihn umarmen und küssen und dann gemeinsam ihr bezauberndes Töchterchen bewundern.

Es ging nicht.

Ihr Körper war wie gelähmt. Unfähig, einen Schritt auf ihn zu zu machen.

Woher kam nur dieses Erstarren?

Sie lehnte sich an die Wand im Flur und betrachtete ihn.

Paul hatte dunkle Augenringe. Er sah fix und fertig aus.

„Hallo!", hauchte Anna. Ihre Stimme wie taub.

Paul beugte sich zu Fiona, lächelte sie mit einem müden Lächeln an. „Hallo, Süße!", sagte er und strich Fiona über den Kopf. Dann verschwand sein Lächeln. Anstatt Anna einen Kuss zu geben, zog er sich seine Jacke aus und hängte sie an die Garderobe.

Anna trat einen Schritt zurück. „Wie war dein Tag?", fragte sie bemüht und setzte ein Lächeln auf.

„Okay", murmelte Paul und setzte sich behutsam, wie in Zeitlupe, auf die Truhe im Flur.

Seine Bewegungen waren ungewöhnlich langsam. Anna beäugte kritisch jede seiner Bewegungen.

Paul hob einen Fuß auf das andere Knie und zog an den Enden der Schnürsenkel, um die Schleife zu öffnen. Dann steckte er die

Spitze des Zeigefingers unter den Knoten und wackelte daran, um den Knoten zu lockern. Er umfasste den Knoten mit Daumen und Zeigefinger und zog ihn auf. Er packte den Absatz des Schuhs, ruckelte daran und zog ihn über die Ferse. Anschließend stellte er den Schuh behutsam vor sich auf den Fußboden.

„Du bist heute spät nach Hause gekommen. War viel los in der Arbeit?", fragte Anna im Bemühen um Normalität. Sie lächelte konzentriert.

„Hm", murmelte Paul, ohne Anna anzusehen. Er zog den zweiten Schuh auf die gleiche Art und Weise aus, stellte ihn neben den ersten und nahm schließlich beide Schuhe hoch, um sie ins Schuhregal zu heben. Dann öffnete er die Wohnungstür, trat ins Treppenhaus, holte ein Katzentransportkörbchen neben der Tür hervor und stellte es in den Flur.

„Willst du Gloria wieder abgeben?", fragte Anna.

Paul runzelte die Stirn. „Ich fahre morgen nach der Arbeit zum Tierarzt."

„Zum Durchchecken? Oder was möchtest du machen?"

Paul seufzte. „Untersuchen, entwurmen, impfen."

„Gut, dass du das machst."

Paul ging an Anna vorbei ins Wohnzimmer, setzte sich auf die Couch und schaltete den Fernseher an.

Anna blieb im Türrahmen stehen. „Isst du noch was?", fragte sie.

„Nein", sagte er mit Blick auf den Fernseher. Paul hielt die Fernbedienung fest in der Hand, sein Arm gestreckt in Richtung Fernseher, sein Zeigefinger drückte auf einen Knopf zum Umschalten.

Sie hasste es, dass er sie ignorierte. Seine abweisende Haltung, sein abwesender Geist. Sie wollte, dass er sie wahrnahm, dass er mit ihr sprach. Sie wenigstens ansah.

„Haben deine Eltern angerufen?"

Paul ließ den Arm mit der Fernbedienung sinken, blickte Anna an, hob die Augenbrauen. „Wieso?", fragte er angriffslustig.

Sein Tonfall gefiel Anna nicht.

„Hätte ja sein können."

„Da kennst du meine Eltern schlecht!", schnaubte Paul verächtlich.

„Wieso?", hakte Anna nach.

„Weil sie erwarten, dass du dich bei ihnen entschuldigst."

„Ich?"

„Ja, du. Wer sonst?"

„Ich finde, deine Mutter sollte sich bei mir entschuldigen." Anna war selbst über die Ruhe in ihrer Stimme überrascht.

„Du hast sie aus unserer Wohnung geworfen und sie soll sich bei dir entschuldigen?"

„Ich habe sie nicht rausgeworfen, das habe ich dir gesagt." Sanftmut in ihren Worten.

„Ich war dabei!"

„Ich war auch dabei", sagte Anna freundlich.

„Warum grinst du so?", fragte Paul.

Da wurde Anna zum ersten Mal bewusst, dass sie die ganze Zeit gelächelt hatte. Ein Lächeln, das nur die Lippen verzerrte und die Augen nicht erreichte.

„Ich grinse nicht, ich lächle."

„Ich finde das nicht zum Lachen!"

„Ich lache auch nicht, ich lächle", sagte Anna ruhig und war sich im selben Moment bewusst, dass es keinerlei Grund zum Lächeln gab.

Sie versuchte, das Lächeln einzustellen.

Es ging nicht.

Sie versuchte, ihre Gesichtsmuskeln zu bewegen. Das Lächeln blieb starr in ihrem Gesicht.

Unbeweglich. Steif. Festgefroren.

Was war los mit ihr? Woher kam die Fassade aus Freundlichkeit, die ihre Wut und Trauer und Enttäuschung nicht durchscheinen ließ? Woher die lächelnde Maske, die ihre Unsicherheit verdeckte?

Woher diese fremde Stimme, die besonnen war, obwohl sie ihre pure Verzweiflung herausbrüllen sollte?

„Spar dir das!", winkte Paul ab. „Bis Freitag solltest du das Thema mit meinen Eltern geklärt haben."

„Was ist am Freitag?"

„Dann habe ich mein zweites Vorstellungsgespräch in Limburg."

Anna schluckte schwer.

Pauls Stimme klang wie eine Drohung, als er hinzufügte: „Diesmal kommst du mit! Wir übernachten bei meinen Eltern."

Rettungskommando

Dienstag, 20. August – Tag 33

In der Nacht war Fiona unruhig. Sie wachte immer wieder auf, dockte an, dockte ab und schrie und schrie. So viel, dass Anna aufstand und sie umhertrug, sie in ihren Armen wiegte und ihr gut zusprach, in der Hoffnung sie zu beruhigen. Fiona schrie weiter. Anna versuchte, sie abzuhalten, gab ihr eine frische Windel, prüfte, ob ihr zu heiß oder zu kalt war, legte die Stillhütchen an und testete sogar zum ersten Mal widerwillig den Schnuller, den ihre Schwiegereltern ihnen geschenkt hatten, doch nichts half. Nichts.

Der Morgen dämmerte, als Anna an das Milchpulver dachte, das sie vorsorglich in der Schwangerschaft gekauft hatte, und eine Flasche anrührte. Fiona saugte gierig daran und sank endlich in einen ruhigen Schlaf.

Eine derartige Nacht gab Anna den letzten Rest. Sie erschrak, als sie im Licht der Morgendämmerung in den Spiegel blickte. Ihr Gesicht war bleich und eingefallen. Schnell wandte sie ihren Blick ab. Es gab Wichtigeres zu tun!

Annas Brust war voll geworden nach dieser Nacht, in der Fiona nichts getrunken hatte. Anna zog ihr T-Shirt über die Brust und versuchte, mit der Hand Milch herauszudrücken. Es kamen nur wenige Tropfen.

Pauls Wecker klingelte. Anna hörte ihn vom Bad aus. Paul stand auf und traf Anna im Bad an, die schnell ihr T-Shirt wieder herunterzog.

„Was machst du?", fragte er.

Anna erklärte ihm die Lage und dass sie eine Milchpumpe brauche, um zu vermeiden, dass ihre Brust zu voll werde, denn das konnte schmerzhaft werden. Widerwillig erklärte Paul sich bereit, vor der Arbeit zur Apotheke zu fahren, um eine Milchpumpe zu besorgen. „Die Zeit muss ich in der Arbeit reinholen, aber heute muss ich zum Tierarzt. Dann komme ich morgen Abend später nach Hause", murrte er.

Anna zuckte mit den Schultern.

Paul machte sich fertig, fuhr zur Apotheke und baute Anna mürrisch die Milchpumpe auf dem Wohnzimmertisch auf. Dann zog er wortlos die Tür hinter sich zu und machte sich auf den Weg zur Arbeit.

Anna war erleichtert, denn sie wollte vermeiden, dass er beim Milchpumpen zusah. Sie stülpte je einen Sauger über ihre Brüste, die über einen Schlauch mit je einer Flasche verbunden waren, und drückte den Knopf zum Einschalten. Ihre Brustwarzen wurden schubweise eingesaugt und wieder lockergelassen, abwechselnd in kurzen Intervallen. Das Gerät erzeugte ein saugendes, pumpendes Geräusch. Anna blickte an sich herab und fühlte sich ... gemolken. Sie spürte, wie sie rot im Gesicht wurde vor Scham. Nach zehn Minuten Saugen tat ihr die Brust weh und sie schaltete das Gerät aus. Der Boden der Flaschen war nur von wenigen Tropfen bedeckt. Laut Beschreibung hätten die Flaschen längst voll sein müssen.

Deshalb hatte Fiona die ganze Nacht geweint! Sie wollte etwas trinken, aber es kam nichts.

Ich habe zu wenig gegessen die letzten Tage, dachte Anna. Sie blickte an sich herunter. Kein Zweifel, sie bestand nur noch aus Haut und Knochen. Und einem schwabbeligen Bauch. Zuerst hatte sie den Magen-Darm-Virus gehabt, dann war Fiona krank gewesen, dann der Milchstau. Dazu die Babykatze. Sie hatte alle Hände voll zu tun und keine Zeit zum Essen gehabt.

Anna rief Kiki an und erzählte ihr von dem Problem.

„Hast du einen Tipp, was ich tun kann?", fragte Anna. „Soll ich Fencheltee trinken oder kann ich etwas Bestimmtes essen, das die Milchproduktion schnell wieder anregt?"

„Is deine Brust voll?"

„Ja."

„Hm ...", Kiki überlegte einen Moment. „Has du Stress gehabt die letzte Tage?"

Anna stutzte. „Wieso? Ist das stressbedingt?"

„Ja", sagte Kiki, „immer!"

„Oh", entfleuchte es Anna. Sie ließ sich aufs Sofa plumpsen. In Gedanken zogen die letzten Ereignisse an ihr vorbei. Die Überforderung. Die Erschöpfung. Die Angst, Paul zu verlieren, dass ihre beiden Leben auseinanderdrifteten. Ein Gefühl wie Treibsand. Die Ohnmacht, nichts dagegen tun zu können. Immer tiefer zu sinken. Der Streit mit den Schwiegereltern. Die Enge in ihrem Brustkorb. Die Fesseln, die sie umgaben. Die Taubheit, die sich daraufhin einstellte. Die Mauern, die ihr Herz stumpf werden ließen. Stumpf und kühl.

„Was war die letzte Tage los bei dir?", fragte Kiki.

Ein dicker Kloß setzte sich in Annas Hals fest. Sie konnte nicht antworten.

Sie wollte weinen.

Es ging nicht.

Keine einzige Träne verließ ihre Augenhöhlen. Ihre Nase lief. Sie zog ein Taschentuch aus der Hosentasche, faltete es auseinander und schniefte staubtrockene Tränen hinein.

„Soll i vorbeikommen?", fragte Kiki.

„Hm", brummte Anna zustimmend. Mehr brachte sie nicht heraus.

Eine Stunde später klingelte es. Dreimal hintereinander.

Kiki hatte einen Feuerwehrhelm auf dem Kopf. Auf diesem blinkte ein Blaulicht. „Das Rettungskommando is da!", rief sie und warf ihre Arme in die Luft.

„Woher hast du den?", fragte Anna traurig lächelnd und zeigte auf Kikis Kopf.

„Oh, du has entdeckt diese blöde Pickel!" Kikis Gesicht verdüsterte sich, sie rieb sich über die Stirn. „I habe versucht zu verstecken."

„Nein, ich meine den Helm", sagte Anna leicht belustigt.

„Ach so!" Kikis Gesicht hellte sich auf. „Das is Standardausrustung von die sizilianische Wanderhebammen!" Stolz klopfte sie auf ihre Brust.

„Wie viele sizilianische Wanderhebammen gibt es denn?"

„Mich. I bin die Erste. Das heiß, i kann die Standard festlegen. Und wenn eine das nachmachen will, muss sie auch so eine Helm kaufen. I mache eine gute Preis." Kiki ließ mehrmals ihre Augenbrauen nach oben zucken.

Annas Mundwinkel verzogen sich zu einem Lächeln, während sie schniefte.

Seltsam, dieses Weinen ohne Tränen, dachte sie bei sich.

Kiki streckte ihr eine Packung Taschentücher entgegen. Anna zog ein Taschentuch heraus und bat Kiki wortlos mit einer Geste herein. Kiki hatte Teo auf ihren Rücken gebunden. Er blickte mit großen Augen zu dem blinkenden Blaulicht auf ihrem Kopf.

„Was is los?", fragte Kiki besorgt, setzte ihren Helm ab und drückte auf einen Knopf, um das Licht auszuschalten. Prompt fing Teo an, lautstark zu protestieren und wild mit den Beinen zu zappeln. Kiki seufzte und schaltete das Licht wieder ein, woraufhin Teos Protest augenblicklich verstummte. Sie schnallte ihren Sohn vom Rücken herunter und setzte ihn auf dem Fußboden vor den Helm ab. Teo starrte wie gebannt auf das Licht. Kiki und Anna setzten sich aufs Sofa.

Kiki legte kurz die Hand auf Annas Arm. „Also, was is passiert?"
Anna erzählte ihr vom Besuch der Schwiegereltern. Von dem
Streit. Davon, dass Gloria es für falsch hielt, dass sie Fiona im
Familienbett schlafen ließen. Von ihrem Beharren darauf, dass
ihre Meinung richtig war. Von dem vermeintlichen Rausschmiss.
Und von der Katze.

Kiki hörte aufmerksam zu. „Deine Schwiegermutter is eine listige,
böse Krake! Sie will nigge, dass Fiona bei euch schläft, aber hat
sich selbst bei euch eingenistet – sie hat es geschafft, dass eine
Gloria bei euch wohnt." Kiki rieb sich nachdenklich das Kinn.
„Wills du deine Schwiegermutter loswerden? I bin Sizilianerin,
weiß du. I kenne ein paar Leute, die mir was schulden. Das is null
Problemo fur diese Leute. Sie brauchen nur die Adresse und –
zack", Kiki schlug mit der Handkante auf den Tisch, „hat die
Krake ein paar Arme weniger, die sie um deine Mann schlingen
kann."

„Wie viele Arme weniger?"

„So viele du wills." Kiki lachte.

Kikis gute Laune wirkte ansteckend. Sie zog Anna aus dem
Trübsal, aus den immer wiederkehrenden Gedanken, aus dem
grauen Karussell aus Zweifeln und Ängsten, das sich immer
schneller drehte, so bedrohlich, dass Anna schlecht wurde. Sie
atmete auf.

Nein, das war es nicht, was sie wollte.

Was dann? Was wollte sie? Was konnte sie jetzt noch hoffen?

„Sie kann ihre Arme behalten", seufzte Anna. „Sie soll nur mich
und meine Familie in Ruhe lassen."

„Aha, i verstehe. Dann muss du die Krake bei die Hörner
packen."

„Kraken haben keine Hörner."

„Diese schon! Zwei schwarze Hörner und eine rote Schwanz –
eine teuflische Kombination."

„Ach so. Das kann sein." Anna grinste.

„Weiß du, wer nur so sein kann?" Kikis fasste Anna am Oberarm. Ihre Stimme war ernst geworden.

„Nein."

„Eine Mutter."

Annas Grinsen verschwand. „Wie meinst du das?"

Kiki ließ ihren Arm los. Ihr Blick wanderte zu Teo. Anna folgte ihrem Blick. Teo haute mit seiner Hand auf das Blaulicht und prüfte, was passiert. Dann warf er das Licht samt Helm um und fing an, den Helm durchs Wohnzimmer zu rollen.

„I bin eine Mutter. Vielleicht werde i auch mal eine Krake sein."

„Du?" Anna zog die Augenbrauen ungläubig nach oben.

„Na ja, stell dir vor: I mache jetzt alles, so gut i kann. I stille Teo, wann er magge. I trage ihn viel, er schläft bei mir in Bett. I mache das, weil i glaube, dass es die Beste fur meine Kind is. Mit die Zeit wird aus meine kleine Baby eine große Mann werden. Dann, irgendwann, lernt er eine Frau kennen, o mamma mia!" Kiki streckte die Arme zum Himmel. „Dann bekommen die beide eine Baby und wenn i sie die erste Mal nach die Geburt besuche, erzählt mir meine Schwiegertochter vielleicht, dass der Kinderwagen wichtig is fur die musikalische Fruherziehung, weil da klassische Musik rauskommt. Und sie sagt, dass die Milch aus die Flasche die Gehirnentwicklung viel besser unterstutzt als die Muttermilch. Und sie erzählt mir, dass die Baby in seine eigene Bett schlafen will, denn das hat Google ihr gesagt nach eine umfassende Auswertung von alle gesammelte Daten von ihre Familie. Kurz gesagt: Sie hat ihre Grunde fur alles. Sie will alles besser machen. Weiß du, was i mir dann denke?"

„Dass sie keine Ahnung hat?"

„Dass sie völlig verruckt is!" Kiki schüttelte sich vor Entsetzen. Sie tippte mit dem Zeigefinger an ihre Stirn. „Also wenn i mir das vorstelle, dann werde i eine Krake sein. Dann will i die Baby retten und i will Teo retten. I will alle beide weg von diese irre Frau ziehen und beschutzen."

„Ich bin nicht irre! Gloria hat mich nicht verstanden. Sie hat nicht einmal richtig zugehört. Stattdessen hat sie mir Vorwürfe an den Kopf geknallt." Anna schüttelte den Kopf.

„I weiß, dass du nigge irre bis. Aber *sie* kann dich nigge verstehen. Sie *kann* es nigge. Sie darf dich nigge verstehen. Sonst musste sie zugeben, dass sie damals Fehler gemacht hat mit Paul, als er eine Baby war. Sie schutzt sich selber. Weiß du, sie kämpft fur ihre Enkelin und sie kämpft fur sich. Tief unter diese Kampfgeschrei is Liebe, ganz viel Liebe. Sie liebt ihre Sohn, sie liebt ihre Enkelin. Uber alles. Sie will die Beste fur die beide. Sie hat große Angst zu erkenne, dass sie damals nigge die Beste getan hat fur ihre Sohn."

„Niemand behauptet, dass sie nicht ihr Bestes getan hat!"

„Das behauptes du allein dadurch, dass du es anders machs."

Anna sank in sich zusammen.

Liebe!

Liebe?

Anna konnte keine Liebe bei Gloria entdecken. Beim besten Willen nicht. Nur Egoismus.

„Du has Gluck, dass deine Schwiegermutter weit weg wohnt. Wichtig is, dass deine Mama in die Nähe is und dich unterstutzt. Die eigene Mama is so voller Liebe fur dich, dass sie dir besser helfen kann als deine Schwiegermama. Das liegt in die Natur der Sache."

„Meine Mutter hat mich bisher auch nicht verstanden."

„Das kommt noch", sagte Kiki zuversichtlich. „Das dauert manchmal bisschen, aber sie hat die Herz fur dich, denn du bis ihre Kind. Sie wird ihre Weg finden dich zu verstehen. Deine Schwiegermutter hat ihr Herz fur ihre Sohn und ihre Enkelin. Das is ihre Natur. Da is gut mehr Abstand zu haben. Bei deine Schwiegermutter besonders." Kiki zwinkerte ihr mit einem Auge zu.

„Weiß du", fuhr sie fort, „es gibt vier Arten von Menschen: Als erste gibt es die, die wisse, wie man gut mit Kinder umgeht. Dazu zähls du. Als zweite gibt es die Menschen, die nigge wisse, wie man gut mit Kinder umgeht, es aber trotzdem intuitiv tun. Als dritte gibt es die, die nigge wisse, wie man gut mit Kinder umgeht und die es auch nigge tun. Diese Menschen kann man das erklären. Und als vierte gibt es die, die nigge wisse, wie man gut mit Kinder umgeht, aber glauben, es zu wisse. Die sind gefährlich. Dazu zählen deine Schwiegereltern. Diese Menschen sollte man meiden."

„Paul hat sich in Limburg beworben und wenn er den Job bekommt, will er, dass wir dorthin ziehen. Dann wären wir näher an seinen Eltern dran und weit weg von meinen Eltern."

„Mamma mia!"

„Ich will nicht dorthin ziehen."

„Has du das deine Mann gesagt?"

„Ja."

„Was war seine Reaktion?"

„Dass er dann mit Fiona dorthin zieht. Seine Eltern würden ihm dabei helfen."

„O mamma mia!" In Kikis Gesicht spiegelte sich der Ausdruck von Fassungslosigkeit wider. Sie überlegte einen langen Moment. Ihr Gesichtsausdruck wechselte von Entsetzen hin zu einem seligen Lächeln. Dann legte sie eine Hand auf Annas Arm und sagte: „Meine Nonna hat immer gesagt: Schau in die Himmel zu die Sterne! Schau dir die Weite an, die Unendlichkeit. Mach dir bewuss, wie klein die Welt is im Vergleich zu die Größe da draußen. Denke daran, wie klein du bis. Wie viel kleiner diese Streit. Und wie vergänglich. Denke daran: Auch das geht vorbei! Dann has du die richtige Einstellung."

Leichter gesagt, als getan.

„Und was mache ich, damit meine Milch wieder fließt?"

„Das is stressbedingt. Das bedeutet, du muss die Stress loswerden. Entspanne dich, mache Sport oder denke an etwas Schönes: an eure Hochzeit zum Beispiel oder an eine schöne

Urlaub oder an etwas Lustiges. Dann fließ die Milch wieder. Lachen is die beste Medizin."

Und wenn ich nichts zu lachen habe?, dachte Anna bitter.

Anna versuchte, an etwas Schönes zu denken, während sie vor der Milchpumpe saß. Doch wenn sie an die Hochzeit dachte, dachte sie gleichzeitig an Glorias goldenes Kleid. Wenn sie an ihren Urlaub am Meer in Warnemünde dachte, dachte sie daran, dass Gloria auch am Meer gewesen war.

Es war zum Verrücktwerden!

Die Milch blieb aus. Den ganzen Tag über gab sie Fiona die Flasche mit angerührtem Milchpulver.

Nach der Arbeit holte Paul die Katze von zu Hause ab und fuhr mit ihr zum Tierarzt. Wieder zu Hause, stellte er die Transportbox auf den Fußboden, öffnete das Gitter und holte Gloria heraus.

„Jetzt bist du wieder zu Hause", murmelte er dem Kätzchen zu, hielt es einen Moment vor seinem Bauch und streichelte ihm mit den Fingern übers Fell.

„Wie war es?", fragte Anna.

„Alles gut", sagte Paul, ohne Anna anzublicken. Er setzte Gloria in ihr Körbchen, ging an Anna vorbei ins Wohnzimmer und schaltete den Fernseher an.

Anna folgte ihm. Sie blieb im Türrahmen stehen. „Was hat der Arzt gemacht?"

„Nichts Besonderes." Pauls Blick war zum Fernseher gerichtet. Er drückte auf die Fernbedienung.

„Muss ich dir alles aus der Nase ziehen?" Anna stemmte den Unterarm gegen den Türrahmen.

„Was willst du wissen?", fragte Paul genervt. Er zappte durchs Programm.

„Nichts!", sagte Anna ironisch.

Paul ließ die Fernbedienung sinken, blickte sie an, legte den Kopf schief und die Stirn in Falten.

„Alles halt!", berichtigte Anna sich.

„Gloria hat alles problemlos mitgemacht: die Fahrt, das Warten in der Praxis und die Untersuchung. Wir müssen uns entscheiden, ob wir Gloria sterilisieren oder kastrieren lassen wollen. Das macht man üblicherweise mit Beginn der Geschlechtsreife oder, wenn wir wollen, können wir das auch früher machen lassen. Zum Schluss hat der Arzt ein Entwurmungsmittel verschrieben. Das war alles. Ach ja: Die erste Impfung macht man frühestens mit sechs Wochen. Vier Wochen später braucht er dann eine Auffrischung."

„Er?"

„Ja", sagte Paul gelangweilt und zappte weiter durchs Programm.

„Wie?", hakte Anna nach.

„Du hast richtig gehört."

„Gloria ist ein Kater?", fragte Anna und ein Grinsen breitete sich unwillkürlich auf ihrem Gesicht aus.

„Jep."

„Ehrlich?", kreischte Anna vor Schadenfreude.

„Ja doch!", mahnte Paul. Er warf Anna einen strafenden Blick zu, sodass ihre Freude umgehend verebbte. Zumindest äußerlich. Innerlich machte sie Luftsprünge.

„Willst du das deiner Mutter sagen?", fragte sie zaghaft. Sie biss sich auf die Lippe, um ihr Grinsen zu verbergen.

„Besser nicht."

Anna drehte sich um, ging ins Bad, stellte sich vor den Spiegel und grinste ihr Spiegelbild an.

Selbst der tropfende Wasserhahn konnte ihr gerade nichts ausmachen.

Sie lachte und lachte – nahezu lautlos, um Paul nicht weiter zu verärgern.

Ich fasse es nicht! Gloria ist ein Kater!

Davon würde sie ihren Enkeln noch erzählen!

Und allen anderen, die es bis dahin wissen wollten. Selbst denen, die es nicht wissen wollten – sie würde es allen erzählen!

Außer Gloria. Die würde es zuletzt erfahren. Auf dem Sterbebett würde sie es ihr zuflüstern.

Nein, das ginge zu weit! Sie würde es auf Glorias Grabstein meißeln lassen!

Anna hielt sich die Hand vor den Mund, während sie vor Lachen losprustete. Bis sie merkte, dass ihr BH von innen nass wurde.

Die Milch!

Sie warf ihrem Spiegelbild eine Kusshand zu, dann ging sie zu Fiona und legte sie an.

Mütterbesuch

Mittwoch, 21. August – Tag 34

Heute hatte Anna Simone und Penelope mit ihrer Tochter Penny eingeladen.

Auf die Frage von Simone, ob sie ihr etwas mitbringen könne, hatte Anna nur eine Antwort: Kaffee. Sie hatte zwar schon eine neue Packung besorgt, aber eine Notreserve würde nicht schaden.

So standen dann um 14:00 Uhr zwei Frauen mit einem Baby und einem Päckchen Kaffee vor ihrer Tür.

Ein Kaffee kommt selten allein.

„Kommt rein", bat sie das Grüppchen.

Simone übergab ihr den Kaffee.

„Schön, euch wiederzusehen!", sagte Anna.

„Ich habe Kuchen mitgebracht", sagte Penelope.

„Du hast gebacken?", fragte Anna mit großen Augen.

„Nein! Wo denkst du hin? Ich habe ein Baby. Der ist vom Bäcker." Penelope grinste und überreichte ihr eine Tüte.

Anna führte sie ins Wohnzimmer, wo Fiona munter auf einer Decke auf dem Boden lag.

Die Frauen setzten sich aufs Sofa.

Penny schlief in der Schale des Kinderwagens. Penelope stellte die Schale neben das Sofa in Sichtweite.

„Wie geht es euch?", fragte Anna.

„Ganz okay. Es wird langsam besser", sagte Simone und lächelte zaghaft.

„Müde", sagte Penelope und gähnte, „es wird langsam schlimmer." Sie lachte kurz auf.

„Kaffee?", fragte Anna in die Runde.

Simone nickte.

„Ich dachte schon, du fragst nie!" Penelope zwinkerte ihr zu.

„Erst der Kaffee, dann das Vergnügen!" Anna stand auf.

„Kann ich dir helfen?", fragte Simone und krempelte ihre Ärmel hoch.

„Du kannst Fiona nehmen, wenn du willst."

„Klar."

Anna nahm Fiona hoch und übergab sie Simone, die sie strahlend entgegennahm und lächelnd in ihrem Arm hin und her wiegte. Dann begab Anna sich in die Küche, um Kaffee zu machen.

Der Geruch von Kaffee! Wie sie aufblühte! Wie sie sich plötzlich zu Hause fühlte bei diesem Duft.

Ich bin süchtig!

Anna seufzte und zuckte mit den Schultern.

Sei's drum.

Sie brachte die Kaffeetassen, Teller und Kuchengabeln ins Wohnzimmer und stellte sie auf den Tisch.

„Wie geht es dir, Anna?", fragte Penelope.

„Oh, äh, na ja ..." Anna kratzte sich am Kopf. Sie wusste nicht, wo sie anfangen sollte. „Will jemand Kuchen?"

„So schlimm?", fragte Simone.

Anna verzog den Mund und nickte. Sie öffnete die Packung mit den Kuchen. „Sieben Stück?"

„Die schaffen wir locker", sagte Penelope und winkte mit der Hand ab.

„Okay, ich nehme gern ein halbes Stück von dem da." Simone zeigte auf den Erdbeerkuchen.

„Ich nehme den Schokokuchen und Simones halbes Stück", sagte Penelope und rieb ihre Hände aneinander.

Simone blickte sie skeptisch an.

„Du brauchst mich gar nicht so von der Seite anzuschauen! Ich stille und habe heute noch nichts gefrühstückt." Penelope spießte ein großes Stück Erdbeerkuchen auf und stopfte es in den Mund.

Anna nahm sich selbst ein Stück Himbeersahnetorte auf den Teller.

„Also, was ist los bei dir, Anna?", fragte Simone.

„Erst hatte ich Magen-Darm, dann Milchstau und danach gar keine Milch mehr."

„Das ist stressbedingt, zumindest die letzten beiden", stellte Penelope kauend fest. „Was macht dich so fertig? Ich meine, außer dass du keine Zeit zum Schlafen, Essen oder Duschen hast, seitdem du ein Baby hast."

„Die Frage lautet nicht unbedingt 'was', sondern 'wer'", stöhnte Anna.

„Oh! Also wer macht dich fertig?", hakte Penelope nach.

„Meine Schwiegereltern."

„Autsch!" Simone kräuselte ihre Nase.

„Sie sagen, ich brauche endlich einen Kinderwagen. Sie wissen auch genau welchen. Sie hören auch dann nicht auf, wenn ich ihnen sage, dass ich gar keinen will. Dann sagen sie, wir brauchen ein größeres Auto und eine größere Wohnung oder am besten ein Haus, denn Fiona braucht ein eigenes Zimmer und ein eigenes Bett, so schnell wie möglich. Das Kind muss lernen allein zu schlafen. Es darf nicht alles bekommen, was es will. Ich darf Fiona nicht verwöhnen. Ich muss da konsequent sein ..."

Penelope ergänzte: „Außerdem stillst du Fiona vermutlich viel zu oft und überhaupt – was soll bloß aus dem armen Kind werden, so wie du es behandelst?"

„Genau! Sonst wird Fiona ein 'sozial inkompetenter Tyrann'!"
Anna malte Gänsefüßchen in die Luft.

„Was für ein Schwachsinn!", sagte Simone.

„Sie wissen alles besser, lassen mich nicht ausreden und versuchen nicht, mich zu verstehen", jammerte Anna.

„Soweit nichts Ungewöhnliches für Schwiegereltern", sagte Penelope trocken und steckte sich eine weiteres Stück Kuchen in den Mund.

„Als ich die Diskussion beenden wollte, haben sie so getan, als ob ich sie rausgeschmissen hätte – und jetzt will Paul, dass ich mich bei ihnen entschuldige."

„Dein Mann hat dich nicht verteidigt?" Simone riss ihre Augenbrauen in die Höhe.

Anna schüttelte den Kopf. Ihr Brustkorb zog sich zusammen.

„Weichei!", schimpfte Simone und zog ihre Augenbrauen zusammen.

„Ach ja, und dann haben meine Schwiegereltern mir noch ein Katzenbaby vorbeigebracht, um das ich mich jetzt kümmern muss."

„Das ist ungewöhnlich!" Penelope schwang die Gabel in der Luft. „Diese Strategie, die Schwiegertochter fertig zu machen, kannte ich noch nicht."

„Wie kommen sie dazu?", fragte Simone.

„Sie haben es auf einem Rastplatz gefunden. Jemand hat es ausgesetzt. Es ist ungefähr drei Wochen alt."

„Das ist nicht dein Ernst!" Simone starrte sie mit geweiteten Augen an. „Das ist jetzt bei euch?"

„Ja, im Schlafzimmer in seinem Körbchen."

„Du musst dich um dein Baby kümmern! Damit hast du genug zu tun. Das ist wirklich krass." Simone schüttelte den Kopf.

„Es ist schade, dass deine Schwiegereltern nicht sehen können, wie toll du mit Fiona umgehst", sagte Penelope mit sanfter Stimme. „Ich höre das so oft! Fast alle Mamas haben diese

Probleme mit den Eltern oder Schwiegereltern. Wahrscheinlich macht deinen Schwiegereltern das Unbekannte Angst. Früher hat man ja alles einfach so gemacht, wie man es von seinen eigenen Eltern kannte. Wir kennen heute auch andere Ansätze. Also ich finde jedenfalls, du machst das richtig gut!"

Anna lächelte dankbar. Sie trank einen Schluck Kaffee. Sie fühlte sich verstanden. Endlich verstanden.

Und nicht mehr allein.

„Als ob ein Auto, ein Haus und ein eigenes Zimmer wichtig wären!", schimpfte Simone. „Wie steht dein Mann dazu?"

„Ein eigenes Haus ist Pauls großer Traum. Er bewirbt sich gerade auf eine Stelle in Limburg. Da sind auch die Immobilienpreise annehmbar. Dann würden wir näher an meinen Schwiegereltern wohnen."

„Wie reizvoll!" Simone kräuselte die Stirn. „Wie stehen deine Schwiegereltern dazu, dass ihr dahin zieht, wenn ihr euch nicht so gut versteht?"

„Paul und Fiona sind herzlich willkommen."

„Sie schließen dich aus", sagte Simone.

„Ich will auch nicht dorthin ziehen. Ich habe hier Arbeit und meine Eltern. Ich will hierbleiben. Das habe ich klar geäußert."

„Das kann ich absolut nachvollziehen!", pflichtete Simone ihr bei.

„Hat Paul Geschwister?", fragte Penelope.

„Nein."

„Vielleicht schließen sie dich aus, weil sie sich selber ausgeschlossen fühlen. Ich meine: ganz unbewusst", mutmaßte Penelope.

„Wir haben sie nicht ausgeschlossen!"

„Habt ihr sie miteinbezogen bei wichtigen Entscheidungen? Wo ihr wohnt? Wie euer Kind heißt? Oder habt ihr sie vielleicht bei einfacheren Dingen gefragt, zum Beispiel worauf man beim Kauf eines Kinderwagens achten soll? Ich weiß, du willst keinen Kinderwagen – aber verstehst du, was ich meine?"

„Das sind ihre Entscheidungen! Die müssen sie und ihr Mann zusammen treffen!", warf Simone ein.

„Ich verstehe vollkommen, dass sie das machen. Ich mache das genauso. Aber es ist einfach so: Sie grenzen sich damit ab."

„Das ist absolut normal, dass sie das machen, oder nicht?", hakte Simone nach.

„Das ist normal für die heutige Zeit und trotzdem verletzt es sie. Versetzt euch in ihre Lage: Sie kennen ihren Sohn sein Leben lang. Als Kind ist er bestimmt nicht einmal aufs Klo gegangen, ohne seinen Eltern Bescheid zu geben. Zwischen Eltern und Kindern herrscht die größte Verbundenheit, die es unter Menschen gibt. Spätestens seit der Pubertät hat Paul vermutlich nicht mehr über alles mit ihnen gesprochen. Irgendwann ist er ausgezogen und hat sein eigenes Leben gelebt. Das ist für Eltern schwer auszuhalten. Sie müssen ihn loslassen. Er hat sich eine Frau gesucht und mit ihr ein Baby bekommen. Die Geburt eines Enkelkindes ist ein Zeitpunkt für eine mögliche Annäherung. Mit einem Baby kennen sie sich aus! Sie können euch Tipps geben, sie können euch helfen. Sie werden wieder gebraucht. Endlich! Dann will ihr Sohn zu ihnen zurückkehren, nach Jahren, und die Schwiegertochter sagt: Nee, das mache ich nicht! Das muss schrecklich für sie sein, Anna. Auch, wenn deine Gründe vielleicht nichts mit ihnen zu tun haben, und auch, wenn ich deine Gründe sehr gut nachvollziehen kann. Es verletzt sie trotzdem, wenn du sagst, dass du nicht dort hinziehen willst."

Anna ließ sich das durch den Kopf gehen.

„Bei uns in Spanien, zumindest in dem Dorf, aus dem ich komme", fuhr Penelope fort, „war es früher so, dass sich die Alten um die Kinder gekümmert haben. Auch heute ist es teilweise noch so. Da wohnen drei oder manchmal vier Generationen zusammen in einem Haus oder in der Nachbarschaft. Die Eltern gehen arbeiten und die Kinder sind den ganzen Tag bei den Großeltern, wenn sie von der Schule oder vom Kindergarten nach Hause kommen. Das ist gut für alle. Die Alten haben eine Aufgabe, die Eltern können beruhigt arbeiten und die Kinder sind gut versorgt. Aber heutzutage leben alle meistens weit auseinander in der Kleinfamilie. Es ist für die alten Leute schwierig, wenn sie keine Aufgabe mehr haben. Für die frischgebackenen Eltern ist es genauso schwierig, weil sie alles allein stemmen müssen – die Arbeit und die Kinder. Für die Kinder ist es auch schade, dass die Familie weit verstreut lebt."

„Es braucht ein ganzes Dorf, um ein Kind großzuziehen", zitierte Anna ein afrikanisches Sprichwort.

„So ist es. Du merkst selbst, wie schwer es ist, alles allein hinzubekommen mit Baby. Die Kleinfamilienstruktur ist vermutlich nicht die beste Wahl."

Anna nickte zustimmend. „Meine Eltern wohnen in der Nähe, aber sie müssen noch ein paar Jahre arbeiten bis zur Rente."

„Wann würde der Job losgehen? Wann würde dein Mann umziehen wollen?", fragte Simone.

„Zum Jahreswechsel."

„Meint er das ernst? So ein Stress mit Umzug mit einem fünf Monate alten Baby?", empörte sich Simone.

Anna zuckte mit den Schultern. „Am Freitag hat er sein zweites Vorstellungsgespräch. Er will, dass Fiona und ich dann mit ihm nach Limburg fahren, damit ich mir die Stadt ansehen kann."

„Wer kümmert sich in der Zeit um das Katzenbaby?", fragte Simone.

„Gute Frage! Ich werde mich zweiteilen müssen", sagte Anna sarkastisch. „So wie immer seit der Geburt."

„Ich könnte sie nehmen, wenn dir das hilft", bot Simone an. „Ich habe auch eine Katze zu Hause. Die kommt gut mit anderen Tieren klar. Kann ich das Katzenbaby mal sehen?"

Anna stand auf und holte das Kätzchen.

„Och, ist das süß!", schwärmte Simone. „Hat es schon einen Namen?"

„Gloria."

„Ein schöner Name", kommentierte Penelope, „aber ungewöhnlich für eine Katze."

„Gloria ist ein Kater."

„Für einen Kater ist der Name noch ungewöhnlicher", warf Penelope ein.

„Meine Schwiegermutter heißt auch Gloria", erklärte Anna.

„Aha. Alles klar", sagte Penelope zögerlich.

Anna sah, wie Penelope und Simone verdattert dreinschauten. Anna konnte sich ein Grinsen nicht verkneifen und erklärte: „Da wir unsere Tochter nicht nach meiner Schwiegermutter benannt haben, habe ich ihr versprochen, eine Katze nach ihr zu benennen, wenn wir je eine haben sollten. Und ta-daa, schon hat sie uns ein Katzenbaby mitgebracht."

Anna nahm Simone Fiona ab, sodass diese das Kätzchen halten konnte. Simone hob es zu ihrem Gesicht und schmiegte ihre Wange an das weiche Fell.

„Es ist so weich! So schön!" Ihr Blick war voller Freude. „So ein süßes Katerbaby!" Auf einmal veränderte sich ihr Blick und ihre Augen schimmerten feucht.

„Was ist los?", fragte Anna.

„Ach, nichts." Simone wandte den Blick ab.

„Nun sag schon, Simi, du kannst uns nichts vormachen", sagte Penelope sanft.

„Ich will die Stimmung nicht vermiesen ..."

„Hey, wir hatten gerade über meine Schwiegereltern gesprochen. Welche Stimmung willst du da bitte vermiesen?", fragte Anna neckend und mitfühlend zugleich.

Simone zögerte einen Moment. Dann sprach sie weiter. „Ich dachte nur gerade daran, wie unfair es ist, dass du quasi zwei Babys hast und ich keins. Aber das soll kein Vorwurf sein." Sie blickte Anna an. „Du kannst nichts dafür und ich auch nicht. Keiner kann etwas dafür. Es ist trotzdem so ...", Simone zuckte mit den Schultern. Sie setzte das Katzenbaby auf ihrem Schoß ab uns streichelte ihm zart mit den Fingerspitzen übers Fell.

Anna hätte Simone sofort die Katze überlassen, wenn das ihren Schmerz gelindert hätte. Aber sie durfte nicht. Wegen ihrer Schwiegermutter. Sie durfte einfach nicht. Sie hatte es ihr versprochen, eine Katze nach ihr zu benennen – und sie wusste nicht, ob sie Gloria oder sich selbst dafür verabscheuen sollte.

„Ich verstehe nicht, warum ich jetzt losheule. Mir ging es doch schon besser", schluchzte Simone.

„Es ist okay", erklärte Penelope und streichelte mit der Hand über Simones Rücken.

Anna wollte gern etwas sagen, doch ihr fiel nichts Tröstendes ein. Nur leere Phrasen. Sie zog wortlos ein Taschentuch aus ihrer Hosentasche und reichte es Simone.

Diese nahm es entgegen, tupfte ihre Tränen ab, woraufhin weitere Tränen die Wangen herunterrollten. Penelope und Anna legten jeweils einen Arm um sie, links und rechts, steckten die Köpfe dicht zusammen. So saßen die drei eine Weile schweigend da.

Dann schnäuzte Simone in das Taschentuch. „So, jetzt brauch ich aber einen Kaffee!", sagte sie, schniefte und schnaufte tief ein und aus.

„Auf Kaffee folgt Sonnenschein", sagte Anna mitfühlend und reichte ihr die Tasse. Simone lächelte schniefend und nahm den Kaffee entgegen.

„Danke, dass ihr da seid", sagte Simone leise und blinzelte, während sie mit dem Taschentuch unter den Augen entlangfuhr. „Habt ihr die nächsten Tage zufällig schon etwas vor?", fragte sie in einem Mix aus Lachen und Weinen.

„Außer Schlafen, Essen, Duschen habe ich nichts vor", grinste Penelope, „und du?" Sie blickte Anna an.

„Schlafen, Essen und Kaffee trinken. Sonst nichts. Von mir aus können wir das gern sehr bald wiederholen!", bestätigte Anna.

Simone lächelte schief.

Paul kam an diesem Abend spät nach Hause. Er machte Überstunden, um die verlorene Zeit für das Besorgen der Milchpumpe nachzuarbeiten und um am Freitag früher nach Hause fahren zu können, hatte er gesagt. Er wollte am Freitag schon mittags losfahren zum Bewerbungsgespräch nach Limburg. Diese Stunden musste er vorarbeiten.

Anna war mit Fiona im Bett, als er nach Hause kam. Sie hörte ihn zur Wohnung hereinkommen, so wie sie ihn immer hörte. Sie hörte, wie er sich ein Essen in der Mikrowelle warm machte und damit ins Wohnzimmer ging. Dann hörte sie Kampfgeschrei aus dem Fernseher dringen. Damit schlummerte sie ein.

Dringende Verabredung

Freitag, 23. August – Tag 36

Anna fuhr den Kater Gloria mit dem Auto zu Simone, während Fiona auf dem Beifahrersitz in der Babyschale schlief.

Simones Katze schnupperte an dem kleinen Katerchen und akzeptierte es sofort. Simone zeigte sich erleichtert. Sie hatte die Nacht zuvor kaum geschlafen, weil sie sich so auf ihre neue Aufgabe gefreut hatte und zugleich unsicher war, ob ihre Katze das Katzenbaby zulassen würde. Doch alles war gut gegangen.

Anna holte alle Utensilien aus ihrer Tasche, die sie für den Kater Gloria mitgebracht hatte: Fläschchen, Ersatzmilchpulver, saugfähige Unterlagen, Infrarotlampe, Feuchttücher und sogar das Körbchen hatte sie mitgenommen. Der Kater sollte sich wie zu Hause fühlen.

Anna erklärte Simone, worauf sie in den kommenden Tagen mit dem kleinen Katerchen zu achten hatte. Simone bot ihr einen Kaffee an, doch Anna wollte lieber nach Hause und verabschiedete sich, denn sie war mit Paul Punkt zwölf zu Hause verabredet für die Fahrt nach Limburg.

Bevor Anna mit Fiona wieder nach Hause fahren konnte, stillte sie sie im Auto. Besser gesagt: Sie versuchte es. Während Fiona zunehmend unruhig wurde, schwante Anna nichts Gutes. Sie drückte auf ihrer Brust herum, strich entlang bis zur Brustwarze, doch kein Tropfen kam hervor.

Schon wieder keine Milch!

Anna wurde schummrig vor den Augen. Ihr Magen krampfte sich zusammen. Irgendetwas lief hier überhaupt nicht rund. Sie wurde wieder krank, das spürte sie.

Aber das würde Paul nicht verstehen. Sie musste da irgendwie durch. Sie wusste, dass Stress die Ursache war. Die Lösung war klar: Sie musste sich einfach nur entspannen.

Einfach? Nur? Entspannen?

Sie atmete heftig. Sie war kurz davor, einen hysterischen Anfall zu bekommen! Wie zum Teufel sollte sie sich entspannen, wenn sie heute zu den Schwiegereltern fahren musste, die eine Entschuldigung erwarteten für etwas, das sie nicht getan hatte; mit dem Mann, der zu einem Bewerbungsgespräch fuhr in eine Stadt, in die sie nicht ziehen wollte; mit einem Baby, das einen Monat alt war, keine Milch trinken konnte und schrie, weil ihr die Milch wegblieb?

Verdammt nochmal, welcher Mensch konnte da bitte ruhig bleiben?

Sie drosch mit den Fäusten aufs Lenkrad. Es hupte laut.

Ein Passant, der neben dem Auto entlangging, machte erschrocken einen Satz zur Seite und zeigte ihr den Vogel.

Anna funkelte ihn wütend an, schrie und fluchte. Auf den Passanten. Auf das Leben. Auf Paul.

Es war halb zwölf.

Sie konnte nicht mitkommen, das war ihr eben klar geworden.

Fiona schrie neben ihr.

Der Schweiß brach Anna aus.

Zu Hause hätte sie ein Fläschchen, das sie Fiona geben könnte. Zehn Minuten würde die Fahrt nach Hause dauern. Zehn Minuten Geschrei – das könnte sie nie ertragen.

Sie überlegte, ob sie erneut bei Simone klingeln sollte. Die Wahrscheinlichkeit, dass sie ein Fläschchen und Milchpulver zu Hause hatte, war gering.

Sie blickte die Straße entlang und überlegte fieberhaft, was sie tun konnte. Da erblickte sie eine Drogerie. Sie stieg aus dem Auto, hechtete herum zur Beifahrerseite, hob die Babyschale heraus, hängte sie in die Ellenbeuge und lief mit der weinenden Fiona schnellen Schrittes ins Geschäft, kaufte fertig angerührte Milchersatznahrung sowie Fläschchen und Saugaufsatz.

Eigentlich sollte man diese vor der ersten Verwendung auskochen.

Fiona schrie.

Eigentlich!

Sie stellte Fionas Babyschale auf den Beifahrersitz, hechtete ums Auto, ließ sich auf den Fahrersitz plumpsen, riss die Packung des Fläschchens auf und setzte den Sauger auf die Flasche. Nur noch die Milch! Die bekam sie schwer auf. Sie riss und zerrte daran, mit den Händen, mit den Zähnen, bis sich ein großer Schwall Milch über ihre Hose und das Lenkrad ergoss.

Anna fluchte, schüttete mit zittrigen Händen den Rest Milch in die Flasche, verschüttete noch einen Schwall, fluchte wieder, drehte die Flasche zu und steckte sie Fiona in den Mund. Sie saugte sofort gierig daran.

Ruhe.

Nur die Saug- und Schmatzgeräusche von Fiona.

Der Puls rauschte in Annas Ohren.

Zwanzig vor zwölf.

Anna war schlecht.

Sie musste losfahren. Sie hielt die Flasche in der einen Hand, mit der anderen Hand trocknete sie das Lenkrad mit einem Taschentuch und tupfte ihre Hose ab.

Fiona sah satt und zufrieden aus, als sie die Flasche losließ. Sie schüttelte sich.

Sie muss mal, merkte Anna. Wenn sie jetzt losfuhr und sie in die Windel machen ließ, dann würde Fiona während der Fahrt anfangen zu schreien.

Anna schnallte Fiona ab, stieg mit ihr aus, blickte um sich, wartete einen Moment, bis ein Pärchen vorbeigegangen war, huschte mit Fiona im Arm ins Gebüsch, zog deren Hose und Windel aus und hielt sie ab. Fiona erleichterte sich in einem großen Strahl.

Wieder im Auto. Zehn vor zwölf.

Anna musste jetzt losfahren. Genau jetzt. Sie legte Fiona in die Babyschale. Fiona streckte sich durch, äußerte Laute des Unbehagens, wimmerte.

Sie! Musste! Jetzt! Los!

Sie redete Fiona gut zu, drückte sie sanft in die Babyschale, versuchte sie anzuschnallen, spürte den Widerstand dieses kleinen Körpers, spürte den Schmerz dieser kleinen Seele.

Es ging nicht.

Sie brachte es nicht übers Herz.

Sie würde sich verspäten. Sie kramte ihr Handy aus der Tasche. Sie musste Paul anrufen. Es würde ihm nicht gefallen. Er wollte Punkt zwölf losfahren. Er würde. Um genug Puffer für Stau zu haben. Um nicht zu spät zu kommen. Zum Bewerbungsgespräch. Seiner Zukunft. Ihrem Untergang.

Der Akku war leer. Sie erstarrte.

Sie drückte Fiona kraftvoll in den Sitz, schnallte sie an, startete den Motor.

Fiona weinte.

Anna wurde flau im Magen. Ihr wurde bewusst, dass sie die Wahl hatte: Fiona zwingen, zehn Minuten Autofahrt gegen ihren Willen auszuhalten, oder Paul hängen lassen, richtig hängen lassen. Ihre Ehe aufs Spiel setzen.

Für zehn Minuten.

Nur zehn lausige Minuten.

Sechshundert Sekunden.

Abertausende Momente.

Ihre Finger umkrallten das Lenkrad. Sie starrte geradeaus, durch die Scheibe, ins Nirgendwo, hörte Fionas Wimmern neben sich, wie die Gliedmaßen gegen den Sitz strampelten, wie sie sich aufbäumte.

Das wollte sie nie zulassen. Das wollte sie nie tun. So wollte sie nie werden.

So.

So nicht!

Anna schnallte Fiona ab und nahm sie in den Arm. Sie wiegte ihre Tochter hin und her und flüsterte ihr beruhigende Worte ins Ohr. Sie atmete tief ein und aus und ihr Pulsschlag beruhigte sich langsam. Sie schaltete den Motor aus.

Von draußen drang Großstadtlärm durch die Scheibe.

Es war fünf vor zwölf.

Fionas Schluchzen ebbte ab und Anna blickte ihr in die Augen. Ihre Gesichter waren dicht beieinander. Fionas Mund zuckte und breitete sich aus. Sie lächelte.

Sie lächelte!

Sie lächelte Anna an!

Das erste Mal.

Annas Herz quoll über. Über und über. Und hörte nicht mehr auf überzuschwappen.

Alles war im Fluss und in Harmonie.

Überall war Liebe. Sie war umhüllt von Liebe. Durchdrungen von Liebe. Eins mit der Liebe.

Sie *war* Liebe.

Grenzenlos. Unendlich. Ewig.

Sie war eins mit ihrer Tochter. Eins mit der ganzen Welt. Und allem anderen.

Allem.

Diese Tiefe. Diese unendliche Tiefe. Und Verbundenheit. Das Einssein. Die Wärme. Die Vertrautheit.

Sie schmolz und verschmolz und trieb und floss und sank und trank und saugte alles in sich auf.

Satte Minuten, die ihr so real vorkamen wie nie zuvor etwas in ihrem Leben.

Das war echt! Das war alles so echt, so natürlich, so nah.

Es klopfte an die Scheibe.

Anna zuckte zusammen, blickte um sich. Simone winkte lächelnd durch die Scheibe. Anna ließ die Scheibe hinunter.

„Alles in Ordnung bei dir?", fragte Simone. „Du bist ja noch da!"

„Fiona möchte nicht angeschnallt werden."

„Willst du doch auf einen Kaffee zu mir kommen?"

„Ich will ..." Anna schielte auf die Uhr. Zwölf Uhr. „Ja, gern."

„Okay, ich werfe das nur kurz in die Tonne." Simone deutete auf den Müllbeutel in ihrer Hand und verschwand um die Hausecke.

Als die beiden Frauen mit Fiona in Simones Wohnung kamen, entdeckte Anna ihr Katerchen selig schlummernd an Krümel gekuschelt.

Anna rührte der Anblick.

„Krümel hat Gloria vorhin in ihr eigenes Körbchen getragen und sich dazugelegt", erklärte Simone voller Stolz.

Simone und Anna standen neben dem Körbchen, beide hatten den Kopf schief gelegt und lächelten selig.

Anna dachte nach. Krümel hatte gespürt, was das Katzenbaby brauchte und sofort danach gehandelt. Bei Anna hatte es Minuten gedauert, aber sie hatte das Richtige getan. Letztendlich.

Doch wenn sie an Paul dachte, plagte sie das schlechte Gewissen. Sie hatte ihn im Ungewissen gelassen. Sie fragte Simone nach einem Ladekabel, doch der Stecker passte nicht in Annas Handy. Simone bot an, Paul von ihrem Telefon aus anzurufen, aber da er vor Kurzem seinen Vertrag gewechselt hatte, kannte Anna seine neue Nummer noch nicht auswendig. Sie konnte ihm nicht Bescheid sagen, dass sie nicht mitkäme. Wegen des Milchstaus, wegen des Stresses, weil alles zu viel war. Und weil es sich falsch anfühlte.

Egal, was sie ihm erzählt hätte, er hätte es nicht verstanden.

Er verstand sie überhaupt nicht mehr. Und sie ihn nicht.

Sie setzte sich an den Küchentisch mit Fiona auf dem Arm, während Simone den Kaffee vorbereitete. Sie stützte den Kopf auf die freie Hand. Ihre Stirn fühlte sich heiß an.

„Geht es dir nicht gut?", fragte Simone.

„Ich habe Milchstau."

„Hm ..." Simone musterte sie aufmerksam. „Milchstau geht oft einher mit einem Stau im Leben. Das kommt, wenn einem alles zu viel ist."

Simone hatte recht. Sie steckte fest. Paul und Anna hatten völlig gegensätzliche Lebenspläne. Paul wollte ein Leben in Limburg mit eigenem Häuschen, Anna wollte in München zur Miete wohnen bleiben. Paul wollte alles verändern, Anna alles so belassen, wie es war. Ihre Leben drifteten auseinander. Was gab es da zu klären? Sie konnte nur hoffen, dass Paul eine Absage für die Stelle bekam.

Simone stellte Anna den Kaffee hin. „Wo ein Kaffee ist, ist auch ein Weg", sagte sie, legte ihre Hand auf Annas und drückte sie fest.

„Das hätte mein Spruch sein müssen", protestierte Anna lächelnd. Simone lächelte sanft zurück.

Als Anna mit Fiona zwei Stunden später zu Hause ankam, war die Wohnung leer: Paul war nicht da. Anna hatte bis zuletzt gehofft, dass er zu Hause war und auf sie wartete. Sie hätte es besser wissen müssen. Eigentlich hatte sie es gewusst, aber sie wollte es nicht wahrhaben. Hatte er sich keine Sorgen gemacht, als sie nicht rechtzeitig zu Hause war, ohne Bescheid zu sagen? Schließlich hätte ihr und Fiona etwas passiert sein können! Ein Unfall, ein Überfall, eine Entführung durch Außerirdische, so etwas in der Art. Wer konnte das schon wissen?

Langsam machte sich Wut in ihr breit. Paul war weggefahren, ohne zu wissen, ob es seiner Frau und seinem Baby gut ging. Das verstand sie nicht. Nein, das würde sie nie verstehen!

Sie steckte das Handy ans Ladekabel und schaltete es ein. Wenn er versucht hätte anzurufen, würde sie per SMS über den verpassten Anruf informiert. Sie wartete eine Weile, doch es passierte nichts. Paul hatte nicht versucht anzurufen. Er war losgefahren, ohne mit der Wimper zu zucken. Sie wandte sich ab.

Oder war ihm etwas passiert? Sie machte einen Schritt zu ihrem Handy, doch dann blieb sie stehen.

Es war unwahrscheinlich, dass ihm gerade jetzt etwas passiert war.

Ob sie ihn dennoch anrufen sollte, um zu erfahren, wie es ihm ging? Nur, um sicherzugehen?

Anna atmete einmal tief durch. Dann wählte sie seine Nummer. Sie legte sofort wieder auf. Sie sah zum Fenster hinaus auf die Straße. Sie war viel zu aufgebracht und durcheinander, um in Ruhe mit ihm zu sprechen.

Sie sah zu Fiona, die in der Babyschale schlief. Sie war auf der Fahrt eingeschlafen. Anna wählte erneut. Pauls Mailbox ging sofort ran. Sein Handy war also aus oder hatte keinen Empfang. Er würde über ihren Anruf benachrichtigt werden, sobald er wieder Empfang hatte. Sie legte auf.

Alles war ruhig. Den Kater Gloria hatte Anna bei Simone gelassen. Für den Fall, dass Paul auf sie gewartet hätte. Und weil sie es nicht übers Herz gebracht hatte, ihn wieder mitzunehmen, nachdem er sich bei Krümel eingekuschelt hatte. Und weil Simone sich so sehr gefreut hatte.

Anna schlich durch die Wohnung, ging durch jeden einzelnen Raum. Sie wusste nicht, was sie sonst tun sollte. Sie hatte geplant, mit Paul zu seinen Eltern zu fahren, wenngleich sich innerlich ihr Magen umgedreht hatte bei der Vorstellung. Nun war alles anders gekommen.

Sie besah sich die Dinge in ihrer Wohnung. All die Dinge, die hier versammelt waren: Fotos, Souvenirs, Erinnerungsstücke ihrer gemeinsam verbrachten Urlaube, Möbel, die jeder von ihnen mitgebracht hatte, Möbelstücke, die sie gemeinsam ausgesucht hatten – all das Zeug! Sie konnte es nicht ertragen. Am liebsten hätte sie sofort alles weggeworfen! Wie viele Jahre hatten sie damit verschwendet, den unnützen Kram zu sammeln, zu horten und immer wieder zu entstauben, nur, um es zu behalten? Neunzig Prozent des Gerümpels benutzte sie nie. Sie ging zum Kleiderschrank, öffnete ihn, sah die Unordnung, sah das Chaos. Ihr Schrank quoll über. Die Kleider würden sie erdrücken, wenn sie jetzt nicht handelte!

Es reichte ihr.

Sie griff hinein, holte ihre T-Shirts raus, warf sie schwungvoll auf den Boden. Dann die Pullover, ihre Kleider, Hosen, Röcke, Blusen, Socken, Unterwäsche. Sie warf alles auf den Boden auf einen großen Haufen.

Dieser Berg! Diese Masse!

Sie blickte in den leeren Kleiderschrank, sah den Staub auf den Einlegeböden, holte einen feuchten Lappen und wischte ihren Schrank gründlich durch. Das war besser.

Dann kniete sie sich neben den Haufen. Und sortierte. Nur was ihr gefiel, was sie gern trug, wollte sie behalten. Unterhosen, die sie seit Jahren nicht getragen hatte, weil sie überall zwickten, oder BHs, die ausgeleiert waren – weg! Die vielen Kleider, die ihre Kollegin aussortiert und ihr geschenkt hatte, die ihr viel zu eng waren – weg damit! Die paillettenbesetzten T-Shirts, die ihre Schwiegermutter ihr vor Jahren aus einem Urlaub mitgebracht hatte und die sie nie getragen hatte – weg! Und die verhassten Business-Blusen! Nie wieder wollte sie einen Job, in dem sie Blusen tragen sollte. Weg damit! Blazer, Röcke, Nadel- streifenhosen, alles weg! Schwarze Socken – weg! Die Pullover mit den Mottenlöchern, die sie seit Jahren nähen wollte, die sie aber auch nie vermisst hatte – weg! Übrig blieben drei Jeans, ein paar kurze Hosen, bequeme T-Shirts, bunte Tops, ihre Lieblingspullover, ein Drittel der Unterwäsche und die farbigen Socken. Sie faltete die Kleidung, die sie behalten wollte, sauber und ordentlich, legte sie in den Schrank zurück und atmete auf, als sie die Ordnung in ihrem Schrank sah. Mit wie wenig sie auskam! Zufrieden blickte sie auf die bunte, frisch gefaltete Kleidung in den Regalfächern.

Sie holte Mülltüten und stopfte die aussortierten Kleidungsstücke hinein. Fünf Tüten voll. Sie blickte zu Fiona. Die schlief fest in der Babyschale. Sie ging zum Altkleidercontainer auf der anderen Straßenseite und entledigte sich der Last ihrer ungeliebten Kleider. Rumms – weg waren sie. Sie richtete sich gleich ein wenig auf.

Als Nächstes durchforstete sie ihre Schuhe. Hautaufreibende Sandalen – weg. Seit Jahren nicht getragene Stiefel – weg! Badelatschen, die sie nie benutzt hatte – weg! Ausgetretene Turnschuhe – weg damit!

Dann widmete sie sich dem Wohnzimmer. Als Fiona zwischendurch aufwachte, war Anna gerade dabei, im Wohnzimmer ihre Bücher auszusortieren. Gedankenversunken legte sie Fiona an ihre Brust an, während sie den zweiten Stapel Bücher durchforstete. Erst als Fiona fertig war und zufrieden abdockte, wurde Anna bewusst, dass ihr Milchstau vorüber war.

Sie lächelte zufrieden und widmete sich der Küche. Dem Vorratsschrank. Dem Eisfach. Den Küchenschränken. Bis in den späten Abend hinein.

Entrümpeln

Samstag, 24. August – Tag 37

Den ganzen Samstag lang setzte Anna ihre Aufräumaktion fort. Im Bad sortierte sie ihre Kosmetik aus. Ihren Schmuck. Die alten Handtücher.

Danach ihren Schreibtisch. Ihre Ordner. Ihre Unterlagen. Ihre Fotokiste.

Alles.

Überall fand sie etwas, das sie aussortieren konnte. Sie räumte auf. Und zwar gründlich. Sie war im Aufräum-Flow. In Euphorie. Es tat gut, sich der Sachen zu entledigen, die sie nicht mochte oder nie benutzt hatte.

Sie holte Werkzeug aus dem Keller und reparierte den Wasserhahn im Bad, der seit Wochen tropfte. Sie nahm das Foto von Fiona vom Kühlschrank ab, das sie von ihren Eltern geschenkt bekommen hatte, rahmte es, schlug mit dem Hammer einen Nagel in die Wand und hängte das Bild auf. Annas Elan wurde lediglich unterbrochen von gelegentlichem Stillen, Abhalten und Essen. Woher die Zeit auf einmal kam, wusste sie auch nicht. Sie nahm Fiona in jedes Zimmer mit, in dem sie herumwuselte. Fiona lag daneben und war zufrieden damit zu beobachten, was Anna tat. Sie war ruhig, während Anna ungestört Sachen aussortieren und erledigen konnte.

Sie verbrachte den ganzen Tag damit zu werkeln und vermied es dabei erfolgreich, an Paul zu denken. Er hatte sich den ganzen Tag lang nicht gemeldet. Das fiel ihr erst auf, als sie abends erschöpft, aber zufrieden im Bett lag. Doch da war es zu spät – sie fiel in einen seligen Schlaf.

Das Wiedersehen

Sonntag, 25. August – Tag 38

Anna wachte früh am Morgen auf und war hellwach. Sie wusste, dass Paul heute nach Hause kommen würde. Es würde kein freundliches Wiedersehen werden, fürchtete Anna. So sehr sie es versuchte, sie konnte der bevorstehenden Begegnung nichts Positives abgewinnen.

Als es Mittag war, tippelte sie nervös von einem Bein auf das andere und erwischte sich immer wieder dabei, wie sie zur Tür starrte. Sie wusste nicht, wann er heimkam. Irgendwann ab dem frühen Nachmittag war es möglich. Vielleicht später. Wenn er sich beeilte, könnte er sogar mittags bei ihr sein. Sie traute sich nicht, ihn anzurufen.

Sie lief in der Wohnung auf und ab, putzte das Waschbecken, lief wieder auf und ab, putzte das Klo, lief auf und ab und begann, die Fenster zu putzen. Sie hatte gerade das erste Fenster fertig geputzt, als sie sich fragte, was sie da eigentlich tat.

Übersprunghandlung nannte man das. Bei Katzen zumindest.

Sie legte den Abzieher zur Seite.

Was sollte sie stattdessen tun? Den Kater bei Simone abzuholen hatte sie erst für den Abend geplant. Sie konnte nicht in der Wohnung umherlaufen wie ein eingesperrter Tiger. Sie musste raus. Sie schnappte sich das Tragetuch, band es um, setzte Fiona hinein und verließ die Wohnung.

Die Sonne strahlte hell. Sie atmete tief durch. Die Sorgen wirkten bei frischer Luft, Sonnenschein und Vogelgezwitscher weniger gewaltig. Eher gering.

Anna ging gerade die Straße hinab, als Pauls Wagen um die Ecke bog. Am liebsten wäre sie ins Gebüsch gesprungen, damit er sie nicht sah. Er fuhr an ihr vorbei und parkte das Auto. Sie hoffte, dass er sie nicht gesehen hatte.

Er stieg aus und blickte direkt zu ihr.

Sie gab sich einen Ruck und ging zu ihm.

Er verschränkte seine Unterarme auf der geöffneten Autotür. „Lebt ihr also noch?", fragte Paul provokativ, als sie vor ihm stand. Seine Augen bildeten Schlitze.

„Fiona hatte nur geschrien, sodass ich nicht losfahren konnte, und mein Akku war aus."

„Dein Akku war das ganze Wochenende lang aus?"

„Nein, nur Freitagmittag, bis ich zu Hause war. Was war mit deinem Akku?", konterte Anna.

„Der funktioniert hervorragend." Paul lächelte süffisant.

„Wie lief dein Gespräch?", fragte Anna.

„Ebenfalls hervorragend. Sie wollen mich. In ein paar Tagen schicken sie mir den Arbeitsvertrag zu."

„Du hast dich also entschieden." Ihre Stimme war leise. „Zählt es so wenig, was ich will? Dass du damit unsere Familie auseinanderreißt?"

„Du reißt die Familie genauso auseinander, wenn du hierbleibst." Paul donnerte die Autotür zu.

Anna zuckte zusammen. „Wir beide." Sie senkte ihre Lider.

„Du kannst es dir noch überlegen." Seine Stimme klang sanfter. „Limburg ist schön. Wenn du am Wochenende mitgekommen wärst, hättest du dich selbst davon überzeugen können. Die Stadt würde dir gefallen. Du findest dort bestimmt einen Job, der dir mehr Spaß macht als der jetzige. Du hast einfach nur Angst vor dem Unbekannten."

„Ich habe keine Kraft für einen Umzug und Neuanfang. Das Timing ist bescheiden. Unser Baby ist fünf Wochen alt. Andere Mütter befinden sich da noch im Wochenbett."

„Der Job geht erst im Januar los. Bis dahin ist alles einfacher mit Fiona."

„Du verlangst jetzt von mir vorbereitende Maßnahmen: Stadt besichtigen, Haus kaufen, umziehen – ich weiß nicht, wie ich das schaffen soll. Das übersteigt meine Kräfte."

„Dann lass mich das machen."

Anna blickte zu Boden.

Wie oft sollte sie ihm noch sagen, dass sie in München bleiben wollte?

Haussuche

Donnerstag, 29. August – Tag 42

„Schau mal hier!" Paul saß auf der Couch und zeigte auf sein Handy. „Wäre das nicht schön?"

Anna setzte sich ihm gegenüber auf den Sessel. „Was denn?"

„Ein Traumhaus in idyllischer Lage, perfekt für Familien", las Paul vor. Er reichte ihr sein Handy.

Anna warf einen Blick darauf. „Wo hast du das gefunden?"

„Meine Mum hat mir gerade das Exposé geschickt."

„Gloria?"

„Ja. Gefällt es dir?"

„Nein." Sie gab ihm das Handy zurück.

„Hm, und das da?" Er wischte ein paar Mal über das Handy und reichte es ihr.

„Hat sie dir das auch geschickt?"

„Ja."

Anna ließ das Handy sinken. „Wieso schickt sie dir das?"

„Sie hilft uns."

„Wobei?"

„Ein Haus zu finden."

„Indem sie dir Exposés zuschickt?"

„Ja, aber nicht nur. Sie hat auch Besichtigungstermine vereinbart."

„Sie hat was?" Anna sah Paul entsetzt an.

„Sie hat für drei Häuser Besichtigungstermine vereinbart."

„Schön, dass ich das auch erfahre. Wann fährst du dahin?"

„Gar nicht. Sie geht da mit Dad hin."

„Was? Ich komme da gerade nicht richtig mit." Anna setzte sich aufrecht. „Hast du sie darum gebeten?"

„Nein", sagte Paul gedehnt, „aber was ist daran schlimm? Meine Mum will nur helfen. Sie trifft eine Vorauswahl."

„Sie trifft eine Vorauswahl?"

„Ja, die endgültige Entscheidung liegt bei uns. Sie trifft nur eine Vorauswahl, mehr nicht."

„Warum triffst du keine Vorauswahl für dein Haus?" Anna betonte das Wort 'dein' besonders.

„Unser Haus", berichtigte Paul. „Meine Eltern wissen, worauf man beim Hauskauf achten muss, und sie können schnell vor Ort ein Haus anschauen."

„Sie wissen nicht, was für ein Haus uns gefällt." Anna betonte diesmal das Wort 'uns' besonders.

„Deswegen spreche ich gerade mit dir."

„Wäre es nicht sinnvoller, du sprichst zuerst mit mir?"

„Das ist gehupft wie gesprungen."

„Findest du?"

„Ja."

„Willst du mit deinen Eltern in das Haus ziehen?"

„Mach mal halblang! Du predigst mir tagein, tagaus, dass du nicht dorthin umziehen willst, und nun machst du Theater wegen dem Haus."

„Ich fühle mich einfach ausgeladen."

„Du bist herzlich eingeladen, dich bei der Haussuche zu beteiligen", spottete Paul.

„Ich will kein Haus kaufen, weil ich mich nicht über Jahrzehnte verschulden will. Ich will lieber weniger arbeiten und mehr Zeit mit Fiona verbringen."

„Da haben wir's! Obwohl du kein Haus willst, soll ich die Haussuche als allererstes mit dir abstimmen?" Paul runzelte die Stirn.

Ja.

Ja, verdammt nochmal! Weil das bedeutete, dass er mit Anna plante, dass er sich noch ein gemeinsames Leben mit ihr vorstellen konnte, dass sie an erster Stelle stand, wenn es wichtige Entscheidungen zu treffen galt.

Aber dem war nicht so. Er hatte sich für seine Eltern entschieden, das war ihr nun mehr als bewusst.

Eine Kühle breitete sich von ihrem Herzen her aus und durchzog ihren Körper.

„Meine Eltern kommen morgen aus Kenia zurück. Ich habe ihnen versprochen, sie am Flughafen abzuholen. Ich möchte das Wochenende bei ihnen verbringen."

„Das können wir gern machen. Meinst du, Simone kann dann auf Gloria aufpassen?"

„Nein, du. Ich fahre allein. Mit Fiona."

Paul stutzte. Er blickte sie lang an, sah von einem Auge zum anderen, hin und her. Anna konnte seinen Blick nicht deuten.

Dann griff er sich die Fernbedienung, schaltete wortlos den Fernseher an und zappte durchs Programm.

Besuch bei den Eltern

Freitag, 30. August – Tag 43

Anna holte ihre Eltern vom Flughafen ab und ging mit ihnen zu ihrem Auto. Sie trug Fiona in der Ellenbeuge in der Babyschale.

„Huch, hier ist schon ein Koffer drin!", sagte Martin erstaunt, als der Annas Kofferraum öffnete, um Doris' und seinen Koffer einzuladen.

„Der kann vorne in den Fußraum. Ist ja nur ein kleiner. Ich wollte mit Fiona das Wochenende gern bei euch verbringen." Anna versuchte, unbekümmert zu klingen. Sie wollte nicht am Flughafen mit ihren Problemen anfangen.

„Ist Paul nicht zu Hause?", fragte Doris überrascht.

„Doch, aber ich habe euch lang nicht gesehen. Ihr habt bestimmt eine Menge zu erzählen."

Doris musterte ihre Tochter besorgt. „Anna, wir freuen uns immer über deinen Besuch. Aber: Ist etwas passiert?"

„Nein, wieso?" Anna tat überrascht, aber lügen wollte sie eigentlich nicht. „Ich meine, klar, es ist eine Menge los gewesen, aber jetzt will ich erst einmal wissen, wie es bei euch war." Anna setzte ein Lächeln auf.

„Ich frage, denn Paul und du, ihr seid immer unzertrennlich gewesen. Ihr habt förmlich aneinandergeklebt. Vor unserem Urlaub hättet ihr niemals ein Wochenende voneinander getrennt verbracht."

Annas Herz blieb stehen. Ja, vor eurem Urlaub war die Welt in Ordnung, dachte sie. Es ist viel passiert, schrecklich viel. Sie wusste nicht, wo sie anfangen sollte.

„Kann unsere Tochter uns nicht besuchen kommen, ohne dass du gleich an das Schlimmste denken musst?", fragte Martin Doris vorwurfsvoll.

„Steigt ein! Lasst uns losfahren! Fiona wacht bestimmt bald auf", sagte Anna.

Fiona schlief in der Babyschale auf dem Beifahrersitz. Doris und Martin setzten sich auf die Rückbank. Doris beäugte Anna eine Weile kritisch im Spiegel. Dann erzählten sie und Martin von ihren Erlebnissen in Kenia, während Anna sie nach Hause fuhr. Sie schwärmten von ihrer Safari, berichteten von der anstrengenden Wanderung auf dem Kilimandscharo, schilderten ihre Eindrücke von ihrem Besuch bei Miriam und lobten den Diani Beach samt Strandbar sowie das Höhlenrestaurant, in das sie gegangen waren.

Als sie zu Hause ankamen, fuhr Martin zum Einkaufen, denn ihr Kühlschrank war nach dem Urlaub leer.

Anna und Doris machten es sich währenddessen auf dem Sofa gemütlich. Doris nahm Fiona auf den Arm, die in der Zwischenzeit aufgewacht war, und fragte Anna, wie es ihr in den zweieinhalb Wochen ergangen war, und Anna erzählte.

Doris hörte zu, wiederholte nur ungläubig: „Magen-Darm?", „Milchstau?", „Keine Milch?"

Anna berichtete auch von Pauls Jobangebot in Limburg.

„So weit weg?", fragte Doris.

Anna jammerte darüber, dass Paul ihr nicht beigestanden hatte bei ihren Krankheiten, sondern zur Arbeit gefahren war beziehungsweise zu seinem Vorstellungsgespräch, und erzählte, dass andere ihr geholfen haben, obwohl das gar nicht deren Aufgabe war.

Doris hörte aufmerksam zu. Dann sagte sie: „Paul kann das alles nicht leisten, was du verlangst. Er kann nicht arbeiten und zugleich für die Familie da sein und sich um euch kümmern – er kann sich nicht zweiteilen."

„Er hätte sich krankschreiben lassen können", entgegnete Anna.

„Dafür ist er zu aufrichtig, das weißt du doch. Das könnte er nicht mit seinem Gewissen vereinbaren", sprang Doris für Paul ein.

Anna seufzte. „Ich habe das Gefühl, dass ihm die Arbeit wichtiger ist als die Familie. Es ist eine Sache der Prioritätensetzung und Paul hat falsche Prioritäten gesetzt. Er hat mich alleingelassen."

Doris streichelte ihr mit einer Hand über den Rücken. Dann sagte sie: „Ich verstehe den Wunsch, dass dein Mann alles stehen und liegen lässt, um sich um dich zu kümmern, wenn du Hilfe brauchst. Er hat es nicht getan und er hatte seine Gründe dafür. Aber sieh es von der Seite: Du hast alles bekommen, was du gebraucht hast!"

„Was?", fragte Anna überrascht. „Was meinst du?"

„Glaubst du, es ist Zufall, dass du Simone begegnet bist? Dass Simone für dich da war und sich um Fiona gekümmert hat, als du den Milchstau hattest? Oder dass dich deine Wege zu Kiki geführt haben? Dass Kiki auf Fiona aufgepasst hat, als du übermüdet warst, oder dass sie für dich gekocht hat, als du Magen-Darm hattest? Das hätte keine andere Hebamme getan! Ich sage dir: Es gibt keine Zufälle im Universum! Du hast genau dann Hilfe bekommen, als du sie gebraucht hast. Das ist ein Geschenk – erkennst du das nicht?"

„So habe ich das noch nicht betrachtet."

„Ich habe das erfahren, als ich als junge Frau auf dem Jakobsweg unterwegs war. Genau dann, als meine Füße vom vielen Laufen so weh taten, dass ich nicht weitergehen konnte, bin ich einer Physiotherapeutin begegnet, die meine Füße soweit bearbeitet hat, dass ich danach weiterlaufen konnte. Die Erfahrung hat sich im Laufe meines Lebens immer wieder bestätigt, wirklich immer: Man bekommt dann Hilfe, wenn man sie braucht."

Anna dachte über ihre Worte nach.

„Denk größer, Anna. Sieh das große Ganze und vertraue darauf, dass immer alles gut wird in deinem Leben. Du bist nicht allein, niemals. Du musst es nur erkennen."

Anna nickte stumm. Ihr wurde auf einmal leicht ums Herz, als ob sie um die Brust gefesselt gewesen war und die Fesseln nun abfielen.

Doris fuhr fort: „'Es braucht ein ganzes Dorf, um ein Kind großzuziehen', sagt ein afrikanisches Sprichwort. Wir haben das in Afrika gut beobachten können, als wir Miri in ihrer Gastfamilie besucht haben. Es ist viel leichter für alle, wenn sich mehrere Leute um die Kinder kümmern. Hier in Deutschland lastet alles auf den Schultern der Eltern. Über kurz oder lang sind die Eltern überfordert, wenn sie das allein meistern müssen. Da bleibt es nicht aus, andere Menschen um Hilfe zu fragen. Übrigens haben wir Frauen beobachtet, die ihre Babys fast den ganzen Tag am Körper getragen haben. Selbst größere Kinder wurden getragen. Das war für sie normal. Keiner hat einen Kinderwagen vermisst."

Anna war erleichtert das zu hören: „Ich möchte mittlerweile gar keinen Kinderwagen mehr kaufen", sagte sie und richtete sich auf.

„Klar, du hast erst einmal das Tragetuch! Falls dir Fiona irgendwann zu schwer werden sollte, ach wer weiß, vielleicht besorgst du dir dann einen Buggy, in dem sie sitzen kann. Oder auch nicht. Du wirst es sehen."

„So stelle ich mir das auch vor. Mal sehen. Ich lasse das auf mich zukommen."

„Das machst du richtig!"

Anna freute sich über das Lob ihrer Mutter.

„Weißt du, was bemerkenswert war? Die meisten Babys hatten keine Windeln. Die Frauen haben ihr Baby von sich weggehalten und dann hat es losgelegt."

„Miri hat mir davon erzählt. Wir machen das jetzt auch. Wir versuchen es zumindest", gestand Anna.

„Super! Wie kam es dazu?"

„Fiona hat uns dazu gebracht. Sie hat geschrien, wenn sie in die Windel gemacht hat."

„Ich verstehe das absolut. Weißt du", sagte Doris und wirkte verlegen, „auf unserer Reise ist mir klar geworden, wie sehr ich von der westlichen Kultur geprägt bin. Wir hatten in Kenia spontan die Gelegenheit, einen persönlichen Reiseführer zu bekommen. Das war ein Einheimischer, der uns zwei Wochen begleitet hat. Der stand einfach so da, am Flughafen, mit einem Schild in der Hand, dass er ein 'Personal Guide' ist. Kito hieß er. Er hatte so ein offenherziges Lachen!" Auf Doris' Gesicht bildete sich ein breites Lächeln, als sie davon erzählte. Sie fuhr fort: „Ich hatte sofort Vertrauen zu ihm. Kito hat uns viel von der Kultur in Kenia erklärt und uns zu Orten geführt, die wir ohne ihn nie gefunden hätten. Wir hatten so viele neue Einblicke und Begegnungen mit Menschen, die vieles ganz anders machen, als wir es kennen. Ich verstehe dich jetzt in vielen Punkten besser."

„In welchen?"

„Dass du mit Fiona in einem Bett schläfst, zum Beispiel, oder dass du sie so oft stillst. In Kenia war das normal, da haben das alle gemacht. Es kommt mir auf einmal natürlich vor. Hier kenne ich wenige Mütter, die das tun, was aber nicht heißt, dass es falsch ist. Das weiß ich jetzt. In der Zeit, in der du ein Baby warst, hatte ich diese Sicht nicht, sonst hätte ich bestimmt vieles anders gemacht."

Wow, dachte Anna, was für einen Unterschied diese Reise gemacht hat. So sehr sie ihre Eltern während ihrer Abwesenheit vermisst hatte – vielleicht war diese Reise genau zum richtigen Zeitpunkt gekommen.

Ein Sturm zieht auf

Sonntag, 1. September – Tag 45

Wie viel leichter es war, als Anna mit Fiona bei ihren Eltern gewesen war. Obwohl ihre Eltern viel zu tun hatten, einkaufen,

Wäsche waschen und kochen, hatte jeder genug Zeit, ihr Fiona abzunehmen, damit sie sich ausruhen konnte. Es war einfacher, wenn sich mehrere die Aufgabe teilten.

Der Sonntag war ein schwüler Tag. Anna beschloss, am Mittag zu Paul zurückzufahren, denn für den Nachmittag waren schwere Gewitter angesagt.

Als sie vor der Haustür ankam, zog sie einen dicken Briefumschlag aus dem Briefkasten, adressiert an Paul, von der Firma, bei der er sich beworben hatte. Bestimmt der Arbeitsvertrag, dachte Anna. Sie kniff ihre Augen zu dünnen Schlitzen zusammen. Sie verstaute den Umschlag in ihrem Koffer. Da durfte er ruhig versauern, fand sie.

Mit der Babyschale in der einen und dem Koffer in der anderen Hand stand sie schließlich in der Wohnungstür. Sie stellte die Babyschale neben sich ab. Paul kam ihr ein paar Schritte entgegen und nahm sie wortlos in den Arm. Die plötzliche Nähe überraschte Anna. Seine Wärme. Wie er sie festhielt. Wie stark er sie an sich drückte. Sie wollte ihre Arme heben und ihn nie wieder loslassen. Den Moment genießen, seine Hitze ihr ausgekühltes Herz erwärmen lassen.

Es ging nicht.

Ihre Arme waren schwer wie Eisblöcke.

Als Paul die Umarmung langsam löste, blickte er Anna aufmerksam und eindringlich in die Augen.

Sie konnte seine Blicke nicht deuten.

„Was ist?", fragte sie langsam.

Paul nahm ihre Hand und verschränkte seine Finger zwischen ihren. „Michi liegt seit gestern im Krankenhaus", sagte er leise. Er drückte ihre Hand gegen seine Wange. „Er ist plötzlich umgefallen und liegt nun im Koma."

„Dein Freund aus Hannover? Der Michi mit den drei Kindern?"

Paul nickte. „Das jüngste kam ein paar Tage nach unserer Fiona auf die Welt."

„Ich weiß." Anna biss sich auf die Lippe.

„Er ist erst vierunddreißig", erzählte Paul, „nur drei Jahre älter als ich."

„Was hat er?"

„Sie wissen es nicht. Er ist einfach umgefallen. Es ... es sieht nicht gut aus." Paul zog seine Nase hoch. „Ich habe gestern dreimal mit Manuela telefoniert. Sie ist verzweifelt. Sie weiß nicht, wie sie es ohne ihn mit den Kindern schaffen soll."

„Aber er lebt", flüsterte Anna. Sie spürte den Drang, ihn zu umarmen.

Doch da war diese Mauer zwischen ihnen, die sie nicht ignorieren konnte.

Sie blieb regungslos vor ihm stehen.

„Wollen wir eine Runde spazieren gehen?", fragte sie nach einer Weile.

Paul war einverstanden. Diesmal band er Fiona ins Tragetuch. Als sie die Wohnung verließen, streckten sich Annas Finger automatisch suchend zu Pauls Hand. Doch als ihre Fingerspitzen seine Hand berührten, zuckte ihre Hand zurück. Anna streckte ihre Faust schnell in die Hosentasche.

Sie spazierten bis zum Englischen Garten.

„Willst du den Job noch?", fragte Anna nach einer Weile.

„Ja."

Anna schwieg. Sie war nicht in der Stimmung zu streiten oder zu kämpfen. Es war, wie es war. Sie nahm es an. Die Nachricht von Pauls Freund, der dem Tod näher stand als dem Leben, rückte ihr Problem ins rechte Licht. Wie Paul sich entschied, war nicht von großer Bedeutung. Sie wusste, es würde sich alles fügen. So oder so.

Pauls Handy klingelte. Er holte sein Handy aus der Hosentasche und schaute auf das Display. „Es ist Manuela", sagte er und blickte besorgt zu Anna.

Anna nickte ihm zu.

„Hallo!", sagte er ins Handy und entfernte sich ein paar Schritte, um in Ruhe zu telefonieren.

Anna setzte sich auf eine Parkbank und beobachtete ihn aus der Ferne. Paul ging ein paar Schritte. Sein Blick war weit weg. In Gedanken bei Michi. Und Manuela mit den drei Kindern. Dann blieb er abrupt stehen, das Handy am Ohr. Anna sah, wie seine Schultern einsackten. Er blickte nach oben in den Himmel. Und dann zu Anna. Er blinzelte ein paar Mal kurz, dann drehte er sich weg und schwankte ein paar Schritte.

Annas Augen füllten sich mit Tränen. Sie blinzelte und sah sich im Park um. Viele junge Leute waren hier versammelt. Die meisten waren wohl Studenten. Sie hatten Decken ausgebreitet, tranken, aßen und sprachen miteinander. Manche jonglierten, andere hatten ihre Slackline zwischen zwei Bäumen gespannt. Von der Ferne drangen Trommelklänge an ihr Ohr.

Anna sah das saftige Grün der Wiese vor sich und wie sich die Blätter im lauen Wind über ihr bewegten. Sie spürte die warme Brise, die ihre Haut streifte, die Hitze des Tages, die Schwüle der Luft. Sie sah den strahlenden Himmel, die Millionen verschieden-farbigen blauen Punkte, aus denen der Himmel zusammengesetzt war, die Weite, die Unendlichkeit. Sie sah die weißen Gewitter-wolken, die sich davor bedrohlich auftürmten. Sie merkte, wie der Atem ihren Brustkorb hob und senkte.

Sie lebte.

Alles lebte.

Sie war umgeben von Leben. Sie spürte das Leben um sie herum, nahm es bewusst wahr, saugte es auf, atmete es tief ein, trank es in vollen Zügen.

Sie war präsent, voll und ganz da. Sie nahm alles mit erhöhter Aufmerksamkeit wahr, als ob ihre Sinne um ein Vielfaches geschärft wären.

Paul setzte sich neben sie.

„Michi ist tot", sagte er mit erstickter Stimme.

Anna nickte stumm. Tränen rannen ihre Wangen herunter und tropften auf ihren Unterarm. In ihr löste sich ein Brocken, sie fühlte es.

Paul hob seinen Arm und legte ihn um Anna. Seine Hand hielt ihre Schulter fest. Sie spürte die Wärme, die von seiner Hand ausging. Anna wollte ihren Kopf an seine Schulter lehnen.

Sie blieb wie versteinert aufrecht sitzen.

Sie weinte still. Nicht um Michi, sie hatte ihn schließlich nicht gekannt. Sie weinte um Manuela. Manuela mit den drei Kindern, eines gerade so alt wie Fiona.

„Er hat sich überarbeitet. Er hat sein Leben lang nur gearbeitet. Er hatte kaum Zeit für seine Kinder. Er war selbstständig und hat seine eigene Firma aufgebaut, sehr erfolgreich. Fünf Mitarbeiter hatte er zum Schluss. Die stehen jetzt vor dem Aus. Von einem Tag auf den anderen." Paul schüttelte fassungslos den Kopf.

Anna hörte ihm zu und ließ ihn reden.

„Alles ist vergänglich. Nichts ist sicher", sagte Paul, „nichts."

Er hatte recht. Wie labil alles war. Wie schnell alles in sich zusammenbrechen konnte. Wie vergänglich.

Und wie schön. Man musste es genießen! Hier und jetzt!

Anna dachte nach. Was würde sie machen, wenn sie könnte, wie sie wollte? Wenn sie sich nicht einschränken ließe von ... von irgendetwas.

Sie würde reisen. Mit Fiona. Und Paul. Und sie würde wieder anfangen zu malen.

Wie viele Beschränkungen erlegt man sich selber auf! Man kann nicht reisen, weil man arbeiten muss. Man kann nicht reisen, weil man eine Wohnung hat, die man bezahlen muss. Irgendwann kann man nicht reisen, weil das Kind in die Schule muss.

Man kann nicht malen, weil man etwas Vernünftiges arbeiten und Geld verdienen muss.

Man kann niemanden umarmen, weil der Körper einem nicht mehr gehorcht.

Es gibt immer Gründe, etwas nicht zu tun.

Die Sonne schien warm auf Annas Gesicht. Sie schloss ihre Augen, betrachtete das Farbenspiel hinter den geschlossenen Lidern und genoss die Wärme.

In diesem lichten Moment erkannte Anna, dass diese unzähligen schwerwiegenden Gründe unwichtig waren. Allesamt. Keine Arbeit, keine Wohnung, keine Schule, kein Gesellschaftssystem konnte jemanden am Reisen hindern. Oder am Malen. Am Lieben.

Man hinderte stets sich selbst. Weil man sich nicht traute. Weil man dachte, es ginge nicht – man könne nicht.

Aber man konnte.

Sie konnte.

„Ich möchte wieder malen", sagte sie schließlich, nahm all ihren Mut zusammen und ergänzte: „und reisen." Sie war in diesem Moment sehr offen und sehr verletzlich.

„Daran dachte ich auch gerade", sagte Paul.

Anna öffnete ihre Augen und ihr Herz öffnete sich noch einen Lichtstrahl weiter.

„Lass uns im Winter nach Thailand fliegen", fuhr Paul fort. „Dahin wollte ich schon immer. Ich nehme meinen ganzen Resturlaub, bevor ich meine neue Arbeit anfange, und wir können schön verreisen. Drei Wochen lang. Was hältst du davon?"

Der Wind frischte auf. Ein paar Blätter wirbelten herum.

„Ich dachte an Monate", sagte Anna. „Oder Jahre."

Paul löste seine Umarmung und sah sie verwundert an.

„Weißt du", fuhr Anna fort, bevor er etwas erwidern konnte, „ich habe oft das Gefühl, ich verpasse etwas im Leben. Ich fühle mich, als ob ich nicht richtig lebe, als ob mein Leben fremdbestimmt ist und ich es gar nicht bin, die entscheidet, wie mein Leben verläuft. Ich füge mich in den Alltag und mache aus purer Gewohnheit mit. Aber ab und zu flackert ein Gedanke auf, dass es noch mehr gibt, dass ich mehr will als all das. Seit Fiona auf der Welt ist, spüre ich deutlicher, was wichtig ist im Leben. Die Arbeit ist es nicht. Die Miete zu bezahlen ist es auch nicht. Ich will etwas erleben. Ich will mich in unbekannte Situationen begeben, neue Menschen treffen und fremde Kulturen kennenlernen. Ich will um die Welt reisen. Ich will so viel Zeit wie möglich mit Fiona verbringen. Und mit dir. Ich will nicht, dass du die ganze Zeit arbeitest und ich alles andere mache. Ich will nicht mehr so weiterleben wie bisher. Versteh mich bitte nicht falsch, wir haben ein gutes Leben, aber ... hm ... weißt du, was ich meine?"

Paul überlegte eine Weile. Dann sagte er: „Ich weiß, was du meinst. Aber wie soll das gehen? Wovon sollen wir leben? Wir müssen irgendetwas arbeiten!"

„Unsere Ersparnisse reichen, um zwei Jahre davon zu leben." Ein Kribbeln breitete sich von ihrem Brustkorb über ihren ganzen Körper aus.

„Und danach haben wir keinen Cent mehr auf dem Konto, keine Wohnung und keine Arbeit? Mit Kind? Bist du sicher, dass du das willst?"

Sie wusste, es klang verrückt. Es war unvernünftig und undurchdacht. Aber sie schrie innerlich: Ja! Ja! Ja!

Ihre Sehnsucht, ihre ganze über die Jahre verdrängte, eingekerkerte Sehnsucht quoll auf einmal über. Sie wollte ausbrechen aus dem Trott, aus dem vorgegebenen Leben, sie wollte den eingeengten, gefesselten Lebenshunger befreien, die Ketten sprengen, sie wollte reisen, sich erleben, sich spüren, sie wollte sich selbst finden, sich neu entdecken, sie wollte ihre Flügel ausbreiten und losfliegen, sie wollte sich in die Wellen stürzen, sie wollte Hitze spüren, sie wollte Rausch, sie wollte frei sein und satt werden von allem, von allem.

Ja, das wollte sie. Sie wollte alles. Alles. Das ganze Leben. Ohne Kompromisse. Ohne Grenzen. Und jetzt, genau jetzt, endlich, war sie wahrhaftig mutig genug dazu.

Sie spürte den scharfen Wind in den Haaren. Die Luft war voller Energie. Voller Veränderung.

Ein Sturm zog auf.

„Wie stellst du dir das vor?", fragte Paul weiter.

„Ich bin mir sicher, dass wir etwas finden werden, was wir gern tun und was uns genug Geld bringt, um weiterzuleben. Ich will wieder anfangen zu malen. Vielleicht kann ich die Bilder verkaufen? Vielleicht finden wir auch etwas anderes, wovon wir jetzt noch nicht zu träumen wagen. Ich weiß es nicht", Anna zuckte mit den Schultern, „aber ich bin mir sicher, dass sich alles ergibt. Ich vertraue darauf. Wir werden es schaffen."

Wir!

„Was, wenn nicht?"

Es gibt kein 'wenn nicht'.

„Wäre, hätte, könnte!" Anna warf die Arme in die Luft. „Immer alles im Voraus zu planen ist so ..."

Typisch deutsch?

Typisch ich?

„... typisch Memme!"

Ein Blitz durchzuckte den Himmel.

Paul klappte die Kinnlade herunter. Dann schloss er den Mund wieder.

Anna sah ihn an. Er sah in Gedanken versunken aus.

„Es ist eine reizvolle Vorstellung, mit dir und Fiona zu reisen, solang wir wollen", sagte Paul langsam, „Zeit für uns zu haben ohne Ende. Sich treiben zu lassen. Den Moment zu genießen. Nicht zu wissen, wohin uns die Reise führt. Das Sein zu genießen. Es gibt niemandem, mit dem ich das lieber machen würde als mit euch beiden. Ich kann mir tatsächlich nichts Schöneres vorstellen."

Als Anna das hörte, fielen die Fesseln von ihr ab. Annas Herz machte Luftsprünge, hüpfte vor freudiger Erregung auf und ab. Sie konnte es kaum erwarten. Sie tastete nach seiner Hand und drückte sie ganz fest.

Paul sah sie mit ernstem Gesicht an: „Aber du weißt so gut wie ich, dass es nicht geht."

Annas Herz krachte hart auf den Steinboden. Zerschmetterte. Ein Donnerschlag hämmerte hernieder. Der Boden bebte. Sie konnte kaum glauben, dass Paul das eben gesagt hatte.

Zum ersten Mal in ihrem Leben war sie mutig und stark genug, aus ihrer kleinen Welt auszubrechen.

Und dann das!

Der kühle Wind zerrte an ihren Haaren, schleuderte sie ihr ins Gesicht. Die Menschen um sie herum packten eilig ihre Sachen zusammen und brachen auf.

„Kannst du nicht darauf vertrauen, dass wir alles bekommen werden, was wir brauchen?", fragte sie verwirrt und verzweifelt.

„Du brauchst keine Angst zu haben! Wir kommen gut ohne das viele Geld aus. Kannst du den Job nicht einfach ablehnen? Für uns? Für deine Familie?" Sie flehte ihn an.

Pauls Miene verdüsterte sich. „Darum geht es dir also! Dass ich den Job nicht annehme?" Er zog seine Hand weg. „Ich hätte es wissen müssen! Erst ist dir Limburg zu weit weg, dann willst du plötzlich um die Welt reisen!"

„Nein, das hast du völlig ..."

„Gerade du!", unterbrach Paul sie. „Du kommst nicht einmal zu Hause mit Fiona zurecht, wie willst du das auf Reisen machen, he?" Paul war aufgebracht.

Anna sank in sich zusammen. Regen setzte ein. Dicke Tropfen landeten auf ihrem Gesicht. Ja, das stimmte. Es war ihr alles zu viel. Bis eben.

Es waren die Fesseln, die ihr alle Kraft raubten. Ihr eingeschnürtes Herz war flügellahm, völlig eingestaubt im dunklen, kalten Verlies vor lauter Bewegungslosigkeit.

Und doch.

Und doch! Ihr unterkühltes Herz war entflammt bei der Vorstellung zu leben, aufzuatmen, frei zu sein. Sie reckte sich in die Höhe, ihre Flügel breiteten sich aus. Ihr zarter Körper war allein bei dem Gedanken daran mit so viel Energie gefüllt wie in ihrem gesamten bisherigen Leben zusammen. Randvoll, überquellend.

Doch es war aussichtslos. Sein Herz war verschlossen. Ihn umgab eine unsichtbare, undurchdringliche Mauer. Anna konnte sie spüren.

Sie hatte keine Ahnung, wie sie diese durchbrechen konnte. Wie ein Häufchen Elend kniete sie davor und blickte hinauf an *seiner* dicken, meterhohen, unüberbrückbaren Wand.

Was wirklich zählt

Freitag, 6. September – Tag 50

Es war eine trostlose und stürmische Woche. Jeden Tag diese Schwüle in der Luft und Hitzegewitter mit heftigen Stürmen, Blitzen und Donner.

Bilder von Stromausfällen, umgestürzten Bäumen, Überflutungen in den Medien.

Annas Auto gab den Geist auf. Es fuhr nicht mehr. Der Werkstattmeister sagte, der Motor sei kaputt und es würde aufwändig werden, ihn zu reparieren. Ausgerechnet der Motor! Das Herzstück des Autos. Das Teuerste von allem.

Wenn alles zerbricht ...

Paul kontrollierte jeden Tag den Briefkasten, ob sein Arbeitsvertrag da war.

Anna hatte mehrfach versucht, mit ihm zu reden, doch er hatte abgeblockt. Sie fühlte sich allein, wenn er zu Hause war.

Sie versuchte, ihn zu verstehen. Sie versuchte es wirklich.

An einem Abend hatte sie eine Hühnersuppe für Paul gekocht. Er hatte einen Freund verloren. Die Suppe würde ihm guttun, wenn Anna es schon nicht tat.

Er blickte auf den Teller und schüttelte nur den Kopf.

Als sie am nächsten Morgen aufstand und ins Bad kam, klebte eine Haftnotiz von Paul am Spiegel, dass er heute zu seinen

Eltern fahren und das Wochenende bei ihnen verbringen werde. Kein liebes Wort. Kein Gruß. Kein Kuss.

Sie fröstelte und verschränkte die Arme vor der Brust. Vermutlich würde er sich ein Haus ansehen, dachte Anna, oder drei. Genau wusste sie es nicht. Sie wusste gar nichts mehr.

Sie riss den Zettel ab, zerknüllte ihn und warf ihn in den Müll.

Sie machte sich einen Kaffee, doch sie würde verrückt werden, wenn sie niemanden zum Reden hätte. Sie schnappte sich ihr Handy, als gerade eine Nachricht von Kiki eintrudelte: „Liebe Anna, wie geht es dir und Fiona? Hast du die Schwiegerkrake besiegt?"

„Leider nein. Können wir uns heute treffen? Lieben Gruß, Anna."

„Ja, jederzeit, aber ich bin zu Hause, denn ich bin erkältet", schrieb Kiki zurück und schickte ihre Adresse mit.

Anna wusch sich in Windeseile und zog sich an, nahm die fiepende, sich räkelnde Fiona an die Brust und gab ihr zu trinken, hielt sie über der Toilette ab, band sie ins Tragetuch, spülte ihren Kaffee runter, füllte die Hühnersuppe, die Paul verschmäht hatte, in eine Thermoskanne, steckte sie in ihre Tasche und marschierte hinaus.

Der frische, kühle Duft des beginnenden Tages hing in der Luft.

Sie fuhr mit der U-Bahn und ging den Rest des Weges zu Fuß.

Als sie ankam, staunte sie nicht schlecht. Die Adresse war ein Campingplatz. Anna streifte über den Platz.

Überall saßen Erwachsene an Tischen vor ihren Zelten oder Campingwagen, während die Kinder in kleinen Gruppen spielten. Idylle pur, fand Anna.

„Gib dem Mädchen den Ball zurück!", sagte eine Mutter streng zu ihrem Sohn, der besagten Ball in den Händen hielt. Daneben stand ein Mädchen und blickte ruhig auf das Geschehen. Der Junge war zwei Jahre alt, das Mädchen etwa sechs, schätze Anna.

„Nein!", schrie der Junge und drehte den Oberkörper samt Ball weg von seiner Mutter.

„Bene, der Ball gehört dem Mädchen!", tadelte die Mutter. Ihre Stimme klang nervös.

„Nein!"

„Benedikt!", drohte sie ihm und griff ihn am Oberarm.

„Er kann den Ball ruhig haben", sagte das Mädchen und zuckte mit den Schultern.

„Er darf ihn nicht wegnehmen! Er muss zuerst fragen!", sagte die Mutter und versuchte dem Jungen den Ball zu entreißen.

„Nein!", kreischte der Junge noch lauter, als seine Mutter den Ball zu fassen bekam.

„Der Ball gehört nicht dir!", schimpfte die Mutter und hielt den Ball mit gestrecktem Arm in die Höhe.

„Haben!", rief der Junge und ließ sich auf den Boden fallen.

Seine Mutter gab dem Mädchen den Ball zurück.

Der Junge lag auf dem Rücken, strampelte wild um sich und brüllte wie am Spieß. Zornestränen rannen seine Wangen hinab zu seinen Ohren.

„Du kannst deinen eigenen Ball haben", sagte die Mutter, brachte einen anderen Ball und hielt ihn dem Jungen hin.

Benedikt schrie, fletschte die Zähne und strampelte den Ball aus ihrer Hand, sodass er wegkullerte.

„Na dann kriegst du eben keinen Ball!", gab die Mutter entnervt auf, holte den Ball zurück und brachte ihn auf ihre Parzelle. Dann schnappte sie sich den Jungen und trug ihn in das Wohnmobil, wobei er unter Protest lautstark mit den Beinen strampelte.

Zwei Stellplätze weiter hauste Kiki mit Teo in einem Wohnwagen. Anna klopfte an die geöffnete Tür.

„Uno momento", raunte es von drinnen. Anna hörte Kiki zur Tür schlurfen. Kiki war bekleidet mit einem rosa Plüschbademantel, das Haar war eingewickelt in ein Handtuch. Dazu flauschige Pantoffeln.

Sie strahlte übers ganze Gesicht, als sie Anna sah, begrüßte sie herzlich und bat sie herein.

Anna stieg zwei Stufen hinauf und in ihre Nase stieg der zarte Duft von Rosen, von Frische, von Leben.

Anna sah sich um. Eine Sitzecke mit kleinem Tisch, auf dem ein Strauß Gänseblümchen stand, und eine Kochnische, dahinter ein Bett, über dem eine bunte Wimpelkette hing, und ein winziges Bad. Es war alles da, was man zum Leben brauchte, schien Anna. *Das würde uns auch reichen.*

„Ihr habt es gemütlich hier!", sagte Anna und zog die Tür hinter sich zu.

„Si, si, danke!"

Teo hüpfte gerade auf dem Bett herum, dass es quietschte. Als er Anna sah, quiekte er vor Vergnügen, kletterte vom Bett, stürmte auf sie zu, blieb vor ihr stehen und blickte sie erwartungsvoll an.

„Ciao Teo", sagte Anna.

„Dau", sagte er.

„Hier, ich habe dir und deiner Mama etwas mitgebracht." Anna zog die Thermoskanne aus der Tasche.

Teo nahm die Kanne, presste sie dicht an seinen Körper und wankte damit zu Kiki.

„Has du Tee gemacht?", fragte Kiki lächelnd, nahm Teo die Kanne ab und stellte sie auf den Tisch.

„Nein, da ist eine selbstgemachte Hühnersuppe für dich drin. Damit du bald gesund wirst."

Kikis Augen strahlten. „Oh, du bis eine Goldschatz! Danke! Setz dich!" Sie zeigte auf die Sitzecke.

Anna hob Fiona aus dem Tragetuch, setzte sich auf die Bank und wiegte Fiona in ihren Armen. Fiona blickte sie aufmerksam an.

Kiki schnäuzte in ein Taschentuch und steckte es in die Tasche ihres Bademantels. Dann wusch sie sich die Hände und setzte sich neben Anna in die Sitzecke.

„Wie geht es dir?", fragte Kiki.

„Oh gut ... also besser. Das Stillen klappt wieder und ich schaffe es öfter, aus der Wohnung zu gehen", sagte Anna.

„Das is gut. Hat deine Mann diese Job bekommen?"

Anna seufzte. „Ja, hat er."

„Will er die Job haben?"

„Ja, und dass wir mit ihm umziehen."

„Was wills du?"

„Dass er den Job ablehnt," Anna rollte die Augen, „und reisen."

„Paul will, dass du etwas wills, was du nigge wills. Du wills, dass Paul etwas will, was er nigge will."

Anna seufzte. „So kann man es sagen."

Kiki legte den Kopf schief.

Es klopfte.

Kiki stand auf und öffnete die Tür.

Draußen stand eine Frau mit einem Handtuch um die Schultern und ihrem Sohn an der Hand. Es war die Frau, die Anna vorhin beobachtet hatte. Der Junge trug einen blauen Plüschhasen unter dem Arm. Er hatte rotumrandete Augen vom Weinen und zog seine Nase hoch.

„Ciao, Bene! Ciao!", sagte Kiki und trat zu den beiden hinaus. Sie unterhielten sich eine Weile.

Anna grübelte. Sie verstand, was Kiki ihr sagen wollte. Jeder konnte nur für sich selbst entscheiden, was er wollte.

Was wollte Anna? Sie wollte mit Paul zusammen sein, mit ihm ihr Leben teilen und eine Familie sein. Und: Sie wollte reisen.

Die beiden Wünsche waren unvereinbar.

Was war ihr wichtiger?

Paul, den sie liebte, über alles liebte? Der aber so viel arbeitete, so viele Karriereträume hatte und sie in letzter Zeit so wenig verstand ...

Entwickelten sie beide sich nicht gerade in unterschiedliche Richtungen? Oder war das nur eine Phase? Eine schwierige Phase, die man gemeinsam überstehen und an der man wachsen musste? Sollte sie sich gegen ihren Mann entscheiden wegen einer schlechten Phase? Oder sollte sie mit ihm ziehen wegen allem, was er sonst war?

Sie musste auch an Fiona denken. Sollte sie nur einen Wochenendpapa haben? Oder einen, den sie auch unter der Woche zu Gesicht bekam? Hoffentlich letzteres.

O weh, an die Nähe zu den Schwiegereltern wollte sie lieber nicht denken! Oh doch, genau daran sollte sie auch denken! Wie wäre es für sie, so nah an der dominanten Drama-Queen und ihrem treuesten Gefährten zu hängen? Würde sie am Ende allein in Limburg dastehen, so wie die Dinge sich derzeit entwickelten?

Wer konnte schon die Zukunft voraussehen?

Ihr blieb nichts anderes übrig, als zu hoffen, dass Paul sich umentscheiden würde. Dann würde ihr die Entscheidung erspart bleiben.

„Ciao, ciao!", sagte Kiki zu der Frau und half Benedikt, in den Campingwagen zu steigen.

Die Frau winkte ihrem Sohn mit dem Handtuch und ging in Richtung Waschhaus.

„I passe auf ihre Sohn auf, damit sie in Ruhe duschen kann", erklärte Kiki und setzte sich zu Anna an den Tisch.

Benedikt machte sich auf den Weg zum Bett zu Teo, kletterte zu ihm hinauf und hüpfte ebenfalls wild und ausgelassen herum.

„Was macht ihr jetzt?", fragte Kiki an Anna gewandt.

Anna zuckte die Schultern. „Wir reden nicht mehr miteinander. Besser gesagt, er redet nicht mehr mit mir."

Die Jungen auf dem Bett kicherten. Anna blickte zu ihnen.

Benedikt hielt seinen Plüschhasen mit ausgestreckten Händen vor sich und hüpfte damit. Teo holte aus einem oberen Schubfach einen Softball, hielt ihn ebenfalls zwischen den ausgestreckten Händen und hüpfte damit so wie Benedikt.

Benedikt hörte auf zu hüpfen, zeigte auf den Ball und sagte: „Haben!"

„No!", sagte Teo und drückte den Ball fest an seine Brust.

Benedikt machte einen Schritt auf Teo zu und griff nach dem Ball.

„No!", kreischte Teo und versuchte Benedikts Hand wegzuschieben.

Benedikt biss in Sekundenschnelle in Teos Hand, sodass dieser aufschrie.

„Stopp!" Kiki stand auf und ging zu den beiden.

Währenddessen riss Teo seine Hand los und schubste Benedikt um, sodass dieser ebenfalls schrie. Teo warf sich seinerseits aufs Bett, sodass nun beide schreiend dalagen.

„Stopp, ihr beide." Kiki setzte sich aufs Bett, sprach beruhigend auf sie ein und legte je eine Hand auf die beiden Jungen.

Teo weinte, Benedikt schrie: „Haben!"

„Haben? Benedikt, was magge du haben?", fragte Kiki ruhig und blickte ihn an.

„Haben!", sagte er und zeigte auf den Ball.

„Magge du die Ball haben?", fragte sie nach.

Benedikt nickte. Er zog seine Nase hoch.

„Aha! Teo, Benedikt magge gern deine Ball haben."

„No!", rief Teo.

„Was wills du machen mit die Ball?", fragte Kiki Benedikt.

„Hüpfen." Benedikt stand auf, hielt seine Hände ausgestreckt nach vorne, deutete auf den Ball und hüpfte kurz. Dann blickte er Kiki erwartungsvoll an.

„Aha. Teo, schau mal. Bene magge so hupfen wie du gerade."

Teo drückte seinen Ball fester an sich und funkelte Benedikt von unten an.

„Teo, darf Bene die Ball haben, damit er hupfen kann?"

Teo schüttelte den Kopf.

„Er will die Ball ausleihen. Du kriegs ihn wieder, wenn er fertig is mit hupfen. Stimmt's, Bene?"

Bene nickte eifrig.

Teo aber sagte nichts.

Kiki blickte zu Teo, wartete ab.

„Haben!", rief Benedikt ungeduldig und trat einen Schritt auf Teo zu.

„Warte kurz!", erklärte Kiki und hielt ihre Hand sanft gegen Benedikts Bauch, um ihn zu bremsen. „Gib Teo eine Moment Zeit zu uberlegen. Er wird dir gleich sagen."

Benedikt wartete.

„Kann Bene deine Ball ausleihen?", fragte Kiki Teo noch einmal.

Teo deutete mit gestrecktem Arm auf den Plüschhasen.

„Aha, wollt ihr tauschen?", fragte Kiki.

Teo nickte.

„Bene, kann Teo die Hase haben und du bekomms die Ball?"

Benedikt nickte und hielt Teo den Plüschhasen hin. Teo nahm ihn und gab Benedikt den Ball. Beide standen auf und hüpften damit fröhlich herum.

Kiki setzte sich wieder zu Anna an den Tisch.

Anna beobachtete die beiden Jungen, wie sie ausgelassen hüpften. Nach kurzer Zeit warfen sie Ball und Plüschhasen wild umher und kugelten sich vor Lachen im Bett herum.

Wenn nur jeder Streit so schnell vorbei wäre, dachte sie sich.

„Es ging ihnen nicht um die Sache, oder?", fragte sie Kiki.

„Das tut es selten. Sie wollen, dass man ihne zuhört und dass man ihre Wunsche respektiert. Man kann nigge immer alle erfullen, das ist klar, aber wenn sie fuhlen, dass man auf ihre Seite is, dann sind sie kooperativ. Sie fuhlen, ob man auf ihre Seite is oder ob man gegen sie kämpft. Das is bei die Kinder so und bei die Erwachsene."

Anna dachte darüber nach.

Sie sollte versuchen, Pauls Standpunkt einzunehmen. Nicht gegen ihn sein, sondern mit ihm.

Ihn verstehen!

Paul fand eine Arbeit, die ihn erfüllen würde, die genau das war, wonach er lang gesucht hatte. Näher an seinen Eltern dran, mit der Aussicht, ein Haus zu finanzieren, das er sich immer gewünscht hatte. Nur ein Haken: Seine Frau, die nicht mitziehen wollte. Er würde sich entscheiden müssen zwischen seiner Frau auf der einen Seite und seinen Wünschen und seinen Eltern auf der anderen Seite – und sich vermutlich darum streiten müssen, wo das Kind hauptsächlich wohnen würde. Es ging ihm um Selbstverwirklichung – versus Liebe zu ihr. Kurz: um ihn selbst oder um Anna.

Wie sollte er sich da entscheiden?

Anna wusste, wie sie sich an seiner Stelle entscheiden würde: Für sich. Ganz intuitiv.

Er musste seinen eigenen Weg gehen. Er konnte sich nicht für jemand anderen opfern. Auch nicht für die große Liebe.

Wenn er es tat, würde er sich aufgeben. Innerlich sterben. Stück für Stück.

Weil ihm diese Arbeit so verdammt wichtig war!

Und was war mit ihr? Was würde sie aufgeben, wenn sie mit ihm zog? Ihr Leben, natürlich!

Ihr Leben? Wirklich?

Den Job, der sie nicht erfüllte. Ihre Eltern, ja, die schon!

Wenn sie darauf vertraute, dass sie immer Hilfe bekäme, wenn sie sie brauchte, auch ohne ihre Eltern, dann wäre das zu schaffen. Sie hatte diese schlimmen neunzehn Tage überstanden. Irgendwie. Sie hatte aber Angst, dass sie es eines Tages nicht schaffen würde.

Angst war kein guter Ratgeber.

Nein, wenn sie ehrlich war, stand für sie nicht so viel auf dem Spiel. München oder nicht, das war nicht die Frage. Es ging ihr nicht um die Sache. Sie wollte gefragt werden, respektiert und gehört! Das hatte er versäumt. Daher hatte sie so wild gekämpft!

Ich Idiot!

„Ich muss los", sagte Anna, „zu Paul."

Kiki nickte verständnisvoll.

„Wie kann ich dir für alles danken? Du hast mir so sehr geholfen! Du warst immer für mich da. Wie kann ich dir das jemals zurückgeben?", fragte Anna.

Kiki fasste ihre beiden Hände und lächelte sie warmherzig an. „Manche Sache kann man nigge zuruckgeben, sondern nur weitergeben. Sei fur Fiona da und hilf ihr, ihre eigene Weg zu gehen. Das is deine Aufgabe."

Anna fiel Kiki um den Hals. Die beiden Frauen hielten sich eine Weile fest in den Armen.

Anna band Fiona ins Tragetuch, verabschiedete sich von Kiki und den Jungs und eilte zur U-Bahn. Dort suchte sie Zugverbindungen nach Aschaffenburg raus, doch wegen der Stürme und vieler umgefallener Bäume war die Strecke derzeit lahmgelegt. Das Auto war in der Werkstatt.

Was sollte sie tun?

Sie suchte nach Flügen. Und tatsächlich! Zwei Stunden später sollte ein Flug nach Frankfurt gehen! Sie buchte, ohne lang nachzudenken. Für sich und Fiona.

Sie rief Simone an und bat sie um Hilfe. Simone sagte zu und die beiden trafen zeitgleich bei Anna zu Hause ein. Anna packte schnell einen Rucksack zusammen. Simone suchte alles zusammen, was sie für Kater Gloria brauchte.

„Ich nehme ihn gern wieder für das Wochenende", sagte Simone. „Der Abschied beim letzten Mal fiel mir schwer. Und Krümel auch, das habe ich gemerkt."

Anna stutzte. Sie blickte zu Simone.

„Willst du ihn behalten?", fragte Anna so plötzlich, wie ihr der Gedanke in den Sinn kam.

„Wie jetzt?", fragte Simone.

„Für immer, meine ich."

„Was? Ja, natürlich. Das würde ich gern, aber kannst du dich so einfach von ihm trennen?"

„Er ist süß und putzig und wahrscheinlich werde ich ihn ein

bisschen vermissen. Aber ich muss immer daran denken, dass meine Schwiegermutter ihn bei uns eingeschleust hat. Wir wollten ihn eigentlich nicht haben, sondern sie wollte, dass wir ihn haben. Und wenn ich euch so ansehe ...", Simones Blick war voller Wärme, sie hielt den Kater auf der Hand und streichelte ihn sanft mit den Fingerspitzen, „dann sehe ich nur Liebe."

Der Kater schnurrte behaglich in Simones Hand.

„Und dann höre ich nur Liebe", ergänzte Anna lachend.

Simone schmiegte ihr Gesicht an das flauschige Fell. „Danke", sagte sie mit brüchiger Stimme.

„Du wirst es gut haben bei Simone", sagte Anna und kraulte dem Katerchen den Nacken.

Dann verließen beide Frauen die Wohnung, jede mit einem Baby im Körbchen.

Simone fuhr Anna und Fiona mit dem Auto zum Flughafen. Sie raste, besser gesagt, denn sie waren spät dran.

Anna passierte die Sicherheitskontrolle, indem sie sich an den Wartenden vorbeidrängelte, und hechtete zum Gate, mit Fiona in der Babyschale.

Sie sah, wie die Flugbegleiterinnen gerade das Gate verließen, da schrie sie über den Gang: „Halt! Ich fliege mit!"

Eine Flugbegleiterin drehte sich zu ihr um und wartete auf sie.

Anna bestieg als Letzte das Flugzeug und setzte sich außer Atem auf ihren Platz. Auf dem Sitz neben ihr war Fiona in der Babyschale.

Anna war durchflutet von Adrenalin. Ihre Hände zitterten. Sie legte sie auf ihren Oberschenkeln ab, rieb sie auf und ab.

Das Flugzeug startete. Anna wurde in den Sitz gedrückt.

Sie breitete ihre Flügel aus. Sie hob ab. Sie flog.

Sie flog!

Diese Geschwindigkeit! Dieser Rausch! Freiheit!

Anna blickte aus dem Fenster. Wie die Häuser kleiner wurden und die Straßen. Und die Sorgen.

Alle Last fiel hier oben von ihr ab.

Bald sah sie nichts mehr außer Grau. Sie waren in den Wolken. Das Flugzeug ruckelte angsteinflößend. Doch Anna wurde immer ruhiger. Sie legte eine Hand auf Fionas Bauch.

Da brach das Flugzeug durch die Wolken. Anna sah die Wolkendecke unter sich, die Sonne, den blauen Himmel. Weite, Unendlichkeit umströmten sie.

Sie war durchflutet von Glück. In diesem Moment. Sie war voll da. Alles war gut in diesem Moment. Alles fühlte sich stimmig an. Sie war genau da, wo sie sein wollte.

Sie wusste, sie war auf dem richtigen Weg. Sie wusste, dass alles gut werden würde. Dass die Sorgen und Nöte des Alltags unbedeutend waren. Als ob alles ein Plan gewesen wäre, dass sie hier und jetzt in diesem Flugzeug war. Ihr Seelenplan. Sie folgte dem Ruf ihrer Seele. Mit Liebe im Herzen.

Liebe.

Nur die Liebe zählte. Nur die Liebe.

Sie dachte an Paul.

Ihr Herz umschloss ihn in Gedanken, durchflutete ihn mit Liebe. Sie strahlte Licht und Glück und Wärme aus. Sie hatte so viel zu geben. Es reichte für alle.

Sie stand vor der Tür. Alles dunkel um sie herum. Sie hob den Blick. Über ihr der sternenklare Himmel. Tausendfaches Blinken. Millionenfaches Staunen erfüllte sie. Wie klein sie selbst war! Wie unbedeutend.

Wie viel größer das da draußen! Das große Ganze!

Wie klein dieser Streit. Wie vergänglich.

Wie schön alles war.

Sie nickte.

Alles war gut.

Sie tastete nach dem Klingelknopf. Sie klingelte.

Dann hörte sie Schritte hinter der Tür.

Gloria öffnete die Tür. Überraschung und Ablehnung spiegelten sich auf ihrem Gesicht.

„Was machst du hier?" Ihre Frage so dickwandig.

Anna empfand Mitgefühl mit ihr.

Gloria lehnte sich an den Türpfosten. Ihr Arm war gestreckt zum anderen Türpfosten. Er bildete eine Schranke.

„Ich möchte mit Paul sprechen", sagte Anna.

Gloria blickte an ihr herunter. „Hast du meine kleine Gloria etwa allein zu Hause gelassen?" Ihre Stimme war messerscharf und vorwurfsvoll.

„Ich habe Gloria eine Mutter besorgt, denn eine Mutter ist das Wichtigste. Die kann ich niemals ersetzen", sagte Anna.

Gloria musterte sie argwöhnisch, lang.

Annas Herz pochte in ihren Ohren.

Dann drehte sich Gloria plötzlich um und ging wortlos hinein. Die Haustür ließ sie offen.

Anna trat in den Flur und zog sich die Schuhe aus.

Gloria war ins Wohnzimmer gegangen und hatte die Tür zum Wohnzimmer hinter sich zugezogen. Der Fernseher war laut angestellt.

Anna blickte zur Treppe.

Oben war Pauls altes Kinderzimmer.

Sie sah Glorias Handtasche am Haken. Sie horchte. Aus dem Wohnzimmer drangen nur die Geräusche des Fernsehers.

Sie fasste in die Handtasche, ganz nach unten, und tatsächlich: Die Krake war da! Die Schattenseite ihrer Selbst lag eingewickelt in Geschenkpapier unter der Packung Taschentücher. Gott sei Dank!

Sie zog das Geschenk eilig heraus und steckte es in ihre eigene Handtasche. Dann ging sie leise die Treppen hinauf zu Pauls Zimmer.

Sie klopfte an.

Niemand reagierte.

Sie öffnete vorsichtig die Tür. Da lag Paul. Er lag auf dem Rücken auf dem Bett und hatte ein Buch über sein Gesicht gelegt. Er schlief.

Sie stellte die Babyschale behutsam neben dem Bett ab und setzte sich auf die Bettkante. Das Bett knarzte.

Paul fuhr erschrocken hoch. Das Buch plumpste geräuschvoll auf den Boden. Paul schrie auf.

„Ich bin es nur", sagte Anna beruhigend. „Ich bin es."

Paul stützte sich auf die Hände. Er atmete schwer.

„Was machst du hier?", fragte er mit einer Mischung aus Schreck und Verwunderung. „Wie bist du reingekommen?"

„Gloria hat mir aufgemacht."

„Hast du sie k. o. geschlagen?" Seine Stimme klang zynisch.

„Sie hat mich hereingelassen."

„Hat sie das?" Paul runzelte die Stirn. „Was willst du hier?"

Dir sagen, dass ich dich liebe. Und brauche. Und mein Leben mit dir verbringen will.

Und dass der Rest nicht so wichtig ist.

„Mit dir reden."

„Das hätten wir auch machen können, wenn ich wieder zu Hause bin. Was ist so dringend, dass du hierhergekommen bist?" Paul verschränkte die Arme vor der Brust.

Ihr Herz dehnte sich aus. Sie liebte ihn so sehr. Mit all seinen Facetten. Selbst jetzt, wo er abweisend reagierte.

Gerade jetzt.

Sie spürte – auf einmal war es ihr hellklar und leicht ums Herz – sie sah seine tiefliegende, höllenschwere Angst, drohend, niederdrückend und lähmend, die ihn umhüllte und fesselte und zementierte und alles überlagerte, was er eigentlich war. Sie blickte in die großen Augen eines kleinen Jungen, in denen die Angst schimmerte, nicht geliebt zu werden.

Endlich sah sie hinter die Fassade. Sie blickte durch die turmhohe Mauer hindurch. Direkt in sein Herz.

Sie war erleichtert, als sie sah, was sie sah.

Wie hatte sie sich getäuscht! Dort war so viel Liebe. Es war nicht so, dass er sie nicht liebte, im Gegenteil! Er hatte Angst, nicht von ihr geliebt zu werden.

Wie konnte sie ihn aus den Schlingen befreien? Die Mauer einreißen, die ihn umgab? Zu ihm durchdringen? Ihre Liebe zu ihm fließen lassen? Ihre Liebe.

„Nun sag! Du wolltest mit mir reden! Stattdessen starrst du mich nur an!" Pauls Stimme klang herausfordernd. „Willst du mir den Job wieder schlechtmachen oder was?"

Am liebsten würde sie für ihn alles aufgeben, hier und jetzt. Für diesen Mann – ihren Mann. Für ihre Ehe. Für ihre Liebe, die sie in diesem Moment so präsent spürte und die sie ausströmte.

„Du kannst den Job annehmen. Ich weiß, dass er dir wichtig ist."

„Ach!" Paul runzelte die Stirn. „Und du? Was ist mit deinem Job?"

„Meine Arbeit ist mir nicht wichtig." Annas Worte waren ruhig. Sie war innerlich vollkommen ruhig und klar.

„Aha. Jetzt auf einmal."

Anna sprach langsam und behutsam: „Ich hatte Angst. Es hat eine Weile gedauert, bis ich mir das eingestehen konnte."

„Angst? Wovor?"

„Gewohntes loszulassen. Neu anzufangen. Dem Herzen zu folgen."

Paul antwortete nicht sofort, er schien sich das durch den Kopf gehen zu lassen. „Kommst du mit nach Limburg?", fragte er.

Ja.

Ja, würde ich gern sagen. Die Liebe zu dir sagt: Ja.

„Ich habe mir Limburg heute angeschaut, bevor ich hierhergekommen bin", sagte Anna.

Durch Pauls Gesicht ging ein Ruck. Er zog die Augenbrauen hoch. Er sah überrascht aus.

„Limburg ist eine tolle Stadt", fuhr Anna fort.

Paul löste seine verschränkten Arme, lehnte sich nach vorn und legte den Kopf interessiert zur Seite.

„Ich möchte wieder malen. Ich weiß nicht, ob das Geld davon zum Leben reicht. Aber ich weiß: Ich möchte wieder malen."

„Du kannst hier in Limburg malen, so viel du willst. Hier gibt es viele schöne Motive."

Anna nickte langsam.

Pauls Blick veränderte sich. Er wurde weicher, fließender, warmherziger. Erwartungsvoll. Er rückte näher an sie heran und nahm ihre Hand. Seine Haut war warm und weich. Sein Daumen streichelte ihr sanft über den Handrücken.

Wie gern hätte sie alles stehen und liegen gelassen und ihm gesagt, dass sie mit ihm nach Limburg kommen würde. Der Liebe folgen, bedingungslos.

Deswegen war sie hier!

Doch in diesem Moment, als er sie so sprachlos anblickte, voller Präsenz, voller Liebe, voller Verstehen, da verstand sie, dass jeder von ihnen beiden seinen eigenen Weg gehen musste, jeder.

Nicht nur er.

Auch ich.

Ich.

Sie drückte ihre Faust auf ihr Herz, hielt es fest, umarmte es.

„Ich gehe auf Reisen", sagte sie.

Paul zog seine Hand zurück. Ablehnung in seinem Blick.

Anna sprach langsam. „Ich möchte kein Haus. Ich möchte keinen Kredit abbezahlen. Ich möchte das Geld, das ich angespart habe, zum Reisen nutzen. Die Welt entdecken. Mehr Zeit für die wichtigen Dinge haben. Für Fiona."

Und dich.

Am liebsten würde sie ihn bitten mitzukommen.

Doch es war nicht richtig.

„Ich verstehe, dass du hierher willst", sprach sie weiter. „Du bekommst hier alles, was dir wichtig ist: Du darfst zurück in deine

Heimat, zu deinen Eltern, du willst ein Haus, schon viele Jahre, und der Job ist die Chance für dich."

Alles würde gut werden.

Es war glasklar.

Sie war vollkommen ruhig, ließ es zu, gab sich hin, vertraute.

Dem Leben. Dem Fluss. Allem.

Anna öffnete ihren Rucksack und zog den großen Briefumschlag mit Pauls Arbeitsvertrag heraus.

„Hier! Ich habe lang damit gehadert, aber ich habe dir die Papiere mitgebracht. Du musst nur noch unterzeichnen." Sie legte den Umschlag aufs Bett.

Paul starrte darauf. „Das wars?", fragte er.

„Ja."

„So einfach?" In Pauls Stimme klang Wut.

„Ja. Ich kämpfe nicht mehr. Du bist frei", sagte sie sanftmütig, „und du darfst tun und lassen, was du willst. Immer."

„Du machst es dir ziemlich einfach", sagte Paul bitter.

„Es fällt mir nicht leicht, dich gehen zu lassen, überhaupt nicht", sagte sie ruhig. „Ich habe es mir nicht einfach gemacht. Aber ich will nicht hierher. Ich würde hier eingehen. Ich muss reisen. Verstehst du das?"

Paul schnaubte. „Ob ich mitkomme oder nicht, ist dir völlig egal."

„Nein, das ist mir nicht egal", sagte sie ruhig, „aber ich habe mich dagegen entschieden, dich noch einmal zu fragen, ob du mitkommst."

Paul blickte sie sprachlos an.

Fragend. Verzweifelt. Wütend.

„Ich denke", erklärte Anna, „dass du deinen Weg gehen musst und ich meinen. Reisen ist mein Weg. Der Job in Limburg ist dein Weg."

„Ein Weg!", brachte Paul zwischen zusammengebissenen Zähnen hervor.

„Hast du noch andere Angebote?", fragte Anna.

„Nein, denn das Angebot, mit dir mitzufahren, gibt es ja nicht. Stattdessen knallst du mir die Scheidungspapiere vor den Kopf und sagst, ich muss nur noch unterschreiben!"

„Was ...?"

„Ist dein Versprechen nichts mehr wert?", fiel er ihr ins Wort.

„Aber das ..."

„Mich zu lieben und zu ehren, bis dass der Tod uns scheidet? Der Tod!" Paul schrie. Er schleuderte ein Kissen quer durch den Raum. Es traf einen Bilderrahmen und fegte ihn vom Nachttisch, sodass es klirrte.

Ihm rannen Tränen die Wange hinunter.

Erschrocken starrte Anna zwischen dem zerbrochenen Rahmen und Paul hin und her. Das war das erste Mal, dass Anna ihn weinen sah. Sie starrte auf das Foto. Es zeigte Paul, als Kind, und seine Eltern.

Paul vergrub seinen Kopf zwischen den Knien.

„Das sind keine Scheidungspapiere", sagte sie schließlich.

„Was?" Paul hob den Kopf.

Anna näherte sich ihm, legte ihre Hand auf seine Schulter. „Das ist dein Arbeitsvertrag. Den habe ich dir mitgebracht."

„Was?" Paul lachte hysterisch.

„Ich will mich nicht von dir trennen, aber du willst den Job und ich will reisen. Ich habe keine Ahnung, wie wir das miteinander vereinbaren können, aber ich hoffe, wir kriegen das hin. Auch wenn jeder seinen Weg geht, können sich unsere Wege trotzdem kreuzen. Ich meine – ja, es ist ungewöhnlich. Ich kenne keinen, der das so macht, aber ..."

Paul nahm ihr Gesicht in seine Hände und küsste sie überschwänglich.

Anna, völlig überrumpelt von seiner plötzlichen Nähe, genoss seine weichen, stürmischen, fordernden Lippen.

Als seine Lippen ihre losließen, sein Gesicht dicht vor ihrem, sagte er: „Ich komme mit dir."

Anna wich zurück. „Nein. Du musst deinen Weg gehen. Du wirst es mir sonst ewig vorhalten."

„Ich will den Job nicht", flüsterte Paul und lehnte sich über sie, langsam und immer weiter. „Nicht mehr."

Anna ließ sich langsam auf den Rücken sinken. „Wieso? Du wolltest ihn die ganze Zeit."

Er drückte sie an der Schulter sanft auf das Bett. „Zeit ist so kostbar", flüsterte er in ihr Ohr.

Sie spürte seine warmen Lippen an ihrer Wange.

„Ich will sie mit dir verbringen." Die Süße in seiner Stimme. Küsse an ihrem Hals. „Und mit Fiona." Er streifte ihr T-Shirt von der Schulter, küsste ihr Schlüsselbein.

Anna stemmte ihre Hand gegen seinen Oberkörper und drückte ihn von sich weg. „Du fandest den Job so spannend", protestierte sie.

„Ich finde den Job immer noch spannend." Er nahm ihre Hand, legte ihre Arme nach oben und hielt sie mit seinen Händen fest. „Aber die Arbeit kann warten."

Er fuhr mit seiner Nase von ihrem Ohr bis zum Hals, bis in die Grube zwischen den Schlüsselbeinen. „Die Arbeit macht für mich nur Sinn, weil ich für euch arbeite. Aber wenn ihr nicht da seid, verliert sie ihren Wert."

Er blickte sie von unten aus an, als er leise hinzufügte: „Auch ich hatte Angst. Mir das einzugestehen. Aber jetzt erkenne ich es."

Seine Hände berührten, streichelten ihre Lippen. „Ihr seid mir wichtiger", flüsterte er und blickte ihr in die Augen. Paul lächelte. Ein Lächeln randvoll mit Liebe.

Sie war zu ihm durchgedrungen.

Annas Herz schwappte über. Tränen rannen ihre Wange hinunter, liefen in ihr Ohr.

Erinnerungen stürzten wie Wasserfälle auf sie ein. Bilder überrannten sie, Worte überfluteten ihren Geist.

All die Erinnerungen!

All die Verletzungen! Die Wunden auf ihrer Seele, die Risse in ihrem Herzen, die Striemen auf ihrer Haut, die von den Fesseln herrührten, die sie wie eine Würgeschlange umgaben und ihr die Luft zum Atmen genommen hatten, zum Fühlen, zum Vollständigsein.

Wie hilflos sie sich gefühlt hatte. Wie ihre einzige Rettung eine Mauer gewesen war, eine Festung hoch wie ein Wolkenkratzer, und wie sie Paul damit nicht mehr richtig sehen konnte.

Nie, nie wieder wollte sie diese Mauer zwischen ihnen, das Auftürmen, das Verschanzen, das Schweigen. Nie wieder die Fassade aus Höflichkeit, die lächelnde Maske, die ihre Gefühle nicht durchschimmern ließen. Sie wollte ihn sehen, wie er war, und wollte gesehen werden, von ihm, in ihrer Gänze, in ihrer Ganzheit. Sie wollte sich nie wieder verstecken.

Ihr Blick lag unverhüllt vor ihm, nackt und bloß. Ihr Gesicht offenbarte ihm ihre Trauer, ihre Verletzlichkeit, die Enttäuschung und Verzweiflung, aber auch ihre Schönheit, ihre Kraft, ihre Leidenschaft, ihr ganzes tausendfaches Selbst.

Und er sah sie. Er sah sie an, wie er sie nie zuvor angesehen hatte.

Sie wollte ihm ihr Alles zeigen. Und nie wieder etwas anderes tun. Nie wieder Teile ihrer Selbst verleugnen oder verstecken. Ihre Wut und ihre Trauer und ihren Schmerz zulassen und integrieren. Jedes Mal neu anfangen, wenn sie bemerkte, dass ihr Herz sich verschanzt hat, ihr Körper gefesselt ist. Sich selbst verzeihen. Ihm verzeihen. Jedes Mal daran arbeiten, sich zu öffnen und in sich wieder weich zu werden, zu fließen, Liebe auszuströmen. Liebe! Lebensenergie.

Er flüsterte ihren Namen. „Anna."

Ihre Finger glitten ineinander.

Er ließ sein Becken auf ihres sinken. Schwer, kraftvoll, fordernd.

Anna spürte die Wärme zwischen ihren Beinen, wie sie sich ausbreitete, wellenförmig, wie sie sich ausdehnte, warm und fließend.

Anna umfasste sein Becken und drückte es an sich.

Ihre Blicke fielen ineinander. Sein Gesicht näherte sich langsam ihrem. Seine Lippen berührten ihre, küssten, streichelten, bissen sie, erst zart, dann wild, eroberten sie. Seine Hände bebten, sein Becken drückte auf ihres, streichelte, rieb sie.

Sie streifte ihm das T-Shirt über den Kopf. Fingerspitzen auf seiner Haut. Gänsehaut an seinem Rücken. Die Anspannung in seinen Muskeln. Sie krallte sich ein. Komm! Komm her! Sie kostete ihn, tastete, fühlte, entzündete sich.

Sie spürte ein Ziehen in den Brustwarzen. Das Verlangen kam tief aus ihrer Mitte. Sie legte ein Bein um seinen Po, drückte ihn fest gegen sich. Sie schlang einen Arm um seinen Rücken, den anderen um seinen Nacken, hielt ihn fest.

Brennend bewegten sie sich, voller Kraft und Rausch und Hitze, wieder und wieder.

Sie atmete seinen Geruch ein, spürte das Glühen ihrer Schenkel, seine Küsse auf ihrer Haut, roch die Süße des Atems. Seine Unterlippe zwischen ihren Zähnen. Der Duft von ihr auf seinen Lippen. Sie schmeckte Salz, sie schmeckte Leben.

Ein Sturm, Leidenschaft, Verlangen, Spiel und Zärtlichkeit.

Sie pulsierte und brannte, suchte und fand, umschloss und umhüllte, öffnete sich und floss, grub sich tiefer und tiefer.

Er fasste sie am Nacken, ihre Zähne bissen in seine Haut, ihre Hände krallten sich ein.

Das Ziehen! Das Geben, alles hergeben. Alles. Sie kämpften, dehnten Grenzen aus, zerschnitten Fesseln, rissen Mauern ein, bis zum letzten trennenden Sandkorn zwischen ihnen.

Bis kein Hindernis mehr zwischen ihnen stand.

Sie waren vereint. Sie schenkten sich einander. Sie umschlangen sich, umklammerten einander und versanken ineinander.

Alles war voller Farben, voll Berührung, angefüllt mit Intensität, ein sprudelndes Feuerwerk voller erfüllter Sehnsucht, immer fester und fester. Sie atmeten schwer.

Verwoben, betörend, unbändig.

Diese strömende Hitze!

Er stöhnte.

Sie biss ihn in die Schulter, stöhnte in seine Haut.

Er sank auf sie.

Sie pulsierte und zuckte. Vor Wonne.

Ihre Finger hielten sich fest ineinander.

Sie hatten sich wiedergefunden.

29. Dezember – Tag 164

Anna saß auf dem Fußboden im Wohnzimmer. Fiona drehte sich vom Bauch auf den Rücken und weiter auf den Bauch. So kugelte sie durchs Zimmer, bis sie gegen einen Karton stieß, in dem Anna ihre Malsachen untergebracht hatte. Fiona kam nicht weiter und fing lautstark an zu protestieren. Anna lächelte und befreite sie aus ihrer misslichen Lage. „Kannst du den Karton nachher runterbringen?", bat sie Paul. „Der muss noch mit." Ihre Stimme hallte in dem leeren Raum.

Die Möbel waren fast alle verkauft oder verschenkt. Anna hatte eine Picknickdecke im Wohnzimmer ausgebreitet, mit allerlei Köstlichkeiten darauf.

Es klingelte. Paul ging zur Tür und begrüßte ihre Gäste: Simone und Penelope standen vor der Tür. Simone mit einem Päckchen Kaffee in der Hand und Penelope mit Penny in einer Trage. Sie hatten ein Fotoalbum für Anna zusammengestellt: ihre zahlreichen Treffen der vergangenen Monate.

„Das werde ich auf jeden Fall mitnehmen. Ihr werdet mir schrecklich fehlen!", seufzte Anna.

„Ihr werdet die Zeit als reisende Familie gefälligst genießen!", mahnte Penelope.

„Ich werde unsere Treffen vermissen!" Simone verdrückte ein paar Tränen. Sie hatte Fotos von Kater Gloria ausgedruckt, die Anna ihren Schwiegereltern schicken konnte. Sie würden staunen, wie groß er geworden war – äh, wie groß sie geworden war. Und dann hielt Simone zaghaft lächelnd ein Ultraschallbild vor ihren kleinen, runden Bauch.

Anna und Penelope schrien überrascht auf und umarmten sie unter Freudentränen. Alle drei hüpften vor Freude auf und ab, während sie sich in den Armen lagen.

Pauls Eltern hatten sich für die Abschiedsfeier entschuldigen lassen. Sie hatten überraschend über Weihnachten einen

Hundewelpen in Obhut genommen. Die Hündin war vom Tierheim aus schlechter Haltung gerettet worden und Gloria und Karl-Heinz wollten sie für ein paar Wochen beaufsichtigen, bis sich ein guter Besitzer gefunden hatte. Ganz euphorisch hatten sie davon berichtet. Auch die Einladung, ein paar Wochen mit Paul, Fiona und Anna mitzureisen, hatten sie kurzfristig abgesagt. Sie würden dann irgendwann nachkommen. Vielleicht. Aber momen-tan war alles ziemlich viel für sie mit dem Welpen.

Paul hielt Anna sein Handy mit einem Foto der Hündin unter die Nase: „Hier, das ist unser Liebling!", stand unter dem Foto, auf dem sich ein kleines, wuscheliges Etwas mit schwarzem Fell auf einer Decke eingekuschelt hatte.

„Schläft die Hündin etwa auf dem Ehebett deiner Eltern?", fragte Anna überrascht und deutete auf die Decke.

Paul grinste nur. „Sie werden die Hündin nicht so schnell wieder hergeben", prophezeite er.

„Sie sieht so edel aus mit ihrem schwarzen, glänzenden Fell. Ehrlich gesagt: So habe ich mir eine Adele vorgestellt", sagte Anna und schickte Gloria den Namensvorschlag.

So kam es, dass Gloria und Karl-Heinz die Hündin Adele nannten. Ihre Hündin.

Es klingelte erneut.

Annas Eltern und Miriam kamen. Doris winkte mit einem Geschenk. „Ohne das könnt ihr nicht losfahren!", verkündete sie. Anna umarmte sie und wickelte anschließend das Geschenk aus.

„Eine Hängematte braucht man auf jeder Weltreise! Die ist zwei Meter breit, da könnt ihr zu dritt drin liegen."

„Sie ist aus reiner Baumwolle, genauso wie ihr es gern mögt", erklärte Martin.

„Ist das euer Wohnwagen, der unten vor der Tür steht?", fragte Miriam ehrfürchtig.

Anna nickte. In ihrem Herzen kribbelte es warm und prickelnd, wenn sie daran dachte, in drei Tagen loszufahren. Weg, weit weg.

Erst einmal in den Süden, ans Meer, und dann immer an der Küste entlang. Italien, Frankreich, Spanien, Portugal. Wohin sie der Zufall trieb. Oder das Wetter. Oder die Lebenslust. Ohne Ziel. Ohne Zeitvorgabe. Solang sie wollten.

Und falls sie irgendwann des Fahrens müde werden sollten, würden sie fliegen. Nach Neuseeland oder Hawaii. Wohin sie wollten.

Ein bisschen unheimlich war das schon.

Unheimlich schön.

Danksagung

Ich danke meinen Erstleserinnen Martina Ahr, Katharina Raeck und Stefanie Ruprechter für ihr konstruktives und ermutigendes Feedback. Sie haben jeweils unterschiedliche Aspekte gefunden, die das Buch besser gemacht haben.

Ich danke meiner Lektorin Monika Esterer für ihre wertvollen Tipps und Kniffe, die das Buch grundlegend und im Detail verändert und es zu dem gemacht haben, das es jetzt ist. Sie hat das Lektorat in der Corona-Zeit mit ihren Kindern zu Hause möglich gemacht.

Ich danke meiner Freundin Janina Steger für das Cover der ersten Auflage, insbesondere die vielen Vorbesprechungen und das wundervolle Resultat. Sie hat sich in der Corona-Zeit trotz kleiner Kinder viel Zeit für mich genommen.

Ich danke allen Menschen, die mich zu diesem Buch inspiriert haben, insbesondere Jasmin Seelos und Anne Reichel, die alles hinter sich gelassen haben und mit ihren Familien auf Reisen gegangen sind.